江门文史·第五十四辑

浩荡天风远

梁启超的故事

广东省江门市政协文化和文史资料委员会◎编

李　丹◎著

中国文史出版社

图书在版编目（CIP）数据

浩荡天风远：梁启超的故事 / 广东省江门市政协文
化和文史资料委员会编；李丹著 . -- 北京：中国文史
出版社，2023.4

（江门文史 . 第五十四辑）

ISBN 978-7-5205-4054-4

Ⅰ . ①浩… Ⅱ . ①广… ②李… Ⅲ . ①传记文学—中
国—当代 Ⅳ . ① I25

中国国家版本馆 CIP 数据核字（2023）第 062309 号

责任编辑：张春霞

出版发行：中国文史出版社

社　　址：北京市海淀区西八里庄路 69 号院　邮编：100142

电　　话：010-81136606　81136602　81136603（发行部）

传　　真：010-81136655

印　　装：廊坊市海涛印刷有限公司

经　　销：全国新华书店

开　　本：787mm×1092mm　1/16

印　　张：20.5

字　　数：300 千字

版　　次：2023 年 4 月北京第 1 版

印　　次：2023 年 6 月第 2 次印刷

定　　价：66.00 元

江门市梁启超研究会
纪念梁启超诞辰 150 周年专辑

　　梁启超是中国近现代史上的一代人杰。一百多年过去了，他的影响仍长留在华夏大地上。他的著作，从合集、文集、全集，到各种选集、分科专集与重要作品的单行本，其出版单位和出版数量之多，在近现代学人中无人可及——仅其家书，目前就有近三十个版本；他的传记专书，也至少在三十种以上。对他的研究，遍及日本、美国、德国、法国、英国、俄国，而中国近数十年更呈不断升温之势，高水平的著作不断涌现，近代史、政治学、经济学、法学、哲学、文学等各领域的许多专家学者都连续发表了专题研究成果。对于百年前历史人物的研究之盛、水平之高，或堪称并世无匹。

　　梁启超五十六年的一生，确实建树非凡，留下了丰硕的精神遗产。

　　首先，他是中国近代杰出的启蒙思想家。

　　近代中国人落后于世界发展潮流，可以从一件典型事例看出：1895 年强学会成立，会中备置仪器设备，邀请人们参观，其中有一幅世界地图，是在北京久觅不得，而辗转托人，从上海买来的。偶尔有人来观图，梁启超即为之"欣喜无量"（《莅北京大学校欢迎会演说词》），可见当时国人对世界毫不关心、毫无认识的状况。梁启超的启蒙工作，就是从这时开始的。他当时住在强学会，负责编辑《万国公报》（后改名为《中外纪闻》），介绍世界知识。

1896 年，又到上海参与创办《时务报》，并任主笔，发表了《变法通议》《西学书目表》等重要文章，一时名震遐迩，与其师康有为并称"康梁"。戊戌变法失败后梁启超流亡日本，无法从事变法救国的实际活动，于是主要从事办报和写作，先后创办了《清议报》(1899 年 12 月)、《新民丛报》(1902 年 2 月)、《新小说》(1902 年 11 月)，发表了其一生最重要的著作之一《新民说》，并利用日本学习西方有成和译书丰富的条件，大力介绍西方近代先进文化，希望以此来改造国民性，造就新国民。这在当时发生了巨大影响，胡适、郭沫若、毛泽东等，都曾亲自表达阅读梁文后所受到的启发与震撼。1906 年清廷宣布"预备立宪"后，创办《政论》(1907 年 10 月)、《国风报》(1910 年 2 月)，发表《政治上之监督机关》《宪政浅说》《中国国会制度私议》等大量文章，大力宣传宪政理论，推动立宪运动，成为中国近代出色的宪政理论家。近代史专家认为："梁启超宪政启蒙运动的意义丝毫不亚于新民运动，而且其作用更明显……促进了辛亥革命。"(黄敏兰《梁启超》)

其次，他是中国近代著名的政治家和社会活动家。

梁启超不只是书斋里的思想家和学者，也是积极投身社会变革运动的实行者。

1895 年，二十三岁的梁启超就和康有为发动了"公车上书"运动。当时他虽居于协助地位，但由于康有为为人骄矜太过，崖岸太高，不善与人交往，主要靠梁启超奔走联络。戊戌变法时期，梁启超的地位也不高，但其《变法通议》等影响很大，他奉旨主管译书局事务，定章程，筹经费，并在上海创设编译学堂。他还代御史杨秀深、侍读学士徐致靖起草奏章，促使光绪皇帝颁布"定国是诏"；代御史宋伯鲁起草奏章，请废"八股"；参考日本学规草定《筹议京师大学堂章程》，"以大权归之教习"("总教习……略如国子监祭酒司业之职")，开近代大学制度之先。

立宪运动开始后，梁启超仍是被通缉的政治犯，不能回国，但他联合杨度、熊希龄等成立"宪政会"，后因联合破裂，遂另组"政闻社"，发行《政论》(1907 年 10 月)、《国风报》(1910 年 2 月)等，宣传宪政思想。同时派社员回到国内，分赴各地联络各方人士，推动"速开国会"请愿活动，并联络资政院和各省咨议局，产生了巨大的影响，武昌起义的爆发和辛亥革命的成功，与之有极大关系。因为立宪派主持的咨议局的作为，各省纷纷通电独立，最后才迫使宣统帝不得不放弃皇位，终结了两千多年来的封建王朝统治。

民国建立后，梁启超回国，结束了十四年的流亡生涯。他先后进入袁世凯和段祺瑞政府，担任司法总长、币制局局长、财政总长等职，虽然发挥他在法学和财政学多年研究所长，多有筹划，但由于军阀当道，难以真正开展国家建设事业，因此所成甚微。在这个过程中，他发动和领导了两次"保卫共和"的武装斗争，并取得胜利，在中华民国史上写下了光辉的一页。1915年8月，杨度等成立"筹安会"，袁世凯复辟帝制的阴谋浮出水面，梁启超随即草成《异哉所谓国体问题者》发表，揭露其"兴妖作怪……而诒国家无穷之戚"的罪行，号召四万万国人共诛之。并与其弟子蔡锷谋划，在云南起兵，保卫共和。他自己则南下联系和争取各方反复辟的力量，又亲赴广西，与广西将军陆荣廷组织成立"两广护国军总司令部"；说服广东都督龙济光加入反袁队伍。正是在梁启超发动的强大舆论攻势、军事反击和各方力量的压力之下，袁世凯心力交瘁，一病不起，结束了一百零三天的皇帝梦。

1917年，由于黎元洪与段祺瑞的"府院之争"，黎引张勋"调解"，张借机率五千"辫子军"，并偕康有为等入京，拥立退位的宣统帝溥仪复辟。当时梁启超住在天津，与段祺瑞常有来往，于是说服段起兵阻击。段与梁赶往河北青县新军第八师驻地马厂，誓师讨逆。"辫子军"不堪一击，张勋、康有为分别逃入外国使馆，复辟闹剧收场。

第三，他是中国近代百科全书式的著名学者。

梁启超既是受过良好训练的学者，又是立志改革中国现状的政治家和思想家，所以，他既有专业学者的研究成就，又不受专业学者的局限，而是从社会发展的需要出发，广泛关注、介绍和研究多种学科，被公认为百科全书式的著名学者。

就纯学术的贡献来说，梁启超最突出的成就在历史学和文学领域。他吸收近代西方历史学的理论和方法，撰写了大量具有开创性和广泛影响的史学著作。1902年发表《新史学》，举起"史学革命"的大旗，对传统史学予以政治批判。1922年的《中国历史研究法》及其后的《补编》(1926)，确立了他新史学的学术体系，是中国现代史学成立的扛鼎之作。在思想史方面，《中国学术思想变迁之大势》(1902)、《先秦政治思想史》(1922)，以及对儒、墨、道、法和佛教的研究，也都卓有成就。《清代学术概论》(1920)和《中国近三百年学术史》(1924)，总结明末至晚清的学术成就，对钱穆、侯外庐、张舜徽等后来者都有重要影响。他注重和强调文化史的研究，编有高屋建瓴而深入详细的中国文化史研究大纲，但天不假年，只完成了其中的《社会组织编》(1925)。此外，他在民族史、社会史、科技史、当代史、外国史和人物传记方面，也都有不同的建树，像《戊戌政变记》《中国四十年来大事记》(《李鸿章》)，堪称其当代史的名作。其《欧洲战役史论》等，被张荫麟评为"元气磅礴，锐思驰骤，奔砖走石，飞眉舞色，使人一展卷不复能自休者，置之世界历史著作之林"，可使吉朋、威尔斯等辈"皆瞠乎后矣"(《张荫麟书评集·跋〈梁任公别录〉》)。

梁启超以文章名世，并且先后提出"小说界革命""诗界革命""文界革命"，在改革文体上卓有建树。《论小说与群治之关系》把小说提升为新民新国的关键因素，一改历来对小说的娱乐轻视态度。《饮冰室诗话》等主张引入新语、新事、新意境来创作新诗，是中国诗学向现代过渡的先导。其文界革命打破桐城派古文藩篱，推广平易畅达的新文体。他认为：文言向俗语转化是各国文学发展的大趋势，所以，不仅小说可采用俗语，"凡百文章，莫不有然"，直开"五四"白话文运动之先河。黄遵宪称他的文章"贾、董无此识，韩、苏无此文"(1902年12月《致梁启超函》)。郑振铎则说"他的散文，当然不是晶莹无疵的珠玉，当然不是最高贵的美文，却自另有他的价值"，其价值就在于一种解放的精神，与畅所欲言的表现力(《梁任公先生》)。他有诗词四百多首，有的以旧风格而表现新内容，有的则奔放浩莽，与其散文同调。钱仲联《近百年诗坛点将录》比之以"总采声息头领、天速星、神行太保戴宗"，可见其成就与地位。他的小说《新中国未来记》，虽艺术上有明显短处，但开辟了政治小说的新天地，吴趼人就是在梁启超的影响下开始小说创作，并成为谴责小说巨子的(其《月月小说序》"吾感乎饮冰子……提倡政良小说")。他的文学研究也富有成就,《屈原研究》《陶渊明》《情圣杜甫》等影响深远;而《中国韵文里头所表现的情感》——梁实秋回忆说,"我个人对中国文学的兴趣,就是被这一篇演讲所鼓动起来的。"(《清华八年》)

梁启超一生最为成功的当为新闻事业。他创办和主笔的报刊有十余种,对于社会的影响和推动力之大,在当时一人而已。他要求报纸承担严肃的社会责任,即"龚行监督政府之天职"与作国民的向导。他提出了四条标准:宗旨是国民利益,思想需新而正,材料要富而当,报道要迅速准确。在新闻领域,梁启超既建立了杰出的功勋,又具有比较完整的现代理论。

在政治学、经济学、法学、哲学、佛学、教育学、图书馆学等诸多领域,梁启超都有非凡的建树。其经济(含财政、金融等)方面的文章,至少有八十多篇。哲学、法学、佛学、教育学等,都有十数万字到数十万字不等的专门结集。在这些领域里,他引进新观念和新方法,旨在应对中国变革与发展的现实需求,不少方面对于中国近现代学术与学科的建立,都具有开创与奠基的意义。

第四,他是中国近代道德人格的一个标杆。

研读梁启超愈久,对之认识愈深,就越会发现,他的道德人格有非常多的优点,许多是非常人所及的。篇幅关系,下面谈谈几个主要方面。

一是爱国。他一生为国家的现代变革而奋斗,历险犯难,百折不回,都是出于爱国之至诚。试诵《少年中国说》"红日初升"一段,就可体会到他那如火山喷发一般的爱国热情。有些人爱国,是爱一个政权,或爱自己理念中的国,梁启超不是这样,他从保皇,到君主专制,到君主立宪,到民主共和,与时俱进——一个以君主立宪为政治理想的人,居然两次首先站出来保卫共和!可见他爱国,不是爱一家一姓或既成理念的国,而是爱向现代之路不断发展进步的新中国!他自己说,"我为什么和南海先生分开?为什么与孙中山合作又对立?为什么拥袁又反袁?"都是由爱国心所决定的 即爱国爱的不是一个固定不变的理念。"我一生的政治活动,其出发点和归属点,都是贯彻我爱国救国的主张。"(李任夫《回忆梁启超先生》)他的子女,有7个都曾在国外学习或留学国外,但都回来报效祖国,与梁家爱国教育的家风是分不开的。所以，梁启超的爱国，是真挚炽烈的，是健康理性的，是代际传承的，这，就是他杰出的爱国品质。

二是勤奋。梁启超的一生，投身于社会改革运动的最前线，组学会，办报纸，乃至亲身入军与反动势力斗争。政治活动本身已经足以填满他的人生，但他始终坚持勤学、研究，并以自己所得的新思想，向大众作宣传，成为中国近代最有影响力的启蒙思想家。他的一生无时无刻不在写作。近代史专家李华兴统计其《饮冰室合集》、未刊手稿、近万封遗札与家书，共得一千四百万字。从1893年到1928年的三十六年里，"每年平均写作39万字之多"，平均每天要写一千多字。这不仅是常人所难，甚至不少杰出人物都难做到。

三是勇毅。梁启超虽然只是一介书生，但他却是入军从戎、亲临一线、以身犯险取得成功的勇毅之士，体现出十分可贵的豪侠精神。袁世凯复辟帝制，当时一派颂声，"廉耻道尽""极丑怪之极观"（**陈寅恪《读吴其昌〈梁启超传〉后》**），梁启超毅然出头，与弟子蔡锷举起反抗的大旗。在袁氏特务跟踪追缉的环境中，历险数千里，进入广西，调动两广军力反袁。其间，为了说服广东都督龙济光，他在特派代表汤觉顿等先前被龙手下开枪杀害的情况下，前往广州，席间受到威胁，他拍案而起，申明大义，使龙济光最终不得不站在两广反袁阵营一边。当时的革命领袖，包括康有为，在起义活动中是不愿犯险靠前指挥调度的，梁启超不是这样，在他身上表现了一个革命运动领袖出色的勇毅品质。

四是传统道德与现代人格的结合。梁启超守孝、尊师、敦友、慈幼。1916年5月底，当得知父亲去世后，他当时在护国军都司令部和军务院有重要职务，但毅然辞职守制。1917年7月组织粉碎张勋复辟后，康有为以最厉害的言辞骂他，但他本着爱吾师、亦爱真理的精神，以忍让态度，逐渐修复师生之情。康有为七十寿诞，他专赴上海拜寿；康死后，他寄钱助葬并牵头料理丧事，组织公祭活动。他的朋友遍及政军学和社会各界，除革命党少数人外，对梁启超都有良好印象，革命元老陈少白对他就有不错的评价。他对子女不仅是慈父，而且像朋友，有时还扮开心果角色，他给子女的信，都是平等交流，不仅有提点、教导与安排，更多是关心，而重要的事都反复交流和商量，尊重子女的最后选择。他把所有子女都送出国接受西方现代文明教育，但十分强调子女的传统文化与道德修养。

梁启超优良的人格品质还有很多方面，像乐观、谦厚、"得做且做"主义、趣味主义等。蔡尚思曾说：梁启超"在当时一般国学家中，是较为虚心的。不自满足，一直求进步，愿向后辈学习，同时也长于鼓励和帮助青年学子进行研究。从来没有像一些老专家的大摆架子，老是觉得青年学子为学的幼稚可笑。就学问家、教育家的风度来说，梁启超确有其难能可贵之处，而值得人们学习。"（《梁启超在政治上学术上和思想上的不同地位》）这就是其谦厚品格的表现。

上面我们对梁启超其人做了一个简练的概括。其中的内容，在李丹副教授《浩荡天风远：梁启超的故事》（下称《故事》）中，有比较详细深入的叙述。李丹是江门市梁启超研究会的秘书长，也是江门职业技术学院的教师，在繁忙烦琐的教学工作之余，坚持梁启超著作的阅读与研究，历年都有成绩。她这本书的写作，历时一年有余，下了相当大的功夫。她仿效梁启超《新中国未来记》，用章回体的形式，尽量突出故事性，有不少生动的笔墨。梁启超的传记现在版本不少，李丹副教授这本书有其特点：一是梳理了梁启超少年时代在新会、广州的成长经历，很有家乡人研究梁启超的特色。二是突出梁启超一生的主要功绩，将其归纳为"掌教时务学堂""推动戊戌变法""成就报刊伟业""促进建党立宪""怀揣梦想入阁""倒袁再造共和""点燃五四之火""创建现代学术"等八个方面，很好地展现了梁启超一生在推动中国社会近现代变革伟大事业中的八大业绩。三是重视梁启超的家教成就，写入"精心雕塑群童"一章，展现其家教家风的独特内容。总之，这是一部内容平实，观念通达，概括有力，文笔流畅，材料坚实丰富，很有可读性的好书。

认识和研究梁启超，需要一定的思想水平。因为梁启超是坚定地推进中国走向现代文明的改革者，一生与时俱进，虽然他的思想和追求有时自相矛盾，但对现代文明的肯定和追求却从未动摇。不能在这一点上与之合拍或保守固执的人去研究梁启超，是很难得出客观正确结论的，这在20世纪五六十年代的一众成果和新时期的个别传记（评传）中已被证实。其中不仅是观点与评价标准问题，而是涉及对事实的处理和文本的曲解，所以这些研究并不能得梁启超思想之真。从李丹这部《故事》看，她是能比较好地理解梁启超、具备与梁启超合拍的现代文明意识的，读者从书中关于立宪和中西文化等的叙写中可以看到。

这本书是江门市社会科学界联合会重点支持的课题，也是江门市梁启超研究会为纪念梁启超诞辰 150 周年组织的项目之一，其出版得到了江门市政协文史委的支持。江门是梁启超的家乡，江门市对梁启超这一著名文化遗产非常重视，梁启超文化品牌的建设正在逐年提升、不断优化。希望江门市梁启超研究会和有关学者有更多、更好有关梁启超的研究成果贡献于社会。

2022 年 12 月

（作者系江门市政协原副主席、
江门市梁启超研究会会长、五邑大学教授）

目录

第一回

生长　新会茶坑

衣冠正气出茶坑

　　梁启超于同治十二年正月二十六日（1873 年 2 月 23 日）出生于广东省新会县熊子乡茶坑村 [1]。

　　位于珠江三角洲西南部的新会，有一千八百年的历史，是南粤历史文化名城，向有"海滨邹鲁"之称。此地秦汉时属南海郡。南朝宋永初元年设新会郡，管辖之地包括现在的江门、新会、台山、鹤山、开平全境以及恩平、新兴、高明、顺德、中山的一部分。隋唐时称冈州，与广州、潮州并称"岭南三大古州"。后来废冈州，置新会县。宋元明清诸代，屡经割地置县，到清代中期，新会县域才相对固定下来。当时新会县辖三坊十二都，熊子乡属潮居都，在县城南面西江与南海的交汇处。潮居都"北自金牛头，南至东炮台，共五十五里，四面环大海，东西皆有村，村各有冲，乱山阻之而不相通"。江口本有七座小岛，熊子乡在正中间，所以梁启超说自己是"中国极南之一岛民"。

　　茶坑村在乡内五村中为最大。村后有熊子山，也称凤山。山上有一座八角七层的熊子塔，又称凌云塔，始建于明代万历年间。据《新会县志》记载，熊子山在新会城南二十里，因有鼠熊、马熊、东熊、西熊、长熊等山，这五座山各有三足伸入水中，好像五只三足鳖，故称熊。后来县令周思稷将五座山改名为中台、天寿、天福、天禄和天马。熊子山下，河流纵横，潭江和西江支流在此汇入银洲湖，亦称熊海。夕阳西下时，登临其上，遥望银洲湖，归

[1] 熊：nài，古代称一种三足鳖。新会本地人读作 ní。茶坑村今属广东省江门市新会区。

◆ 新会梁启超故居

帆片片，白云朵朵，衬着波光塔影，堪称胜景[1]。凌云塔下四方都有村庄，其中东、南方向都住着梁姓人家。明清时期，新会的读书人把凌云塔称作"文笔"，认为此地人杰地灵，定出文人。

凤山的位置较高，视野非常开阔。近处天马村有"雀墩"[2]，古榕独木成林，百鸟栖息树上，白鹭早出晚归，灰鹭暮出晨归，"古榕、鹭鸟、天马人"，人与自然和谐相处，成为独特的自然景观。北边可以看到苍翠的圭峰山。山顶是风景绝佳的绿护屏，还有白沙先生笔下的"圣池"[3]。

新会既有丰富的自然景观，又是文化之乡。北宋时始办县学，元代有古冈书院，光绪年间会城有"求志学堂"和"幽香女子学堂"。历史上的新会人才辈出，先后走出进士和文武举人八百余名。明代的陈献章、清末的梁启超和现当代的陈垣是其中最杰出的代表。

[1] 新会旧八景有熊子归帆，新八景有银洲塔影，均指此处胜景。
[2] 雀墩：1933 年，巴金来此游览之后，写了散文《鸟的天堂》。1984 年 6 月，巴金又亲笔为"雀墩"题写了"小鸟天堂"四个字，使其名扬天下。
[3] 圣池：即今绿护屏天鹅湖。明代陈献章《和陶·归田园》诗有"泠泠玉台风，漠漠圣池烟"之句，相传圭峰山顶方圆如台，因此又称玉台山，山腰有玉台寺。

明代大思想家陈献章，是与王阳明齐名的儒学大师。他本来住在新会都会村，后来迁到江门白沙村，是以人称"白沙先生"。明代万历年间，陈白沙获得从祀孔庙的殊荣，故有"岭南一人""岭学儒宗"的美誉。白沙学问受陆九渊影响，特别强调立志、修身。从内在讲，就是要认真读书，激励节操；从外部看，则是要就自己所学尽力报效国家，服务社会——此即所谓"内圣外王"。白沙先生还提倡独立思考、自由开放的学风，形成独树一帜的"江门学派"。他虽然是岭南心学的奠基人，却并没有写长篇大论的文章来阐述高深的理论，而是留下两千多首诗，以诗立教，潜移默化地影响家乡的人民。

梁这个姓氏，据说起源于周代，周平王封秦仲少子康于夏阳梁山，后世子孙遂以国为氏。梁氏的先祖，早期居住在中原地区，后来渐渐南移。北宋绍圣年间，以孝行著称的梁绍出任广东提刑司干办官，从福州迁到韶关南雄的珠玑里，成为广东梁氏的始祖。到梁绍的三世孙南溪[1]时，梁家迁居新会县的大石桥。其后子孙分居新会及附近各乡。到南溪公九世孙桂立这一代，迁居东熊大井里。桂立的重孙谷隐，又带领全家搬到茶坑村嘉亨里，成为茶坑梁氏的始祖。这时是在明朝天启年间。谷隐的十世孙光桓，便是梁启超的高祖了。

光桓[2]有兄弟四人，分为怡堂和仁堂两房。如今新会梁启超故居仍有怡堂书室和仁堂两处古迹。曾祖炳昆，字饶裕，号寅斋[3]。据茶坑梁氏讲述，寅斋少时曾在江门长堤一带学医，学成后回乡开医馆，常年不收诊金。乡人来看病，有愿付钱的，就将诊金抛于帐顶。寅斋从不过问多少，要买东西时，就随手从帐顶抓一把钱出门。后来，他跟着同学到江西，学得看风水的本领，

[1] 梁绍生二子：抚民、爱民。抚民长子永保，迁居古冈州仓步巷（在今新会会城）。永保次子南溪，讳绍渊，赐进士，为侍郎，死后葬于新宁（江门台山）白象山。
[2] 光桓：谷隐的十世孙，名上悦，字光桓，号毅轩，生于乾隆二十年（1755）。
[3] 曾祖寅斋生于1782年。2021年9月，新会梁启超故居纪念馆工作人员和江门市梁启超研究会的学者在新会区三江镇皮子村发现了梁启超曾祖寅斋的墓地，墓碑上刻着"皇清显考太学生寅斋梁公墓 咸丰丁巳年重修"的字样。

◆ 1995 年 11 月，梁氏后人在新会梁启超故居"怡堂书室"前合影

回乡后却不肯以此谋利，只以耕稼为业。

　　寅斋有八个儿子，次子延后，即梁启超的祖父梁维清（号镜泉）。寅斋去世后，将几亩薄田分给八个儿子，每人只得几分田。延后还分得一间不大的砖屋，后来梁启超便出生在这屋里。镜泉爱读书，善书法，像乡贤陈白沙一样，半耕半读[1]。"吾家自始迁新会，十世为农，至先王父教谕公，始肆志于学。以宋、明儒义理名节之教贻后昆。""祖父……兄弟八人友爱甚笃，好学问，书法学柳公权，刚健婀娜似尤过之。"刻苦攻读的镜泉考中了秀才，成为茶坑梁家第一个取得功名的人。此后，他买了十几亩田，分给三个儿子。可

[1] 陈白沙：陈献章（1428—1500），字公甫，别号石斋，因住在广州府新会县白沙里（今属广东省江门市蓬江区），故世称白沙先生。明代著名的思想家，岭南地区唯一从祀孔庙的大儒。白沙曾有《咏江门墟》诗曰："二五八日江门墟，既买锄头又买书。田可耕兮书可读，半为农者半为儒。"

惜镜泉后来一直没能中举，到三十岁时，才捐了一个附贡生[1]，做了县里的教谕[2]，即主管新会县文教事业的八品官，成为颇受新会人尊敬的乡绅。据梁启超回忆，梁维清素有孝行，每月初一都会率领子孙瞻祠宇，谒先祖，遇家讳就穿素服，不饮酒，不吃肉。镜泉先生勤奋简朴，忠厚仁慈，对待兄弟十分友爱，而且治家甚严，督促儿孙读书很有耐心。他热心乡村公益事业，曾组织乡民修路、禁赌等。

梁启超出生的时候，镜泉先生五十九岁。在所有的孙子中[3]，他最喜欢的是启超。他在屋后的空地上建了一间小书房，取名留馀，梁启超六岁以后就跟着祖父在这里读书。位于梁启超故居东南侧的宏文社学，俗称奎阁。一楼正门两侧刻着梁启超1894年正月初一题写的楹联："党庠塾序式于古，智水仁山在此堂"——相传即是少年时代的梁启超随祖父读书处。梁启超与祖父同吃同住同读书，"朝朝受读娇依膝，夜夜随眠恶踏衾"。白天跟着祖父读书、练字；晚上与祖父同榻而眠，听他讲古代豪杰哲人有益的言论和高尚的行为，以及南宋和明朝灭亡的历史。在一起生活的十九年中，祖父对梁启超言传身教，潜移默化，可谓是他人生中的第一位老师。

受白沙思想的影响，镜泉先生十分注重对儿孙的品德教育。除读书外，他善于在日常生活中对孩子们进行熏陶。茶坑村有一座北帝庙，里面有四十八幅水粉工笔画，图写二十四忠臣和二十四孝子的故事[4]。据说明末清初，

---

[1] 附贡生：指各省乡试中未考中举人的附取生，通过捐的方式取得贡生资格，可到京师国子监读书。

[2] 教谕：明清时期，官方学校中，县学有教谕，州学有学正，府学有教授，三级学校均有训导为副职。

[3] 延后（镜泉）长子荣徽（松涧，丁文江 赵丰田《梁启超年谱长编》和吴天任《梁启超年谱》作乾徽，今从茶坑梁氏族谱、家谱）有一子启昌，次子永徽（梅涧）有三子启瑞、启森和启炽，三子祥徽（莲涧）有六子。梁启超《三十自述》："王父及见之孙八人，而爱余尤甚。"

[4] 古庙：在今新会梁启超故居背后，凤山西麓。原为村内北帝庙，后因年久失修在台风中倒塌。1960年前后梁思成回乡期间，在大队临时办公室设计了茶坑旧乡府（村委办公处），之后由三江镇的"泥水森"施工完成。前座正门为黄色中式牌楼，后座是具有苏联建筑风格的主楼，茶坑村人俗称"小黄楼"。

有一个来历不明的人寄居庙中，绘制了这些古画。镜泉先生猜测他可能是亡明遗老，并为这座古庙题写一副对联："周岁三百六旬，屈指计期，试问烟景阳春，一年有几？屏开四十八幅，举头看望，也知忠臣孝子，自古无多。"据梁启超之弟梁启勋在《曼殊室戊辰笔记》中回忆，每逢正月十五，梁维清就带着孙子们进庙游玩，不厌其烦地讲解画上的故事："这是朱寿昌弃官寻母，这是岳武穆出师北征……"这些故事，深深地烙在梁启超心中。后来，他的思想一直随着时局的变化而改变，但爱国、救国的初衷却始终不变，不得不说，和他童年时期受祖父的教育有极大关系。

梁家高祖毅轩的墓地在新会厓门（新中国成立后改为崖门），距熊子乡约三十公里。此处的地形，东有厓山，西有汤瓶山，银洲湖水穿过两山之间流入南海。两岸青山相对，宛如一扇大门，故名"厓门"。实际上，厓山和汤瓶山均由一系列山头组成。东边的厓山包括凤山、观音山、隔山、白焦山、牛牯岭等；西边的汤瓶山由大佬山、马鬃山、猪牯石山等组成。如今，宏伟壮观的崖门大桥横跨崖门水道之上，连通新会东西两岸。车行桥上，可以观览崖门水道入海的风光，还能看见清代海防要塞——崖门古炮台遗址。

厓门既是新会银洲湖的入海口，又是南宋军民抗元的古战场，著名的厓

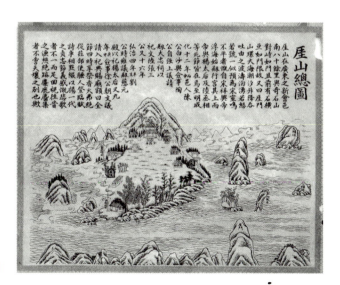

◆ 厓山总图

门海战就发生在这里。德祐二年（1276），元军兵临临安城下，宋恭帝出降，杨淑妃带着益王赵昰和广王赵昺循海出逃。在陆秀夫、张世杰、文天祥等忠臣的护卫下，他们辗转福州、泉州、珠江口，最后于1278年赵昺登基后逃到新会厓山，在当地成立据点继续抗元。不久，文天祥在海丰县五坡岭被张弘范部将王惟义生擒，标志着陆地抗元势力的覆灭。祥兴二年（1279），张弘范大举进攻厓山，左丞相陆秀夫在绝望之际，先将自己的妻儿推入海中，然后背着赵昺蹈海而亡。之后几天内，退守厓山的十万南宋军民全部蹈海殉国，演出了中国历史上极为悲壮的一幕。杨太后赴海而死，张世杰也溺亡于阳江海陵岛附近。厓门海战后，南宋虽然覆亡了，但陆秀夫、文天祥、张世杰等人誓死抗元的忠义节烈精神却为后世传扬。到了明代，新会大儒陈献章发动本地官绅，在原赵昺的宫殿遗址上兴建大忠祠、慈元庙等，供后人凭吊，他还在新建起来的大忠祠门上撰写楹联"宇宙万年无此事，春秋一例仿诸公"，来推崇他们的精神。相传张弘范曾在厓山的一块怪石上刻下"元张弘范灭宋于此"，以炫耀战功。白沙先生将"元"字改为"宋"，被称为"以一字之贬，严斧钺之诛"。这块厓门奇石原来伸入银洲湖中，后来疏浚航道时被炸掉了。直到1962年，著名戏剧家田汉游览崖门后，挥笔写下"宋少帝与丞相陆秀夫殉国于此"。这十三个行草大字被刻在近岸的大石上，以代作奇石供人景仰。如今宋元崖门海战文化旅游区的崖山祠内，纪念杨太后的慈元庙、纪念殉国军民的义士祠和纪念抗元三杰的大忠祠等建筑依然屹立在银洲湖边。登上最高处的望崖楼，可以俯瞰银洲湖的粼粼波光，令人不禁想起当年发生在这里的悲壮往事。

每年清明节，鲜花盛开绿树葱茏之际，梁维清都会划着小船，载着儿孙，前往厓门扫墓。每次扫墓经过厓门奇石，他都停船上岸，给儿孙们讲述南宋灭亡的故事，感叹陆秀夫忠君爱国的精神，然后高声朗诵陈独漉[1]的《厓门谒三忠祠》。梁启勋回忆说："舟行往返，祖父每与儿孙说南宋故事，更朗

---

[1] 陈独漉：即陈恭尹（1631—1700），字元孝，晚号独漉子，广东顺德龙山人，著名抗清志士陈邦彦之子。清初诗人，与屈大均、梁佩兰并称"岭南三大家"。

◆ 茶坑梁氏家族合影，中间戴帽者为梁宝瑛

诵陈独漉'山木萧萧'一首，至'海水有门分上下，江山无地限华夷'一联时，辄提高其音节，作悲壮之声调，此受庭训时之户外教育也。""山木萧萧风更吹，两厓波浪至今悲。一声望帝啼荒殿，十载愁人拜古祠。海水有门分上下，江山无地限华夷。停舟我亦艰难日，畏向苍苔读旧碑。""厓山多忠魂，后先照千古"，陈独漉借厓山怀古寄托对亡明的哀思，梁维清则借此诗寄托对亡宋的哀思。这种满怀激情的慷慨悲歌，无疑是最为生动有效的爱国主义教育。家乡这段光荣而悲痛的历史，为梁启超将来走上新民救国之路埋下了思想的种子。后来，他自己做了父亲，也常常给孩子们讲述民族英雄的报国故事，以这种方式怀念祖父的教养之恩，激发儿女的爱国热情，把梁氏家风传承下去。

梁启超的父亲梁宝瑛，字祥徵，号莲涧，是镜泉的第三个儿子。他端严方正，热心公益，孝敬父母，关爱儿女。守着分得的几亩薄田，一边读书一边耕种，坚守简约质朴的家风。新会地处南方，濒临大海，民风剽悍，地方自治组织起着极为重要的作用。二十八岁那年，莲涧开始在梁氏宗族的"叠绳堂"担任值理，调解纠纷、兴办公益、传承文化，前后达三十余年。他又曾在类似于信用合作社的"江南会"里担任职务，也有二三十年时间。此外，还常兼任茶坑村的联治机关"三保庙"[1]和各分祠堂的值理。因此他对茶坑村的乡政治理贡献颇多，在地方上很有威望。直到 1905 年，澳门发生地震，定居澳门的莲涧避居茶坑一月有余，又主持捕匪、禁赌，雷厉风行，乡亲们很是佩服。梁启超的母亲赵氏出身书香门第，其祖父、父亲均考取过功名[2]。赵氏能读书、善女红，以"贤孝"闻名乡里。凡是曾经求教于她的女孩子，都很容易找到婆家，在邑中传为美谈。这样的父母，无疑也是很好的启蒙老师。梁启超两三岁就跟着母亲学识字，五六岁上开始跟着父亲读《五经》。当他长到八岁时，父亲放弃科考，在村里办起了私塾，招收几个学生，和儿子们一起读书。

梁宝瑛有六个儿子，分别是启超、启勋、启图、启业、启文和启雄。从梁启超的字"宏猷"来看[3]，莲涧对大儿子启超寄予特别的厚望，因而要求也十分严格："父慈而严，督课之外，使之劳作。言语举动稍不谨，辄呵斥不少假借。常训之曰：'汝自视乃如常儿乎？'"梁启超的学业根柢，立身藩篱，都得益于父亲甚多。父亲常常对他说，人生中最重要的，是淑身和济物，即严格要求自己，时时帮助他人。

赵氏则更重视培养梁启超的品行。她性格温和，极少生气，可是也曾发怒打过他一次。那时梁启超才六岁，因为一件事说了谎，母亲发觉后，就把他叫到卧房，让他跪下，严加盘问。事情问清楚后，母亲就让他趴在她腿上，用鞭子狠狠打了十几下。这让他非常吃惊，因为从未见过母亲这样生气。责罚之后，母亲又告诉他，说谎是明知故犯，自欺欺人，其性质与盗贼无异，天底下万恶的源头，都在于撒谎。此事给梁启超留下了极深的印象，他觉得母亲的这番教训是千古名言，值得一生铭记于心。

[1] 始建于 1874 年的东熊三保文武庙，至今保存有两通石碑，刻有梁启超捐银一元的芳名。此时他尚不足两岁，应该是祖、父代捐的。

[2] 据当地村民口述，赵氏名云碧。杨友麒、吴荔明《杨度与梁启超》一书中说，梁启超的母亲赵氏的祖父赵雨亦是举人出身，其父亲也考中秀才。

[3] 宏猷：意为远大的谋略。据《怡堂家谱》，茶坑梁氏的族班顺序为：积、厚、流、光、裕、后、徽、猷、自、远、枝、蕃、实、茂、承、先、令、德、弥、昌，梁启超属猷字辈。

一个人的性格，是左右他一生事业的主因；而一个人的禀赋，则多半深受其幼年时家庭环境的影响。梁启超的性格和事业，秉承祖父的教诲和感化，还得益于严父慈母的管教与呵护。良好的家庭文化、道德氛围，让幼年梁启超打下了坚实的学问基础，培养了深厚的爱国思想，树立了正确的道德规范，体现了中华优秀传统文化在家庭教育中的强大渗透作用，对他将来走上立宪、新民之路产生了深远的影响。

新会神童传美名

梁启超六岁正式发蒙，启蒙老师是镜泉先生姐姐的儿子张乙星。八岁时在父亲的私塾里读书，同时学着写文章，九岁就能写出洋洋洒洒的千字文。十岁就学于周惺吾先生，到十二岁考中秀才后，周先生说："这个学生，我已经没有能力教他了。"良好的启蒙教育，加上过人的天赋，使梁启超很快在乡里赢得了"神童"的美誉。在新会，至今流传着梁启超少年时期的一些故事。

清代私塾的作文教学，从属对开始，进而学习作试帖诗、写八股文。属对这项练习看似简单，却很能考验学生的反应能力和思维水平。梁启超还没正式上学时，有一次在厅堂里爬上梯子玩。祖父看到后，生怕他摔倒，连忙跑过去扶住梯子。小启超俯身看到这种情景后，调皮地顺口吟出两句："有人在平地，看我上云梯。"祖父听了之后，既惊且喜，觉得大孙子模仿《训蒙幼学诗》随口吟出的诗句，已经表现出不凡的志向。

又一次，有客人来访莲涧，小启超上前为父执奉茶。客人有意试试这个孩童是否像传说中的那样聪明，即景吟出上联"饮茶龙上水"来考验他，结果梁启超应声答道："写字狗扒田。""龙上水"和"狗扒田"都是民间俗语，此处用来形容喝水太快和写字太烂，十分生动，可谓妙绝。客人听后，连连称赞。

六七岁时，张乙星先生为了考校他的属对功夫，曾出上联"东篱客赏陶潜菊"，命他对下联，没想到他脱口而对"南国人思召伯棠"。相传周文王之子召伯巡视南方时，曾在甘棠树下为百姓排忧解难，周人为了纪念他而作《甘棠》之诗，告诫人们不要砍伐这棵树，《毛诗序》说："召伯之教，明于南国。"所以梁启超的下联对得既快且工，令先生暗暗称奇。

十岁时，父亲将梁启超送到新会会城周惺吾先生的私塾中去读书。有一天，父亲进城，把启超从塾中接出来，带着他一起去拜访一位叫李兆镜的秀才，想跟李秀才一起商量送启超去广州府参加考试的事。李秀才家住在会城的双孖塘，庭院中种着几棵杏子树，门墙上刻着"杏园"二字。启超父子在李家住了一夜。第二天一早，小启超早早起床，好奇地来到院子里。只见园中杏花盛开，春意融融，于是随手攀折一枝，拿在手中把玩。正在这时，一阵脚步声传来，小启超害怕主人看见自己折花，怪罪下来有失脸面，下意识地将花枝藏进宽大的衣袖内。可是知子莫若父，这个小动作却被窗内的父亲看在了眼里。莲涧缓缓走出来，曼声吟道："袖里笼花，小子暗藏春色。"启超一听，知道自己的小动作瞒不过父亲的眼睛，父亲这是在警示自己，同时考校他的功课呢。他心里有点着急，忽然一抬头，看见厅堂墙上悬着一块挡煞的小铜镜，于是灵机一动，朗声对道："堂前悬镜，大人明察秋毫。"见儿子对得又快又好，莲涧不禁露出了欣赏的神色：这孩子真是个可造之才。李秀才知道原委后，哈哈一笑。他觉得折一枝花算不得什么，倒是这孩子的机智令人暗暗称奇。于是他也出一对："推车出小陌"，想再试试这个少年。不承想，梁启超不假思索地答道："策马入长安！"李秀才一听，高兴地连连夸赞："这孩子将来不得了啊！"

1882年，不到十岁的梁启超带着祖父和父亲的期望，第一次远离家乡，在父亲的陪同下，到省城参加府试。由于交通落后，新会的考生们只能凑份子租一条船，结伴而行。船行速度慢，路上需要三天时间。大家同吃同住，常以吟诗作对来消遣。同船的考生中，很多都是莲涧先生的好友，只有启超年纪最小。有一天，在吃饭的时候，有人指着盘中的咸鱼，让启超作诗，他不假思索地吟道："太公垂钓后，胶鬲举盐初。"虽然只有两句，但作为开篇，可谓章法老到，而且用商周时期关于鱼和盐的两个典故切合"咸鱼"之题，构思巧妙。关键是吕尚和胶鬲后来都大有作为，这脱口而出的诗，已经显示出这个小小少年不凡的志向。满船的人为之动容，启超的神童之名一下子就传开了。

年龄稍微大一点后，梁启超就学会写八股文了。塾中的老师曾以"小不忍则乱大谋"为题命他作文，他居然援笔立就。文中有"或大仇未报，凄凉吹吴市之箫；或时会未来，匍匐出细人之胯"这样的警句，以在吴国的街市上吹箫乞食的伍子胥，和甘受胯下之辱的韩信为例，说明"能忍"的重要性，时人惊为才子之笔。

茶坑村位于凤山西麓，山上有八角七层的凌云塔，相传此塔为万历年间新会知县周思稷倡议而建，目的是振兴新会的文运。从梁启超故居背后绕行两公里上山，新会美景尽收眼底：北望有郁郁葱葱的圭峰山，南眺是帆影点点的银洲湖，西边有静如白练的西江，近处则是独木成林的小鸟天堂和绿榕成荫的茶坑村、天马村。少年时代的梁启超勤奋好学，对大自然也充满好奇。读书之余，他常常和小伙伴们爬上凤山、登上凌云塔欣赏家乡美景。据说有一天，他从凌云塔下来，心里充满奇思妙想，写下一副对联："凌云塔下凌云想，海阔天空，迢迢路长；天竺国里天竺望，云蒸霞蔚，须臾妙相。"又有人传说，他有一天登上凌云塔，产生了探究自然奥秘的想法，写了一首登塔诗："朝登凌云塔，引领望四极。暮登凌云塔，天地渐昏黑。日月有晦明，四时寒

◆ 新会梁启超故居背后的凌云塔

暑易。为何多变化？此理无人识。我欲问苍天，苍天长默默。我欲问孔子，孔子难解释。搔首独徘徊，此理终难得。"据说祖父看到"问苍天""问孔子"几句后，批评他说："你居然敢冒犯苍天、孔子，真是大逆不道！"这副对联和这首诗不一定真是梁启超所作，但却真实地反映了少年梁启超热爱学习、勤于思考、敢于探索的可贵精神。他在1902年的《保教非所以尊孔论》中说："吾爱孔子，吾尤爱真理"，正与此一脉相承。

乡试中举得佳配

明清时期，朝廷以科举取士。科举以考八股文为主，八股文以四书命题，所以学生读书，先生教书，均以此为重。小孩子六七岁入私塾读书，称为蒙学，先学三字经、千字文、幼学诗，称为"三簿红皮书"。读完之后，开始学《大学》《中庸》《论语》《孟子》。四书读完，接着学《诗经》《书经》《易经》《礼记》《左传》。五经只重朗读和背诵，四书则需要先生重点讲解——因为八股文的题目出自四书。除此之外，蒙学阶段还有对课，即对对子，从二三字练起，直到五字对、七字对。对课的练习，是为写五言六韵或五言八韵的试帖诗做准备的。有了这些基础之后，学童就可以进入中馆，在对课、试帖的基础上学习写作八股文了。中馆的学生，一般在十三四岁时，就能写出完整的

◆ 新会学宫

八股文。再往下读，就得到都市里去进大馆。比如广东，新会是没有大馆的，广州就有。大馆专教八股，为考试做准备。考中后有了功名，就可以进入官方的学校读书了。

从考试的方式来讲，一个读书人要走完科举之路，需要参加三级考试——童试、乡试和会试，获得三级功名——秀才、举人和进士[1]。通过童试的人，就获得了秀才的功名，成为县学生员，能够到官方的学校读书，称为"入泮"[2]。对于梁启超来说，要通过新会县的县试、广州府的府试和广东学政主持的院试，才能成为秀才。

县试考七场，在县城北门马山下的新会学宫举行，主考官是县令彭君毅。第一场考试，梁启超最早交卷，彭知县看他年纪小，以为是不会做而交白卷。结果取过试卷一看，发现这个不到十岁的孩子文章写得很不错，文字清通，字也整齐，不禁拍案叫好。相传知县曾问他："你的文章写得很不错，我想给你个第一名。但你年纪太小，恐怕不足以服众。把你取在第二名怎么样？"梁启超答道："我愿列为第三名，而不愿做第二。"他这样回答，是因为俗语有"县二府三俱不利"的说法。但这恐怕是民间附会的故事，也未可知。总之，经过复试、面试之后，彭知县越发看中这个小考生，特地传他到县衙单独接见。面对知县大人，梁启超毫不怯场，对答如流，于是顺利地通过了县考。

四个月后，他在父亲的陪同下前往广州参加府试。府试也是七场，这次梁启超没能继续之前的好运气。但是第一次离开家乡的见闻，却让他知道，在新会之外还有一个广阔的世界，在八股文之外还有更丰富的学问。

1884 年，梁启超再赴广州应试。这一次，他考中了秀才。主持院试的是广东学政叶大焯，他想在新进学的秀才中找一两个才俊，以便为乡里垂范，名列前茅的梁启超当然引起了他的注意。叶学政一一召见新秀才，用心加以勉励。别的考生听完训诚就走了，只有启超长跪不起。他恭恭敬敬地给学政

[1] 或曰四级考试——童试、乡试、会试和殿试，产生四级功名——秀才、举人、贡士和进士。

[2] 入泮（pàn）：古代学宫前有泮水，故称学校为泮宫。科举时代学童入学为生员称为"入泮"。

大人磕了几个头，请求道："我的祖父今年七十岁了，他的生日在农历冬月二十一。我的私心，想请先生为我祖父题一幅字。一来可以借您的福气让祖父长寿，二则也能替我伯父和父亲尽尽孝心。您的题字将会成为我们家族的荣光！"这一番话说得十分高明，既表达了一个孩子的纯孝之思，也迎合了学政大人的提携之意。于是叶大焯十分爽快地答应了，提笔为其写下一篇千余字的《镜泉梁老先生庆寿序》。在序文中，他以吴祐、祖莹、刘敞、顾野王等神童比方梁启超，这些人在十二岁时即已显露才华，继而又名垂后世，当时梁启超也正好是十二岁。叶学政勉励他继续勤奋读书，树立远大志向。最后说，"吾闻之，黄云紫水，代有伟人。熊子山绝顶有凌云塔，建自前明，科名日起，而梁氏所居茶坑，实在其下，应运而兴。使乃祖乃父得遂教成之愿，含饴矍铄，则有七十杖国之年，以臻百年期颐之日，其畜德之懋，后嗣之蕃，有非寻常所能希其万一者。""黄云紫水"，指的是新会城北的黄云山和城西的紫水河，旧新会八景即有"黄云樵笛"和"紫水渔舟"。相传白沙先生出生之前，有风水先生预言"黄云紫水之间，当有异人生"，如今叶大焯重提此话，并以凌云塔相勉励，可见对这位少年寄寓的期望之高了。

当梁启超带着堂堂三品大员的墨宝回到新会时，整个县城都沸腾了。

祖父、父母读着学政大人写的祝寿文，既感动又欣慰，感动的是孩子这么有孝心，欣慰的是他知道读书上进，让大家看到了家族兴旺发达的希望。当时考中秀才的平均年龄是二十四岁，十二岁的梁启超实在是太幸运了。他从此可以穿蓝绸长袍，戴银顶帽子，还可以不用缴税、免服杂役，见到官员也无须下跪。更重要的是，等待着他的是一条越走越宽的康庄大道。

早在十一岁时，梁启超就读了张之洞的《輶轩语》和《书目答问》，这时，他才知道天地间除考试之书外，还有数不清的书可以读，有真正的学问值得去追求——子曰："吾十有五而有志于学"，而梁启超在此时就已经立下了好好学习知识和本领的志向。考中秀才之后，他的学习兴趣更加浓厚了。他不满足于仅仅为了应试而学习八股文，开始迷上了诗词文章。祖父和父母十分开通，教他读唐诗，他特别高兴——在科举时代，这样的家长实在难得。由于家里太穷，买不起书，只有一部《史记》、一部《纲鉴易知录》，祖父和父亲就有计划地引导他读，不懂的地方就讲给他听。由于读得十分刻苦，到成年以后，他还能背诵《史记》原文的十之八九。父亲的一位好朋友很喜欢聪明又勤学的小启超，特意送了一部《汉书》、一部姚鼐的《古文辞类纂》来，他大喜过望，很快就把这些书也读熟了。

为了接受更好的教育，梁启超离开祖父和父母，开始了外出求学之旅。他先是于1885年到广州吕拔湖先生门下受业——十年前，康有为也曾跟随吕先生学文。这一年，他接触到段玉裁、王念孙等人的训诂之学，开始对乾嘉学派产生浓厚的兴趣，以至于想丢弃八股文。第二年，他投入佛山陈梅坪先生门下。再过一年，他十五岁了，求学于在广府学宫翰墨池设教的石星巢先生[1]。石先生旧学根底深厚，梁启超的旧学基础主要得益于他。后来，在民国元年写给思顺的信中，梁启超还很感激石先生的恩情，打算请他教思成等读书。

同年，梁启超进入广东五大书院之一的学海堂读书，同时继续受教于石先生。学海堂是两广总督阮元于六七十年前在粤秀山下创立的书院。自阮元创办以来，这里的教学就实行学长制，经史文理四门课的负责人称学长，由饱学宿儒担任。陈兰甫[2]、侯君谟、陈梅坪等人就曾做过学长。学生有专课生、附课生两种。由于学海堂的重点是学习、研究儒家经典，所以这里的学生又称专经生。老师每月讲两次课，月初时学长与学生会餐，借机商讨学术、交流感情，其他时间主要靠学生自学。由于阮元是著名的汉学家，因此学海堂的教学内容主要是汉儒的考据学、经史、词章和宋儒的性理之学，并不太重视八股文。梁启超在这里如鱼得水，决意丢掉八股文，一头扎进训诂学的海洋中，尽情遨游。

天赋的聪明，加上后天的勤奋，使得少年梁启超很快从同学中脱颖而出。进入学海堂的第二年，他就取得了专课生的资格。学海堂有田租收入，其中一部分拿出来作为奖学金，称为"膏火"。膏火根据成绩分等次发放，目的在

[1] 石星巢（1852—1920）：名德芬，字星巢，番禺人。1873年中举，曾在广西任知府。1888年与陈石樵、吴玉臣合办陈石吴学馆，广收生徒。

[2] 陈兰甫（1810—1882）：即陈澧，字兰甫，人称"东塾先生"。番禺人。道光十四年（1834）入读学海堂，成为学海堂第一届的专课肄业生。1840年补授为学海堂学长。1867年受聘担任菊坡精舍山长。

于鼓励学生进步，同时补贴好学而贫困的学生。梁启超是次次都能拿到膏火的，凡是季课大考，他都名列第一。在他之前，只有"江南才子"文廷式曾经取得过这样的成绩。

当时广州的各大书院中，粤秀、粤华、应元等书院主要教八股试帖；学海堂、菊坡精舍则主要课经史词章。书院每年甄别一次，录取正课生、附课生各若干名，发给膏火金。膏火金的数量，一般是正课生十两银子，附课生五两银子。每月的月课还要分等次给予奖励。所以学习好的同学，一经入选，既能得膏火金，还能拿月奖银。经济条件差的同学，只要努力学习，完全可以养活自己。梁启超出身寒门，常以此为补贴。除了完成学海堂的学习任务，他还选修了其他书院的课程。当时应元书院的课程较难，菊坡精舍多讲授经史词章，所以梁启超选修这两处的课稍多一些，成为其附课生；其他同学则主要选修粤华、粤秀书院的课。他还一度打算进广雅书院学习，但是听说地方长官来视察时，全体学生必须站在门口迎接，他非常反感，就放弃了。

据卢湘父回忆，其他同学在选修外院课程期间，总是夜以继日地埋头苦学，只有梁启超悠游自在地到处闲逛，好像没事人一样。每到夜深人静时分，他就坐下来，奋笔疾书，文不加点，转瞬间就完成一篇文章。同学们感慨说，王勃已经够才思敏捷的了，还需要拥衾高卧打个腹稿，相比之下，梁启超的才华有过之而无不及，令人羡慕。

由于四季大考都是第一，梁启超得了不少奖学金。作为几个书院的院外生，他参加考试，成绩优异，也得到了一些"膏火"。有了这些收入，他没有去买吃的穿的，而是全部拿去购买感兴趣的书籍，比如《皇清经解》《四库提要》《百子全书》《粤雅堂丛书》等。每次放年假，他都背着一大捆书回新会。就这样，梁启超逐渐成长为博览群书的汉学新秀。另外，在几大书院读书期间，他还结交了许多朋友。麦孟华、曾习经、江逢辰……有的和他志趣相投，有的以广博的学识或新鲜的思想吸引着他，有些后来成为终生陪伴他的知己。

光绪十五年（1889），光绪帝亲政，特加乡试恩科和次年春天的会试恩科。十六岁（虚岁十七）的梁启超参加了当年的广东乡试，以第八名的成绩高中举人。广州贡院是晚清四大贡院之一，号舍有一万多间，广东乡试就在这里举行。按照惯例，考生于八月初八进场，连考三场，每场三天。据当年九月初八那天的《广报》第906号报道，在中举的一百零八人中，新会籍考生有十四名，包括潮连的陈昭常、卢臣清，梁启超排名最前。他和三水的梁士诒、南海的梁志文因皆是少年中举而并称"三梁"。梁启超也是全省考生中年龄最小的一位。他的老师石星巢在写给朋友汪康年的信中说，梁启超和另外三位考中的学生是"卓荦之士"，四人经学词章各有所长，可见也给老师长了脸。新会谭仲銮为祝贺他中举，专门写了一副对联："戴凭高材，就贡举才十有六岁；臣朔博士，诵诗书已廿余万言。"以十六岁举明经的戴凭和饱读诗书的东方朔比方梁启超，可见其在乡里已是鼎鼎有名的饱学之士了。

　　在这次乡试中，因为文章写得漂亮，梁启超引起了两位主考官的注意，也从此成就了一段姻缘。正主考李端棻是贵州人，他幼年丧父，跟着叔叔李朝仪到京城求学。由于从小住在叔叔家里，他与叔叔的女儿，堂妹李蕙仙情同亲兄妹。后来，他考中进士，入翰林院，先后出任云南学政、监察御史等。

◆ 位于新会三江镇沙岗村的
梁启超中举旗石

1889 年，他又以内阁学士的身份主持广东乡试。这么多年来，李端棻从未遇见过梁启超这样富有才华的学子。梁启超的文字熔铸经史，笔法老到，宛如一个饱学宿儒。他决定见一见这个年轻人。他又想到，自己还有一个未出阁的堂妹，如果能与这个博学多才的年轻人结成姻缘，岂不是美事一桩？此时，叔叔李朝仪已经去世八年了，如果自己做主把堂妹嫁出去，叔叔地下有知，也会安心的。于是，他马上去请副主考王仁堪出面做媒。没想到王仁堪也很欣赏梁启超的才华，正打算请李主考做媒，把自己的女儿许配给这位年轻人呢！现在李端棻先开了口，他只得将已到嘴边的话咽了回去。

李端棻决定借着与考生面谈之机，亲自向梁启超表明自己的想法。在这种情况下，年轻的梁启超远没了当年在叶学政面前侃侃而谈的勇气。因为这件事情太重要了，他从来都没考虑过，而现在面对的又是对自己有恩的主考官。好在婚姻大事理当由父母做主，他倒不用太为难。受李主考的委托，王仁堪找到在新会乡间教书的梁宝瑛，正式商谈此事。梁宝瑛感到很是不安。因为梁家世代耕读，寒门清贫；而李家世代为官，家学绍茂，两家相比，有如天上地下。他感觉齐大非偶，因此就婉言谢绝了。而李端棻相信自己的眼光，绝不会看错人。为了促成这门婚事，他请人对梁宝瑛说了一番话，表明自己的看法。他说："我也知道启超出自寒门，但我看中的是他的才华和人品，请不要以贫富论人。小子终非池中之物，一定会前途无量，我不会看错的。我的堂妹是端庄闺秀，深明大义，她一定会同意我的想法。请必必推却了。"话都说到这个份儿上了，梁宝瑛当然不好再说什么。

两年后的冬天，十九岁的梁启超与二十三岁的李蕙仙在北京完婚。在离开广东北上之前，老师康有为赠诗："道入天人际，江门风月存。小心结豪俊，内热救黎元。忧国吾其已，乘云世易尊。贾生正年少，诀荡上天门。"也未提及二人门第的差异，而是说梁启超像西汉的贾谊一样年少才高，此次进京一定会大有作为。可见康有为和李端棻一样，十分看重梁启超的才华。事实证明，他们没有看错，梁启超后来的表现，完全对得起妻兄和恩师的期许。

第二回

求学　万木草堂

落第南归入康门

明清科举，乡试每三年一次，因在秋天举行，故称"秋闱"。会试在次年春天举行，称"春闱"。十八岁那年春天，举人梁启超到京城参加会试。这一次，祖父让父亲陪着他去，一是由于他年纪小，一个人跑那么远不放心；二来也要与李家人见个面，商量梁启超与李蕙仙的婚事。

对于梁氏父子而言，京城之行让他们大开眼界。他们从新会出发，顺着珠江来到出海口，坐船到上海，转航班至天津，再经内河船运，最后从陆路进入北京城。车马劳顿，一路风尘，虽然辛苦，却可以暂时从枯燥的典籍中摆脱出来，走出广东，领略沿途风味，饱览山川美景。在京城，他们住在崭新的新会会馆内。会馆坐落在宣武门南边的粉房琉璃街上，坐西向东，大约有五十间房。此前，新会外海富绅陈焕之曾在永光寺西街建新会邑馆[1]，供进京赶考的举子居住。后来由于赶考的人越来越多，新会古井人吴铁梅又倡建了新的会馆。1885年新馆落成之际，吴铁梅辟室纪念新会先贤陈白沙先生，并撰写了一副对联："水紫云黄五百年必有名世，橙红葵绿八千里共话乡风"[2]，挂在白沙像前。看到这副对联，梁启超父子感觉十分亲切。他们想起了家乡的紫水河、黄云山、新会橙和葵扇，也想起了叶学政曾经说过的话。

安顿下来之后，按照惯例，梁启超要去拜访同乡官员，获得确认身份的印结，还要去拜会座师，交朋结友。社交是辛苦的，考试的压力也很大。三月初八开考，六千多名举子涌入顺天贡院。照例是考三场，一共九天时间。

---

[1] 国家图书馆藏有《新会邑馆记》，全文580余字，由新会荷塘举人李星辉撰，顺德人李文田书写。

[2] 一说对联为陈白沙所撰，对联内容亦有出入。

四月初十放榜，学海堂的同学曾习经考中了，成为天子门生，留下来准备参加殿试。梁启超的好运气却没能再现——他落榜了。不过这也没什么好沮丧的，因为大多数考生都是失意者，何况他还这么年轻呢。

就这样，梁启超和父亲取道上海原路返回。船到上海以后，他们稍作停留。在这座繁华的大都市，梁启超看到了很多西方书籍。19 世纪 60 年代，洋务派在上海创办了江南制造局。1868 年，江南制造局设立翻译馆，开始有计划地大规模翻译和出版西书。不到二十年时间，他们就翻译出版了一百多种西书，主要是关于声光化电等方面的科技书籍。因为印数不多，这些书在上海以外的地方很难买到。看到这么多西书，初到上海的梁启超被深深地吸引了。他看得眼花缭乱，恨不得全部都买下来，但由于囊中羞涩，最后征得父亲同意，只买了徐继畲编著的《瀛寰志略》。这是一本关于世界地理的书，里面记载了世界各国的史地沿革、风土人情，尤其详细地记述了亚洲、欧美的相关情况，甚至谈到英、美等国的民主选举制度。这时梁启超才知道，世界那么大，不仅在广州以外有北京、天津、上海，在中国以外还有五大洲的很多国家，那些国家还有别样的政治制度。北上之行虽然没有考取功名，却令他颇受震动。他开始思考中国落后的原因，以及自己将来要走怎样的路——这是梁启超洞穿旧学的墙壁，向世界窥探新学的开始。

回到茶坑村，他跟祖父讲了出行的见闻。长这么大，还是第一次离开祖父这么久呢！短暂停留之后，他来到广州，又开始了按部就班的读书生活。他依然在学海堂和各大书院之间穿梭往来，汲取感兴趣的知识，同时思考自己的前途和国家的命运。他的兴趣实在广泛，又精力过人。这一年，他手批了《四库提要》几十册，一直保存在梁志文在广东的家里[1]。他不想再走传统读书人的老路了，而是希望接触新的学问，从中找到爱国救国的方法，在时代的大潮中一显身手。

[1] 梁志文（1870—? ）：号伯尹，广东南海人。与梁启超、梁士诒同为光绪十五年恩科举人，时年 19 岁。光绪二十年中进士。宣统年任吏部主事。

这一年秋天，梁启超在学海堂认识了陈千秋[1]。陈千秋是南海县西樵乡人，熟悉历代掌故，精通考据之学，是学海堂的高才生。两个聪明勤奋的人一见如故，很快成了挚友。陈千秋对梁启超说："我有一个老乡，叫康有为。他虽然只是个监生，却非常特别。他的学问新奇而广博，是我们做梦都难以企及的。他在京城向皇帝上书，呼吁变法，没有得到采纳。今年三月，我去拜访过他。先后和他谈论了几次诗书礼乐等儒家经典，他跟我讲了孔子改制的理论，仁道合群的本原，并劝我抛弃考据旧学，接受他的新思想。我觉得他讲得很有道理，已经决定拜他为师。最近他刚从京城回来，我打算再去拜谒，你有兴趣和我一起去吗？"接着，陈千秋向梁启超介绍了康有为的学问和思想，讲了他的许多奇谈怪论。这番话激起了梁启超的好奇心，他心想："这到底是怎样一个奇特的人物呢？他不过是个监生，而我已经高中举人了，在训诂词章方面还颇有点心得，他难道比我还有学问吗？"八月的一天，梁启超带着强烈的好奇心和陈千秋相约前去拜会康先生。

康有为的老家在南海苏村。按照梁启超在《南海康先生传》里的说法，康家是一个世代以理学传家的名门望族。康有为的祖上于宋末从南雄珠玑巷迁到南海。高祖康辉是嘉庆举人，曾任从二品的广西布政使。曾祖父康健昌，号云衢，做到三品的福建按察使。后来辞官回到广州，购得诗人张南山的听松园，改建为云衢书屋[2]。祖父康赞修，是道光年间的举人，做过连州训导、广州府教授，曾在广府学宫孝悌祠开立学馆，招收近百名学生读书。年幼的康有为曾在这里，跟着堂伯父康彝仲读书。他的父亲康达初，是岭南大儒朱次琦的门徒。出生在这样的家族，康有为自然有着深厚的旧学根柢。他自己也曾投入朱次琦门下求学。

康有为年轻时读了李圭的《环游地球新录》，受其启发到过香港。又数次进京赶考，坐洋轮途经上海、天津等地，在上海研读过各种西方报纸和译书。

---

[1] 陈千秋（1869—1895）：字通甫，又字礼吉，号随生。广东南海人。自幼勤学聪慧，受业于康有为，号称长兴里十大弟子之一，曾任万木草堂学长。1895年因协助康办理西樵乡同人团练局操劳过度而病故。

[2] 云衢书屋：1890年康有为在此居住并讲学。戊戌政变后，"云衢书屋"被清政府没收。后开马路拆毁，解放初年"云衢书屋"门坊尚存。

这些经历，让他接触到资本主义文明。他亲眼看到西方人宫室瑰丽，道路整洁，巡捕严密，治国有法，发现资本主义有生机，于是大量购置汉译西书，潜心攻读，并逐渐萌发了维新变法的思想。他希望结合自己中学西学兼通的长处，从儒家经典中寻找变法的依据，于是发挥今文经学的变易发展观，以此来反对禁锢国人头脑的僵化世界观。

此前，康有为在广东多次参加考试，均未中秀才。直到十九岁时，因为年纪不小了，不宜再参加童子试，于是祖父给他争取了一个监生的资格。监生在参加乡试之前，要先通过本省学政的选拔考试。当时监生被选中的几率仅有百分之一二，康有为以第一名被选中，所以在考场传为佳话。可是在广东乡试中，他依然考不上。当时广东人可在广州和北京两处参加乡试，康有为在广东乡试中屡试不售，就转到北京参加顺天府乡试。1888年，他在顺天乡试中再次落榜。在这种情况下，他写成了"上清帝第一书"，指出当下民族危机严重，日、英、俄、法列强环伺，只有变成法、通下情、慎左右，才能挽救民族危亡。由于顽固派的阻挠，这封上书并未送达光绪皇帝手中。在黯

◆ 梁启超与康有为

然返回广东的途中，他痛感民智未开，变法难成，于是决定开馆授徒，传播维新思想。当陈千秋和梁启超前来拜访时，康有为刚从京城回来，正住在云衢书屋。

初次见面，梁启超发现康先生和自己想象中的很不一样。他个子不高，眼睛不大，皮肤微黑，声音洪亮，有种自负的霸气，并不是文弱书生。康有为的口才很好，三十三岁的他非常自信，在两个二十岁左右的年轻人面前高谈阔论，雄辩滔滔。梁启超被震撼了，少年举人的沾沾自喜此时消失殆尽。因为康先生所发的言论，全然不是传统的八股括帖，也不是梁启超所擅长的训诂词章，而是全新的学问、崭新的世界。对于读书人奉若神明的腐朽旧学，他一一批驳，全部否定。康先生的话，像是大海中的巨浪，又像佛门的狮子吼，令人醍醐灌顶，在震惊之余，只想全然抛弃以前的旧学问、旧思想，转而接受他的新观点、新论断。

这一番谈话，从早晨到天黑，持续了十几个小时，可是大家浑然不觉。从康有为的房间出来时，梁启超一身热汗已经凉透，有如冷水浇背，当头棒喝。他突然感到信仰坍塌，人生失去了方向。不要说八股科考，连以往自己认为最有价值的考据词章之学，也都变得毫无意义。他的心情非常复杂，有惊奇，有喜悦，有悔恨，有疑惑，还有害怕……这一次的会面，有如王艮初见王阳明，颇有一点戏剧性。当天晚上，梁启超和陈千秋联床夜话，饶有兴味地谈论康先生的学问和论断。由于谈得太投入，以至于不知不觉天都亮了。

第二天，两人意犹未尽，加上还有些地方想不通，于是再次来到康先生的住处请教。这一次，康有为的态度温和了许多。他跟两个年轻人讲了陆九渊和王阳明的心学，也谈到历史学和西学的情况和自己的看法。对生活在那样一个时代，从小接受传统学问的年轻人来说，康有为的知识和观点有一种特别的魅力，仿佛打开了一扇新世界的大门，招手呼唤他们进去一探究竟。梁启超终于明白，陈千秋为什么会那样介绍康先生。现在看来，无论从学识、阅历来看，还是从气质、风格来讲，康有为都像是来自另外一个世界的先知，确实是他们梦寐以求的老师。于是，他决定和陈千秋一起，从学海堂退学，拜到康有为门下。这一年，康有为三十三岁，梁启超才十八岁。

梁启超和陈千秋来到云衢书屋，对康有为执弟子礼，并建议先生开馆授徒。在这里，梁启超日日向先生请教，深感此时所得才是真正的学问。梁启超已于前一年高中举人，康有为却屡试不第，至今还是个监生，举人拜监生为师，旷古未有，因此成了轰动一时的新闻。学海堂秉承曾经的学长陈澧的遗教，向来以康有为的学说为异端。现在学海堂的两位高才生居然主动退学，拜到异端门下，整个学海堂一片哗然。当时的学长严厉地斥责梁、陈二人，但是他们也不分辩，反而越发恭敬地侍奉康有为。

九月，佛山三水的徐勤[1]也来拜师。徐勤性情爽直，为人慷慨，又因少年持家，家道殷实，愿意承担教馆的日常费用。在三个学生的督促下，康有为终于决定，租下长兴里邱氏书屋的一间房，开始招生讲学。

[1] 徐勤（1873—1945）：字君勉，号雪庵，广东三水县人。邑庠生出身，康有为弟子，是康氏最忠实的信徒之一。1895 年在上海创办《强学报》，后任澳门《知新报》主笔，日本横滨大同学校校长。

南海激扬草堂春

邱氏书屋在今中山四路长兴里三号，建于嘉庆年间，是一座三进的小院落，面积有一千多平方米。这里本来是邱氏家族士子到省城应考的落脚地，现在也对外出租。1891 年，由于学生越来越多，云衢书屋已经无法进行教学了。在梁启超、陈千秋、徐勤等弟子的倡议下，康有为租下了邱氏书屋东面二楼的一部分房间作为学馆，学生也住在这里，时称"长兴学舍"。第二年，由于邱氏书屋租地太少，而慕名求学者甚众，康有为又迁到卫边街的邝氏祠讲学[1]。1893 年冬，再从邝氏祠迁至广府学宫的仰高祠，正式挂起万木草堂牌匾，并以梁启超、陈千秋为学长，继续讲学。后人一般把邱氏书屋、邝氏祠和仰高祠通称"万木草堂"，这里是康有为培养变法人才的基地，也是梁启超构筑学术和事业基础的大本营。

康有为刚搬到长兴里讲学时，学生还不到二十人。可是情况已经比前两年好多了。刚从京城回来时，他曾尝试开馆收徒，却因没有举人、进士的功名遭到无情的嘲笑，甚至有人在开馆告示上写："一个监生，居然也敢出来开教馆吗？"如今终于可以安静地教学了，而且学生很佩服他的学问，慕名而来的人也越来越多。前来求学者，除了原来的学生，还有韩文举、麦孟华、曹泰、王觉任等。这些学生大多尚未成年，平均年龄才十七八岁。他们天真烂漫，意气风发，友爱相处，亲若兄弟。

康有为后来追忆说，他于 1891 年"始开学堂于长兴里讲业，著《长兴学纪》以为学规，与诸子日夕讲业，大发求仁之义，而讲中外之故，救中国

---

[1] 邝氏祠今不可见，遗址在今广卫路与吉祥路附近。

◆ 万木草堂

之法"。他在这里写就了著名的《长兴学记》，陈述自己的教育主张。在这本书中，他标明了创办万木草堂的目的，是"勉强为学，务在逆乎常纬"。所谓"逆乎常纬"，就是敢于背叛常规旧制，创办新式学堂。他从儒家的传统教育理论出发，以"志于道""据于德""依于仁""游于艺"为纲领，对学生提出具体要求，对学习方式进行详细规划。教学的内容，主要包括义理、考据、经世、文字四科。其中义理学和考据学主要讲中国数千年来的学术源流，经世学则主要以万国政治、历史为参照，讲中国历史政治的沿革得失，文字学既讲中国的词章，也讲外国的语言文字。他的教学内容是崭新的，体现了中学西学相结合的原则。他的教学方法也别具一格。每月初一教授讲课，其余时间学生自己读书。学生每天交日记，内容包括修身、养心、读书、时务等项目。在校外，每隔一天有体操课，鼓励学生外出游历。《长兴学记》既重视人格的塑造，也强调知识的学习；既学习传统的中学，又增加了外国政治、历史、科学等，以便培养学生的世界眼光和变革思想。这部学记对梁启超的影响非常大，他后来主教长沙时务学堂，任中文总教习，制定学约，就以此为蓝本。在小说《新中国未来记》中，梁启超借黄毅伯之口说，《长兴学记》是他一生事业的基础之一，可见这本书对他的影响之大。1893年冬，梁启超在东莞讲学[1]，曾仿照《长兴学记》写成《读书分月课程表》，以指导学生读书，也可见其影响。

草堂的学习内容很丰富，方式多样化。除了文化课以外，还有体育课、礼仪课等。每天下午是康先生讲课的时间，主要讲古今学术的源流，历代政治的沿革得失，西方各国学术、政治的情况，以孔学、佛学、宋明理学为体，以史学和西学为用。比如讲儒家、道家、法家等思想，就列举其源流、派别，把来龙去脉都梳理清楚。讲唐诗，则把唐以前诗歌的发展和唐以后诗歌的变化等情况，都源源本本举例子讲清楚。他也讲世界大势，以及列强压迫中国的现实。无论讲什么内容，都能上下古今，务必讲清楚来龙去脉、利弊得失，并引用欧美事例加以比较证明，以求学生有最大收获。

康有为是天生的老师。他年轻时读书非常用功，据其弟康广仁回忆，他每天早上搬一摞书放在桌上，右手拿一把尖利的铁锥，用力向书上一扎，扎穿几本，当天就读完几本。有时为了完成读书任务，累得上眼皮都无法闭下来。成年后的康有为，学问深厚，见识广博，思想新潮，富有激情，身体强壮，口才还特别好。每次讲课之前，他都先把题目写在堂上。到了规定的时间，先击鼓三通，学生齐聚堂上，分东西排成两队。等康有为到来后，他先坐在中间的位置，学生再分坐于东西两侧。康有为讲课不用教材，坐着没有靠背的硬板凳，讲桌上只有茶壶茶杯，一边喝茶一边侃侃而谈。讲到中间，吃一点粥、粉、点心之类，然后继续。就这样一次讲三四个小时，脸上毫无疲倦之色。他的课很能吸引和打动学生，因为他学识广博，"他对传统中国的学术思想和政治社会制度的了解，是蔚成宗师的"（唐德刚语）；又循循善诱，富有激情，"如大海潮音，如狮子吼，善能振荡学者之脑气，使之悚息感动，终身不能忘"；而且对于复杂的问题，能不厌其烦地反复说明，务必让学生弄通。就这样，老师不知疲倦地讲，学生津津有味地听，一边还认真做笔记。每听一次课，学生们就因有收获而欢呼雀跃，从教室里出来后还在吟咏回味。

[1] 据梁启勋《"万木草堂"回忆》，当时有所谓"冬馆"，在每年冬天三个月短期开馆，大多由学识渊博且有名望的二人合教。1893年冬，梁启超与韩文举一起开冬馆。

每每讲到列强环伺、危机四伏、民生多艰的家国处境时，康有为总是慷慨激昂，感慨叹息，甚至痛哭流涕。这种投入情感的讲课方式，极大地感染了学生，激起了他们的民族使命感和社会责任感。后来，在康有为七十大寿时，梁启超回忆说，学生们受到康先生的教导，很受震动，深知天下兴亡匹夫有责，万万不敢自我放弃、游手好闲。

学生们白天听完课，有不懂的地方，就在傍晚时分相约去向先生请教。康有为有问必答，而且谈兴很浓，往往借题发挥，侃侃而谈，讲到学问的博大精微处，令学生们十分佩服。看到大家求学的兴趣浓厚，康有为更加愿意解疑答难了。他还精通佛学，常常跟学生讲起佛学的精深博大，当时梁启超没有佛学知识的基础，所以听得似懂非懂，但先生的讲述引起了他研究佛学的兴趣。

草堂学子大部分时间靠读书、写笔记自学。所读之书分专精和涉猎两类，而且兼涉中西。既读《春秋公羊传》《资治通鉴》《宋元明儒学案》《朱子语类》《二十四史》《文献通考》之类的古书，也读翻译过来的西方书籍，比如江南制造局关于声光化电等科学门类的译著百余种，包括容闳、严复等留学前辈的课本，以及外国传教士傅兰雅、李提摩太等人的译本。

万木草堂设有书藏，即图书阅览室。康有为将自家几代人积累起来的图书都搬来放到这里，供学生取阅。此外，还有康有为朋友捐的书，也有学生自由捐献的书——当时草堂同学有个口头禅，叫作"捐入书藏"。这些书加起来一共有几万卷，分别存放在一百多个箱子里面，集中放在一个房间里。房间上锁，由学生轮流值守，叫作"轮值书藏"。值守的同学拿着钥匙，借书的同学要先提出申请，等当值人找到要借的书之后，按要求在书藏簿上登记好借阅信息，才能把书取走。等到还书时，再在书藏簿上注销记录。每到月末，书藏要做一次全面检查，借出去的书需全部缴还，如果需要续借，就重新登记。书藏里的书有许多善本，在外面不容易见到，所以轮值的人负有重大责任。但凡有丢失或污损的，当值人都难辞其咎。卢湘父回忆说，他很喜欢去轮值，因为可以在里面读到很多好书，正如李谧所说："丈夫拥书万卷，何假南面百城。"他是乐此不疲的。

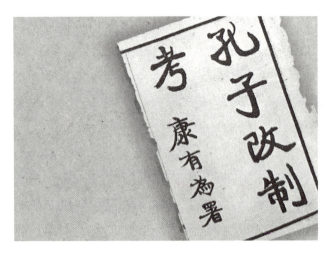

◆《孔子改制考》

　　为了督促学生在读书、听课的同时加强思考，康有为给每个人发一本功课簿，要求大家凡是有疑问或心得，都写在上面。功课簿每半个月上交一次，康有为都尽量全部批答。有时批答的文字是学生笔记的数倍，可见其教学认真的程度。功课簿写满之后，就存入书藏，供后入学的同学借阅。这是科学而有新意的教学方式，其效果可想而知。草堂并无考试制度，先生要判断学生学习的成效，全靠查阅功课簿。康有为从学习好的学生中选出两三名作为学长，领导新生读书，让学生在自治中提高学习能力，培养阅读兴趣。

　　草堂还有一本厚厚的蓄德录，是大家共用的。这个厚本子每天按照宿舍顺序依次传递，每个学生每天在上面抄写几句古人格言、名句俊语等，像"学而时习之，不亦乐乎"之类的都可以。这些抄录的内容，还让学生各自写在小纸片上，贴于大堂板壁，供同学们观览。每隔三五个月，康先生就会把蓄德录拿去翻阅一次，借以考察各个学生的志趣、思想的趋向和变化，从而做到因材施教。

　　听课、读书、习礼而外，康有为还带领学生一起著书。刚到长兴里时，他就在着手写作《公理通》《大同书》等著作。那时康先生常常与陈千秋商量写作细节，梁启超旁听，感觉老师的学问真是博大精深。到写作《新学伪经考》时，康先生把校勘工作交给了梁启超，可见此时他已经很有长进，得到了先生的信任。接着写《孔子改制考》时，梁启超承担了部分章节的编写工作——此时的他已经成长为康先生的得力助手了。以《孔子改制考》的写作为例，可见康门著述的讲究。康先生先指定一二十名学生，把秦汉至唐宋学者的著述从头梳理一遍，凡是有关孔子的言论，都简单抄录出来，并且详细注明见于某书第几卷第几篇。集体工作的时间由团体共同商定，一般上、中、下旬各抽几个时间段，集中在大堂一起动手。编好的文稿存放于书藏，供先生随时调用。在这个过程中，先生省去了翻检材料之功，学生也能得到很好的学术训练。

进入草堂一年之后，梁启超就开始接触康有为的大同思想。此时康有为已经完成了《人类公理》，正在写作《实理公法全书》，这两部书是《大同书》的雏形。康先生轻易不肯让学生看，也不跟学生讲。梁启超和陈千秋是他最信任、最得意的弟子，所以他著书的时候，常常就一些细节与陈千秋探讨，梁启超则旁听。能率先拜读先生的著作，了解先生的思想，他们特别高兴，很想大肆宣传这种思想。康先生却说还不是时候，现在正是"据乱世"，只能谈"升平世"（小康），还不能谈"太平世"（大同），否则天下将会大乱。但是学生们也偷偷地读，于是草堂学子渐渐开始谈论大同思想了。在康先生的著作当中，《新学伪经考》和《孔子改制考》最为重要，也是对梁启超政治思想的形成影响最大的。这两本书，奠定了康有为变法理论体系的基础。前者认为，东方文明的正统是儒教，儒教的正统是"今文"经学，而历代封建统治者所尊崇的"古文"经典，都是西汉末年刘歆伪造的"伪经"。刘歆造伪经的目的，是帮助王莽篡汉。这部书动摇了清代学术正统派的地位，是"思想界之一大飓风"；在政治上打击了"恪守祖训"，不愿变法的封建顽固派，为资产阶级改良运动做了舆论准备。后者则认为，"六经"皆孔子为托古改制而作，并且从《公羊》"三世"学说出发，主张用大同社会代替封建专制统治，借孔子的名义，为维新变法制造舆论，可谓思想界的"火山大喷火"。参与这两部书的编写，梁启超的思想不知不觉间已经发生了变化。但是他也感到康先生的主观性太强，看问题时时有武断之处，比如断言《楚辞》《史记》中也有刘歆伪造的内容，出土的钟鼎彝器也是刘歆私铸后埋到地下的。他认为康先生的这些说法在道理上说不通，甚至为了证明自己的论点，不惜抹杀或歪曲证据。但此时的梁启超学识尚浅，胆量不够，还不敢批评先生。后来他在《亡友夏穗卿先生》一文里说，不管"我们的（新学）要得要不得，但当时确用'宗教式的宣传'去宣传它"。直到三十岁以后，他才逐渐意识到，康有为的大同思想本是自创，却非要说出自孔子，而且喜欢引用纬书，以神秘性去解读孔子，这样做的本质是保守的、奴性的，可能会导致国民无法追求真正的真理，于是自此以后，他绝口不再谈"伪经""改制"。

为了丰富学习生活，草堂设置了一个礼乐器库，用来存放习礼所用的仪器。康有为亲自督制了一些琴、竽、干、戚之类，还搜集了一些钟、鼓、磬、铎等，存于此处，供学生习礼使用。习礼仪式每月举行一次，康先生自创一套"文成舞"，让学生演习。到了规定的日子，学生倾巢而出，鼓乐齐鸣，干戚杂陈，礼容甚盛，颇有古风。这种课外活动，既锻炼了身体，又陶冶了性情。

康有为的教学富有现代教育的色彩。他常常鼓励学生参加户外活动，让他们在不同的环境中，以不同的方式加强锻炼和学习。无论在长兴里，还是在邝氏祠、府学宫，有月亮的晚上，或春秋两季天气好的时候，学生们就组织出游，康先生有时候也会跟着去。他们最常去的就是粤秀山脚下，学海堂、菊坡精舍、红棉草堂、镇海楼一带，到处都是万木草堂学生的足迹。刚开始，出游的只有几十个人，后来越来越多，动辄达到几百人。他们的出游，并不以游山玩水为第一要务，而是以游学的方式，每次找一个话题来讨论。一群年轻的学子天马行空地辩论，往往漫无涯际。康先生同游的时候，他们安静地听先生讲。先生不在的时候，他们就放开了辩论，酣畅之际，大家都提高声音，以至于声振林木。辩论得高兴的时候，甚至手挽着手放声歌唱，连栖息在高树上的鸟儿都被惊得拍翅高飞去了。在草堂学习的日子，梁启超每天都有收获，每天都会进步，没有一天是不快乐的。而最快乐的时候，就是和同学们出游的日子了。

广州的五大书院名气很大，书院的院长称为山长，大多是德高望重的学术名流，由督抚亲自聘请。所以，总督、巡抚、学台到任时，一般要拜山长，以示重视人才和教育，然后山长才回拜。康有为作为万木草堂的掌教，每次与各位大人见面，都会带一两个学生去。康先生与官员谈论学问，学生就坐在角落里旁听，可以增长不少见识。这也算是户外活动的一种了。

在这样的学习氛围中，梁启超收获甚丰。1891年是他大开眼界的一年，用他自己的话说就是"一生学问之得力，皆在此年"。他自己有了收获，就迫不及待地想要分享出去。他常常和陈千秋回到学海堂，批判旧学，和那些老资格的或同辈学生辩论，并且乐此不疲。他们离开长兴学舍外出时，总是不厌其烦地把学舍里的见闻讲给亲戚朋友们听。世俗之人听了以后觉得很怪异，指指点点地称他们为"康党"，但是他们毫不在乎，甚至还自豪地以"康党"自居。

1893年冬天，在徐勤和梁启超的劝说下，万木草堂迁到府学宫仰高祠，租期十年。这时候前来求学的人越来越多，梁启超和陈千秋充任学长。他们白天听先生讲课，晚上帮先生编书，以至于有了放弃科考的想法。但是草堂的教学并没有摒弃八股文，事实上，从1891年到1898年之间，草堂弟子中每年都有考中秀才、举人的。

万木草堂的环境很好，极适合读书。顺德的梁鼎芬就曾写过一首《赠康长素布衣》诗："牛女星文夜放光，樵山云气郁青苍。九流混混谁真派，万木森森一草堂。但有群伦尊北海，更无三顾起南阳。搴兰揽茝夫君意，憔悴行吟太自伤。"中间两联盛赞草堂的环境之幽静和先生之博学。堂堂翰林盛赞自己的教馆，还以南阳诸葛亮比方自己，康有为当然颇为高兴，于是取"万木森森一草堂"之句，以树木比树人，正式将学堂命名为"万木草堂"。万木草堂是康有为培养维新变法人才的基地，也是梁启超思想和学术成长的一个重要阶段。晚清文化名人张元济曾有诗评价其地位："南洲讲学开新派，万木森森一草堂。谁识书生能报国，晚清人物数康梁。"此时的梁启超已经不知不觉跳出了训诂词章的藩篱，接受康氏的今文经学，注重经世致用，关心国计民生，为走上广阔的政治舞台奠定了基础。

草堂学侣读书乐

康门全盛时，从游弟子上千人，平时固定的学生也有几十上百人，其中有不少优秀的人才。他们和梁启超一起读书、游学，相亲相爱，情同手足，在草堂度过了几年思想自由、精神富足的岁月。

在长兴学舍期间，学生只有十几人。到1893年康有为以第八名考中举人之后，前来求学的人越发多了。搬到邝氏祠后，学生增加到四十多个。江门外海人陈子褒[1]，与康有为同榜中举，而且他是第五名，康有为才第八名。

陈子褒和梁启超是好友，大约经常听梁讲起康先生的学问和见识，他心里很是佩服。所以与康有为第一次见面时，他就为之倾倒，马上决定投入康门。陈子褒还邀请江门潮连的卢湘父[2]也加入康门，并对他说："你要问先生的学问，上下三千年，纵横九万里，没有康先生不知道的。"于是卢湘父离开崔方吕馆[3]，转投万木草堂。卢湘父又介绍容任秋来学，陈子褒的弟子黎砚诒也来了……梁启超的兄弟梁启勋，堂弟梁启麒（仲麟）、梁启田（君力）也在这里读书。

[1] 陈子褒（1862—1922）：名知孚，号荣衮，又号耐庵，江门外海人。光绪十九年（1893）以广东乡试第五名考取举人。1895年赴京会试期间，参加了康、梁组织的"公车上书"，并加入"保国会"，积极参与戊戌变法。变法失败后逃往日本。

[2] 卢湘父（1868—1970）：广东新会（今江门潮连）人，早年中举，与亲戚陈子褒同为康有为弟子。戊戌政变后，远渡扶桑。1899年应梁启超邀请，出任日本横滨大同学校教席。后与陈子褒一起毕生致力于澳、港两地的平民和妇孺教育事业。

[3] 崔方吕馆：指崔磬石、方墨谷、吕辑臣三人合开的学馆。

在1894—1895年设教仰高祠时期，康门弟子约有百人[1]。为了帮助康先生扩大招生，梁启超、徐勤、王镜如、韩文举等人，打算通过讲学的方式以文会友，吸引更多的人到草堂读书。他们经过精心准备，借到了西湖街[2]的一间书室，以"辅仁精庐"的名义发布通知，招致学子前来聚会。来参加会谈的达到一百多人。由于处在草创阶段，人手不够，缺乏经验，最后只是出了一个"乃所愿则学孔子也"（语出《孟子·离娄》）的题目，请大家写文章。最后收到近百篇文章，整理好以后送到潘衍桐[3]处批阅。潘先生选取其中优秀的，以冀、兖、青、徐、扬、荆、豫、梁、雍九州依次命名。他们又把名次靠前的文章编写刊印出来，遍送亲友。这样的活动只举行过一次，没过多久，因人力、物力等原因，与会诸人就风流云散了，辅仁精庐也如昙花一现。

草堂的同学，大多是二十岁左右的年轻人，正是身体最好、求知欲最旺盛的时候。他们碰上学识渊博、思想先进的康先生，如鱼得水，尽情地释放天性，在学海里遨游，并各以所长而闻名。陈千秋是最早入康门的弟子。他聪明而勤奋，有"康门颜回"之称。康有为说他天才超卓，能举一反三，志向宏大，思想深邃，气魄刚健，富有毅力，在读书人中很是罕见。作为长兴学舍首任学长，陈千秋给同学们树立了好榜样。他读书非常努力，阅读时很爱护书籍。如果是在房间里边踱步边看，他会用长袖垫在手上托着书；如果是坐着看，他就用袖子把桌上的浮灰擦干净，然后再把书放到桌上慢慢翻阅。由于有这样爱护书籍的好习惯，他看过的书总是干净整洁的。

有一次，梁启超和陈千秋到石星巢的翰墨池馆拜访朋友。在经过一个房间时，从虚掩的门缝中看见墙上有一副对联，写着："我辈耐十年寒，供斯民衽席；朝廷具一副泪，闻天下笑声。"他们被这副对联的气魄所打动，于是主

[1] 据卢湘父《万木草堂忆旧》，在府学宫期间，学生约有五十人。梁启勋则回忆说，1894年搬到广府学宫时，已经有一百多个学生了，参见《文史资料选辑（第二十五辑）·"万木草堂"回忆》，中华书局1962年版，第62页。

[2] 西湖街：今广州越秀区西湖路，当年这里有很多书院。

[3] 潘衍桐（1841—1899）：又名汝桐，字峄琴，号峄琴，佛山人。清同治七年（1868）进士，选翰林院庶吉士，授翰林院编修。曾任贵州、浙江等省乡试主考官，广州市越华书院主讲等，在广州参与创办过《岭学报》，任主编。

动和主人结交。这个人就是南海的曹泰（字箬伟），梁陈二人和他一见如故，于是介绍他到卫边街邝氏祠一起读书。曹箬伟学问既好，又辩才无碍，康有为评价他"深思好学似扬雄"，梁启超把陈千秋和他比作万木草堂的"龙"和"象"，可见其学问及精神。曹箬伟还是个滑稽多智的人。有一次康先生生病了，写了一张客约，贴在会客室。他也模仿先生的语调，写了一张客约贴在卧室里，其中有两句说："五更未睡不能起，木虱咬伤不能起"，要求大家让他多睡一会儿。其实他读书非常勤奋，让梁启超很是佩服。他喜欢躺在床上看书，每天都抱一大摞书放在床边，看完一本就随手放在床上。由于天天抱新书来，又没有归还的习惯，过不了几天，床上就堆满了书，他就睡在书堆里。

梁朝杰[1]来自新宁，十四岁考中举人后，在梁启超的介绍下进入长兴学舍。他记忆力特别好，读书过目不忘。有一次他问康先生应该读什么书，先生说："经书你已经读过了，那就读史书吧。司马温公的《资治通鉴》，繁简得宜，其中的按语，每一条都很好。凡是'臣光曰'以下的内容，就是他的按语，长的有几百上千字，短的也有两三百字，每一条都精警扼要。你就读这一部吧！"结果不到一个月，梁朝杰就把这部近三百卷的书读完了，又去问先生要读什么书。康先生不大相信他这么快就读完了，于是问起书中的人和事。结果他都能对答如流，连康先生都很佩服。梁朝杰听了学术源流课中的印度哲学部分后，心仪佛法，沉迷其中不能自拔，终日静坐，极少与同学来往。

广州的蚊子很多，四季皆然，对读书人来说干扰性很强。梁朝杰就想了一个办法，把藤椅放在床上，四周放下蚊帐扎紧，读书打坐都在里面，倒也有效。

梁启超是草堂弟子中的佼佼者，他的成就主要在诸子学方面。进入康门

[1] 梁朝杰（1878—？），广东新会新宁（今江门台山）人，字伯隽，号出云馆主人。光绪十七年（1891）中举，是康门十大弟子中年纪最小的一位。1895年参加"公车上书"，戊戌变法失败后留学美国，曾任三藩市《世界日报》主笔，著有《出云馆文集》。

之前，他主要读的是儒家的经书和史书，对子书接触较少。进入万木草堂后，康有为讲佛理，他听不大懂；授古礼，他兴趣缺缺。他感兴趣的是先秦的子书，儒墨道法诸家著作，他无一不喜欢，尤其对于墨家偏爱有加。他深受墨子摩顶放踵精神的感染，看到了墨子的人格精神在当时中国的价值和意义，于是特别喜欢读《墨子》，并阐发其价值。1895年，著名学者孙诒让的《墨子间诂》出版，一共只印行了三百部，作者却特意寄赠一部给梁启超，并在信中表示，希望他研究《墨子》，阐发墨学。从这件事情可以看出，此时梁启超在墨学研究上已经颇有成绩了。此后，他对墨学的兴趣一直保持着。1896年，他提出要中学西学并举，其中传统学派里的墨子学派应该复兴。20世纪初，面对民族危亡，梁启超在《新民丛报》上发表了《子墨子学说》，认为墨学忍苦痛、轻生死的精神是挽救今日中国的良药。梁启超对墨子人格精神的推崇是一以贯之的。后来他自号"任公"，也出自《墨子》，"任，士损己而益所为也"，即牺牲自己成全别人。梁启超认为这是墨家精神的根本所在，所以他以"任公"为号，就是打算像墨子一样，吃苦耐劳，不断奉献，鞠躬尽瘁，以利天下为己任。事实上，他后来确实是这样做的。

草堂的学风很端正，先生举止端严，学生尊师守礼。康有为沿用九江先生朱次琦的做法，要求学生"检摄威仪"，上课时必须穿蓝夏布长衫，散脚裤，即使极热的天气，也不能穿露脚的短衣。如果在街上看到穿蓝夏布长衫的年轻人，大家就知道一定是草堂弟子。在课堂上，学生要按时到堂，列队肃立，等先生落座以后才有序入座。先生端坐讲课，即使连续讲几个小时，也挺直腰板，双脚着地，绝无交足叠股的放松姿态。当时广州的书馆，大抵学风散漫，学生乱穿衣服、不认真听讲者所在多有，有些甚至吸食鸦片、赌博，先生不敢管，也不愿管。草堂这种严整的学风是一股新风尚，时人以为怪异，而学生受益颇多。后来梁启超在长沙主讲时务学堂，徐勤在横滨办大同学校，都延续了这种学风。

朱九江的学规中，还有一条叫作"崇尚名节"。康先生也以此为训，讲课时常对东汉之党锢、明末之东林津津乐道。所以学生们时时以名节相砥砺。在草堂读书期间，曾发生过一件跟名节有关的趣事。在府学宫仰高祠时，祠内供奉着几十位名宦的木制牌位，称为"木主"。这些木主就在上课的房间里面，但平时大家都没注意。有一天，学生们又如往常一样在堂中聚集谈论。其间，梁启超的目光不经意间扫过这些木主，突然产生了研究的兴趣。他伸长脖子，踮起脚尖，细心辨认牌位上面的字。看着看着，他大叫一声："张弘范的牌位怎么也在这里？"大家听他这么一说，赶紧都围过来。结果一看之下，果然是张弘范的牌位，于是大家纷纷议论起来："这样的卖国贼，凭什么能入祀仰高祠呢？简直太过分了！"

正在此时，梁启超十八岁的弟弟梁启勋纵身一跃，爬上了供奉牌位的神楼。他一伸手就把张弘范的木主拿起来，重重地摔到地上。然后跳下来，马上就跑到厨房去找菜刀，要把牌位砍碎。这时候，陈子褒出声制止了他："仲策，别急。这家伙还不知罪呢！等我先当堂宣布他的罪状，到那时你再动手行刑不迟。"说完，陈子褒就拿起笔来写道："尔张弘范：以汉族之子孙，作胡奴之牙爪。欺赵氏之孤寡，促宋室之灭亡。犹复勒石厓门，妄夸己绩。陈白沙曾以一字之贬，严斧钺之诛。乃复窃位仰高，滥膺祀典。若非加以显戮，何以明正典刑。尔肉体幸免天诛，尔木主难逃重辟。尔奸魂其飞于九万里之外，毋污中土。"写完之后，陈子褒当着大家的面大声朗诵一遍。这时，梁启勋手起刀落，把木主砍碎在地，好比把张弘范分尸了。同学们还不解恨，商量着把碎片捡起来，交给厨子放在灶上焚烧，让张弘范挫骨扬灰。

这件事情虽然近于游戏，但很有教育意味，而且可见镜泉先生从小对梁启超兄弟所进行的教育是有效的。兄弟俩太熟悉南宋灭亡的那段历史了，惨烈的厓门海战就发生在他们的家乡，耻辱的厓门奇石他们从小就惯见，这种民族情感已经深深地融入了他们的骨血之中。师祖朱九江崇尚名节，在参加科考时不肯屈节，因此没有把文章写完，以至于名列三甲；他出使蒙古有功，却不肯接受蒙古的礼物，也不接受督抚的保举。康有为严守师训。当年张之洞以万钟粮食养活康门弟子为诱饵，要求康先生不再攻击古文经学，并且想拉他入自己的阵营，被他拒绝了；后来袁世凯以利益相诱惑，他也不为所动。康先生在讲课时，常常极力赞扬讲名节的历史人物。所以康门弟子大多重名节，在大是大非面前站得端正，且非常坚定，就主要得益于康先生的教诲。

梁启超后来在长沙时务学堂的教学，依然重视名节之教，再后来六君子殉难、唐才常自立军起义、蔡锷坚决倒袁等救国义举，根源皆在万木草堂。

康先生几次赴京应试，又喜欢出游，所以在草堂的时间并不多。他不在的时候，学生们严于自律，在草堂专心学习，梁启超、徐勤等人切实负起学长之责，把草堂管理得井井有条，和先生在的时候并无差别。有时大家还聚在一起举行会讲，由年龄大、学问好的同学主持，每个人就自己读书的心得发言，然后讨论，互相切磋。每个人都可以做老师，每个人又都是学生。草堂虽然也讲训诂词章，也学八股帖括，但学生们最喜欢讨论的，还是时务。关心政治，有志于用世，是康门弟子的特色。这种管理方式给了学生极大的信任和自由，是其他书院所没有的。1891年《新学伪经考》刊刻问世后，海内风行，先后印行了五版。政学两界均有人极力推许，然而攻击者更多。翁同龢在1894年夏天的日记里说，此书是"野狐禅"；汪鸣銮任广东学政，要求凡是持此书论点的考生一律不取；张之洞愿养其弟子以万钟，要求康不再攻击古文经；御史褚成博弹劾康有为"惑世诬民，非圣非法"，并攻击他取字为"长素"，有长于素王之意，学生中有超回、轶赐、驾孟、越伋、乘参等号，都有离经叛道的嫌疑，请求毁版、禁止其讲学。在这种情况下，谣言纷起，康先生为暂避风头，前往桂林漫游。在桂林期间，跟着他游学的人很多，最著名的有龙泽厚、龙焕纶等。他在讲学之余，写成了《桂学问答》一书。当年他还游了罗浮山。先生游历期间，万木草堂依然维持正常学习，学生在学长的带领下实行自治，有条不紊。这对学生是极好的锻炼。

好的学风还表现在对金钱的态度上。当时广州的学馆，一般学生的学费是每年十两银子，称为"修金"。万木草堂的学费也按这个成例来收，但是家境贫穷的学生可以免费，家庭条件好的也可以多交。比如曹箸伟是个穷秀才，康先生就不收他的学费；而徐勤家境颇为宽裕，而且他是一家之主，他就每年送三四十两修金到草堂。康先生很细心，他考虑到学生之间免不了有人情往来，但是各人家境不同，恐怕遇到红白喜事，大家会有不便。于是就规定：凡是喜事，每人出半角钱；凡是丧事，每人出一角钱，都由指定的学生收齐了一起送去。这样做，既体谅了寒门学子的难处，又不废传统礼节，实在是很好的法子。

从 1891 年长兴里办学开始，到 1898 年百日维新后被查封，这七八年间在草堂读书的，多则百余人，少则二三十人，总体并不算多。然而草堂培养出来的人才特别多，尤其是梁启超，成为影响近代历史的一个重要人物。这不禁令人思考：是什么原因造就了万木草堂教育的成功？在万木草堂的读书生涯对梁启超的一生有怎样的影响？笔者认为，主要原因在于万木草堂的学风，在当时有转移风气的重要意义。晚近时期，读书人大多还是准备走读书、考试、做官的老路，志在科举，咸趋八股，绝大多数教馆都以教授八股为务。而万木草堂的办学宗旨在于培养人才，其教学的内容，不是醉心于科举的人所感兴趣的，也不是读书不多、没有思想的人所能接受的。正因为如此，能够进入草堂求学的人，大多读书颇多，富有思想，且志向远大。所以一时俊彦，萃于一门。加上康先生学识深厚，见闻广博，思想新锐，管理科学，所以能为维新事业培养出一批可用之材。梁启超在万木草堂不到五年的学习生涯，是他一生学术和思想成长的关键期。从此，他摆脱了八股帖括、训诂词章的窠臼，进一步接受宋明理学的熏陶，广泛研读今文经学、先秦诸子等，为他摆脱正统观念的束缚，形成维新思想创造了条件，也为他后来在学术上超越乾嘉学派，成为一代文化宗师奠定了坚实的基础。

第三回

掌教　时务学堂

襄助新政赴湖南

　　1896 年，新会老乡伍廷芳被任命为出使美国、西班牙、秘鲁和古巴四国大臣。他邀请梁启超以二等参赞的身份随行，并送来白银千两作为治装费。梁启超回信说，因为手头事情太多，无法应邀。其实，他是觉得伍廷芳为人乖谬，不是能成事的人，而且自己并不想做一个在使馆内舞弄笔墨的书生。据说伍廷芳曾跟李鸿章讲起此事，李开玩笑说："你莫不是在做梦？卓如宁愿在黄公度那里做学生，也不会当你的参赞。"梁启超在复信中说："以我的愚见，出使美国只有一件事情可办，就是保全在美华工。办好这件事，可以建立不朽之功业，而且能一雪前耻，振兴民气。"他深知在美华工饥寒交迫，谋生无术，处境艰难，其主要原因在于没有受教育，素质太低。所以"欲保华工，必以教华民为第一义"，教育之法有六种，包括立孔庙、兴书院、设报馆、扩善堂、联公会和劝工艺。其主要目的，就是要让华工接受文明教化、掌握生存技能、自爱自保、共御外侮。他还建议伍廷芳延请美国名士帮助教化华工，或劝美国政府为华工受教育拨款。在他看来，悠悠万事，唯此为大，因此力劝伍氏办成此事。梁启超关心华侨的态度是一以贯之的。在时务学堂期间，他忧心在日华侨没能接受好的教育，于是积极支持在横滨成立华文学校，建议延请中日饱学之士，以孔子之学为本原，同时教授西文、日文，以提高华侨子弟的文化素质，造就人才。

　　湖广总督张之洞也写信给梁启超，诚邀他做自己的幕僚。然而梁启超一心要留在上海开堂讲学，于是也婉拒了。这年秋天，他回新会老家探亲。返回上海时，特意取道武昌，去拜访张之洞。当时的张之洞是一方实权人物，也是清廷官僚中洋务派的代表。听说梁启超来访，他极为高兴，破例打开武昌城门以示欢迎，甚至打算鸣礼炮相迎接。梁启超到访当天，二人促膝长谈，直到夜深。

据传，梁启超前来拜访时，名帖上署的是"愚弟梁启超顿首"。一个初出茅庐的年轻人，却与自己称兄道弟，张之洞甚是不悦，便出对联敲打他："披一品衣，抱九仙骨，狂生无礼称愚弟。"没想到梁启超马上对出下联，不亢不卑："行千里路，读万卷书，侠士有志傲王侯。"张之洞不禁暗暗称奇，怒气也消了大半。为了考校梁的才学，张之洞还出了一个上联："四水江第一，四时夏第二，先生居江夏，谁是第一，谁是第二？"借当时的居住地"江夏"，以第一流学者自居。殊不知，从小熟习对课的梁启超最不怕的就是这个。他稍加思索，便轻松对出下联："三教儒在先，三才人在后，小子本儒人，何敢在前，何敢在后！"三教指儒、道、佛；三才是天、地、人。梁启超因年龄比张之洞小许多，所以自称"小子"，但言语之间实有自命不凡、不卑不亢的意味，令张总督不得不叹服。

张之洞非常欣赏这个年轻人的才华，很想把他网罗至自己的幕府中，于是邀请他出任两湖时务院长，每月薪酬为一千二百金。梁启超坚辞不就，因为他心里清楚，自己所有的精力都要放在开通风气、培养人才的维新事业上，不能为别的事情分心。尽管如此，他仍然被张之洞礼贤下士的作风打动，心中很是感激。回到上海后，他写信给张，建议两湖书院重视政法之学。此后，张屡次邀请他到自己幕府任职，梁都拒绝了。

在上海，梁启超仍然主笔《时务报》。在1897年4月写给康有为的信中，他说，因为张之洞一再邀请，自己已打算去湖北就任两湖书院教习。父母、妻女现在上海，虽然可享天伦之乐，但花费不小，这也是打算接受教席的原因之一。但是，湖北之行最终没能实现，因为在上海的事务太过繁忙，一时难以抽身。当年夏天，梁启超与汪康年、麦孟华等人在上海发起创办不缠足会，张之洞捐助五百元，要求名列会籍，并对梁启超以"卓老"相称，请他在桂子飘香的中秋节到武昌一游，有重要的事情跟他商量。

随后，梁启超又同维新派人士一起，在上海集股创办大同译书局。书局开设后，梁启超曾托韩云台前往日本调研，整理应当翻译的书，并请精通汉语的日本人襄助翻译。译书局当年印出《俄皇大彼得变政考》《日本书目志》等十几种翻译书籍，促进了维新思想的传播。

然而，时务报馆也不是长久的落脚之地。表面上，报馆同人勠力同心，把报纸办得有声有色，但其内部却矛盾重重。因政治见解不同，梁启超与汪康年时有摩擦，而黄遵宪与汪康年之间本来就有矛盾。汪曾是张之洞的幕僚，梁启超于1897年秋天在《时务报》上发表的《知耻学会序》激怒了张之洞。这位两湖总督不仅下令禁止该期《时务报》在其管辖地区发行，而且授意曾经的幕僚汪康年干预梁启超在《时务报》的言论。汪氏兄弟因不满康学，对梁启超带有"公羊学"意味的文章不予刊发。而此时黄、汪之间的矛盾也逐渐升级，到了水火不相容的地步。其后，黄遵宪、谭嗣同等人在湖南筹办时务学堂，力邀梁启超出任中文总教习。

当时，梁启超还有别的选择。1897年春夏间，志同道合的朋友吴铁樵突然去世，对于重感情的梁启超来说，这是很大的打击。铁樵是老友吴季清（德潇）的长子，也是梁启超在上海一起研究佛学的同志。他年轻有为，富有实干精神，主张办实业、兴教育。黄遵宪曾希望他出任时务报馆总理，陈宝箴也邀请他前往长沙协办矿务。可是，他在前往汉口时偶感小恙，不幸病逝，年仅三十二岁。吴铁樵的英年早逝令朋友们无比悲痛，他们开始担心梁启超的身体。吴季清为他打算：在西湖边找一所房子，置办中西书籍，延请英文、德文教师，让梁启超住在里面专心读书，请麦孟华和梁启勋陪读，以使之将养身体，精研学问。谭嗣同专门写信给汪康年，认为除了兼任《时务报》《知新报》主笔之外，梁启超还有很多社会事务，过于忙累，希望能让他到西湖小住数月。其实在此之前，梁启超曾数次表示，想要隐居山中读几年书，暂时逃离世俗的干扰，把学问的根柢打牢固。现在有了绝好的机会，他却犹豫了。

当年冬天，华侨邝汝磐、冯镜如等人在横滨发起成立华文学校，孙中山推荐梁启超出任校长——当时孙、梁二人还没见过面。邝汝磐带着孙中山的介绍函，前往上海面见康有为。康以梁启超担任《时务报》主笔，抽不开身为由，推荐另一位弟子徐勤出任校长，让陈荫农、汤觉顿等人前往协助，并亲自题写"大同学校"门额相赠。梁启超虽然没能出任校长，却撰写了《日本横滨大同学校缘起》，希望该校能养育人才，"回沧海之横流，救生民于涂炭"。

朋友的去世，同事的矛盾，写作的繁忙，凡此种种，使梁启超最终选择离开上海，前往湖南，开启人生中一段崭新的旅程。

梁启超曾说，中国最早讲求西学的，是魏源、郭嵩焘、曾纪泽等一批湖南人。甲午战争中国的战败，对湖南人的刺激最深，湖南一跃成为"全国最富朝气的一省"（毛泽东语），走在了维新运动的前列。1895年，谭嗣同等人在浏阳开办算学馆，标志着湖南维新运动的开端。到梁启超前往长沙时，湖南维新运动方兴未艾，正是具有新思想的人士一显身手的风水宝地。湖南巡抚陈宝箴，中国近代史上响当当的人物，是清末四公子之一陈三立的父亲，国学大师陈寅恪的祖父。陈宝箴主政湖南，在各省巡抚之中，算是最为开明的一个。他支持维新派，敢于起用维新人士。自从调任巡抚之后，他就以开

◆ 时务学堂故址

化湖南为己任，行新政、设工厂、办学堂，甚至用官费订购《时务报》在各衙门中间传阅，解放了本省官僚的思想，使得湖南的维新事业蒸蒸日上。新任按察使黄遵宪，是全省官员中唯一亲自到过日本和欧美等国，眼界最阔、思想最新的人。他向巡抚陈宝箴、学政江标竭力推荐《时务报》的主笔梁启超、翻译李维格，建议让他们分别出任时务学堂中文总教习和西文总教习。梁、李二人学贯中西，足称众望，得到了湖南官绅的一致赞同。

后来康有为在写给朋友赵必振的信中说，1897 年梁启超和谭嗣同之所以到湖南开展维新活动，是因为在中国面临列强瓜分的形势下，只有大开强学会、圣学会、保国会，开议院，才能拯救国家于危亡。而湖南巡抚陈宝箴有志于推行新政，振兴民气，所以康同意梁、谭到湖南去襄助新政。同时受聘为中文教习的，还有韩文举和叶觉迈两位康门弟子。当时谭嗣同曾到上海面见康先生，议论起当下的局势，康先生建议他别再做官了，不如到湖南去大展拳脚。因为湖南人尚武重气，为中国第一。如果西方列强以割地相迫，湖南可以趁机独立。于是，大批维新骨干入湘，一时之间风云际会，湖南成了全国维新人才最为集中的地方。

梁启超于 1897 年 10 月底离开上海，次月中旬才到长沙。同行的还有李维格、韩文举、叶觉迈和王史等人。初来乍到，他们备受礼遇。先是熊希龄、陈三立、江标、黄遵宪等人亲自到小东门外的码头迎接，接着一行人来到时务学堂[1]。学生们在堂前列队，热烈欢迎梁启超一行的到来。

由于陈宝箴正在主持武考，开学日期推后，梁启超有一段闲暇时间可以结交长沙的官员士绅，熟悉当地的风土人情。先是学堂公宴，宾客盈门，款待优渥。黄遵宪、江标、陈三立等人的热情自不必说，五十七岁的文坛领袖王先谦也主动出面，联合乡绅张雨珊一起在曾忠襄祠设宴，为他接风洗尘。为表重视，席间请了戏班子来演出，参宴的士绅名流众多，可谓礼貌周到。赞助新政的皮锡瑞是《时务报》的忠实读者，他见到梁启超后，发现他其貌

[1] 时务学堂：设在小东街（今三贵街）的一座宅子里，故址在 20 世纪 30 年代毁于一场大火。1922 年梁启超到湖南讲学，亲手题写了"时务学堂故址"几个大字。

不扬，不善言辞，和想象中的很不一样。名士易顺鼎邀请梁启超和李维格两位总教习游览岳麓山，请江标、熊希龄等人作陪。大家登山临水，饮酒闲谈，甚是相得。

休整几天后，梁启超一头扎进学堂的工作中，简直比在《时务报》时期还要忙。一方面，学堂的事情头绪纷繁，同时还要给《时务报》供稿；另一方面，国事日蹙，常常令他忧心。好在湖南的美食很是可口，而且有几个志同道合的朋友一起住，生活非常方便。他打算在此安定下来，认真办好学堂。

时务学堂的成立，顺应了甲午战败、列强瓜分中国危机的时代要求。梁启超刚来不久，陈三立就召集一些士绅讨论时局，打算商量一个破釜沉舟的救国之策。出于对时局的忧心，梁启超感到热血沸腾，欲哭无泪，夜不成眠。几天之后，他先后给陈宝箴上了两封书。在前一封信中，他分析了中国当下面临的瓜分困境，大胆地建议湖南自立。第二封信则更进一步，规划了完整的地方自治改革方案，认为湖南要实行新政，核心是兴民权，而兴民权，必须先开民智，开绅智，开官智。对于这些建议，一向沉稳的陈宝箴未置可否，但他对梁启超等人的激进行为采取了默许的态度。

1897 年 11 月 29 日，时务学堂正式开学。年仅二十七岁的熊希龄任提调（即校长），梁启超为中文总教习，曾任《时务报》翻译的李维格则出任西文总教习。做老师，为国家培养人才，是梁启超由来已久的梦想，因此他对时务学堂的事十分上心。早在去湖南之前，他就写信给陈三立和熊希龄，详细探讨了他对时务学堂的招生办法、教学内容、教学方法等问题的看法。在信中，他毫不掩饰地表达了自己的雄心壮志："既拟举此一二年之日力心力专用于此间，则欲多成就些人才出来。"并且从救国的高度来看待时务学堂的作用："今日救中国，下手工夫在通湘、粤为一气；欲通湘、粤为一气，在以湘之才，用粤之财，铁路其第一义也。"他还和朋友们商量怎样确立教学宗旨。大家提出来的参考意见有四种：渐进法、急进法、以立宪为本位、以种族革命为本位。当时梁启超极力主张第二、第四两种宗旨。康有为也来到上海，一起商量去湖南以后的教学方针。

梁启超利用时务学堂的讲坛，宣传维新变法主张，在社会上引起极大反响。武冈、沅州、郴州、岳阳等地的书院都仿效时务学堂，进行教育改革。次年春天，南学会开讲，盛况空前。《湘学报》当日刊登了梁启超的《南学会叙》，阐述了学会对于挽救民族危亡的重要性。随后，熊希龄、唐才常又创办了《湘报》，宣称"本报与学堂、学会联为一气"，三者一起成为维新宣传的新阵地。一时之间，湖南民智骤开，士气大昌，维新事业呈现出生机勃勃的态势。

可是梁启超如此年轻就担任总教习，而且作风如此大胆，很快就引起了一些人的不满。1898年春，出身湘潭大户人家、十九岁就考中举人的杨度，从湘潭乘船到长沙，前往营盘街湘绮楼去给老师王闿运拜年。但此时王闿运去了衡阳，百无聊赖的杨度在城内打听到一个令人吃惊的消息：目前在省城最有名的人物是一位青年才俊，名叫梁启超，年仅二十五岁就主讲时务学堂。杨度马上跑到小东街，公开挑战只比自己大两岁的梁教习。杨度从自己最拿手的《春秋公羊传》入手，就《春秋》《孟子》等典籍与梁展开辩论。这次的时务学堂大辩论无疑火药味很浓，后来，杨度在日记中说：两人"论辩甚多，词气壮丽。卓如初犹肆辩，后乃遁词。然而其人年少才美，乃以《春秋》骗钱，可惜、可惜。"杨度不服梁启超的学说，但梁"通古人书从时务来"的维新精神，却打动了他。此后杨度东渡日本，创作了《湖南少年之歌》，梁启超大加赞赏。杨度赠诗一首，回忆起长沙辩论，他这样说："噫吾新会子，夙昔传嘉誉。德义期往贤，流风起顽锢。曩余初邂逅，讲学微相忤。希圣虽一途，称师乃殊趣。"梁启超也表示，在风尘混混中获此良友，弥足珍贵。再后来，杨度之孙杨友麒还娶了梁启超的外孙女吴荔明，此是后话。

时务学堂总教习

　　1923 年，范源濂辞去教育总长后，出任北师大校长，当时杨树达是国文系主任。他们请梁启超到北师大兼授"中国文化史""国文教学法"两门课程。文化史排在下午一、二节。开始听课的人很多，后来选课的有六十多人，旁听的五十多人。有一天，师大和清华举行篮球赛，旁听人员和部分选课学生都被吸引到球场上去了，听课的只有四十来人。梁先生很不高兴地问："他们哪里去了？"有的同学回答："看球赛去了。"他很感慨地说："做学问不如打球好……你们，不，他们不是要跟我做学问，只要看看梁启超，和动物园的老虎大象一样，有的看一次就够了，有的看两三次就够了。不过我并不失望，不要多，只要好。我在时务学堂，也只有四十来个学生，可是出来了蔡松坡、范源濂、杨树达等，一个顶一个！"说完，他又起劲地讲下去了。

　　梁启超的学生吴其昌曾说，万木草堂是"地狱底层第一盏点起的明灯。再往后看看陈宝箴、黄遵宪、江标、熊希龄、梁启超、谭嗣同、唐才常等在长沙合办的'时务学堂'，那便算地狱底层的火炬了"，从思想启蒙的角度对时务学堂作出了高度评价。之所以这么说，是因为梁启超受康师之命前往湖南襄助新政，参与创办长沙时务学堂，创造了教育史上的一个奇迹。时务学堂先后招考三次，一共招收一百二十名学生。梁启超亲自教授的第一班学生只有四十人，其中五分之二都成了影响时代发展的杰出人才。比如蔡锷，后来做了云南都督，又是护国战争的主要组织者和领导者；范源濂，做了北洋政府教育总长，北师大首任校长；方鼎英，黄埔军校代校长兼教育长；杨树达，中央研究院院士；李炳寰、林圭、唐才质、蔡仲浩，都是自立军起义烈士……时务学堂的创办，是湖南旧式书院制度向近代学堂制度转变的肇始，同时也是湖南维新运动之所以领先于其他省份的重要标志之一。

时务学堂的创办，是以列强掀起瓜分中国狂潮为背景的。鸦片战争以后，洋务派和早期资产阶级改良派即开始揭露和批判科举制度的弊端，肯定和宣传西式教育的优势，希望通过改革教育制度来达到救国的目的。郑观应曾说"人才以学堂为根本""人才之多寡视乎学校，即国家强弱之基"。甲午战败后，维新派人士为了救亡图存，提出"教育救国"的口号。梁启超明确地说："变法之本，在育人才，人才之兴，在开学校，学校之立，在变科举。"认为只有取消八股取士制度，加强人才培养，才能富国强兵、抵御外侮。1897年，德国借口巨野教案，出兵强租胶州湾，列强纷纷仿效，从而引发了一股瓜分狂潮。在这种情况下，康、梁等有识之士认识到，只有变法改革才能免于亡国，于是康有为命梁启超、谭嗣同前往湖南襄助新政。到湖南后，梁启超为巡抚陈宝箴规划了完整的地方自治改革方案，其核心是兴民权，而要兴民权，就得开民智、开绅智、开官智。其中开民智的途径就是，让全省各书院均改课时务，以时务学堂为前沿阵地，培养新政人才。

◆ 时务学堂教职员在校舍前合影

在《时务学堂招考告示》中，湖南巡抚陈宝箴开篇即点明创办时务学堂的目的，是"为国家造就有用之才"。梁启超起草的《湖南时务学堂公启》也说，"吾湘变，则中国变；吾湘立，则中国存。用可用之士气，开未开之民智"，广立学校，培植人才，才是国家自强的根本途径。可见，时务学堂的创办，与救亡图存、变法强国的时事密切相连，其目的在于培养抵御外侮、救国强国的豪杰，这和传统以"入仕"为目的的教育完全不同。

在出任中文总教习后，梁启超把这个办学精神充分贯彻到教学当中，取得了很好的效果。在教学内容上，特别突出西政教育。他列出的"读书分月课程表"中，有很多关于西方政治、法律方面的书。之所以特别强调西政教育，是因为他认识到，近代以来在学习西方的道路上，国人只注重西语、西艺，投入很大而收效甚微。然而，西方是因为重视公理、公法，国家才发展起来，日本也是这样崛起的。因此他得出"今日之学校，当以政学为主义"的结论。

从时务出发，梁启超在教学中提倡民权、平等、大同之说，发挥保国、保种、保教之义。康有为从儒家经典中寻找维新变法的理论依据，他认为《春秋》是孔子为托古改制而作，孟子"民为贵，社稷次之，君为轻"的民本思想是儒家思想最有现实价值的内容。《剑桥中国晚清史》称梁启超讲课"主要是依据西方的民权和平等这样一些政治思想，对儒家典籍《春秋》和《孟子》加以阐发"。在时务学堂，梁启超丰富和发展了老师康有为的学说，借儒家经典阐发大同、民权思想，对学生进行思想启蒙，"所言皆当时一派之民乐论，又多言清代故实，胪举失政，盛倡革命"，日日和学生在一起读书、写札记、讨论，让学生顺着他的思路，逐渐走到政治改良的道路上去。在学术讨论中，师生就把时务与治学紧密结合起来了。梁启超的教学还影响到湖南的社会风气，自从时务学堂开办后，"湖南民智骤开，士气大昌……人人皆能言政治之公理，以爱国相砥砺，以救亡为己任"。

去长沙之前，在十月五日致陈三立、熊希龄的书信中，梁启超就提出过办学宗旨："欲兼学堂书院二者之长：兼学西文者为内课，用学堂之法教之；专学中学、不习西文者为'外课'，用书院之法行之。"

所谓书院法，主要取法于万木草堂。梁启勋在《"万木草堂"回忆》中讲到万木草堂实行的几种学习制度，包括自己读书、写札记、功课簿和蓄德录等。梁启超在时务学堂也推行札记制度。《时务学堂功课详细章程》规定："凡学生，每人设札记册一分，每日将专精某书某篇共几叶、涉猎某书某篇共几叶，详细注明。其所读之书，有所心得，皆记于册上。……凡札记册，五日一缴，由院长批答发还，学生人设两册，缴此册时，即领回彼册。"作为中文总教习，梁启超以勤谨认真的态度对待学生的札记，基本能做到有问必答，并抓住一切机会启发学生思考时政，同时传播维新理论。他每天白天在讲堂四小时，晚上批答诸生札记，往往彻夜不寐，有时候一条批语长达上千字。

与札记制度相辅的是面授答疑制度。《学约》第九条规定："每日堂上读书功课毕，由教习随举各报所记近事一二条，问诸生以办法，使各抒所见，对既遍，然后教习以办法揭示之。"讲台上放一个"待问柜"，学生读书有疑义，就用待问格纸把疑问写下来投入柜中，由院长当堂批答榜示。可见札记制度主要是启发学生自学并发现问题，由教习书面答疑，主导者为学生；而面授答疑制度重在当面讨论和解答学生的疑问，其主导者为教习。这两种制度是相辅相成的，既能体现学生为主的原则，又能发挥教习的指导作用，二者的结合能最大限度地提高学习的效率和质量。

对于札记和问疑的情况，学堂章程还规定了详细的评价制度，每次的札记要打分，每月小考一次，每季大考一次，优秀的有奖励。为了鼓励学生积极学习，教习还把特别好的札记册、试卷等在学堂大门和《湘学报》《湘报》上张榜和登载。这种考核严格、奖惩分明的制度，确保了学生的阅读量，培养了他们的思辨力，是快速造就人才的有效途径。

《时务学堂功课详细章程》第十五节规定："院长每五日讲学一次，所讲何学，当日榜示。讲学之日，择高才生二人为书记，坐讲席侧，携笔研记所讲。讲毕，二人参合所记，写出清本，交抄写人抄两分：一榜堂，一存院长处。"除此之外，时务学堂还有"同学会讲"制度。《学约》规定，每月有几天是同学会讲之期。会讲的时候，每个学生都拿出自己的札记册，在课堂上交换着看，有疑问的就提出来互相讨论，每个人都畅所欲言，把自己的心得

◆《湘报》和《湘学报》

说出来。

　　教习讲授和同学会讲也是相辅相成的。学生在教习的讲授中学到新知识，同时启发思考；又在会讲中发生思想碰撞，由教习作监督与总结。这样由教习到学生再回到教习，教习起到引领和启发的作用，而学生始终是学习的主角，所以进步很快。

　　唐才质《湖南时务学堂略志》记载，学生们"聚居讲学，意气风发"，可见学堂内有集体宿舍。梁启超作为总教习，不仅和学生们同吃同住同学习，还随时观察学生的动向。对于读书认真的学生，他适时鼓励，给予好评。比如在批答学生札记时，左景伊问到三年丧礼的问题，梁启超批曰："问得极好！可谓读书得间。"李洞时问"夫人子氏薨"之事，梁批曰："所问两条，极有条理，第二条自行解析，尤见用心。"像这样饱含热情地肯定和鼓励学生的批答记录还有很多。他对学生倾注了极多的感情。据李肖聃回忆，1922 年他陪同梁启超重游时务学堂，亲眼见到他特地找到蔡锷曾住过的宿舍，在那里伫立良久，说到学生大半已经故去，不禁潸然泪下。

　　所谓学堂法，就是偏于新式、西方的教育方法，其特点是方式更加科学、内容更加广博。传统书院的招生，大多是愿意学即接收，而从万木草堂开始，招生方式有了创新。康有为对报名的学生逐一面试谈话，一方面了解学生的大体情况，另一方面介绍自己的办学观点和方法，陈说自己的政治学术思想，即梁启超所谓"当头棒喝"。接受其方法和思想的，自然心甘情愿来认真读书，不接受的任其自去，经过这样一番选拔，能进来读书的，都是特别优秀的学生。时务学堂的招生也大致沿袭了这种方式。按照《湖南开办时务学堂大概章程》的要求，准备录取的一百二十名学生，应该是十二至十六岁的"聪俊朴实子弟"，由官绅保送，要确查其"性情、资质，果堪造就，方可给予投考文凭"。1897 年 9 月，《时务学堂招考示》由陈宝箴亲自发布之后，学政江标、徐仁铸亲自到各地选拔、推荐考生，年仅十三岁的蔡锷就是被徐仁铸推荐参加考试的，他在第一期考生中名列第三。据《知新报》披露，当时报考的诸生超过四千人，而时务学堂从中选拔了四十名。经过筛选的学生本来就是百里挑一的佼佼者，录取后还要试习三个月，然后进行甄别，以定去留。到次年 4 月，经过甄别后，第一班学生仅剩二十七人，其他遭到降课等处理，可见甄选之严。这种从源头上控制学生质量的做法，使得时务学堂的很多学生后来成了杰出的政治人物或各个领域的栋梁之材。

另外，鉴于在万木草堂及所知广雅书院、两湖书院的教训，梁启超坚决要求由自己选择分教习，以免在教学和思想上发生分歧，从而影响教学效果。熊希龄等人同意了他的要求，因而梁启超得以以中文总教习的身份聘任了他的同门好友韩文举、叶觉迈、欧榘甲为中文分教习，为教学的顺利展开提供了保障。

南学会也是湖南维新运动的一项成果，它是一个有浓厚政治色彩的学术团体，其成立稍晚于时务学堂，地点设在离学堂不远处的湖南巡抚衙门内。办南学会的宗旨，是"将合南部诸省志士，联为一气，相与讲爱国之理，求救亡之法"（《谭嗣同传》），与时务学堂的宗旨一致。其主要活动是会讲，先后有皮锡瑞、黄遵宪、谭嗣同、陈宝箴等学者名流轮流演讲，或谈学术，或论政治，或研讨国内外时事。每周日为讲学日，恰好是学堂放假的日子，所以梁启超鼓励学生去听讲，"诸生多往听讲，在学问和思想上获得极大转变"。梁启超觉得学会的好处在于："盖以得智识交换之功，而养团体亲爱之习"（《南海康先生传》）。可以说，康、梁办学校和创学会是互为补充的，其目的都在于为社会改革培养和储备人才。

南学会还有问答制度，时务学堂的学生如范源濂、辜天佑等就曾在南学会提问关于法律和学会的问题。南学会的讲学和问答涉及时政、经史、公法、交涉、算学等多个方面，时务学堂学生参与南学会活动，不仅开阔了眼界，也深化了对维新理论的认识和理解。将学堂和学会联系起来，让学生把理论与实践相结合的做法，是以往的书院教学所没有的，可谓时务学堂的首倡之功。

时务学堂开办之初，创办者即多方求购科学仪器用于教学。谭嗣同曾致函汪康年，请其设法从上海购买各种仪器，购置清单中有测地经纬仪、回光天文镜、干湿寒暑表等。与此同时，西文教习在课堂上讲授西学时，还引进了西方的近代教育技术。皮锡瑞曾在1898年的日记中记载过李维格在课堂上放映幻灯片的情景："看二十来纸，皆英国伦敦王宫、街道、桥梁、饭店、马车、小轮船、火器库及狮、象、海马、鸵鸟之类，维多利来象甚肥沃。光照布上，与在京劳凯臣处所看无异。"近代教育技术的运用，既有利于提高课堂教学的效率，又能激发学生学习的兴趣，可谓有益的教学改革尝试。

风流云散遭摧折

经历了强学会被封禁、《时务报》遭掣肘之后，梁启超在湖南时务学堂似乎得到了一种可遇不可求的宝贵自由。在这一方自由的天地里，他充分发挥着一个天才的禀赋，大力宣传维新变法理论，感到无比痛快。可是好景不长，1898 年夏，发生了一场札记风波，导致湖南维新运动进入停滞期，并最终走向失败。

梁启超等人在时务学堂讲授新学，批答札记，在思想上继承康门衣钵，宣传大同主义，极力提倡民权、平等思想；标举《春秋》大一统之义，预言实行民主制度的美国将完成统一。学生们和教习同吃同住，天天在学堂研究新学问，谈论新思想，不知不觉几个月过去，学生的思想已潜移默化地发生了改变。

为了宣传民权平等思想，梁启超和谭嗣同等人一起，秘密印刷了《明夷待访录》和《扬州十日记》，散发给学生阅读。前者是明末清初抗清志士黄宗羲的思想启蒙名著。在书中，黄宗羲认为皇帝是"天下之大害"，明确否定"君权神授"，并对封建专制主义制度进行猛烈抨击，呼吁民主政体。全书闪烁着民主思想的光芒，"实为刺激青年最有力之兴奋剂"。《扬州十日记》这本长期以来被禁的小册子，则记录了发生在 1645 年的屠城事件。当时多铎率领的清军攻破史可法守卫的扬州，在城内进行了为期十天的大屠杀。王楚秀作为幸存者，记录下这段罪恶的历史，因此很容易激起汉人的反满情绪。这两本书都含有民族主义意识，之所以引导学生读，目的在于向他们灌输革命意识，激发维新热情，使学生不知不觉接受维新思想的洗礼。

梁启超还以极大的热情批答学生的札记，有时彻夜不眠，一条批语常常达到千字以上。在批语中，他阐述了对君民关系的新看法，认为要变法就得从天子降尊开始，先去除跪拜之礼。他把矛头直指清朝统治者，称屠城的统治者是"民贼""令人发指眦裂"，甚至说二十四朝君主多为民贼。他认为"六经"中已有民权思想，春秋大同之学无不主张民权，国家要强盛，必须开议院、兴民权。在课堂听讲和札记交流中，学生们逐渐接受反对封建专制、提倡民权平等的思想，开始关注政治，批判现实。尤其在谈到当前政治败坏的现实时，大家声情激越，决心贡献自己的一切力量，以求挽救国难。

由于学堂内部相对封闭，外面的人并不知道学生的精神已受到彻底洗礼。一些有身份的人物纷纷把自己的门生送来旁听，包括后来猛烈攻击梁启超的叶德辉，也曾把自己的得意弟子石醉六介绍过来。可是等到放年假时，学生将札记带往各地，广泛宣传新思想，立即引起地方震动。在当时的语境下，时务学堂札记上的批语可谓惊世骇俗，让习惯了封建专制统治的人惶恐无比，仿佛天都要塌下来了。因此，假期结束后，一些学生家长不许他们再到时务学堂去，学生就和家长斗争，闹得沸沸扬扬。

由于利益的驱动，长沙一些书坊也开始刊刻销售时务学堂的札记与课卷。实学书局率先刊刻《时务学堂课艺》，不久之后，市面上又流行起新学书局刊刻的《时务学堂课艺》。为防止谬种流传，学堂总理黄遵宪下令追缴雕版，严禁刊售，然而收效甚微，屡禁不绝。由于这些原因，一时之间"全湘大哗"，有人起而攻之，有人好心劝诫，由此引起一场巨大的风波。

与此同时，南学会的激进讲学也起到了推波助澜的作用。南学会创办于1898年春天，是一个兼有学会和地方议会性质的政治学术团体。南学会最重要的活动是讲演，主讲人大多是主张维新且具有一定社会影响力的人物，比如皮锡瑞、黄遵宪、谭嗣同、陈宝箴等，讲学的内容也以变法和新政为主。这些演讲很受民众欢迎，场场爆满，而且每次演讲的讲义，都刊登在《湘报》上。这样一来，维新派的激进言辞就引起了守旧派的注意。先是叶德辉针对《湘报》上刊登的一篇文章《中国宜以弱为强说》进行攻击，接着湖广总督张之洞致电陈宝箴、黄遵宪和徐仁铸，严厉指斥此文"十分悖谬"，并决定从此不让《湘报》在湖北发行，且将《湘学报》中不妥的言论一一指出。在保守派的高压之下，《湘报》《湘学报》再也没刊登过谭嗣同、唐才常等人的文章。可是保守派并不肯就此罢休，王先谦给陈宝箴写信说，要求停办《湘报》。紧接着，叶德辉又大肆诋毁南学会和《湘报》。

此时梁启超已经离开长沙，到上海治病去了。可是关于札记批语的风波却不断发酵，攻击时务学堂的流言蜚语在知识界广为传播。陈宝箴左右为难，为了消弭谣言带来的负面影响，他下令调阅学生札记。当札记送呈后，社会上又流传出谣言，说是学堂的人得到消息后，连夜对札记做了处理，涂改了其中言论乖谬之处。

一波未平一波又起，就在陈宝箴调阅札记期间，岳麓书院学生宾凤阳读到札记后，联合一批学生上书湖南守旧派的代表人物王先谦和叶德辉，认为时务学堂的教学破坏了湖南的学风，扰乱了民心，"康梁用民权、平等思想教育学生，必将祸乱天下"，请求辞退梁启超，从严整顿学堂。王、叶等人感到十分震惊，他们写信给陈宝箴，说梁氏身为主教，却昌言美国将一统寰宇，把大清置于何地？王先谦曾经倡议创办时务学堂，梁启超初到长沙时，他也表现得非常友好。可是他的思想并未跳出洋务派的藩篱，因此，当得知梁启超等人倡导民权、民族思想时，他首先跳出来不遗余力地表示反对。张之洞的幕僚梁鼎芬也攻击康梁："廉耻日丧，大局皇皇，群贼披猖，毫无忌惮。"1898 年 7 月，以王先谦为首的守旧派向抚院递交了《湘绅公呈》，声色俱厉地指责梁启超、韩文举、叶觉迈等人"自命西学通人，实皆康门谬种"，并将斗争矛头直指整个维新派。与此同时，长沙街头出现大量署名为宾凤阳等人的揭帖，污蔑时务学堂教习作风不正。针对种种污蔑，熊希龄等人毫不示弱，也递交了《整顿通省书院禀》，要求整顿保守派把持的旧式书院，其实矛头直指王先谦。

为了调和矛盾，陈宝箴饬令黄遵宪取代熊希龄，担任时务学堂总理，并以总理身份发出告示，指称市面上流行的札记是"冒名伪作"。但守旧派并不肯就此罢休。岳麓、城南、求忠三大书院的山长齐聚学宫，订立了《湘省学约》。《学约》继续攻击维新派，说自从新会梁启超到时务学堂出任总教习后，大肆宣扬康有为的邪说，蛊惑了不少无知的湖南人，梁启超"臣民平权""君统太长"之类的言论是非常危险的，一定要严加抵制。好在此时，光绪帝已信任维新一派，下旨斥令保守派不得阻挠湖南新政，斗争才渐渐消歇。

札记风波先后持续了数月之久，期间韩文举和叶觉迈等人相继被辞退；梁启超因身患重病而赴上海就医；《湘报》、南学会被迫停办；谭嗣同奉旨北上京城；黄遵宪奉命出使日本；熊希龄也离开了学堂……时务学堂的中坚力量全部都风流云散了，可是这场风波的影响并没有停止，而是一直持续到戊戌政变前后。1898 年 9 月，邵阳举人曾廉摘录了梁启超等人在时务学堂的四条札记批语，加上按语奏呈御览。他依然揪住批语中"君统太长""变跪拜之礼"、屠城屠邑为"民贼"等言论，要求将康、梁斩首。这封上书是对维新派的致命一击，也成了戊戌党祸的重要导火线。政变发生后，梁启超逃亡日本，谭嗣同被杀，守旧派还是不肯放过他们。监察御史黄桂均等人奏请惩办奸党，几乎把湖南维新派人士全数列入。清廷降旨，将湖南维新官员全部革职，永不叙用。

保守派以获胜者的姿态，继续打击维新人士。王先谦的得意门生苏舆，将当时湖南士人中反对维新的文章、言论汇集成册，题名《翼教丛编》，予以刊布。这部书的刊刻，标志着以时务学堂为中心的纷争的结束。通过书中批驳梁启超等人的言论，叶德辉成了名人，王闿运在《湘绮楼日记》里说："叶焕彬声名甚盛，以能折梁启超也。梁之来此，乃为叶增价耳。"这从侧面反映出梁启超当日身价之高、影响之大。

流亡日本后，梁启超回忆起湖南时务学堂的这段经历，仍然信心满满。他在《戊戌政变记》中这样写道："自时务学堂、南学会等既开后，湖南民智骤开，士气大昌，各县州府私立学校纷纷并起，小学会尤胜。人人皆能言政治之公理，以爱国相砥砺，以救亡为己任，其英俊沉毅之才，遍地皆是。其人皆在二三十岁之间，无科第，无官衔，声名未显著者，而其数不可算计。自此以往，虽守旧者日事遏抑，然野火烧不尽，春风吹又生，湖南志士之志不可夺矣。"1922 年秋，他到长沙第一中学发表演说，再次深情地回顾这段岁月："回想我在湖南时的时务学堂，以形势与知识而论，远不如现在的学校，但师弟同学间精神结合联成一气，可以养成领袖人才，却比现在的学校强多了。"

在日本期间，十几个曾在时务学堂从学于梁启超的学生前往追随。由于家里反对，他们偷偷地借钱跑出来。有的跑到上海，钱花完了，衣服破烂，没有饭吃，像叫花子一样，也不放弃。他们听说老师逃到了日本，多方打听到具体住址，就给老师写信。梁启超收到信以后，想尽方法筹钱，把他们接到日本。就像从前在时务学堂一样，师生又过了一段同吃同住同学习的生活。白天，他们同住在一间房子里，继续讲时务学堂的功课，间隙学习日文；晚上，他们一起睡在一个大帐子内。1922年，梁启超在南京的演讲中这样回顾他到日本以后和学生的交谊："我和我一位在时务学堂同事的朋友唐才常先生，带着他们十几个人，租一间两丈来宽一楼一底的日本房子同住着，我们又一块儿做学问，做了差不多一年。"民国元年莅临北京报界欢迎会，他在演说中也曾提起在时务学堂的教学："当时学生四十人，日日读吾所出体裁怪特之报章，精神几与之俱化。此四十人这十余年来强半死于国事，今存五六人而已。"从这些材料可以看出，梁启超在时务学堂的教学之所以如此成功，有其特别的秘诀：与学生一起生活、一起学习，不仅传授知识，而且在感情上关爱学生，注意他们的思想动向，使学生在耳濡目染中接受具体的知识，感受老师的人格魅力，在潜移默化的熏陶中培养其学问和人格、志向。而这，正是我们当代教育所缺乏的，同时也说明了教师个人的魅力在教育中的重要作用，是无可替代的。

第四回

推动　戊戌变法

公车一纸动陈尘

1894年春，梁启超怀着"广求同志、开倡风气"的愿望，第三次来到京城——同时也为来年的第三次会试做准备。粉房琉璃街上汇聚着各省会馆，是进京赶考的举子们的歇脚之地。梁启超多次进京，都借住在街上的新会邑馆中。邑馆大门朝东，由东院、中院和西院组成，他就住在中院靠北的三间房子里。

以前虽然也到京城来过两次，但都是为了会试，来去匆匆，无暇关注时事。而这一年，他客居京城几个月，对清政府的腐败和时局的混乱有了比较深入的观察和思考。当年春天，朝鲜爆发"东学党"农民起义，朝鲜政府请求清政府派兵协助镇压。清廷下令出动两千余名淮军，同时按照《中日天津条约》向日本通报出兵一事[1]。然而，日本外务大臣陆奥宗光等人，向朝鲜派出了七千兵力，先遣部队比清军还早一步进入汉城（今首尔）。李朝政府大惊之下与农民军议和，中日两国失去了出兵的理由，双方就地达成同时撤军的协议。其实日本内阁早已作出入侵朝鲜，找借口与清军开战，进而侵略两国的决定。为了制造战争借口，陆奥宗光提出毁约，想要对朝鲜进行内政改革，遭到清政府拒绝。中日战争一触即发之际，清政府却毫无备战之意。两江总督张之洞竟然建议把东三省割让给俄国，把西藏割让给英国，用贿赂两国公使的方式，争取俄、英的帮助，满朝公卿也都主张联俄抗日。慈禧太后根本

[1]《中日天津条约》: 即《天津会议专条》，是指1885年李鸿章与伊藤博文代表中、日政府在天津签订的条约，该条约是为解决朝鲜甲申政变所引发的中日冲突的遗留问题而缔结的。条约规定中日同时从朝鲜撤军，由第三国教官训练朝鲜军队，若朝鲜发生变乱或重大事件，两国出兵时须互相知照。

没把此事放在心上，只是忙着为自己的"六旬庆典"大张旗鼓地整修颐和园，布置"万寿点景"，并发动全国臣民为庆典做准备。有一种说法是，日本故意选在这一年发动战争，就是看准了清廷会因应对庆典而无暇抵抗。

7月，日本不宣而战，在牙山口外附近袭击并击沉清朝运兵的商船"高升号"，船上七百余人全部遇难。8月1日，中日双方正式宣战。随后，日本海军在鸭绿江口的大东沟海面挑起了黄海大战，"致远号"等四艘战舰被击沉，几百名北洋海军官兵壮烈殉国。10月下旬，日军渡过鸭绿江，大举侵入辽南，随后向大连、旅顺进犯。日军在旅顺大肆屠杀市民，《纽约时报》《泰晤士报》纷纷谴责其罪行。清军节节败退，国家危在旦夕，与此同时，慈禧的庆寿大典依然如期举行，而且前后持续了将近一个月！

在这风雨如晦的关头，怀着一腔热血的梁启超感到非常失望，也对清政府的腐败无能十分愤慨。可是他人微言轻，空有救国之志，却无报国之门。他按捺不住满腔的悲愤，写下生平第一首词——《水调歌头》，批判了面对山河破碎，还在庆寿的统治者："百户尚牛酒，四塞已干戈"；刻画了自己报国无门的悲愤形象："拍碎双玉斗，慷慨一何多！满腔都是血泪，无处着悲歌。"为了排遣心中的苦闷，他写诗赠给好朋友夏曾佑："怅饮且浩歌，血泪忽盈臆。哀哉衣冠俦，涂炭将何极。"他又给弟弟梁启勋题写扇面，感慨自己"一腔孤愤肝肠热，万事蹉跎髀肉生"。

好在他在北京结识了几位志趣相投的朋友。一个是杭州人夏曾佑，租住在不远处的贾家胡同，还有一个是住在浏阳会馆的谭嗣同。他们住得很近，几乎天天见面："春骑醉莺花，秋灯狎图史。"有时候谈学问，常常争论不休，但并不影响他们的友谊。

由于北京时局不稳，梁启超打算把李蕙仙送回贵州老家，然后自己回广东。在黄浦江边，他一边忧心国事，"满地干戈，满天风雪"，一边为即将离别而发愁，毕竟这是新婚以来第一次分开："平生未信离愁苦，放他片帆西去。"虽然离开了京城，他还在想着如何匡救时弊。他一连给汪康年写了三封信，都在讨论如何广求人才，才能救国于危难之中。

这真是多事之秋。1895年春节前后，梁启超听到的、看到的、经历的，全都是令人难过、忧心的事。先是万木草堂的同学曹泰，因为醉心佛法而去罗浮山访求异僧道，结果中了瘴气，不治身亡。不久，挚友陈千秋也因操劳过度而英年早逝。在跟着康先生入京参加会试的途中，自上海航行至天津大沽时，日本军队居然拦截船只，公然上船搜查。一路上，战败的消息不断传来。清军在山东半岛和辽东两个战场全线溃败，经过三十余年洋务运动苦心经营起来的北洋海军全军覆没，"中兴"气象化为泡影。

在北京，他们又听到一个消息：清政府派到日本去求和的户部左侍郎张荫桓和湖南巡抚邵友濂遭到嫌弃，被日方以"全权不足"为借口，送往长崎驱逐出境。清政府不敢得罪日本，只得按要求另派义华殿大学士李鸿章为全权大臣，赴日本马关，负责谈判事宜。李鸿章在日本谈判期间，会试如期举行。

4月中旬，中日议和的消息传到了北京。在得知条约中的一些内容后，京城上下、朝野内外无不为之震惊，因为清政府准备割让辽东半岛、台湾全岛和澎湖列岛给日本，另外还要赔偿二万万两白银！署理台湾巡抚唐景崧、钦差大臣刘坤一先后发电报给清政府表示反对，随后张之洞、谭继洵等大半封疆大吏纷纷上奏反对，各级官员联名上书者达六百多人次。消息传到台湾，台湾人如遭雷击，他们罢工罢市，聚集在街上，夜以继日地哭泣，以至于"风云变色，若无天地，澎湖之水为之不流"。

此时，等待会试放榜的各地举人，也出于爱国热情的感召，纷纷上书反对签约。尤其是台湾籍举人，自发地组织起来，联合台籍官员联名呈文，垂涕请命，力请朝廷不要割让台湾。康有为听说了《马关条约》将要签订的消息后，先让梁启超鼓动广东举人，上书反对议和。4月22日，梁启超首先率领八十名广东举人，联名上书，要求朝廷拒绝割让作为东南门户的台湾，严饬李鸿章订正合约条款，主张组织民众保卫国土。随后，湖南一百多名举人起而响应，跟着上书。在湘粤两省的带动下，其他省的举人也纷起仿效，愤然上书。按照大清律，举人没有权利直接给皇帝上书，只能把公呈交给都察院代奏，所以各省举人纷纷递交公呈到都察院。由于上书的举人络绎不绝，都察院门前一度出现了车马喧阗、门庭若市的场面。几天之内，一共有几千名举人签名上书三十余次。

举子们表现出来的爱国热情，让康有为感到机会来了。他决定利用梁启超、麦孟华等学生的力量，发动在京举人，发起更大规模的联名上书。

位于宣武门外达智桥胡同的松筠庵，本来是明朝嘉靖年间著名烈士杨继盛的故宅。到了清代，因此处花木扶疏，景色雅致，成了宣南一带士大夫雅集的重要场所。光绪年间，清流党人每每在此议论时政。联名上书的地点就选在这里。康有为先是用一天两夜的时间，在谏草堂——当年杨继盛起草弹劾严嵩奏章的书房，写出一万八千字的上书，这就是著名的《上清帝第二书》。在书中，他痛陈割地之弊，吁请光绪皇帝拒和、迁都、练兵、变法，"下诏鼓天下之气，迁都定天下之本，练兵强天下之势，变法成天下之治"，而"变法"是立国自强之根本。为了促进变法，他还提出了具体措施，建议修路开矿，以为富民之法；务农惠商，以为养民之法；改革科举，以为教民之法；以及改革官制，召开议会，等等。

上书写成后，由梁启超和麦孟华等弟子分头抄写，然后在各省举人中散发。在造足声势的基础上，他们联合十八省举人一千余名，聚集在松筠庵开会，商定联名上书。可是清廷主和派提前探知消息，到了约定的那一天，他们多方阻挠，派人混入松筠庵，暗中蛊惑士子，又在京城大街小巷遍张揭帖，制造谣言，企图破坏聚会。一部分举人害怕耽误自己的前程，临阵脱逃，偷偷退出了签名。就在当天，光绪帝召见军机大臣，决定在合约上签字。次日，清廷就在《马关条约》上用了玉玺，表明合约生效。上书失败了，举人们的愤怒可想而知。他们聚集在都察院门口抗议，还有一些举人主张杀死军机大臣孙毓汶，可是一切都无济于事了。

由于汉代的很多官吏是地方举荐的，而被举荐之人进京，按照惯例由朝廷派"公车"接送，所以后来便以"公车"泛指京应试的举人。因此次联名上书的都是在京举人，所以史称"公车上书"。康有为起草的请愿书，不久便被翻印，在坊间广为流传，就连美国公使田贝也抢着要看。

4月17日，李鸿章受清政府委派，在日本马关（今下关）的春帆楼签订了《中日讲和条约十一款》，史称《马关条约》，日方代表是内阁总理大臣伊

◆ 1895 年 4 月 17 日中日代表在春帆楼签署《马关条约》

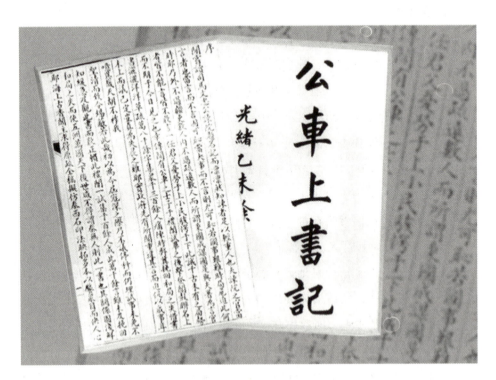

◆《公车上书记》

藤博文和外务大臣陆奥宗光。条约的内容，除了割地赔款之外，还增加了开放沙市、重庆、苏州、杭州四个通商口岸，以及允许日本在这些地方办厂等。辽东半岛、台湾和澎湖列岛的割让，让日本扼住了中国南北的咽喉，从此他们可以肆意掠夺中国的资源；而两亿两白银的赔款，则相当于全中国人民两年创造的财富！几天之后，沙俄召集德、法两国，迫使日本归还辽东半岛，代价是清政府追加三千万两赔款。"四万万人齐下泪，天涯何处是神州？"这是清朝历史上的奇耻大辱，也是中华民族的一场浩劫。

康梁发动的公车上书，虽然没能呈送到光绪帝手中，也没能影响《马关条约》的签订，但意义是深远的。它是中国资产阶级政治家第一次在政治舞台上亮相，打破了"士人不许干政"的禁令，提出了资产阶级维新改良的纲领，在近代历史上书写了重要的一笔。梁启超在后来的《戊戌政变记》中，详细地记录了公车上书的经过，高度评价其意义——甲午之战唤起了我国四千年之大梦，而公车上书开启了蒙昧的民智，"实为清朝二百余年未有之大举也"。

人生总是充满着戏剧性。光绪帝在《马关条约》上盖下玉玺的第二天，会试放榜。这一天，对于康有为来说，可谓"失之东隅收之桑榆"，虽然公车上书失败了，他却意外地高中进士。然而梁启超却没有这么好的运气，他成了老师的"替罪羊"。原来，这一年会试的总裁之一是徐桐，副主考是广东人李文田，两个人都痛恨康有为。据说徐桐事先就告诫考官们，广东省的考生中最有才气的就是康有为，如果看到疑似康有为的考卷，一定不要取中。由于考试采用糊名制度，考官们只能从文章的语气和才气上来判断考生是谁。很快就有考官发现了一份"可疑"的考卷，文章观点大胆，气势雄浑，大家觉得这一定是康有为无疑了，于是果断弃之不取。考官们大大地松了一口气。

按照惯例，会试放榜时，前五名考生的名字最后填写上榜。眼看得皇榜都快填完了，只剩前五名空着，徐桐很是得意地笑着对众人说："前面被弃置的那份考卷一定是康祖诒无疑了！"当时翁同龢也是总裁之一，他开玩笑说："不一定哦，这不还有五个空缺吗，你怎么就知道他一定不是其中之一？"结果，等到把前五名的试卷打开，康有为果然就在其中！后来才得知，被黜落的"疑似康有为"的考卷竟是梁启超的，这真是命运给他开的一个大玩笑！

关于会试事件，还有一种说法。副主考李文田非常赏识梁启超，认为他的文章写得好，很有才气，于是拿着梁启超的考卷去找徐桐，希望破格录取他。可是徐桐断然拒绝了，康有为的高中于他而言简直是一种羞辱，岂有让他的弟子再中之理？怀着惋惜的心情，李文田在这位老乡的试卷上写下了"还君明珠双泪垂，恨不相逢未嫁时"之语。

在随后的复试和殿试中，康有为的排名都比较靠后。他被摒斥在翰林院之外，新进士召见时，也只得了个工部候补主事的官衔。"自知非吏才，不能供奔走"，康有为非常失落，心里充满了失望和牢骚。可是很快他就振作起来了，他将没能递上去的万言书做了修改，再次上奏朝廷。

1895 年夏天，上海石印书局出版了《南海先生四上书记》。在书中，最重要的内容是记录上述事件全过程的《公车上书记》，署名为"沪上哀时老人未还氏"；此外还有康有为参加殿试的文章。《公车上书记》在《申报》上登载了七次广告，销量高达数万，足见上书事件在当时的影响之大，也显示出康、梁师徒在舆论宣传上的天赋——很快，他们就有了更大的动作。

百日昙花怜一现

1887年，曾任驻日参赞的黄遵宪完成了《日本国志》，介绍日本的宪政改革，也阐述了自己的宪政思想。1890年前后，帝师翁同龢先后给光绪皇帝介绍过几部强调变法重要性的书籍，包括冯桂芬的《校邠庐抗议》、陈炽的《庸书》和汤震的《危言》等。这些人的变法主张，和翁同龢、张之洞等人的观点一致，即在保持现有封建帝国体制的前提下，全力学习西方的先进科技，以达到富国强兵、维持统治的目的。康梁一派的变法主张则不同，他们不仅想利用西方近代的科学技术，还想全面学习西方的政治、教育等制度，来改造帝国的体制，使中国真正强大起来。在1888—1898年之间的六次上书中，康有为反复强调，希望光绪皇帝以俄国彼得大帝和日本明治天皇为榜样，全面学习西方，尤其是要实行政治革新，变法律、变官制、设议会、办学堂，把两千年来的帝政制度转变成西式的"君主立宪"政体。1898年春夏间，康有为奉旨进呈自著的《日本变政考》和《俄彼得变政记》，光绪帝读后很是感慨，变法的想法逐渐明朗起来。

在长沙时务学堂期间，梁启超由于日夜操劳，很快就病倒了，而且病得很重。1898年春天，他前往上海就医。在招商局的轮船上，他依然没有忘怀国事。有一天，他与同志们慷慨相约，说了这样一段掷地有声的话："吾国人不能舍身救国者，非以家累，即以身累。我辈从此相约，非破家不能救国，非杀身不能成仁，目的以救国为第一义。同此意者，皆为同志。吾辈不论成败是非，尽力做将去。万一失败，同志杀尽，只留自己一身，此志仍不可灰败，仍须尽力进行。然此时方为吾辈最艰苦之时，今日不能不先为筹画及之，人人当预备有此一日，万一到此时，不仍以为苦方是。"他本来打算身体恢复后依然回湖南讲学的，没想到北京有了维新的动向。于是他改变主意，转而北上进京。由于病体尚未痊愈，康广仁一路随行照顾。

当梁启超来到京城时，又逢三年一度的会考，各省举人云集。与此同时，危亡的形势也越来越严峻。正如开平人谢缵泰的《时局图》所描绘的那样，德国人强占胶州湾，引起俄国人强占旅顺口和大连湾，英国人占领威海卫、长三角，法国人占领广州湾，甚至意大利人也跃跃欲试——瓜分危机迫在眉睫。梁启超顾不得复习迎考和身体未愈，在康有为的指导下，他和麦孟华等人连续发动了三次公车上书，为变法大造声势。

第一次上书是反对俄国强租旅顺、大连。3月27日，梁启超与麦孟华、龙应中、况士任等康门弟子一道，就康有为口授的《乞力拒俄请合众公保疏》，联合两广、云贵、山陕、江浙等省有志之士数百人，上书都察院，警告清政府：如果屈从帝俄压力，割让旅顺、大连，各国必将争相仿效，接踵而至，中国危在旦夕。恳请清政府从长远计，不要贪图苟安，不要害怕恫吓，要么联英拒俄，要么开放旅顺、大连，以绝俄国觊觎；同时"发愤变法，力

◆《时局图》

求自强"。但由于清廷内部在此前日已议定，允许俄国订租旅顺、大连。于是都察院推说各堂官无一到署，拒不接纳。加上春闱在即，举子们无暇再到都察院。3月31日，条约正式用宝画押，这次上书运动也就中途流产了。

梁启超等人组织的第二次上书，是抗议德国兵毁坏山东即墨县文庙内的孔孟塑像，即所谓山东"即墨案"。这件事发生在戊戌年正月初一日。当时有几名德国兵闯入即墨县的文庙，任意毁坏供奉在庙内的孔孟塑像，挖去塑像双目。三个月后，赴京参加会试的孔孟后裔孔广謇、孟昭武等和山东举人黄象毂等百余人，同时上书都察院，引起朝野重视。4月27日，都察院由堂官左都御史裕德领衔，将这件事上报光绪皇帝。康、梁闻讯后，立即抓住这一时机，鼓动士人参加爱国运动。4月29日，梁启超与麦孟华、林旭等十二人发布公启，请求与德国人理论，并查办毁像之人，以伸士气、保圣教，并号召各省举人联合签名上书。公启发出后，康门弟子林旭鼓动三百多名福建举人最先响应。接着，湖北、湖南、安徽、广西、江苏等省的举人也纷纷响应。5月6日，梁启超看火候已到，便与麦孟华一道，动员八百余名广东举人，上书都察院，指出这次德国兵公然毁坏先圣先贤之像，分明是蔑视孔教。要求清政府必须就此向德国政府提出严正交涉，责令德方查办毁像人员，并勒令赔偿。只有如此，方能"绝祸萌而保大教，存国体而系人心"。

梁启超发动的这次上书运动，尽管没有提出要求政府改革的内容，甚至有颂扬孔教、推崇君权、维护封建道德的落后成分，但是，梁启超和他的同人们却利用这一事件，增强了士人、官僚变法救国的政治意识。自从他们发出公启后，共有八省举人先后八次上书，还有一百多名京官先后五次上书，为有清一代所罕见。这对推动维新变法运动无疑有积极意义。

第三次上书是请改科举制度。5月间，梁启超联合各省举人一百余人签名，将《请变通科举折》送呈都察院。该折吁请皇上特下明诏，将下科乡、会试及生童岁科试，同时停止八股试帖，推行经济六科。他们痛斥八股取士，学非所用，用非所学，脱离实际，很多考官和学生，不知汉唐是哪个朝代，贞观为谁的年号，至于中国的地理、外国的事物，不知道的就更多了。结果造成四万万人民不能富国强兵，无所可用。梁启超还十分强调人才的作用，指出当前国家间的竞争，实际上是人才的竞争。变法最重要的一点，莫过于培养人才。

由于科举制度关系千百万士人和官僚的功名利禄，所以梁启超领导的上书，遭到了一些人的反对。不但都察院和总理衙门拒收，那些正在北京参加会试，与八股性命相依的举人也来围攻梁。后来，梁启超在《戊戌政变记》里记述当时的情形说："梁启超等联合举人百余人，连署上书，请废八股取士之制。书达于都察院，都察院不代奏；达于总理衙门，总理衙门不代奏。当时会试举人集辇毂下者，将及万人，皆与八股性命相依，闻启超等此举，嫉之如不共戴天之仇，遍播谣言，几被殴击。"虽然这次上书落得如此结果，但它却成了不久后百日维新期间废除科举制的先声。

除发动三次公车上书外，梁启超还参与了保国会的组织活动。康梁自从事维新运动伊始，就十分重视组织各种性质的学会，将学会看作是团结有识之士的最好形式。1897 年冬，康有为到北京后，就决心再次组织学会，以续三年前强学会之旧。次年 1 月 5 日，他率先联合广东省在京人士，在南海会馆成立粤学会。接着，闽学会、蜀学会等也相继在京成立。在这些学会的基础上，又于 4 月 17 日组织二百余名士人、官员，在宣武门外菜市口南面横街的粤东新馆召开大会，成立全国性的学会——保国会，宣布本会为"救

◆《京报》刊出《明定国是诏》

亡""保国"而设。4月21日，在保国会第二次会议上，梁启超登台演说，对中国士大夫坐而论道、不敢有所作为的心理痛下针砭，他说：

"乃及今岁，胶、旅、大、威相继割弃，受胁失权之事，一月二十见。启超复游京师，与士大夫接，则忧瓜分惧为奴之言，洋溢乎吾耳也。及求其所以振而救之之道，则曰天心而已，国运而已。谈及时局，则曰一无可言；语以办事，则曰缓不济急。千臆一念，千喙一声，举国戢戢，坐待刲割。……故启超窃谓吾中国之亡，不亡于贫，不亡于弱，不亡于外患，不亡于内讧，而实亡于此辈士大夫之议论、之心力也。"要求大家积极行动起来，合群力开学会，唤起国人，共同奋起救国，"使吾四万万人者，咸知吾国处必亡之势，而必欲厝之于不亡之域，各尽其聪明才力之所能及者，以行其分内所得行之事。人人如是，而国之亡犹不能救者，吾未之闻也"。

由于维新变法思潮的影响越来越大，光绪帝也深受震动。鉴于俄国、日本通过维新变革而富强，土耳其不变法而衰弱的经验教训，也由于大清经历甲午海战、面临列强环伺的残酷现实，光绪帝很想有一番作为。他从四岁被立为皇帝以来，一直过着囚徒般的生活，一切权力都被太后牢牢握在手中。眼看着国家就要灭亡了，他想做最后的挣扎，于是下定决心变法。

为了顺利推进变法，帝师翁同龢向光绪帝推荐了六度上书、羽翼丰满的新进士康有为，徐致靖、高燮曾、孙家鼐、李端棻、陈宝箴等人也纷纷推荐康有为，同时被推荐的还有梁启超、张元济、黄遵宪、谭嗣同。早在1898年初，光绪帝就打算召见康有为。可是恭亲王进谏说："本朝惯例，非四品以上大员，不能得到皇帝直接召见。"于是只能由翁同龢、李鸿章等大臣在总理衙门会见康氏，向他询问变法大计，并命进呈上书。光绪帝读了康有为的《上清帝第六书》后，感慨地说："像这样的直言，如果不是忠肝义胆，不顾生死的人，哪个有胆量说出口，并且呈送到朕的面前来呢？"他叹息良久，然后谕告总理衙门事务大臣："今后康有为如有条陈，即日呈递，不得延误！"

6月11日，光绪帝颁布《明定国是诏》，下令变法以图自强，要求全国上下发愤向上，讲求时务，开办京师大学堂以培养人才，确定了维新变法的纲领。两天后，侍读学士徐致靖上奏：推行新法不能委任守旧之人，而应广求学识深湛而又博通时务的新人。于是推荐了康有为、张元济、黄遵宪、谭嗣同和梁启超。在奏折中，他这样介绍："工部主事康有为，忠肝热血，硕学通才，明历代因革之得失，知万国强弱之本原，……广东举人梁启超，英才亮拔，学贯天人，识周中外，其所著《变法通议》及《时务报》诸论说，风行海内外，如日本、南洋岛及泰西诸国，并皆推服……"当天光绪帝即下旨，命康有为和张元济于6月16日觐见（因二人在京中有官职），黄、谭二人随后引荐。只有梁启超，是没有官职的举人，仅交给总理衙门查看具奏。

7月3日，光绪批准了总理衙门上奏的《遵旨筹办京师大学堂并拟开办详细章程折》。章程由梁启超起草，体现了维新派的教育改革思想。京师大学堂校址在北京市景山东街、沙滩后街一带，吏部尚书孙家鼐担任大学堂事务管理大臣，许景澄任中学总教习，美国传教士丁韪良任西学总教习。这是中国近代国立大学教育的开端，也是北京大学的前身。

就在这一天，御史黄均隆上了两道折子，分别参劾黄遵宪、谭嗣同和梁启超。可是光绪帝置之不理，反而召见了梁启超。按照清朝的惯例，四品以上官员才能得到皇帝召见，而梁启超以布衣得见，是开国以来仅见之事。这让梁启超非常感动，因为他所见到的皇帝是如此求贤若渴又用人不疑。两天后，天津《国闻报》刊出五月十五日（7月3日）上谕："举人梁启超着赏给六品衔，办理译书局事务。钦此。"可是，按照惯例，举人得到召见，应该赐入翰林院，至少是内阁中书。但梁启超以声名显著得到召见，奉命进呈《变法通议》，仅仅赏赐六品顶戴，而且只是主理译书局，这其中有什么缘故呢？有人传说是梁启超只会讲广东话，光绪帝只会说北京官话，二人在言语沟通上有困难，因而此次会面并不是很顺畅。其实，这只是表面现象，真正的原因恐怕还是后党保守势力太过强大。这在之前光绪皇帝任用康有为一事上就已表现出来。6月16日清晨，光绪帝在颐和园仁寿殿召见了康有为，本来想让他在自己身边充当高级顾问，随时备询。但由于害怕招来慈禧太后和守旧官僚的反对，最后只好接受刚毅的建议，命康在总理衙门章京上行走，只相当于一个六品的小官吏。而梁启超与康有为一样，被看成是维新派的代表人物，光绪帝在召见后，自然也不便给他太高的职位。

对于梁启超未能被重用，康有为一直耿耿于怀。他曾对门下弟子感慨："卓如至今无地位，我心难安。"他曾极力创造机会，为梁谋取更为重要的职位。7月底，他草折吁请改上海的《时务报》为官报，任梁启超为督办，便是在这种背景下提出的。政变前夕，康有为再次费尽心机，试图将梁塞进一个接近皇帝的位置上，保荐他为懋勤殿顾问。但这时光绪皇帝本人的地位已朝不保夕，来不及为他发布懋勤殿的委任状，政变即已发生。顾问一职，梁连边也未沾着。

光绪帝召见康、梁前后，轰轰烈烈的戊戌新政以迅猛之势拉开了序幕。从6月11日到9月20日的一百零三天中，教育、行政、工业、文化等各领域的变法令陆续颁发，主要包括废除八股，各级考试中原先考四书文的内容全部改试策论；废除朝考；裁汰冗官；于京师设立农工商总局，等等。

可是，变法的举动很快引起了守旧派的警惕。《明定国是诏》刚颁布，慈禧太后就强迫光绪帝连发三道上谕：将帝党官僚首领、军机大臣、户部尚书翁同龢开缺回籍，使光绪皇帝顿失股肱；擢升荣禄为直隶总督，统率北洋三军，把最重要的武装力量牢牢地抓在自己手里；规定二品以上大员的黜陟都要向太后请命，将高级官吏的任免权从皇帝手里夺过来。西太后的这一招，实际上为后来发动政变做了充分准备。

由此看来，新政从一开始就遭到了守旧派的反击，维新派是在毫无把握的情况之下坚持斗争。从康、梁被召见以来，梁启超就看出了变法成功无望，因此始终表现出冷静理智的态度。尤其是翁同龢的被黜，使皇帝失去了最重要的谋臣，维新派失去了最有力的支持者，所以他一直都有离开京城的想法。他几次写信给夏曾佑，表达西太后专权、维新派不得重用的失望情绪。好在科举废除已成定局，守旧之命脉已断，也算是有收获。另据康广仁所说，当时他和梁启超鉴于康有为志气太锐，包揽太多，同志太孤，举行太大，反对者盈衢塞巷，而权柄又在西太后手里，绝无成功的希望，因此力劝他在八股已废的情况下，赶紧离开京城，免得迟则生变。为了康有为的安全起见，他们甚至计划由李端棻推荐他出使日本，以解此祸。

为了防止守旧派反对新政，康、梁师徒向光绪帝建议，保留一切高官的职位、荣禄，同时重用小臣来推行变法。这本来是很聪明的一招，光绪帝也听从了他们的建议，提拔康有为为总理衙门章京行走。不久之后，发生了怀塔布、许应骙等六人因不肯代递王照的奏折而遭革职之事，光绪帝趁机擢用谭嗣同、杨锐、林旭和刘光第四个年轻人，让他们以四品卿衔在军机章京上行走，帮助天子处理日常事务。自此，凡有章奏，都先经四人阅览；凡有上谕，皆由四人起草——事实上，四人已无异于宰相，把军机处和总理衙门都架空了。这样一来，当然就引起朝野守旧分子的不满，帝党和后党之间从此完全势同水火。湖南守旧派曾廉甚至上书请杀康、梁，并摘录梁启超在《时务报》和时务学堂期间有关民权、自由的言论，指为大逆不道。

更重要的是，光绪皇帝虽有变法改制的决心，却没有足够的权力和魄力去贯彻。国家的权柄依然在慈禧太后手中，他的每一项决定，都得向太后请示。百日维新期间，光绪帝一共去了十二趟颐和园。等他回到紫禁城，朝臣们又对他的诏令不是故意拖延，就是阳奉阴违，像荣禄这样的实力派甚至公开抗命。由于变法心切，光绪帝于9月13日决意开懋勤殿，打算在全国范围内精选英才数十人，延请各国政治专家，一起讨论改革的详细规则。一切准备好之后，他前往颐和园请命，可是太后态度大变，并不像从前一样不明确反对。此时，连谭嗣同等人都看出来了："皇上之真无权矣。"

联想到四个多月前，慈禧决定于九月初五（10月19日）到天津阅兵，当时很多人都怀疑太后会趁机废掉光绪另立新主。现在离阅兵的日子越来越近了，太后突然改变态度，而且听说荣禄正在天津召集军队，准备对维新派进行武力镇压，光绪帝立马感到大祸即将临头。于是第二天，他就给杨锐等四京卿密赐了衣带诏。在诏书中，他说出了自己的难处，如果强行推行新政，可能自己的帝位都难保，更不要说维新能成功了。所以希望几位能商量出一个万全之策，使得新政能够推行，又让太后可以接受。为了保护康有为，他命其到上海去督办官报，速速出京。康有为乘船南下之际，四章京紧急商议，认为唯一能挽救危局的办法，就是说服袁世凯兴兵勤王。

当时袁世凯统率着七千新建陆军，正在天津小站练兵。他的新军与董福祥的甘军、聂士成的武毅军，并称北洋三军，都隶属直隶总督荣禄管辖。维新派之所以选中他，因为他是手握重兵的实力派，平日里的作风也偏向于维新。9 月 14 日，袁世凯奉诏入京。在颐和园面圣后，他被擢升为侍郎，从一个正三品的地方官员，摇身一变成为正二品的中央大吏。18 日，谭嗣同奉谕旨夜访袁世凯，把西太后和荣禄将要弑君和废立的阴谋直接告诉他，并转达了皇上希望他保驾，率兵诛杀荣禄，并包围颐和园的意旨。袁世凯听了这番话，吓得魂飞魄散。他深得荣禄倚重，而荣禄又是慈禧太后的心腹，他当然不愿意为了没有实权的皇帝去冒险。可是为了稳住谭嗣同，他义愤填膺地说："如果皇上在阅兵时来到我的兵营中，我诛杀荣禄有如杀一条狗一样容易！"

此时，为使政变顺利进行，荣禄发电报到北京，谎称英、俄两国已在海参崴（今符拉迪沃斯托克）开战，现在各国都有十几艘兵船停在塘沽，请立遣袁世凯回天津。袁氏 20 日回到天津后，马上把谭嗣同的计划向荣禄和盘托出。其实慈禧早已知晓此事，她 19 日已从圆明园回到紫禁城，两天后就发动了"戊戌政变"。当天黎明时分，太后直接来到光绪帝寝宫，责问道："我抚养你二十多年，你为什么听信小人的谗言，要谋害我？"皇帝吓得一言不发，过了很久，才小声回答："我并没有这个意思。"太后啐了他一口，说："你这个傻孩子，如果今天我没有了，你明天还能活吗？"随后，慈禧以迅雷不及掩耳之势，发布了一系列的诏令：把光绪帝幽禁到中南海的瀛台；以他的名义发布上谕，说皇上病危，宣告由她出来垂帘听政；下令京师戒严，缉捕康梁一党；尽废新政，恢复旧法。为了防止光绪皇帝逃遁，玉澜堂东、西、北三面的通道都被堵死，东西配殿内，至今保留有当年所砌乌黑的砖墙，就是这一段历史的见证——持续了一百零三天的戊戌维新，从此烟消云散。

纵观梁启超在百日维新期间的活动，大致有以下两方面。一方面，在老师康有为的授意下，代人捉笔，做幕后工作。他曾替御史杨深秀、侍读学士徐致靖各起草一份奏折，促使光绪帝颁布变法上谕。后来又替御史宋伯鲁代草一折，请将经济岁举归并正科，各省生童均改试策论，停废八股。除此之外，他还曾应军机大臣及总理衙门大臣之请，略取日本学规，参以本国情形，为京师大学堂草定规则八十条。另一方面，在译书局任上，他恪尽职守，拟定译书局章程十条。他还上书吁请增拨开办费、常年经费和每月经费，使译

◆ 瀛台

书局工作得以顺利开展。上书得到了光绪帝的积极回应，命拨开办经费一万两以外，追加一万两；每月经费原定一千两外，再增加二千两，各款均由户部筹拨。稍后，梁启超提出的设立编译学堂，毕业生徒准予学生出身，书籍报纸概行免税的建议，也得到上谕允准。后来，他在《戊戌政变记》里记述这件事时，自诩"梁启超以微员所开之学校，而请学生之出身，实为四千年之创举"。

戊戌变法是中国历史上为数不多的重要变法运动之一。在此之前，商鞅变法、王莽改制和王安石变法都以失败而告终，戊戌变法也难逃宿命。变法缺乏大众基础，维新派所依托的光绪帝并无实际权力，而守旧派的势力根深蒂固，十分强大；变法急于求成，诏书一日数下，朝野莫所适从，往往无法执行；康有为这个主要的谋臣又政治见识不足，狂傲不自知，得罪了荣禄这样的实权派人物——这些都是变法失败的重要原因。可是在近代史上，戊戌变法有着十分重要的意义。梁启超在《康有为传》中说："戊戌维新，虽时日极短，现效极少，而实二十世纪新中国开宗明义第一章也。"事实上，科举制度于1905年被废除，维新派可谓"千年科举制度的终结者"。另外，京师大学堂以及维新派的一些主张得到了保留。虽然变法中被裁撤的六部恢复了，但裁撤冗员的命令依然下达；朝廷支持京师及各地兴办大小学堂，通商、惠农、武备、财政等方面的政策也次第实行。

割慈忍泪出国门

　　戊戌政变发生当天，清政府就下令缉捕康有为以及和新政有重要关系的人。此时梁启超还在谭嗣同的寓处和他商量下一步的行动计划。突然有消息传来，说是康有为在南海会馆的住所已遭查抄，慈禧太后发布重新垂帘听政的上谕。他们明白政变已发，于是当即行动起来。朝廷第一个要搜捕的罪犯，自然是康有为。康有为已于前一天奉命到上海督办官报，离京南下了。谭嗣同让梁启超赶紧去日本使馆求救，他说："早几天我们想救皇上，现在皇上可能已被囚禁，暂时没法救了。现在想救先生，先生已离开京城，也没有办法。我什么都做不了，只有坐等死期了！即使如此，天下的事，要知其不可而为之，我听说伊藤博文正在日本使馆，你试着去拜谒他，看看能否请他致电上海领事，救一救康先生吧。只要康先生在，事情就还有转圜的余地。"

　　下午两点，在一片恐怖的气氛当中，梁启超来到位于东交民巷的日本驻华公使馆，成为近代中国第一个闯进外国公使馆寻求政治庇护的人。据1934年出版的林权助回忆录《我的七十年》记载，当时日本公使是矢野文雄，因为告假归国，由一等书记官林权助暂任代理公使。矢野临行前，曾对林说："中国变乱在即，如果有救国志士陷于危难，你可以看情况给予帮助。"当时伊藤博文也在日本公使馆内。伊藤是日本明治维新的先驱，在他第二次担任首相期间，日本发动了甲午战争，并逼迫清政府签订了《马关条约》。此时，元勋内阁刚刚垮台，不再担任首相的伊藤，以在野政治家的个人身份访问中国，受到维新派的热烈欢迎。甚至有人上书，奏请将这位明治维新的功臣留下来做宰相。康有为曾拜访他，希望他能说服西太后支持变法；光绪帝也召见了他，并打算聘请他做变法顾问，可是他都不置可否。当梁启超匆匆忙忙来到公使馆时，伊藤与林权助刚吃完午饭，正在谈话。因为梁启超坚持要见公使，林权助被迫中断了谈话，请梁启超到另一个房间见面。

据林权助回忆，他见到梁启超时，"他的颜色苍白，漂浮着悲壮之气。不能不看出事态之非常。梁直截地说：'请给我纸。'马上自己写出下面的文句：'仆三日内即须赴市曹就死，愿有两事奉托。君若犹念兄弟之国，不忘旧交，许其一言。'……谭嗣同、杨锐、刘光第、林旭等志士都被逮捕。其首领是康有为，想也快要被捕杀头！皇帝不用说已被幽闭。西太后一派为袁世凯和军机大臣荣禄，如果我也被捕，最迟在三天内也将被杀。我的生命早就准备献给祖国，毫无可惜。请解皇帝之幽闭，使玉体安全，并救康有为氏。所说奉托之事，只此二端。"

听了梁启超的请求，林权助果断地说："可以。你说的两件事，我愿意帮忙。可是你为什么要去死呢？你好好想一想，如果改变了心意，随时都可以来找我！"

当他们说完这番话后，梁启超就流着眼泪，匆匆离开了日本使馆。他找到李提摩太，请他将北京的情况电告上海的同门诸人。李还致电英国驻上海领事，请他们援救康有为。梁启超的这一行动，在关键时刻救了康有为和他的家人，使他们得以逃过清兵的追捕，远走海外。事后，梁启超致信李提摩太和英国领事馆，对他们善意的救助表示感谢。他在信中写道："李提摩太先生阁下：自初六日北京一叙以后，敝邦变故日甚一日，皇上幽囚，志士惨戮，痛不忍言。敝师康先生得贵国之保护，幸脱虎口，闻系都中有人致电上海贵领事，想出于足下之手。大邦仗义之盛心，与足下待友之忠悃，令人感谢无已。"

到了晚上，日本公使馆门口突然人声嘈杂，一片混乱。林权助正在纳闷，忽然看到梁启超飞快地跑了过来。对梁启超来说，求救于日本使馆和李提摩太，是他在政变发生后唯一能做的事了。当时的北京城，缇骑四出，城门紧闭，他从李提摩太那里出来后，再也没有安身之处了。所以等到入夜，为躲避清兵追捕，他只能再次逃入日本使馆内。在这一刻，林权助意识到，这件事情非常重要，将来很可能会影响到中日两国的关系。于是他向伊藤博文请教，该怎样处理此事。了解了事情的来龙去脉后，伊藤郑重地说："这是件好事。救他吧！让他逃到日本去吧！到了日本，我来帮助他。梁这个青年，对于中国是珍贵的灵魂啊！"

在家里坐等消息的谭嗣同，一直没等来抓捕他的人，也不知道梁启超的情况怎样，于是前往公使馆看望这位好兄弟。见面之后，谭嗣同劝说梁启超一定要争取日本人的帮助，离开中国前往日本，将来寻求机会再回来，继续维新事业。"没有人逃出去，就没有将来可图；没有人流血牺牲，就无法酬报皇上的恩德。现在南海先生生死未卜，程婴、杵臼、月照、西乡[1]，我和足下分任之。"为了坚定梁启超逃走的决心，他还带来一箱自己所著的诗文手稿，托梁保管。

这番诚恳的话语，说得梁启超热血沸腾，他反过来劝谭嗣同一起离开。林权助也劝谭先留在使馆，再找机会送他们去日本。谭嗣同想了想，冷静地对梁启超说："我不能走。第一，海外华侨很多，他们大多是广东、福建两省的人。你去了海外，将来可以把这些人发动起来，继续维新事业。可我是湖南人，和华侨之间沟通困难，我去了海外毫无用处。第二，我的父亲是湖北巡抚，假如我逃走了，父亲的罪过就会加重。我不能只顾自己，做一个不孝子。第三，各国变法无不从流血开始，才能走向成功。现在的中国，还没有听说有人因为变法而流血牺牲，那么就请从我谭某人开始吧！至于梁君，还是为国保重珍摄，想方设法逃出魔窟，到东洋去。相信未来的中国一定需要你这样的人才。"林权助见谭嗣同去意已决，只能挽留梁启超，并承诺一定设法送他去日本。

梁启超在使馆住了一夜，第二天就剪掉头上的大辫子，在林权助的安排下换上西装，随时准备逃走。当时日本驻天津领事郑永昌正在北京，他是随

---

[1] 程婴、杵臼、月照、西乡：程婴和公孙杵臼是春秋时晋国人，奸臣屠岸贾灭赵盾满门，为了保护赵氏孤儿，公孙杵臼自杀，程婴含恨忍辱把赵氏孤儿养大，最后终于报仇。僧月照和西乡隆盛是日本明治维新时期的志士，二人在勤王运动中遭幕府追杀，月照蹈海而死，西乡被救活后，参与倒幕运动，与大久保利通等人推翻了德川幕府的统治，建立了明治新政府。谭嗣同这番话的意思是，自己选择为维新变法流血牺牲，希望梁启超肩负继续维新的任务，逃到海外活下去。

同伊藤博文来北京办事的。在郑永昌的护送下，梁启超连夜逃往天津。当时天津正奉令捉拿康有为，风声很紧。据说在天津车站的月台上，他们被梁启超的熟人发现，差点儿被抓住。后来好容易摆脱跟踪，终于来到天津领事馆内。25 日夜，郑永昌带着梁启超乘船前往大沽——因伊藤博文的随员大冈育造将于 27 日从天津乘"玄海丸"回日本，林权助安排梁启超同行。

当时一起前往大沽的还有两名日本人。四人化装成猎人，趁着夜色的掩护，乘坐一艘中国船从紫竹林出发。没想到清廷捕手乘着小蒸汽快船"快马"号，追了上来。到凌晨两点左右，"快马"号追上了他们的船。捕手们不听辩解，坚称船上有罪犯康有为。经过协商，双方答应一起乘坐中国船，先驶回塘沽再说。到次日早晨七点左右，当中国船快到塘沽时，碰巧经过日本军舰"大岛"号。郑永昌赶紧挥舞手帕求救。清廷捕手见状仓皇逃去，郑永昌三人将梁启超送上"大岛"号后，就返回了天津。等直隶总督荣禄得到消息派人赶来时，只能气得发怒。当天，荣禄派人来到大岛舰上，要求引渡要犯，遭到拒绝。之后袁世凯再次以"债务照索"的名义向日本驻京公使要求引渡——因为他知道，按照国际法，政治犯是不能引渡的，依然无果。直到此时，清廷依然不知道船上之人就是梁启超。他们在北京城内遍搜未获，以为梁启超已经逃到上海去了，于是电令两江总督刘坤一搜查梁在上海的寓所，结果也没有任何收获。直到 30 日，袁世凯发电报给总理衙门，称登上日本军舰的很可能是梁启超。

由于清政府的强烈反应，原定 27 日让梁启超搭乘"玄海丸"号去日本的计划已经无法实施了。10 月 2 日，林权助致电大隈重信，请求让大岛舰载着梁启超和王照[1]前往日本，得到了肯定的回复。但是为了等待替代"大岛"号的"须磨"号军舰前来，直到 10 月 12 日，大岛舰才从天津出发，第二天到达日本西南部的军港吴。至此，梁启超才算是得以安全脱逃。

在大岛军舰上，梁启超想到一夜之间变法失败，国君被囚，战友遇害，自己被迫去国离乡，种种突如其来的变故令人感慨万端。他再也按捺不住悲

---

[1] 王照（1859—1933）：字小航。曾参与百日维新，在谭嗣同被捕后逃往天津，在日本人的保护下于 9 月 26 日至塘沽，登上日本大岛兵舰。

◆ 梁启超逃亡时乘坐的日本蒸汽炮舰"大岛"号

郁愤激的心情，挥笔写下一首慷慨悲凉的长篇抒情言志诗《去国行》。在诗
中，他悲愤至极，且心有不甘，"倭头不斩兮，侠剑无功。君恩友仇两未报，
死于贼手毋乃非英雄"，可是迫于情势，目前只能"割慈忍泪出国门，掉头不
顾吾其东"。然而一想到将要去的日本"尔来明治新政耀大地，驾欧凌美气葱
茏"，或许到那里可以学到维新救国的经验，他立即打起精神来，决定以后再
寻找机会报国也未为晚，"男儿三十无奇功，誓把区区七尺还天公。不幸则为
僧月照，幸则为南洲翁[1]。不然高山、蒲生、象山、松阴[2]之间占一席。守此松

[1] 南洲翁：即西乡隆盛（1828—1877），号南洲。日本江户时代末期的军人、政
治家，与木户孝允、大久保利通并称"维新三杰"。

[2] 高山、蒲生、象山、松阴：均是日本著名的维新思想家。高山彦九郎（1747—
1793），名正之，字仲绳。为人精悍倜傥，好击剑。主张尊王攘夷，跋涉天下，
鼓舞志士。蒲生君平（1768—1813），名秀实。一生多奇行，与高山彦九郎、
林子平并称"宽政三奇人"。主张尊王，有《山陵志》二卷；强调海防，著
《不恤纬》五卷。佐久间象山（1811—1864），姓佐久间，名启，号象山。主张
学习西方先进科学技术，改革内政，加强海防。吉田松阴（1830—1859），姓吉
田，名矩方，号松阴。曾因偷渡美舰到海外求学而被捕入狱，在狱中坚持学习
和写作，探索救国之道。出狱后兴办松下村塾，培养了木户孝允、伊藤博文等
维新元勋。黄遵宪有《近世爱国志士歌》组诗，其二、其三、其七、其八依次
写四人。

筠涉严冬，坐待春回终当有东风。"

据学生超观回忆，梁启超空闲时爱谈鬼，曾给学生们讲过一件神奇的事情。梁启超在学海堂读书期间，有一年寒假回家，常和茶坑梁氏族人兄弟辈扶鸾作戏。有一天他突发奇想，向乩仙询问自己的命运，结果乩仙写了两首诗。万木草堂的同学，很多人都知道这件事，并且能背诵这两首诗。第一首是："蛾眉谣诼古来悲，雁碛龙堆远别离。三字冤沉奇事狱，千秋泪洒党人碑。阮生空负穷途哭，屈子犹怀故国思。芳草秋兰怨摇落，不堪重读楚骚辞。"第二首内容相近，"煮鹤焚琴事可哀，那堪回首望蓬莱。一篇鹏鸟才应尽，五字河梁气暗摧。绝域不回苏武驾，悲风愁上李陵台。男儿远死何当惜，倚剑纵横志未灰。"诗中提到阮籍、屈原、宋玉、贾谊、苏武、李陵等遭遇人生悲剧的爱国之士，似乎都预示了梁启超在戊戌变法后被迫流亡的命运，而"千秋泪洒党人碑"更是在冥冥中昭示了谭嗣同等维新志士的悲惨结局。

当初，梁启超躲入公使馆后，谭嗣同曾和大刀王五谋救皇帝，却终于未果。到25日（八月初十），谭嗣同被捕。先后被捕入狱的还有杨深秀、林旭、杨锐、康广仁和刘光第。杨深秀在政变发生后，没有贪生怕死，而是诘问光绪被黜的缘由，并坚决请求慈禧归政于皇帝，结果被捕。康广仁因为是康有为的弟弟，也被抓捕。他在狱中以头撞墙，十分惨烈。梁启超在大岛军舰上听说了这些消息后非常着急，于27日给伊藤博文写信，请求他设法营救皇帝，还提出想去拯救被捕入狱的同志。没想到第二天，他们就在北京菜市口惨遭杀害了，史称"戊戌六君子"。一年后，梁启超在横滨设酒为奠，为六君子写下祭文，感伤"苌弘化碧""周室黍离"，把他们比作为国捐躯的"国殇"。在被捕前后，谭嗣同为了不连累父亲，代替谭继洵上了一道"黜革忤逆子嗣同"的折子，使老父亲免于获罪。在狱中，他写下了彪炳千秋的绝壁诗："望门投止思张俭，忍死须臾待杜根。我自横刀向天笑，去留肝胆两昆仑！"据周传儒说，张俭和杜根分别指康有为和黄遵宪。本来康奉诏出京，黄遵宪是要进京代替康辅政的。因黄与日、英两国交好，他若入京，谭嗣同等人或可得救。但他因病滞留上海，是以六君子很快遇难。"去留"分别指康有为和北京镖局局长大刀王五，王五和谭的关系很好，曾打算救光绪帝而不成。谭嗣同蒙难之时，围观者上万人，他气定神闲，视死如归。这首绝笔诗很快传到日本，立马有人为之谱出曲调，在学生中传唱。1927 年，梁启超和学生吴其昌讲起这段惊心动魄的往事，忍不住老泪纵横。本来可以一起逃走的同志，却把生的希望留给了他，把死的痛苦留给了自己。他心里始终觉得亏欠谭嗣同，可是永远也没有机会酬答知己了……

话说康有为于政变前一天奉旨前往上海督办《时务报》，当晚坐火车至塘沽，第二天乘英国太古轮船公司的"重庆"号南下。荣禄派飞骑在塘沽等地搜捕了一晚上，也没找到康有为，于是发电报到烟台、上海各处，命令各轮船协助缉拿。船经烟台，居然无事。上海道的蔡钧接到密电之后，早早在吴淞口等待。没想到"重庆"号快到吴淞口的时候，康有为正与船上的人谈笑风生，突然有一个英国人乘小船而来，手上拿着康有为的照片，原来是上海英国领事馆派来营救他的。在英国领事的保护之下，蔡钧也扑了空，于是康有为得以脱逃，并由上海乘英国军舰前往香港。

9 月 29 日，康有为抵达香港的当天，清廷发布上谕，历数康梁的罪过，认为康有为"首创逆谋，恶贯满盈""大逆不道，人神共愤"，梁启超"与康有为狼狈为奸，所著文字，语多狂谬"，命令各省督抚对二人"严密查拿，极刑惩治"。从这些用词可以看出，慈禧对康梁和维新党人痛恨入骨，必欲立即诛杀而后快。不仅如此，清廷还派大队人马开进新会茶坑查抄梁家，梁氏及邻近十余里的男人闻风走避。清兵入村后，大肆掳掠，抓捕大批妇女，并封闭梁氏祠堂，捣毁其祖宗牌位。

直至康梁逃到日本后，清廷还数次发布追捕令。1899 年 12 月 20 日，清廷谕令沿海各地督抚："有能将康有为、梁启超严密缉拿到案者，定必加以破格之赏……即使实难生获，但能设法致死，确有证据，亦必从优给赏。"同时派遣李鸿章署理两广总督，办理除康事务，破坏保皇会在广东及海外的组织与活动。1900 年 2 月 14 日，清廷再度颁布上谕："前因康有为、梁启超罪大恶极，迭经谕令海疆各督抚悬赏购缉，严密缉拿，迄今尚未弋获。该逆等狼子野心，仍在沿海一带煽诱华民，并开设报馆，肆行簧鼓，种种悖逆情形，殊堪发指。着南洋、闽、浙、广东各省督抚，仍行明白示谕，不论何项人等，如有能将康有为、梁启超缉获送官，验明实系该逆犯正身，立即赏银十万两。万一该逆犯等早伏天诛，只须呈验尸身，确实无疑，亦即一体给赏。"

除了康、梁遭到通缉之外，所有推荐过康梁、参与过变法的官员，基本都受到了处罚。徐致靖被判永远监禁；宋伯鲁、陈宝箴、江标、熊希龄、张元济等被革职，永不叙用；徐仁铸、陈三立，都因父亲参与变法而遭革职；李端棻、张荫桓革职后，流放新疆；黄遵宪免去日本公使之职，抓捕后押解进京……大清帝国的内政外交大权，从此便掌握在以西太后为首的老朽昏庸、自私愚昧的官僚手中了。而梁启超则带着君恩友仇两未报的心情，割慈忍爱，远离邦家，开始了长达十四年的海外流亡生涯。

第五回

成就 报刊伟业

牛刀小试初办报

甲午战争的结果，标志着中国洋务运动的失败，以及日本明治维新的成功。此后，列强加紧在华划分势力范围，中国面临瓜分危机。在此国难当头之际，光绪皇帝痛感割地赔款的耻辱，士绅百姓纷纷开始关心国事，朝野之间很有发愤图强的意味。1895 年 5 月 29 日，梁启超给好友夏曾佑写信说，光绪帝每次说到甲午战争，都忍不住痛哭流涕；翁同龢极力主张变法，实行新政，所以梁启超打算留在京城，希望能找到机会，"借国力推行一二事"。可是不到两个月，光绪帝的壮志就消歇了，变法、新政也随之无从谈起。

虽然变法、新政一时不能实行，康、梁并没有放弃努力，而是一直寻求机会宣传维新主张。他们认识到，启发民智、推进维新，进而救亡图存，需要通过办学校、办学会、办报纸等多种途径，才会有实际的效果。办学校，是为了培养青年后起人才；办学会，是为了联络成年知识阶层；而办报纸，则是在更大的范围内启发一般民众。三者互为补充，缺一不可。办学校的尝试是很成功的。梁启超在长沙时务学堂培养出来的学生，几乎个个都成长为影响时代发展的人才；康有为在桂林创办的广仁学堂，是广西第一所新式学堂。办学会的实践，始于 1896 年的北京强学会和上海强学会。北京强学会附设强学书局，后来书局又改为京师大学堂，成了北京大学的前身。1897 年康有为在桂林讲学期间，曾创立一个圣学会；同年长沙成立了南学会。戊戌年，他们又在北京成立了保国会，随后各地纷纷成立粤学会、闽学会、蜀学会等。在办学校、创学会的过程中，梁启超和康有为都认识到，启发普通民众的智慧非常重要，办报纸势在必行。

留滞京城期间，梁启超有意识地汲取和传播西学，结识了一些具有维新思想或西学根底的名人学士。有几个月，他担任李提摩太的中文秘书，读了不少翻译过来的西方书籍，包括算学、历史、地理方面的；也接触了广学会的《万国公报》，深受启发。《万国公报》本来是林乐知等传教士在上海创办的一份刊物，后来因经济原因停刊。1889 年复刊后，成为广学会的机关报，林乐知还是担任主编，李提摩太和丁韪良等外籍传教士也参与过编撰工作。这份报纸主要刊登政治时事，介绍西方的政治、历史、地理等方面的知识。受此启发，梁启超等人决定尝试办报纸。

他们募集了一笔钱，大约有一千多元，其中袁世凯捐赠了五百元。随后在宣武门外的后孙公园设立会所，派人到上海购买了几十种翻译的西书，推举梁启超主持办报事宜。由于报馆处于草创阶段，经费有限，买不起印刷报纸的机器，只能借京报的粗木版雕印。1895 年 8 月 17 日，报纸正式刊行，定名为《万国公报》。之所以借用上海广学会的《万国公报》之名，是因为此报在政府官僚中行销多年，知名度高，方便推广。这是梁启超开办的第一份报纸，也是我国资产阶级维新派出版的第一份报刊。

报纸每天出一张，只有一篇几百字的论说文，由担任编辑的梁启超和麦孟华编写，多选自广学会所出书报，少数为梁、麦自撰，内容主要涉及学校、军事、政治等方面。为了扩大影响，报纸采用赠阅的方式，请售卖京报的人代发——在送宫门抄的时候顺带送到各官员府邸，并付给送报人酬劳。他们希望通过这种方式，让京中官员逐渐了解变法的好处，以及开办学会的必要性。事实上，京城里的官员们读了《万国公报》上的文章，确实深受影响。

《万国公报》逐渐步入正轨后，康、梁等人又着手募集资金，继续为成立强学会做准备。当准备工作进行得差不多的时候，康有为前往南京，打算游说张之洞在上海成立强学会，以作为北京强学会的呼应。康有为离开后，北京强学会才正式成立，时间在当年的 11 月中下旬（农历十月初），以强学书局的开张为标志。康有为写下了维新变法的第一篇宣言——《强学会叙》，指出中国处在列强环伺之下，虽然地大物博，人民聪慧，却因"风气未开，人才乏绝"而受列强凌辱，只有效法普鲁士和日本，讲求学业、磨砺人才，才是唯一的出路。从文中可以看出，强学会之名源于普鲁士的强国之会，而强

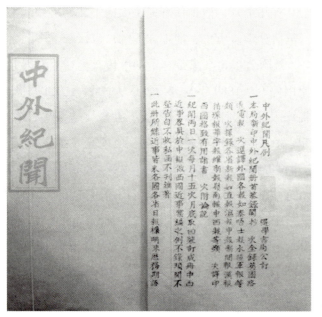

学会的性质，"实兼学校和政党而一之"。翁同龢的弟子陈炽担任会长，梁启超担任书记员——相当于秘书长，张元济做翻译，文廷式、沈曾植等人都是会员，李提摩太、李佳白等传教士也参与其中。强学会的会址也在后孙公园，会员每十天集会一次，每次安排人员讲演自强之学。

北京强学会附设强学书局，"先以报事为主"，重点翻译西书、刊发报纸。此前，《万国公报》每天发出一千多份，每期纸墨花费二两银子，由康有为筹集。一个多月后，发行量增加到三千多份，前后共发行了四十五册。随着北京强学会的成立，《万国公报》于 12 月 16 日（冬月初一）改名为《中外纪闻》，由梁启超和汪大燮主笔。

《中外纪闻》是双日刊，用木活字印刷，没有编号，只注明出版年月，封面有紫红色的"中外纪闻"四个大字，每期大约十页，编为一册。内容方面，首先是转录清政府的公报——"阁抄"；其次选登英国路透社新闻电讯，选译《泰晤士报》等外国报纸的消息和评论，选录津、沪、港、粤、汉等地报纸的新闻和言论，摘编强学会购买的西方有关格致的译书，比如《英国幅员考》《西国铁路考》《地球奇妙论》等；最后附有梁启超、汪大燮的编者按和论说。

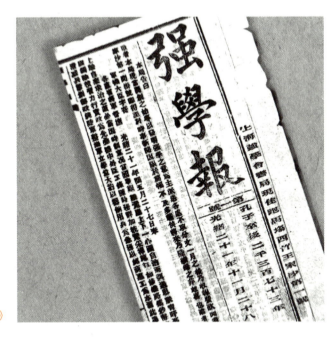

◆《强学报》

　　随着强学会的影响越来越大，各界人士纷纷伸出橄榄枝。帝师翁同龢不仅参与学会，还同意每年从户部拨款几千两作为各项活动的经费。地方督抚张之洞、刘坤一、王文韶也自称要维新，各捐五千两银子作为会费。在天津小站练兵的袁世凯也参与进来。英、美公使表示，愿意赠送图书和印刷机器；英国传教士李提摩太、美国传教士李佳白也表示支持。

　　为了拉拢各方势力，康有为邀集了很多人入会，导致强学会内部成员复杂，矛盾重重。四个总董之中，张孝谦是李鸿藻的亲信，丁立钧是张之洞的红人，他们仗势压制陈炽和沈曾植。维新派只有梁启超一人主持报务，他们想发行报刊，敲响民族危亡的警钟，张孝谦却只想以开书店的形式渔利；他们想广联人才，推动变法，张、丁二人却只想借学会争权夺利。这样一来，强学会纪律涣散，成了名利场，离"开通风气、广联人才"的初衷越来越远。

　　另外，强学会的发展，引起了顽固派守旧势力的警惕。当初，李鸿章也曾想捐银三千两入会，不料陈炽等人因为《马关条约》之故，拒绝了他，让他感觉很没面子。随后，李鸿章将要奉命出国，临行前，他愤恨地说："你们这些人要跟我过不去，等我回来，看你们的官还做不做得成！"于是，他暗中唆使自己的亲家、御史杨崇伊进行弹劾。杨崇伊抓住梁启超《学术末议》中的只言片语上本参奏，说康有为植党营私；强学会贩卖西学书籍，《中外纪闻》按户销售，鼓吹西学，背叛圣教；要挟外省大员出资支持等，请求严禁。徐桐也奏请慈禧太后严惩康有为。

张孝谦从军机处得到消息后，仓皇回到强学会。会员人人自危，作鸟兽散。梁启超和汪大燮对逃跑的众人说："如果你们不站出来说话，听任强学会解散，我们就把你们的行为写下来，报告给上面。"可是，没人听他们的话，大家依旧纷纷逃遁，保命要紧。

其实早在《万国公报》时期，京城里就谣言四起，说康、梁是危险分子。送报人害怕祸及己身，即使报馆许诺增加报酬，他们也不敢冒险再送了。现在能见到的最后一期《中外纪闻》，印刷于1896年1月17日（十二月初三）。

在北京强学会走上正轨之后，康有为离开北京，打算去游说张之洞，说服他支持在上海兴办强学会。当时张之洞刚从武昌调到南京，出任两江总督、南洋大臣，管辖江苏、安徽、江西和上海。康有为刚到上海，张便派人把他接到南京。作为重要客人，康有为在张之洞府上住了二十多天。对于康提出的开办上海强学会的建议，张之洞答应拨款相助，但是对"孔子改制"之说颇不以为然，劝他别再讲这些了。随后，康有为给汪康年写信，请他到上海主持强学会事务，同时命梁启超撰写《上海强学会序》。据说梁用一个晚上写了一万多字，最后被康有为删减为二百多字。1895年12月4日（农历十月十八），《申报》刊登了这篇上海强学会的成立宣言，仍然强调"开风气而成人才"，以张之洞的名义发表。当时中国知识界的精英，如张謇、章太炎等纷纷加入强学分会。

康、梁还撰写了上海强学会后序，定出学会章程，"为中国自强而立"；指出学会最重要的四件事，是译印图书、刊布报纸、开大书藏、开博物馆。可见强学会的主要宗旨还是在办报译书，开通风气。1896年1月12日（农历十一月二十八），《强学报》在上海创刊，引起震动。《强学报》由徐勤、何树龄任主编，每五天出一期，报首用孔子纪年与光绪纪年并列，主要登载有关维新变法的文章，其政治色彩比《中外纪闻》更加鲜明。

可惜《强学报》才出了三期，就发生了杨崇伊上本弹劾、光绪帝被迫下令封闭北京强学会和《中外纪闻》的事。此时，曾经支持强学会的翁同龢不发一言。随后，张之洞也见风转舵，查封了上海强学会和《强学报》。

到 1896 年 1 月底，李鸿藻回京，张孝谦向他报告了强学会被查封的情况。正好有文廷式等人请开学堂、编洋务书等，于是在李鸿藻的主张下，将从前查抄的书籍仪器发还，把强学会改为官书局，由孙家鼐主持，只保留了文廷式、汪大燮等少数几个人，连梁启超都被摒弃在外。官书局不准议论时政，不准臧否人物，只能翻译书籍，传布要闻，成为贵族官僚子弟的讲习所，完全改变了强学会的宗旨。即便如此，太后一党依然不放过他们，杨崇伊又上书弹劾北京强学会发起人之一的文廷式，文随即被革职。

当年 3 月，在致汪康年的书信中，梁启超谈到强学会被封的情况，感慨地说："时局之变，千幻百诡，哀何可言！""南北两局，一坏于小人，一坏于君子。举未数月，已成前尘。此自中国气运，复何言哉！"在这里，他所说的小人，当然是指杨崇伊等人；而所谓君子，则是开始支持强学会、后来查封强学会的张之洞之流。张之洞之前声称赞同维新变法，甚至还想邀请梁加入他的幕府，是因为看到了维新派与自己的主张和利益相一致的一面，但他到底是个官僚、政客，当维新派的行为触及自己地位和利益的时候，他就毫不心软地出手了。

自从《万国公报》开办以来，梁启超就住在强学会的会址里，全身心投入办报和办会的工作中。封禁之时，步军统领带人前来，学会里所有的书籍仪器，都被他们查抄而去。其中最让梁启超舍不得的，是一幅得之不易的世界地图。当初，他们花费了一两个月工夫，在北京城内搜购地图而不得。后来辗转托人帮忙，终于从上海购得一幅。地图买回来后，强学会同人视若珍宝，天天出去请人来观看。但凡有一人来观，他们就高兴得不得了。可是这幅珍贵的世界地图却被查抄而去，不知下落，实在令人惋惜。不仅如此，梁启超连日用的行李和书籍都拿不出来，只好回到以前住过的金顶寺。

强学会与《中外纪闻》存在的时间虽然很短，影响却不小。他们冲破了几千年来的封建罗网，使得社会风气为之一变，为以后的前进开辟了道路。

此后集会结社者，风起云涌，三年内各地维新志士所设立的学会、学堂、报馆就达五十多个，足见其流风所及，影响深远。对梁启超个人来说，编撰《万国公报》是他走向舆论界的起点。他本来想在《中外纪闻》和强学会中大干一场，可惜毕竟初出茅庐，把极为复杂的社会政治和人际关系看得过于简单。他对顽固势力很不了解，对他们抱有不切实际的幻想，故而容易失败。好在他还很年轻，富有朝气和才情，并没有因为失败而气馁，而是重整旗鼓，投入新的战斗。

纵论时务兴强国

中国第一个现代意义上的记者黄远生，曾说梁启超是"报界大总统"，因为他的文字思维缜密，条理畅达，对于读者别有魔力。虽然早在1895年"公车上书"后，梁启超就在北京先后主办过两份报纸，即《万国公报》和《中外纪闻》，但两份报纸持续的时间都比较短，而且所发文章多为转载，梁启超自己撰写的文章也比较幼稚，他后来评价说，"其言之肤浅无用，由今思之，只有汗颜"。梁启超真正作为一个报人享誉全国，是从主笔《时务报》开始的。因此，他在《三十自述》中说，自己的"报馆生涯自兹始"。

1896年，京沪两处强学会被封之后，维新运动的中心转到了上海。受张之洞之邀来到上海的汪康年，想在原来强学会的基础上，筹划重新办报，继续发展维新事业。在朋友的建议下，他找到了闲居在南京的黄遵宪。黄遵宪年轻时就到过香港，曾跟随何如璋出使过日本，写了《日本国志》一书，后来又成为旧金山总领事、住伦敦参赞以及新加坡总领事，因此对世界潮流与时代发展有着超过一般人的认识。两年前，他刚回到国内，当汪康年联系到他时，他正在南京。两个人一拍即合，他不仅赞同汪办报的主张，还豪爽地捐助了一千元，同时发动同僚捐资支持办报。

黄遵宪也是广东人，他此前不认识梁启超，但曾订阅过《万国公报》，对梁的文字很熟悉。此时吴樵也推荐梁加入报馆，于是黄、康二人决定向梁启超发出邀约。在北京饱受打击的梁启超正愁无用武之地，于是欣然接受。在给汪康年的回信中，他表示办报是自己的夙愿："兄在沪能创报馆，甚善。此吾兄数年之志，而中国一线之路，特天之所废，恐未必能有成也。若能成之，弟当惟命所适。"于是，他爽快地来到上海，在跑马厅泥城桥西新马路梅福里安顿好以后，立即投身于如火如荼的新闻报刊事业中。

当一切准备就绪之后，梁启超起草了创办公启，经黄遵宪修改，五位发起人签名——另两位是吴德潇和邹凌瀚，然后印行一千份，分发给全国各地的朋友，一方面为报纸做宣传，同时也寻求资金、文稿上的支持。不久之后，黄遵宪前往天津出任津海官道，吴、邹二人分赴浙江与江西，只剩梁启超和汪康年操持报务。

8月9日，《时务报》正式刊行。封面正中是"时务报"三个魏碑大字；右侧上方是出版日期"光绪二十二年七月初一日"，下方写着地址"馆在上海四马路石路"——这个地方位丁上海的英租界；左侧标明售价："每册取纸料费一角五分，定阅全年者取费四圆五角，先付资者取费四圆。"报纸为旬刊，十日发行一册，每册二十余页，以石版印于连史纸上，设论说、谕折、京外近事、域外报译等栏目。

之前在办报方针上，汪康年和梁启超曾有争议。汪鉴于之前《中外纪闻》

◆《时务报》第一册

被查封的教训，主张以广译西报为主；梁则认为应该多发论说。后来经黄遵宪居中调停，采取了折中的办法。正式发行的《时务报》分为社论、恭录谕旨、京城近事和域外报译等栏目，既有论说，也有译报，但后者占大半篇幅。在报纸第一册上，发表了梁启超的《论报馆有益于国事》一文。在文中，他指出读报纸能够开启民智，办报纸可使国家富强，所以要创办《时务报》，广译五洲近事，详录各省新政，博搜交涉要案，旁载学艺政治要书。如此这般实行一段时间后，就能"风气渐开，百废渐举，国体渐立，人才渐出"。这篇文章既是发刊词，也是办报方针的概括。

梁启超担任报纸主笔，全面负责文字工作。刚开办时，由于人手紧，他一个人做了七八个人的工作，除撰写论说外，举凡报刊文章的润色、编排、复核，均由他一人负责。两年后，梁启超在谈到这一时期工作的繁忙情形时说，每期报纸中，论说部分的四千多字是他写，东西文各种报纸上的文章共两万多字是他润色修改，一切奏牍告白都是他编排，整本报纸的校对工作也由他完成。每十天一册报纸，每一册三万余字，差不多都是他亲自撰写或删改润色的。酷夏炎热之际，洋蜡烛都热化了，他独居于小楼上，还在挥汗如雨地执笔写作，以至于废寝忘食。他是高产报人，《时务报》上每一期都有他的文章。为了翻译外国报纸上的文章，《时务报》先后聘请了张坤德、李维格等人担任英文翻译，还延请了郭家骥、古城贞吉、刘崇德担任法文、日文和俄文报纸的翻译。从第三十九册起，报纸开辟了"时务报馆译编"栏目（后改为"附编"），专为社会上自由寄来的译文来稿提供版面。

《时务报》从1896年创刊到1898年终刊，一共出版了六十九期。在任主笔的一年多时间里，梁启超几乎每期都有文章发表，这些文章占该刊论说文的百分之六十以上。其中影响最大的是《变法通议》。该文共分十三小节，自《时务报》创刊号起，一直连载到第四十三册，还有两篇发表于后来的《清议报》。在这篇长文中，梁系统地阐述了变法的合理性、必要性和紧迫性，以及变法所应循的途径。为使封建统治阶级接受他的变革主张，他以自然界和人类社会的变化为例，说明变是不以人的意志为转移的客观规律，如果抗拒这个规律，当变不变，最后将被迫导致破坏性的变。他说："法者天下之公器也，变者天下之公理也。大地既通，万国蒸蒸。日趋于上，大势相迫，非可阏制，变亦变，不变亦变。变而变者，变之权操诸己，可以保国，可以保种，可以保教；不变而变者，变之权让诸人，束缚之，驰骤之，呜呼，则非吾之所敢言矣。"他用这样饱含爱国激情的文字，唤起人们变法图强的意识。

梁启超主张变法宜从废科举、兴学校、培养人才做起。他的《变法通议》，谈得最多的就是这方面的内容。他认为，科举制相对于封建荫袭制，不失为古代选拔人才的一种好办法，但由于隋唐以来的科举制与学校分离，所立标准又不过是一些雕虫小技、兔园之业、狗曲之学，因而不但不能选拔出有用人才，反而使士人丧失政治意识。尤其是明清以来采用的八股文，徒使有志之士，白白消磨才气和志向，于国于人，贻害无穷。在梁启超看来，改革科举制有以下几种方法可供选择：或在科举考试课目中增加有关中外史学和声光化电方面的内容，或在传统考试科目之外，增开一些新的实用科目，如兵法科、技艺科、明医科等，而最上之策是彻底废除科举制，建立全国性的学校制度。同时，梁启超也看到，不能指望那些保守的官僚来完成这项改革事业，他提出在变科举之前，首先要变革旧的官僚制度。在《论变法不知本原之害》中，他指出变法的根本思路是："吾今为一言以蔽之曰：变法之本，在有人才；人才之兴，在开学校；学校之立，在变科举。"

当时中国的报纸，只有一家外商经营的《申报》，常常登载一些官场新闻、八股范文之类的，虽然也有政论文章，但创新性不足。《时务报》的横空出世，令人耳目一新，尤其是梁启超的论说文章，成为最大的亮点。他的维新变法思想，从变科举、办学校、立学会、译西书到变官制，经过长期的酝酿，已经自成体系。《时务报》后来也曾邀请过麦孟华、章太炎、徐勤、欧榘甲等人担任撰述，但他们对维新变法思想的阐述都没能超过梁启超。更重要的是，梁启超的文笔有鲜明的个人特色。他突破传统散文、骈文的束缚，行文平易畅达，条理清晰，文风活泼，情感充沛，极富感染力。他那"笔锋常带情感，对于读者，别有一种魔力"的新文体，就是在这个时候逐渐形成的。他并驾其师，被称为"康、梁"，也是在此时。而后来与他在清华国学研究院并称导师的王国维，当时还只是时务报馆中一名小小的书记员。

　　《时务报》的译报内容包罗万象，但大部分都间接与维新派要求变法的政论互为呼应，主要向国人揭示中国在强邻环伺下的危急情况，激发国人的变法热情。如《论日本国势》一文说："中日未战以前，知日本最深者，亦谓其自取灭亡。盖以华人身壮力强，地大物博，即使日本幸而小胜，终必为华所败。讵知日之败华，既速且准，无异乎昔时德之胜法也。"这段话对于中国人普遍存在的盲目自大、不思进取心态是一个莫大的打击。又如《天下四病人》借用外国人之口谴责中国"官无韬略之志，民少勇敢之气，一旦强敌骤至，未有不弃甲而走矣"。这些无不与维新派要求变法的政治主张互为呼应。而《中国宜亟开民智论》则直接表达了维新派开民智的心声。

　　由于邮政系统的落后，《时务报》费了不少时间才运达各个分销点。当读者的反馈陆续传来时，梁启超才知道，他们取得了意想不到的成功。纪钜维给汪康年发来热情洋溢的信件："顷见《时务报》第一册，体例既精，式亦雅饬，人必爱观"，而"纷纷市井诸报，不可同年而语"。读到第二册上的《论

◆ 刊登于《时务报》第二册的《变法通议·论不变法之害》

不变法之害》，他又热情夸赞此文"沉着痛切，言言扼要"，说梁启超"真晓人也"。身在武汉的邹代钧读了第一期杂志后，抑制不住兴奋之情，"阅之令人狂喜，理识文兼具，而采择之精、雕刻之雅，犹为余事"，他也看到了这份报纸的标志性意义，"足洗吾华历来各报馆之陋习"。

梁启超饱含情感、任意驰骋的独特文风，不仅赢得新进青年的欢迎，不少饱学之士也对其刮目相看。岳麓书院山长王先谦，要求学生购阅《时务报》，说这是忧时君子发愤之作。陈三立给汪康年写信说，"忽见《时务报》册，心气舒豁，顿为之喜""日起有功，必能渐开风气，增光上国"。郑孝胥、罗振玉这些大家都很欣赏他的文笔，尤其是《变法通议》，得到了广泛的好评，可谓他在此期的代表作。郑振铎评价说："（他）以淹贯流畅，若有电力足以吸住人的文字，婉曲的达出当时人人所欲言而迄未能言或未能畅言的政论。这一篇文字的影响，当然是极大。像那样不守家法，非桐城，亦非六朝，信笔取之而又舒卷自如，雄辩惊人的崭新文笔，在当时文坛上，耳目实为之一新。"甚至有人将这篇文章比作有"西汉文章第一"之称的贾谊《治安策》，足见其影响之大。

这种态度在当时一部分咸与维新的官僚中很具有代表性。比如湖广总督张之洞，不仅高度评价《时务报》"识见正大，议论切要，足以增广见闻，激发志气""实为中国创始第一种有益之报"，还饬令湖北文武大小衙门学堂一律官费派阅，各局书院预估自己的订阅数量，并预先支付半年的报费。除此之外，张之洞还折节下交，写信给年仅二十四岁的梁启超，称其为"卓老"，邀请他中秋前后到湖北一游。张的幕僚郑孝胥给汪康年写信说，《时务报》的发行，"如挈白日，照耀赤县"。在张之洞的影响下，山西、湖南、江苏、安徽各省大员纷纷订阅《时务报》。

这些反馈令报馆同人欣喜不已，报纸的发行量也超乎想象。汪康年估计只需四千份就可以维持收支平衡，但事实上，发行量很快就达到了七千份。王文韶、袁世凯等人的捐款随之而来。李鸿章也捐助了二百元——与一年前的强学会不同，时务报馆没有拒绝李的捐款。《时务报》之风行，发行量最多的时候甚至超过一万二千份，"为中国有报以来所未有，举国趋之，如饮狂泉"。

　　和同一时期的其他报纸相比,《时务报》内容丰富、编排有序,优势非常明显。其广译西报、广泛介绍西学新知以开民智、新民德的做法,被后来的《清议报》和《新民丛报》更进一步发挥,共同构成二十世纪之交维新派介绍西学的一个缩影。更为重要的是,梁启超撰写的一系列发人深省、脍炙人口的政论,以激烈的言辞、鲜明的观点宣传了变法图存的改良主张,喊出了时代最强音。他本人也以独特的个人风格,迅速征服了广大读者的心,因此逐渐成长为优秀的一代报人、天才的宣传家。

携手办报终决裂

1896 年 8 月，汪康年、黄遵宪、梁启超三人在上海创办《时务报》，其中，汪为总理，黄为协理，梁任主笔。二人筚路蓝缕，使《时务报》成长为维新派的机关报。然而，当报纸越办越好之际，梁、黄二人却与汪康年分道扬镳。

到 1898 年 8 月，《时务报》改为《昌言报》的时候，三人彻底决裂。其中的来龙去脉比较复杂，有必要专辟一节来讲。

梁启超与汪康年的相识是在 1890 年，当时汪是张之洞的家庭教师。从两年后梁写给汪的两封信来看，二人应该是一见如故，颇为投契。在第一封信中，梁启超说对方有"经世之才"，并说自己打算和两三个志同道合的人一起著书，可一时很难实行，因此彷徨迷惘，于是向汪请教："足下爱我，其何以教之哉？"在另一封信中，梁启超又盛赞汪是"仁人君子"，有心忧天下的情怀，并请他寻找机会说服张之洞兴办铁路。汪康年比梁启超大十三岁，除了做湖广总督的家庭教师，他还担任过自强书院的编辑和两湖书院史学斋分教习。因为张的关系，汪康年结交了很多有识之士，并逐渐接受了维新思想。

由于杨崇伊等人的参劾，1896 年 1 月，北京、上海强学会先后被禁。在此之前，康有为南下南京，建议张之洞支持在上海创建强学会。张爽快地答应了。时任两江总督的张之洞，是上海强学会及《强学报》的主要支持者和资助者。上海强学会成立后，他曾建议康有为到广东也办一个强学会，上海方面的事务可以让汪康年负责。康表示赞同，欢迎汪到上海接手强学会事务。后来，由于康有为经常发表一些孔子改制之类的言论，张之洞感到强学会正在脱离自己的控制，于是让汪速速到上海接管强学会。当时汪康年正在武汉创办译报馆和爱国组织中国公会，当他来到上海时，形势又发生了变化：张之洞正下令停办强学会和《强学报》，所以他的工作由接管强学会事务变成了处理强学会善后事宜。

此前，汪康年在武汉办译报馆和中国公会的尝试没能成功，于是想借这个机会，利用强学会的余款，在上海创办一份报纸。这个主张得到了黄遵宪的赞同。他不仅给汪以精神上的支持，而且自愿捐助一千元，并表示："我辈办此事，当作为众人之事，不可作为一人之事，乃易有成；故吾所集款，不作为股份，不作为垫款，务期此事之成而已。"可事实上，后来他们违背了初衷，正因为把办报"作为一人之事"而反目，导致《时务报》很快成为历史的陈迹。

有了黄遵宪的支持，办报的进程就快了起来。考虑到报馆的主笔直接决定着报纸的兴衰，在参考众多朋友建议的基础上，他们决定延请梁启超担任主笔。当时梁启超有两个选择，一是去湖南帮助陈宝箴推行新政，二是到上海办报。经过一番思考，他选择了后者。

到上海之后，在汪康年的介绍下，梁启超认识了黄遵宪。他们三人一拍即合，共同策划办报宗旨、体例、人选等问题，很快达成共识。按照黄遵宪的设想，报纸的管理应该设立一个董事会。随后以五位发起人名义印行的《公启》里规定，选举四名总董事，所有办事条规应由总董事议定后再实施，基本体现了黄遵宪的制度设计。《公启》发出后，得到了全国各地的热烈响应，张之洞也转而同意将原来上海强学会的余款作为办报之用。

由于有着共同的理想和默契的配合，三人将《时务报》办得风生水起。据报馆统计，报纸销量最多的时候达到一万二千份。这既有梁启超主笔的功劳，也有汪康年的经营之功，黄遵宪的人脉关系无疑也起了重要作用——三人可谓"黄金组合"。《时务报》最受欢迎的内容，是梁启超撰写的一系列文章。他在第一册上就发表了两篇：《论报馆有益于国事》和《〈变法通议〉自序》，前者相当于《时务报》的发刊词，后者所序的《变法通议》则是梁启超的成名作。第一册出版后，在国内引起了强烈反响。陈三立说，读了梁启超的文章，觉得他是个"旷世奇才"，报纸如果能坚持办下去，一定能"渐开风气，增光上国"。张之洞的幕僚叶瀚给汪康年写信说，梁启超"大才抒张"，是不可多得的办报天才。郑孝胥也给汪康年写信说，"梁君下笔，排山倒海，尤有举大事，动大众之概"……

但是也有人表示担忧，害怕《时务报》上所发的文章太过激进，会重蹈强学会的覆辙。北京的汪大燮、沈曾植等人就表示，报纸的编排和内容都很好，但是要谨慎从事，不要去触碰朝廷的禁忌。张之洞一开始对《时务报》大加称赞，因为报纸上的文章与官方政策以及他本人的主张是一致的。他不仅邀请梁启超到湖北一游，而且下令湖北全省官销该报。因为此时《时务报》上所发的文章言辞不算激烈，而且为保证办报顺利，梁启超表示不在报纸上宣扬康有为的学说。《变法通议》前三篇只是大而化之地论证变法的合理性，不但推进了人心思变的社会风潮，也迎合了洋务派的求变主张，因此受到张之洞等官僚的认同。但随着报纸日益走向稳定，汪、梁二人撰写的文章也越来越激进，形势逐渐发生了变化。

1896年9月7日，汪康年在该报上发表了《中国自强策》，他在文中讥骂军机大臣，提倡开设议院，说了一些触犯时忌的话。所以，汪大燮提醒他"不必作无谓之讥评"，以免招来祸事。张之洞通过叶瀚提醒他注意言辞，叶氏则劝他"多译实事，少抒伟论"。更麻烦的是，第五册刊登了梁启超的《变法通议》之《论学校》，引起张之洞的强烈不满。原因是梁在文中批评洋务运动，说金陵自强军以高薪聘请洋人，有崇洋媚外之嫌；另外还称满洲为"彼族"。金陵自强军是张之洞暂署两江总督时创办的，梁启超讥讽自强军，在张之洞看来即是反对自己，这对一个实权人物来说，当然是不能忍的。事实上，梁启超这篇文章的主题是提倡兴学校以开民智，提及自强军仅是为了举例，而且只是数例中的一个，主要用意在于陈述事实。因自强军之类机构皆为外人盘踞，且薪水太高，成为负担，梁认为这是因为中国缺乏人才，所以要兴办学校。《办学校》是《时务报》当期第一篇文章，篇幅有六页之多，提及自强军仅有一行，可就是这短短数语惹恼了张之洞。当时有很多人致信汪、梁进行劝谏。至于"称满洲为彼族"，原文是"今之创新法、出新制，足以方驾彼族，衣被天下者，几何人矣？"确有排满之意，言辞也稍激烈。对此，梁启超的好友吴铁樵认为，文章本身所讲道理并无问题，只是言说的方式不能如此直接，容易树敌。吴铁樵的劝阻不无道理，《时务报》处境艰难，攻击者众多，同道中人确实应尽力团结，不能因小失大。

此事令张之洞极为不快，他准备不再订阅《时务报》，同时打算另辟一报馆以对抗《时务报》。可是汪、梁二人对此并不在意。第八册和第十册又发表了梁启超的《论科举》《论学会》，批判倭仁反对西学的思想，猛烈抨击汉学及其领袖人物纪晓岚，引起纪氏五世孙纪钜维的震怒，张之洞也大为不满。第九册刊登了汪康年的《中国参用民权之利益》，旨在贬抑君主专制，伸张民权。读到这篇文章的朋友感到错愕、惊讶，没想到一向谨慎小心的汪氏会写出这么大胆的文字。对此，辜鸿铭向张之洞举报"《时务报》载有君权太重之论，尤骇人听闻"，梁鼎芬、夏曾佑、邹代钧则致书汪康年，警告他不要以身犯险。邹代钧在信中说："公此后万勿出笔，缘前次所撰已为梁（鼎芬）大痛斥，且公笔亦逊卓如，各用精神于所长，庶能有济。"说他的文笔和技巧都不及梁启超，不如停笔，做好总理分内的事即可。

此时的汪康年与梁启超可谓一唱一和，相得益彰。两个人把《时务报》当作宣传维新的阵地，将其办成了一份誉满天下、谤满天下的报纸：于维新人士而言，《时务报》唤醒了不少梦中人；而在传统士人眼中，《时务报》则是诽谤朝廷，辩言乱政的祸端。但是，为了让《时务报》能顺利办下去，汪康年听从了朋友们的劝说，决定对报纸做出一些调整，尽量多刊发为传统士人所喜的论说，他本人则尽量少动笔。

办报的阻力不仅来自外部，报馆之内也矛盾重重。首先是梁启超和汪康年之间生了嫌隙。农历九、十月间，梁启超请假四十天，回广东省亲。期间，他继续履行主笔职责，不时为《时务报》提供稿件。1896 年 11 月 17 日，梁启超写信给汪康年说，由于《时务报》的影响不断扩大，广东的康广仁、何穗田等人，打算仿照《时务报》的体例在澳门创办一个旬刊，并借用《时务报》的名气，取名为《广时务报》。而且康、何等人邀请自己为该刊的主笔，只是他还没有答应。25 日，他又致信汪康年，对《广时务报》作了更加详细的报告，强调取名的原因，一是推广之意，二是广东之《时务报》，建议汪尽量促成此事。

一开始，汪康年没有反对。可是《时务报》第十五册刊登了《广时务报公启》，注明《广时务报》将由梁启超"遥领"主笔，并称对于近事以言《时务报》所不敢言。没想到，这个公启马上引起了各方面的注意。吴德潚（季清）、邹代钧、吴樵等群起反对。吴樵认为，"《广时务报》断不宜与《时务报》相连。惟其能言《时务报》所不能言，尤不可如此"。他还建议不用《广时务报》这个报名，不然会造成与《时务报》有关系的印象，以免将来祸及池鱼。邹代钧建议汪康年务必说服梁启超，劝他放弃兼领《广时务报》主笔的想法。这些朋友的担心是有道理的，因为假如处于殖民统治下的《广时务报》放言高论，总有一天会将《时务报》拖下水。后来《广时务报》改名为《知新报》，梁启超也只兼任一般的撰稿人，但梁对汪的误解却由此而加深了。

1897年3月，梁启超从广东回到上海。在《时务报》工作的同门——梁启勋和韩云台向他抱怨，说汪康年这段时间对他们多有不公。梁启超向来重视同门情谊，梁启勋又是他的胞弟，所以他当然不会高兴。在随后写给黄遵宪的信中，他对汪的做法表示了埋怨。

而黄遵宪本来就与汪康年有矛盾。在《时务报》筹办之初，他就不希望汪一个人揽权，曾表示要设立董事会，希望将西式管理引入时务报馆，具体而言，即制定章程、设立董事。结果，《公启》上虽然写了要设立董事，制度却没有实施。两年之中，黄遵宪多次向汪提议设置四名总董。然而，汪康年却将此视为对自己权力的剥夺："公度欲以其官稍大，捐钱稍多，而挠我权利，我故抗之，度彼如我何？"如此意气之语，可见其对黄遵宪的误解之深。因此，在收到梁启超的信后，黄致函汪，再次提出仿西方近代国家立宪政体，将立法、行政分开，设立报馆董事会；提议汪康年辞去时务报馆总理之职，改任总董，驻沪照支薪水，联络馆外之友，伺察馆中之事；并提议总理由吴樵或康有为的门人龙泽厚担任。对于汪康年将自己的胞弟汪诒年弄到报馆做事，黄遵宪也有看法。

梁启超写信给黄遵宪，可能仅仅是为了获得同情，而黄写给汪的信则使问题更加复杂化。对于这些矛盾的情况，梁启超给康有为写信说明了自己的想法，此时他的态度已经变得比较客观了。对于梁启勋和韩云台遭受不公正待遇一事，他觉得是二人经历的人事太少，待人接物不够宽厚；而且一个性子急，一个学问一般，总说一些外行的话，所以被汪轻视也是自然的事。对于黄遵宪要求换人的主张，他虽然不太满意于汪康年的一些举措，但事情尚未闹到需要汪辞去总理职务的境地，时务报馆的总理在当时非汪莫属。他抱怨黄的建议实在是"鲁莽不通人情"，但起因还在于自己，因为邀康门弟子龙泽厚主持报务是梁启超的主意。黄遵宪的举动欠考虑，让他在报馆中的处境更为尴尬。

梁启超很有大局观，为免产生误会，他耐心地给汪康年连去几封信，解释事情的原委，说明只是个误会，自己和龙泽厚都没有这个想法。他建议大家有话当面说清楚，并站在比较客观的立场上说，没有黄遵宪，就没有《时务报》的今天，自从报纸草创以来，大家都是齐心合力的，如果因一时意气而闹翻，不仅是大家的损失，也会贻笑天下。

汪康年在收到黄遵宪的信之后当然很不高兴。他觉得黄与梁是联起手来排挤自己。于是，他回信给黄遵宪进行反驳，说黄氏"日日向同人诋排之，且遍腾书各省同志，攻击无所不至"。时间一长，熟人中一些敬佩黄遵宪的人，也纷纷转而厌恶他。至此，黄、汪、梁的矛盾逐步公开化。

其实，黄遵宪之所以提议换人，主要是他觉得汪康年应酬太繁，不能兼办馆中全部事务，应该利用自己的外联特长去负责馆外联络应酬。而汪康年的办事习惯也确实为黄遵宪留下了这些把柄，汪氏素来认为"必须吃花酒乃能广通声气，故每日常有半日在应酬中，一面吃酒，一面办事"。这种做派显然与有着外国生活经历的黄遵宪格格不入。而对于汪诒年，黄遵宪认为他没什么能力，只是靠着哥哥来混饭吃。

三人之间几近公开的矛盾，对于刚有起色的《时务报》极为不利。一些共同的朋友如谭嗣同、张元济、夏曾佑等人，得知此事后万分焦急。他们纷纷劝说三人以大局为重，不要因正常的意见分歧而影响报馆的事务。

在各方友人的劝说下，出于对大局的考虑，梁启超主动与汪氏兄弟和解。他向汪诒年解释说，这次矛盾的产生，主要是双方性格差异所致，相互之间又缺乏及时的沟通，以至于产生了很多误会。黄遵宪平时很少应酬，不善知人，所以对汪氏兄弟不了解。当年第一次和梁启超见面时，黄遵宪也曾因为不了解他，没说几句话就神情冷淡地举杯逐客。当时梁启超很生气，后来了解到黄的个性，也就原谅了他。所以，黄遵宪的建议虽然有问题，但他的初衷是好的，也是为《时务报》的未来发展考虑。如今报馆一刻都离不开汪诒年，希望他顾全大局，暂时搁置矛盾。

经历了这一次的风波，汪康年的总理之位已经十分稳固。而此时黄遵宪不再过问报馆诸事，专心在湖南做官。梁启超的大度，使得他和汪康年之间的关系有所缓和，但他们最终还是走向了决裂。这其中有他们自己无法控制的因素，即更为复杂的背景。

汪康年虽属维新派，但他并不认同"康学"。《时务报》创刊之前，他之所以请梁启超入馆任主笔，是因为其师友认为"康徒唯此人可与……窥其旨亦颇以康为不然"，而梁本人也承诺"必不以所学入之报中"。入职之初，梁启超曾给康有为写过一封信，说："孔子纪年，黄、汪不能用……盖二君皆非言教之人……今此馆经营拮据，数月至今，仍有八十老翁过危桥之势。若因此再蹶，则求复起更难矣。故诸君不愿，弟子亦不复力争也。"

因为此前徐勤、何树龄主笔《强学报》的时候，忠实贯彻康有为的理念，在报纸封面使用孔子纪年，声称"孔子卒后二千三百七十三年"，与"光绪二十一年"并列，目的就在于旗帜鲜明地宣扬康氏孔子改制的理论。在《时务报》创立之初，康有为仍希望借其宣扬托古改制的理论。但是梁启超在信中解释说，因为报馆初立未稳，加上其他人反对，只好暂时不提。由于梁启超的妥协，汪、梁相处得极其融洽。然而，这不代表康、梁放弃了利用《时务报》宣扬"康学"的意图。光绪二十三年（1897）四月，梁启超给汪诒年写了一封信："启超之学，实无一字不出于南海。前者变法之议（此虽天下人之公言，然弟之所以得闻此者，实由南海），未能征引，已极不安。……弟之为南海门人，天下所共闻矣。若以为见一康字，则随手丢去也，则见一梁字，其恶之亦当如是矣。为销报计，则今日之《时务报》谁敢不阅！谓因此一语而阅报者即至裹足，虽五尺之童知其不然矣，公何虑焉？"

可见，在报馆根基稳固以后，梁启超违背了当初的承诺，开始在为报纸所写的文章中宣扬"通三统，张三世""大同说"等主张。时务报馆中的康门弟子较多，他们甚至以康有为为"教皇""南海圣人"。这些狂妄的说法惹恼了也在报馆主笔的章太炎，他是个有脾气的，于是借酒使气，大骂康为"教匪"，并与康门弟子发生了肢体冲突。

章太炎是浙江人，与汪为同乡。发生了这次事件后，他愤而辞职，造成了极为恶劣的影响，坊间纷传时务报馆"尽逐浙人而用粤人"。这种传闻反过来又激化了梁启超与汪康年之间的矛盾。为了消弭谣言，梁启超打算和麦孟华、韩云台等人一起离开时务报馆，不过，依旧给报纸供稿。

当两人的矛盾很难有转圜余地的时候，梁启超得到了体面离开的机会。一方面是吴德潚做了钱塘县令，计划在杭州西湖边租一处房子，购置图书，聘请英、法教员各一人，邀梁前往读书。对梁启超来说，这无疑是个脱身的好机会。谭嗣同也赞成此计划，他认为梁去西湖读书有利于缓解报馆内部的矛盾。另一方面，1897 年 8 月，黄遵宪奉调湖南，出任按察使。在经过上海时，他再次向汪康年提议设立《时务报》董事会。梁启超赞成黄的提议，而汪根本听不进去。后来在多方友人的劝说下，汪终于勉强同意设立董事会。有此一场不愉快，黄遵宪在离开上海时，大约就已经有了放弃《时务报》的想法。当他来到长沙，得知湖南要创办时务学堂的消息时，马上向湖南巡抚陈宝箴和学政江标推荐了梁启超，认为他可以担任中文总教习。

随后，黄遵宪致信汪康年，想要梁启超赴湘出任时务学堂讲席，而以定期寄稿的方式兼任《时务报》主笔。汪康年没有答应。这使得湖南方面的官员极不高兴。熊希龄致函在南京的谭嗣同，请他亲自赴上海跟汪面谈，并说如果汪还是不愿意，那他们将不惜和汪撕破脸也要把梁启超抢到湖南去。谭嗣同心平气和地劝汪康年理性处理此事，说反正是留不住人，还不如表现得大度一点，主动劝梁启超到湖南去，这样自己面子上也好看，湖南那边还会感激你的大德。汪康年解释说，自己不愿放梁启超走，没有别的意思，就是为了《时务报》的未来考虑，作为主笔的梁启超是报纸的一面旗帜，怎能轻易放弃呢？

然而梁去意已决，汪的固执只是一厢情愿。同年 11 月中旬，梁启超赴长沙，就任时务学堂中文总教习。离开之前，他给汪康年留下一封信，称自己是因"学问"去，而非因"意见"离开。在信中，他还以超脱的态度表示，别人的闲话，能分辩的就分辩，分辩不了的就让他去。到长沙后，梁启超继续兼任《时务报》主笔，但他的离开并没有缓解二人的关系，矛盾反而愈演愈烈。

梁启超在时务学堂非常忙，并不能专心为《时务报》撰稿。他寄去的《南学会叙》《〈俄土战纪〉叙》等文章，内容既不合要求，质量也与他的主笔身份不相称，汪康年对此很是不满。随之而来的，是《时务报》销量的急剧下降，这显然是因为梁启超去了湖南。独立支撑报馆的汪康年必须找到能代替梁启超的人。他找到了郑孝胥，打算以郑为总主笔，梁为正主笔，然而郑孝胥的号召力显然远不及梁启超。于是，汪康年准备把原来以梁文为主的"论说"这一栏，调整为主选外来文字，登之报首。他将自己的计划通报给梁、黄等人，并说打算前往湖南面陈《时务报》目前面临的困难，想跟他们一起商量解决之道。

在这封信中，汪康年对梁不能如约供稿表示了不满，引发梁启超的大怒。他回信列举了自己对汪的种种不满，专权、无能、诽谤康有为等，并提出接管时务报，想让汪退出，并说："非兄辞，则弟辞，非弟辞，则兄辞耳。"然而，汪康年拒绝退出。按照约定，梁启超只能离开报馆。事情至此本已结束，然而没多久，梁启超和黄遵宪就迎来了转机——汪康年与孙中山有勾连的谣言突然流播于世。孙中山乃清廷之"叛党"，所以这则谣言的杀伤力相当大。因为这件事，甚至有了张之洞将要捕杀汪康年的说法。

徐勤致信其师友，称汪康年此举"大坏时务报馆名声"，并建议梁启超和黄遵宪声明此事与报馆其他人无关。此本无根之言，徐勤却在肯定这种说法的同时不断扩大事态。黄遵宪"访复约多人，电逐汪穰卿，悍狠已极"。康有为也涉入此事："裕函到京，康、梁皆去支吾，欲归咎于弟（汪康年）……借题陷弟。""裕"即裕庚，时任驻日公使。汪康年焦头烂额，幸有梁鼎芬涉入调解，为他正名，才没有失去报馆。经过此事，汪与黄、梁可谓恩断义绝。

然而，《时务报》已颇有名气，康有为方面显然不想放弃。1898 年 7 月 17 日，康有为代宋伯鲁拟了一份奏折，请求皇帝将《时务报》改为官报，并让梁启超主理。光绪帝让孙家鼐酌情处理，孙同意将报纸改为官报，但要求康有为去督办。此时汪康年对《时务报》已无兴趣，但为了争口气，他还是要和康、梁斗到底。他请张之洞出面，向朝廷奏请将《时务报》改为《时务杂志》。张同意了他的建议，但认为把"时务"改为"昌言"会更好，因为符合光绪帝上谕中"从实昌言"的主张，并且同意委派梁鼎芬出任《昌言报》总理，协助汪康年继续办报。因此，等康有为来到上海时，只能接收《时务报》的空名。有了张之洞的支持，汪康年不慌不忙地将报馆门额及《时务报》的报头均改为"昌言"二字，并在上海《申报》及天津《国闻报》连续刊登《告白》，声明"康年于丙申秋在上海创办《时务报》，延请新会梁卓如孝廉为主笔，至今二年"，现尊奉上谕，将《时务报》改为《昌言报》继续出版，原《时务报》名则留给钦差督办康有为。

对于汪康年这一釜底抽薪的做法，康、梁很是不以为然。梁启超、黄遵宪联络吴德潚、邹代钧对汪氏进行反击。他们于7月29日联名在《国闻报》上发表《创办时务报原委记》，强调《时务报》是他们四人联合汪康年共同创办的，并非如汪《告白》中所说的那样，是他汪氏创办而延请梁启超为主笔。汪康年利用总理之位，大权独揽，将《时务报》视为汪氏私产，并指责报馆在管理上存在的种种问题。汪康年读了梁启超《创办时务报原委记》后，只在各报发表了五百来字的《创办时务报原委记书后》，强调他在办报中与梁的合作，指出他们之间的矛盾是由学术观点不同，加之他人"构间"所致。希望梁从大局出发，做到"恶相避而好相援""善相勉而失相宥"，不要将工作矛盾酿成朋党之祸。

对于汪、梁的这场笔墨官司，舆论界对康、梁的做法多不以为然，"南北诸报纷纷评议，皆右汪而左康，大伤南海体面"。他们谴责康、梁仗势欺人，以泄私愤，如《国闻报》在评论这件事时，就批评康、梁"一旦志得，遂挟天子之诏，以令钱塘一布衣"。张美翊[1]则表示惋惜：梁启超天才卓绝，如良金美玉，只是年少气盛，成名太早太快，很容易招致摧折。没想到世风日下，

[1] 张美翊（1856—1924）：浙江宁波人。光绪年间曾两度担任南洋公学提调兼总理。

人才难得之际，报馆内部却自相攻伐，实在可惜可叹。

1898 年 4 月，陈庆年与汪康年谈及《时务报》事，汪康年认为，梁启超想要借《时务报》宣传康有为的思想，是导致二人分裂的主要原因。汪、梁之争是维新派内部因地域和学术门户之见导致的一场风波，透露出知识分子的某些典型特征，其中有发人深省的地方。汪康年虽然是张之洞的幕僚，但他也是维新派的一员。在办报的问题上，汪与梁存在分歧，一部分是基于学术观点的不同，一部分是出于洋务派的压力，也有策略的考虑。

汪这篇文章发表后，梁不再有文章反驳。不久，戊戌政变爆发，他们间的这场恩怨也烟消云散。梁流亡海外后，因政治立场的一致，二人尽弃前嫌，重归于好。1899 年梁在檀岛给汪写信说："兄之相爱，语语肺腑，读之犹恍忆南怀仁里夜雨一灯兀兀对坐时也。所示'做事不可太高兴'一语，诚中弟之病根，当日三复之。比年以来，屡经挫折，于世途上勾当，阅历日深，自问颇较前者略有增长，若得与兄他日相见，或亦许其非吴下阿蒙也。"隐然表达了对一年前在《时务报》问题上的歉意。

平生怀抱在新民

　　1898 年 10 月 12 日（八月二十七日），梁启超乘坐"大岛"号军舰从天津出发，不久在日本西南部的军港吴登陆，21 日抵达东京。在东京，梁启超得到日本政府无微不至的保护和招待。直接负责照顾他的是柏原文太郎——著名政治家犬养毅的部下。当时犬养毅担任大隈重信政府的文部大臣。在安全得到保障的情况下，梁启超迅速恢复活力，开始向日本政界展开活动。他给大隈重信写信，请求救援大清皇帝。可是随后上台的山县有朋改变了对康梁的态度，开始驱逐他们。梁启超又给东亚会写了请愿书，在内藤湖南等人的

◆ 谭嗣同像，《东亚时报》
第二号卷首

呼吁下，刚刚成立的东亚同文会开始结纳并帮助梁启超。东亚同文会是以保全中国、帮助中国为宗旨的一个团体，柏原文太郎、平山周、宫崎寅藏等人都是其会员。

　　梁启超到日本后，很快就学会了基础的日文。由于他非常崇拜日本维新成功的奠基人吉田松阴，所以给自己取了一个日本名字：吉田晋。在能粗浅地阅读日文书籍的基础上，他马上投入到维新宣传之中。12月10日，东亚同文会机关报《东亚时论》开始发行，创刊号刊登了梁启超的《上副岛近卫两公书》和《论支那政变后之关系》。半个月后，时论第二号发行。卷首配的图是谭嗣同的半身像，上有梁启超的题词"支那大侠浏阳谭君遗象"，另配有梁启超写的《亡友浏阳谭遗像赞》，以强烈的悲痛之情，称赞谭嗣同"荦荦其骨，棱棱其威"，感慨其"如此头颅，如此须眉，海枯石烂，肝胆不移"。同期还刊登了梁启超的《政变始末》《横滨清议报叙》，以及山根虎太郎的《清国殉难志士故谭嗣同君传》。《东亚时论》对维新派的宣传，使得在清朝从

◆《清议报》第一册

事实业的日本人遭到抵制，于是梁启超只能另寻阵地，继续开展维新宣传活动。

12 月 23 日，在旅日华侨冯镜如、冯紫珊及林北泉等人的资助下，梁启超在日本横滨创立《清议报》。《清议报》为旬刊，每隔十日出版一次，每月出版三册。社址设在横滨居留地一三九番，即 139 号。在该报第一册刊出时，梁启超曾撰写《〈清议报〉叙例》，说明《清议报》的宗旨是：激发国民之正气，增长支那人之学识，联系中日两国情谊，发明东亚学术。所谓支那，即是英文 China 的日文音译，是日本社会对中国的俗称。而在《清议报》终刊号即第一百册上，梁启超谈到该报的特色在于：倡民权，衍哲理，明朝局，厉国耻，要言之，即"广民智，振民气"。

《清议报》的创立使梁启超拥有了发表言论的前沿阵地。他在开篇序言里重提谭嗣同说过的话："世界万国之变法，无不经流血而成，中国自古未有因变法而流血者，此国所以不昌也，有之，请自嗣同始。"希望以此为激励，让自己以天下为任，以笔为武器，像当年主笔《时务报》时一样，继续宣传民权自由，引进西方政治学说，同时揭露清廷的腐朽卖国，论国事、谈国耻，思考中国的命运与前途。在家乡嘉应州（今广东梅县）读到《清议报》的黄遵宪，于 1902 年写信给梁启超，称赞"《清议报》胜《时务报》远矣！"

《清议报》上发表的文章，最能体现办报宗旨和特色的，是谭嗣同的《仁学》，伯伦知理的《国家论》和梁启超的《饮冰室自由书》等。《仁学》有感于甲午战败割让台湾而作，书中杂糅了儒、释、道各家和西方资产阶级自然科学、社会政治经济学说，形成了独特的哲学体系，目的在于救亡图存。为变法中牺牲的同志出版遗作，体现出梁启超对谭嗣同的深厚情感。第十一册开始连载的《国家论》，其作者伯伦知理是对明治维新影响极大的德国学者。其学说的精髓在于，认为近代国家由"民"组成，君主立宪是最好的政体。选择此书来连载，很显然是想借鉴西方近代政治学说，为维新救国探索道路。《饮冰室自由书》从第二十五册开始连载，这是梁启超的读书随感，主要阐述他在伯伦知理国家学说的影响下形成的"国家主义"政治思想，极受读者

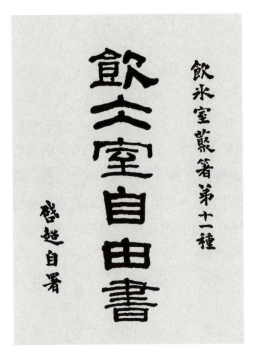

◆《饮冰室自由书》

欢迎。"世界主义属于理想，国家主义属于事实。世界主义属于将来，国家主义属于现在"，就是梁启超在《三十自述》中所说，学会日语后"思想为之一变"的转变之所在。在 1899 年 8 月 26 日第二十五册的《叙言》中，他讲到了书名的来历："庄生曰：我朝受命而夕饮冰，我其内热欤，以名吾室。西儒约翰·弥勒曰：人群之进化，莫要于思想自由、言论自由、出版自由。三大自由皆备于我焉，以名吾书。"书中的文章，一部分署名"任公""哀时客""饮冰子"，还有一部分未署名，可见梁启超以救国为己任的理想并未因流亡而有丝毫改变，反而由于在日本努力读书开拓眼界，政治思想上升到了一个新的境界。

除此之外，《戊戌政变记》和《佳人奇遇记》也以连载的形式发表。前者叙说了戊戌变法和政变的始末，从《清议报》第一册开始，首次以"任公"[1]之名在"支那近事"一栏进行连载。直到第十册,才因即将出版单行本而停载。《佳人奇遇记》是梁启超东渡日本时在大岛军舰上,船长拿给他打发时间的一部政治小说,其作者是明治时期的一位政治家。小说写的是明治时期的一位志士,与两位西班牙佳人同游美国费城,参观自由钟和美国宪法起草的地方。这位志士慷慨激昂地表示要回日本干一番大事业,救国图强,而两位佳人也是反对西班牙王朝的落难贵族。梁启超认为英、美、德、法、奥、意、日各国政治日益进步,政治小说起到了很大的作用,他甚至赞同英国人"小说为国民之魂"的观点。基于此,他对这本小说很感兴趣,并创作了一本《新中国未来记》,可惜因为事情太多而没能写完。

梁启超在《清议报》上的文章,还有一篇誉满天下的名作,就是发表在1900年2月10日第三十五册上的《少年中国说》。全文用震动人心的饱满激情、富有气势的骈俪句式,表达了二十七岁的梁启超对祖国的深厚情感。他用锋利的笔尖批判了暮气沉沉的老朽之人掌管的所谓"老大帝国",又满怀信心地期待一个由朝气蓬勃的少年人创造的"壮烈浓郁、翩翩绝世之少年中国"。在文章结尾,他写了这样一段话:"'三十功名尘与土,八千里路云和月。莫等闲,白了少年头,空悲切。'此岳武穆《满江红》词句也,作者自六岁时即口受记忆,至今喜诵之不衰。自今以往,弃'哀时客'之名,更自名曰'少年中国之少年'。"

---

[1] 梁启超曾在1924年4月23日的《亡友夏穗卿先生》一文中提到过"任公"之号的由来:"墨子主张兼爱,常说'兼以易别',所以墨家叫作'兼士',非墨家便叫作'别士'。我是心醉墨学的人,所以自己号称'任公',又自命为'兼士'。穗卿说:'我却不能做摩顶放踵利天下的人,只好听你们墨家排挤罢。'因此自号'别士'。"可见"任公"之意,是梁启超想做摩顶放踵、以利天下为己任的人。又1897年《万木草堂小学学记》"立志"条曰:"学者当思国之何以弱?教之何以衰?种之何以微?众生之何以苦?皆由天下之人,莫或以此自任。我徒知责人之不任,则盍自任矣。《论语》曰:'志于仁',又曰:'仁以为己任'。"1899年讲到《饮冰室自由书》的来历时,说"饮冰"出自《庄子·人间世》。叶公子高将要出使齐国,害怕完不成任务会遭受惩罚,完得成任务又会因心情激荡而生病,于是向孔子请教。他说自己对于这两种灾患可能降临在身,实在承受不了:"为人臣者不足以任之"。可见梁启超取"任公"之号的想法由来已久,且有以天下为己任、甘愿牺牲自我的打算。

　　《清议报》的内容之一是揭露戊戌政变、义和团事件中的阴谋诡计，指斥权奸，所谓"明朝局"，即是指此。《圣德记》和《六君子传》等文章，则通过歌颂光绪帝和赞美戊戌六君子，以彰显慈禧之恶。由于这些原因，《清议报》成了慈禧的眼中钉，清廷不断采取措施限制报纸的发行。面对这种情形，梁启超也有相应的对策。当时《清议报》的发行，是先在横滨印刷，然后经海运送往上海租界，再由租界运到大陆各省。《清议报》在国内的销售处曾多达三十八处，多设置在租界地带，清政府无权过问。也因此，被清政府严禁发行的《清议报》在国内畅销至大约四千份，受众数万人。但明枪易躲暗箭难防，《清议报》还是难逃清廷的魔爪。1901年12月22日，第一百册《清议报》出版后的第二天，报馆被一场大火烧毁，报纸被迫停刊。这个事件的发生，相传是慈禧太后愤恨《清议报》对她的攻击，派人到日本捉拿梁启超等人，失败后仍不甘心，便买凶放火。

　　三年心血毁于一旦，梁启超悲愤难平。他挥笔写下著名的长诗《志未酬》来表达自己愈挫愈勇的心境。"志未酬，志未酬，问君之志几时酬？志亦无尽量，酬亦无尽时。世界进步靡有止期，吾之希望亦靡有止期。众生苦恼不断如乱丝，吾之悲悯亦不断如乱丝。登高山复有高山，出瀛海更有瀛海。任龙腾虎跃以度此百年兮，所成就其能几许？虽成少许，不敢自轻。不有少许兮，多许奚自生？但望前途之宏廓而寥远兮，其孰能无感于余情。吁嗟乎，男儿志兮天下事，但有进兮不有止，言志已酬便无志！"不久，横滨新民社汇集出版了《清议报全编》二十六卷，将《清议报》刊出的诗文分类汇编。

郑振铎说，梁启超"是中国近代最好的，最伟大的一位新闻记者"，又说他是"新闻文学之祖"。确实，在五十六年的生命历程中，梁启超有一半时间都在从事与报业有关的活动。他前后主持了十七个报刊，在很多方面创造了新的模式，还写出了大量极有价值的新体文章，可谓中国近代报刊事业的奠基人。他首先是一位闻名世界的报人，然后才是史学家、思想家、文学家或

◆《新民丛报》第一号封面

◆《新民丛报》第二十五号封面

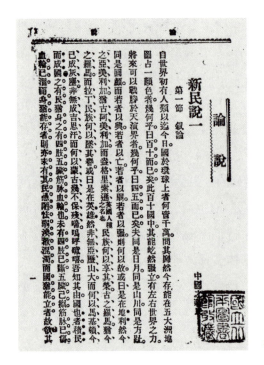

◆《新民说》

其他。梁启超曾说，报纸有四个层次，"有一人之报，有一党之报，有一国之报，有世界之报"。以国民利益为目的的，是一国之报；以全人类利益为目的的，是世界之报。如果说《清议报》是一国之报的话，他随后创办的《新民丛报》则堪称世界之报。梁启超影响最大的时候，就是1902年至1907年在横滨办《新民丛报》期间。黄遵宪高度赞扬称：《清议报》胜《时务报》远矣，今之《新民丛报》又胜《清议报》百倍矣。"1904年，正在读中学的胡适读到这份杂志后，为梁启超的文章所倾倒，他说，"我们在那个时代读这样的文字，没有一个人不受他的震荡感动的""（他）在少年人的脑海里种下了革命的种子"。毛泽东在长沙得到《新民丛报》后如获至宝，反复阅读，仔细揣摩，并加批语，以至于把《新民说》等篇目都背诵下来。他学梁启超的"任公"笔名，给自己取名为"子任"；把自己组织的学生社团命名为"新民学会"；还加入了少年中国学会。在青年毛泽东眼中，梁启超的政治追求、理论水平、文章风格、道德水准都是一流的，所以他习惯称"梁康"而非"康梁"。郭沫若认为梁任公在当时不失为一个革命家的代表，"在他那新兴气锐的言论之前，差不多所有的旧思想、旧风习都好像狂风中的败叶，完全失掉了它的精彩"。

1902年2月8日（正月初一），在《清议报》停刊五十天后，梁启超在横滨创办了由新民丛报社发行的《新民丛报》。编辑兼发行者是从事印刷业的英籍华侨冯紫珊，他此前与其兄冯镜如一起，大力支持过梁启超创办《清议报》。办报资金由在日华侨筹集，蒋智由、麦孟华等人担任编辑。《新民丛报》是半月刊，每册一百三十页左右[1]，近六年间一共发行了九十六册。创刊号上标明：全年二十四册售价五元，登载广告一页收费七元。

此时国内又发生了许多事情。1900年的义和团运动，引起八国联军进京，《辛丑条约》让全中国人民背上了九亿八千万两白银的赔款。《新民丛报》就是在这样的背景之下创办的，报纸的封面是将中国区域标红的三色地图，创刊号（第一卷第一号）上还有《十八省各国势力范围》地图，表明了梁启超想唤起国民爱国热情的苦心。1903年2月，第二卷第一号（总第二十五号）的封面变成了一头狮子正在飞跃地球，标题是蒋智由为了配图而作的《醒狮歌——祝今年以后之中国也》。从此，中国的形象由"睡狮"变成了"醒狮"——这是梁启超的又一创造。封面的变化也体现了报纸办得蒸蒸日上的态势，表明梁启超决心走向新的飞跃。

年轻的梁启超精力过人，把全部的身心都投入办报事业中。他整日思如泉涌，手不辍笔，日均写作五千字以上。他善于写长文，动辄几万字甚至十几万字。有时为了一口气写完一篇文章，常常好几天不睡觉。写完之后，他笑着将手稿交给学生们，说："你们玩了两天，我写了一本书，现在我睡觉去啦！"在他的努力之下，一批像《新民说》《论中国学术思想变迁之大势》之类的鸿篇巨制相继在《新民丛报》上发表。

《新民说》是《新民丛报》的核心文章，一共有二十节，署名"中国之新民"，从创刊号开始，断断续续连载了二十余次，前后跨越四年时间。改造中国人的精神，使之成为"新民"，是梁启超此时最大的目标。因为国家的兴衰

---

[1] 改版后的第二十五、二十六册篇幅稍长，分别是二百零五和一百五十五页。中间还有一些两册、三册合订本，但平均下来每册约一百三十页。

取决于构成国家的人民的力量，所以人民要"各自新"，国家才有前途。在创刊号告白的宗旨中，他就谈道："本报取《大学》'新民'之义，以为欲维新吾国，当先维新吾民。"《大学》中的新民，意为懂得正确人性的君子将明德推广至他人，洗去过往的污点，重生为新人。梁启超借用此义，在《新民说》中用优美的语言、崭新的文体，热烈地呼吁中国人自觉地培养西方国民所具备的公德，学习西方近代的学问和理论，成长为近代社会的崭新国民。在《新民说》连载期间，《新民丛报》"论说"专栏还刊登了他的两篇论国民的文章：《敬告我国民》和《论中国国民之品格》，他认为国家品格和个人品格一样重要，但中国人缺乏独立性、公共心和自治力，国民程度低——拥有国家思想、政治能力的人才能称为国民，要变成伟大的国民，就要培养公德，磨砺政治才能。"中国之新民"这个笔名就是为《新民说》而取的，此后所有署这个名的文章，都是围绕《新民说》展开的。梁启超去世以后，胡适为他写了一副挽联："文字收功，神州革命；生平自许，中国新民。"胡适在日记里说："近几日我追想他一生著作最可传世不朽者何在，颇难指名一篇一书。后来我的结论是他的《新民说》可以算是他一生的最大贡献。"因为《新民说》篇篇指摘中国文化的缺点，并找到解决的办法，这是他最不朽的功绩，所以要在挽联中指出他"中国之新民"的志愿。胡适的眼光真是敏锐，一下子就看出《新民说》是梁启超著作中最高成就的代表。一个世纪之后的今天，我们依然可以这样说。

正在《新民说》发挥极大影响力的时候，1905年底，日本留学生界爆发了一件大事。日本文部省颁布了《清国留学生取缔规则》，内容是整顿日本各地招收中国留学生之公私立学校，其中有"受选定之公立或私立学校，必须使清国学生住居宿舍或指定之旅馆，以加监督""受选定之公立或私立学校，不得招收他校以性行不良而被饬令退学之学生"的条款。中国留学生认为该规则是日本政府与清政府勾结，为取缔中国留学生而制定的，于是就开始罢课抗议。对此，《朝日新闻》嘲笑这种做法，说是源于清朝人特有的放纵卑劣的意志。被誉为"革命党之大文豪"的陈天华认为这是对留学生的极大侮辱，于是在悲愤中投水自尽，以极端的方式激发留学生们发愤救国的壮志。陈天华的死迅速激化了矛盾，一些学生开始号召组团回国，事态愈演愈烈。值此

◆ 1902 年，梁启超在加拿大温哥华

紧要关头，梁启超在《新民丛报》发表了《记东京学界公愤事》。一方面，对东京留学生表现出来的爱国自尊，他感到惊喜；可是另一方面，他又对事情的发展趋势感到忧心。因为东京学界虽然有一些问题，但在当时的条件下已是"最良之社会"。他呼吁留学生理性处理此事，暂停归国运动。紧接着，他又发表了《论民气》一文，称民气一定要和民智、民德相待，没有民智、民德的民气，将会招致义和团、法国大革命那样的恶果——仍然呼吁用理性的态度处理问题。这篇文章标志着《新民说》的结束，从此以后《新民丛报》不再有署名"中国之新民"的文章。

为了达到新民的目的，梁启超还在《新民丛报》上发表了一系列相关的文章。创刊号上"学术"专栏刊登的《论学术之势力左右世界》，列举了对人类历史发展有巨大意义、曾左右世界的学者，包括哥白尼、培根、笛卡尔、孟德斯鸠、牛顿、康德等二十余人，之后还补充了伏尔泰、福泽谕吉和托尔斯泰三位将他国文明新思想移植于本国、造福于同胞的人。他呼吁中国学者要向这些人学习，即使成不了左右世界的哥白尼、培根之类，也要尽力成为左右一国命运的伏尔泰等人。此后"学说"专栏中的文章，讨论的几乎全是这些奠定了近代西方文明基础的学者。发表在第二号上的《保教非所以尊孔论》，指出比保教更重要的是保国，比孔子更值得尊重的是真理，保教说会束缚国民思想，甚至妨碍外交。在文章的结尾，他大声地表明态度："吾爱孔子，吾尤爱真理！吾爱先辈，吾尤爱国家！吾爱故人，吾尤爱自由！"由于此前康梁曾一起提倡"保国、保种、保教"，所以这篇文章有"我操我矛以伐我"之嫌。正如他自己所评价的："然其保守性与进取性常交战于胸中，随感情而发，所执往往前后相矛盾。尝自言口：'不惜以今日之我，难昔日之我。'世多以此为诟病。"但这正体现出梁启超的思想在不断进步、发展，这种与时俱进的"多变"正是他的可贵之处。除此之外，还有"学术"专栏的《论中国学术思想变迁之大势》《新史学》，"传记"专栏的《意大利建国三杰传》《张博望、班定远合传》，"政治"专栏中的《中国专制政治进化史论》等，都是其中的名作。在《论中国学术思想变迁之大势》这篇长文的第三章第二节，他首次提出了"中华民族"这个概念[1]。

梁启超的这些文章，把西方和日本的国家思想、民权学说介绍给国人，同时还引入了学说、学术、宗教、历史、地理、时局、法律、支那、国民、醒狮、新民等日本近代词汇，令人耳目一新。有人统计过，梁启超从日本介绍过来的新名词中，有一百四十多个到现在还在用。在文风上，他开创性地将古文与新语体文相结合，用大开大合的文势、抑扬顿挫的音调、热烈充沛的情感，写出激动人心的文字，形成自成一派的独特风格。"平易畅达，时杂以俚语、韵语及外国语法，纵笔所至不检束，学者竞效之，号新文体。老辈则痛恨，诋为野狐。然其文条理明晰，笔锋常带情感，对于读者，别有一种魔力焉。"对于梁启超在《新民丛报》上的"新文体"，黄遵宪给予了极高的

[1] 1901 年，在《中国史叙论》中，梁启超第一次提出"中国民族"的概念。次年，在《论中国学术思想变迁之大势》中首次提出"中华民族"的概念。1905年，又在《历史上中国民族之观察》中指出："今之中华民族，即普通俗称所谓汉族者。"

评价："惊心动魄，一字千金，人人笔下所无，却为人人意中所有，虽铁石人亦应感动，从古至今文字之力之大，无有过之此者矣。"

因此，《新民丛报》获得了巨大的成功。1903年时，发行量已经达到九千份，其后又创造了十四万份的发行纪录。第一年的合订本（二十四册），一年多之中印行了三万五千份。尽管如此，还供不应求，以至于盗版横行，其影响力可见一斑。此时的梁启超，声望如日中天，被称为"舆论之骄子，天纵之文豪"。启蒙宣传家何干之干脆把《新民说》称为"中国第三阶级的人权宣言书"。黄遵宪在1902年底给梁启超写信说："此半年中，中国四五十家之报，无一非助公之舌战，拾公之牙慧者。"不仅国内的报刊争相借用梁启超的新名词、新语言，甚至官员们上奏折都袭用《新民丛报》上的话。当时清廷废科举，改试策论，要求以新学新政命题。出题、阅卷者大多对各国政治学术无所涉猎；考试的人更是刚刚从八股文中探出头来，不知从哪里学起。在这种情况下，《新民丛报》不啻为考试秘籍、投时利器。放榜之后，因直接抄袭报上文字而考中的人不计其数。虽然清政府禁止邮寄此报，但需要的人越来越多，报纸反而大行于内地。此时的梁启超，俨然成了全国学术界的灵魂。留学日本的大量学生也都很喜欢读梁启超的文章。虽然章太炎等人诋毁他，但他每有文章问世，留学生都争相抢购。

梁启超主笔《时务报》时，已经凭借慷慨激昂的维新宣传文章声名鹊起。但从思想上来看，戊戌政变前，他基本上是作为康有为的副手出现的，本身并没有较为独立的思想主张，用他自己的话来说就是"实无一字不出于南海"。变法失败后，流亡日本的梁启超很快学会了日文，读了很多介绍西方文明和明治维新的书籍，开始独立思考中国的出路问题，思想渐渐摆脱康有为的藩篱，并在《清议报》上发表了一系列体现其思想转变的文章。到了《新民丛报》时期，他彻底摆脱了康有为的影响，以天纵之才，用凌云健笔，一扫传统阴霾，放眼整个世界，"誓起民权移旧俗，更研哲理牖新知"，寻求切实可行的救亡图存之道。"他如大教主似的，坐在大讲座上，以狮子吼，作唤愚启蒙的训讲"（郑振铎语），他尽力地向国内输入世界学说，"可谓新思想界之陈涉"，引领着中国有志于开创未来的知识分子，让他们看到了西方文明和日本文明的长处，看到了挽救民族危亡的希望。他的文章成了他们孜孜以求的精神食粮。可以说，梁启超的文章影响了整整一个时代，他是当之无愧的启蒙大师。

从文体上看，梁启超当时正在倡导"文界革命"，他作为旗手，以崭新流丽的文体吸引了大批读者。早在《时务报》时期，他的文风就极具个人色彩，以至于产生了"时务体"；到《新民丛报》时期，又出现了"新民体"，并以压倒性的优势，产生了更为广泛的影响力。"新民体"是从文言文到白话文的过渡文体，为新文化运动的文学革命做好了准备。

梁启超主编的《新民丛报》更深远的影响在于，鼓舞了·大批学生到日本留学，从而改变了清末知识分子的结构。1902年到1911年的十年间，留日学生大约有五万人；另一方面，随着1905年科举制度的被废除，读书人走科举之路已彻底成为过去式，中国知识分子的构成因此发生了很大的变化。这些留学生在日本学习西方近代文明，并在《新民丛报》的影响下，纷纷创办了《游学译编》《浙江潮》《大陆》等杂志。这些杂志在体例上模仿《新民丛报》，在内容上也以介绍东西方新学说、唤起国民精神为宗旨，形成了一股"新民"的热潮，从而在更大的范围内掀起救亡图存的爱国主义运动。

第六回

促进 建党立宪

革命改良大论战

1907 年 1 月，在日本东京，徐佛苏找到中国同盟会机关报《民报》的庶务干事宋教仁，声称是受《新民丛报》主编梁启超所托，前来讲和的。他说，之前《新民丛报》和《民报》论战实出不得已。现在梁启超已改变方针，保皇会也改为国民宪政会，希望宋能从中调和，以后双方和平发言，不再互相攻击。但当宋教仁向孙中山请示此事时，孙表示坚持到底，决不妥协。与此同时，梁启超还找到同盟会评议部部长、广东老乡汪精卫，希望《民报》能停止论战，汪精卫也表示坚决拒绝。这到底是怎么回事呢？

原来，1905—1906 年间，《新民丛报》和《民报》展开了一场旷日持久的大辩论。辩论的一方以康、梁为代表，主张在保留皇帝的前提下，实行和平的政治改革，以实现君主立宪政体，称为君主立宪派，或曰改良派；另一方以孙中山为代表，主张用暴力革命的手段推翻清朝统治，建立民主共和国，称为革命派，或曰民主立宪派。

其实，革命派与改良派的渊源很深，孙中山和康、梁的交往由来已久。两派都以救国为目的，都与慈禧主宰的政权相对立，而且孙与康、梁都是政治流亡者，本来有合作的基础。双方也有数次合作的机会，但都因康有为的自视甚高、鲁莽灭裂而错过。

早在十几年前，当康有为在万木草堂办学的时候，孙中山就在附近的双门底圣教书楼挂牌行医。1890 年，杨衢云、谢缵泰等人在香港成立辅仁文社，以推翻清朝、创立合众政府为宗旨。四年后，孙中山在檀香山成立兴中会。不久，随着孙中山返回香港，两个团体合并为新的兴中会。这是早期的革命派组织。革命派在横滨中华会馆倡办华侨学校，请在上海主笔《时务报》的梁启超出面，聘请了徐勤等几个康门弟子做教员。后来这个学校在康派的主张下定名为大同学校，甚至在会客室中贴了"不得招待孙逸仙"的字条。据说是康有为来信说，自己不日将拜相，让徐勤等人与孙党划清界限。

戊戌政变后，当康梁逃到日本时，孙中山去拜会康有为。康却以帝师自居，声称自己奉光绪皇帝衣带诏，"我是钦差大臣，他是著名钦犯"，不肯相见。之后孙中山又多次表达希望两党联合的愿望，均遭康拒绝。傲骄的康有为没想到，山县有朋上台后，对他的态度突然转变，加上张之洞等人不断施加压力，日本政府以"有碍两国邦交"之名令他限期离境。

1899年夏秋之间，梁启超在和孙中山、杨衢云等人的交往中，思想逐渐倾向于革命，他的同学韩文举、欧榘甲等也渐渐改变主张。在这种情况下，孙中山想和康梁联合起来，组成一个新的团体。据说当时有人推举孙为会长，梁任副会长。此后，梁启超还曾到香港拜访过陈少白，商谈两党联合之事，并推陈少白和徐勤起草联合章程。没想到徐勤百般推诿，而且和麦孟华一起死守保皇立场。他们偷偷写信给远在新加坡的康有为，说："梁启超已经堕入孙文的圈套，先生赶紧设法解救！"康有为收到信后非常生气，派叶觉迈带着钱到日本，勒令梁启超前往檀香山办理保皇会事宜。

在康有为的严厉管束下，梁启超仍然提倡革命、排满、共和。他在临行前跟孙中山约定：合作到底，至死不渝。因为檀香山是兴中会的发源地，他请求孙介绍同志。孙中山很爽快地写了信，将胞兄孙眉和檀香山的华侨朋友李昌、何宽等介绍给他。到了檀香山以后，梁启超给孙中山写信说："我辈既已定交，他日共天下事必无分歧之理。"然而康有为是一个特别自负且控制欲极强的人，凡事都是他说了算，门下弟子半点做不得主。为了把弟子纠回到原先的轨道，他前后给梁启超写了几十封共计几万字的信，一再告诫弟子不准"叛我"，不许"背义"，否则就断绝关系。1900年唐才常自立军起义失败后，康有为让梁启超到香港相见。对于梁倾向革命一事，康有为十分生气，说："当时你口口声声颂扬皇帝的恩德，如今却要革他的命！"他越说越觉得这个弟子忘恩负义，实在过分，于是顺手拿起一个报夹子扔过去，大声叫道："你的命是光绪给的！"梁启超吓得大惊跪下，俯首认罪。虽然学生已经认了错，康有为仍是余怒未消，在 1903 年梁启超游历美洲途中，还在不断写信骂他倒向革命一派，并以自己"大病危在旦夕"相威胁。此时梁启超耐心向康有为解释误会，但仍然深信中国不能不革命。可是随后发生的"苏报案"，让他改变了看法，从此不再倡言"革命排满"。

事情的起因是，1902 年春夏间，保皇会中有不少会员痛恨清廷，纷纷转向主张革命、自立，因为经过"庚子之变"后，朝廷仍然没有变法的诚意。梁启超在给康有为的信中说，当下是民族主义最发达的时代，要唤起民族精神，救亡图存，就必须革命、排满、自立。康有为对此颇不以为然，马上写了两封长信——《答南北美洲诸华商论中国只可行立宪不可行革命书》和《与同学诸子梁启超等论印度亡国由于各省自立书》，阐述了他反对革命排满、主张立宪保皇，反对自立的立场。这两封信被合印为《南海先生最新政见书》发表于海外，在海内外影响极大。为了驳斥康有为的论点，同时宣传革命主张，《苏报》主编章太炎写了一封致康有为的公开信《驳康有为论革命书》，并把其中一部分发表在《苏报》上。发表的片段中，有直斥光绪皇帝为"载湉小丑，不辨菽麦"的激烈之语。同时发表的，还有邹容的《革命军》，而此书的序言作者也是章太炎。这期《苏报》一发行，马上畅销几千册，在海内外引起巨大反响。在此之前，吴稚晖等人就在《苏报》上发表过一系列激进的文章，如今这些人直接吹响"革命排满"的号角。清廷在盛怒之下，逮捕了章太炎，查封了《苏报》，邹容入狱，吴稚晖等人被迫出逃。梁启超一向不主张暴力革命，反对流血牺牲，此次发生的事情让他十分吃惊。在给蒋智由的信里，他沉痛地说："中国之亡，不亡于顽固，而亡于新党。悲夫！悲夫！"并表示，从今往后不敢再倡言革命了。他还写了《中国历史上革命之研究》，总结历史上革命的种种弊端，比如为私人利益、个人野心而革命，革命时间太长会给百姓带来灾难，会引起外族入侵等，表现出对当下革命派的担忧。

导致梁启超思想发生转变的原因，还有 1903 年的美洲之旅。他本来非常向往被称为新大陆的美国，对其政治制度、经济状况、思想文化成果等有极强的向往，但是在美国和加拿大为期十个月的游历中，他看到了美国社会各方面的弊端。这让他重新思索民主共和政体是否完美，更重要的是，是否适合中国。最后，他得出结论：共和政体不如君主立宪，后者弊端少，运用灵活。以中国当时国民的素质，如果实行共和政体，无异于自杀其国。所以，必须让国民先受几十年的教育、熏陶，然后才能行共和。

作为对康梁的反击，孙中山先后发表了《敬告同乡书》《驳保皇报书》等文章，号召革命派与保皇派划清界限；揭露康梁保皇论的欺骗性。他甚至在给朋友的信中，将梁启超称为"梁贼"，把保皇会称为"保毒"，表示要扫灭在美国的保皇党。1905年，孙中山又在东京创办了影响更大的中国同盟会，并设机关刊物《民报》。同盟会以孙中山为总理，主张"三民主义"。很显然，其主张与改良派针锋相对，于是引起了双方的论战。

这场论战主要在海外展开，其规模极大，主阵地在日本的东京与横滨，两地分别是《民报》和《新民丛报》的所在地。当时几乎所有的中国留日学生都卷入了论争，所以这次论战的水平极高。其他论战阵地还有美国的檀香山、旧金山，加拿大的温哥华，泰国的曼谷，缅甸的仰光，新加坡等，国内则集中在上海、广州和香港。革命派以《民报》为核心阵地，立宪派则以《新民丛报》为主要喉舌。双方论战的主帅分别是孙中山和梁启超，革命派的辩论主将有汪精卫、胡汉民、朱执信、陈天华等人，而梁启超基本是孤军作战。论战一直延续到1907年，有好事者将双方言论集合刊发，名为《立宪论与革命论之激战》。

在论战中，两派争论的焦点集中在三个问题上：第一，是不是要用暴力推翻清王朝；第二，要不要实行民主政治；第三，应不应该改变封建土地所有制。关于第一个问题，革命党的首要目标是"驱除鞑虏，恢复中华"，因为满人"非我族类，其心必异"，必须反满，且必须用暴力。梁启超则认为，满族并非异类，而是中国民族的一部分。中国当下的问题只是变专制为立宪的问题，是政治革命，而非种族革命；而当下政治革命的主要目标，就是集中力量打击反对立宪的政治势力。而且，立宪之能实行与否，关键在于人民有无立宪的要求，有无立宪的能力，并不以是否使用暴力为条件。暴力革命的结果，只能得专制，不能得共和。

关于第二个问题，革命党人一直以民主共和为目标。梁启超则认为，共和政体不适合中国的国情，因中国普通人民没有共和国民的资格，既没有自治能力，也缺乏公益心。如果强行实行共和政体，势必会发生革命，造成国内大乱，列强将乘机瓜分中国。他给立宪开出"开明专制—君主立宪—民主立宪"的公式，以开明专制作为立宪的过渡。

第三个问题，是两派争论得最激烈的问题。革命党人提倡民生主义，主张在政治革命的同时进行社会革命，把土地国有化，平均地权，实行单税制，节制资本，防止贫富悬殊。梁启超则反对废除地主土地所有制，主张在封建土地所有制的基础上发展资本主义，只有如此，中国才能摆脱西方列强的压迫。

孙中山提出的三民主义，是中国民族资产阶级的革命纲领。完整的三民主义可以表述为："驱除鞑虏，恢复中华，创立民国，平均地权。"其中"驱除鞑虏，恢复中华"是民族主义，旨在反满；"创立民国"是民权主义，也

◆《开明专制论》

是三民主义之中最为核心的一条，即推翻专制，实行共和；"平均地权"是民生主义，即将土地收归国有，使国民共享。因此，对于两派论战的三个主题，革命派的回答都是肯定的，而梁启超均持否定态度。

论战的正式开始，以《民报》的创刊为标志。在《民报》的创刊号上，汪精卫、朱执信、陈天华、胡汉民等人纷纷撰文掀起论战。其中汪精卫的《民族的国民》，把"国民"定义为拥有法律上之人格的国家的一分子，是独立、自由，而且对国家享有权利和义务的人。通过革命塑造出来的近代国民，是"民族的国民"。

梁启超在《新民丛报》第七十三号（1906年1月25日）以后开始连载署名为"饮冰"的长文《开明专制论》，以代替《新民说》，表明他此期的工作重点发生了转移。所谓"开明专制"，就是由开明君主实施专制政治。梁启超认为，现在中国国民素质不高，还未达到可以实行立宪政治的程度。在这种情况下，如果实行民主共和，必定会亡国；如果实行君主立宪，也会弊大于利。所以，现在能实行的只有开明专制，"与其共和，不如君主立宪；与其君主立宪，又不如开明专制"。"开明专制"是实行立宪之前的过渡期和预备阶段，要等十年乃至二十年以后，条件具备了，再实行君主立宪。

针对改良派的这种论调，革命派进行了严正的批驳。他们针锋相对地指出，不是国民素质不高，而是政府官员智力低下。与广大国民的能力相比，清朝统治阶级的能力更差，皇帝不辨菽麦，大臣蝇营狗苟，都是一些"至不才至无耻者"。革命派骄傲地宣布，民主共和是大势所趋，人心所向。中国国民自有颠覆专制制度、建立民主共和的能力。只有"兴民权、改民主"，才是中国的唯一出路。革命派还一针见血地指出，改良派之所以要贬低国民的能力，无非是想"扬扬然望满洲人专制而已"。

由于革命派所谓的民族主义与民权主义相伴而行，就是要实行"种族革命"，改良派提出非反满而立宪的"政治革命"与之相对立。在《开明专制论》连载的中途，梁启超又发表了《申论种族革命与政治革命之得失》，批判了卢梭和孟德斯鸠关于"国民总意"和"三权分立"的理论，而这二者恰是革命派奉为经典的学说。这篇文章有很强的逻辑性，富有说服力，所以梁启超将其与《开明专制论》的一部分进行整合，编成《中国存亡一大问题》，印发了一万册。

本来梁启超以为论战可以告一段落，能暂时松口气，没想到1906年4月，《民报》第三期发行号外《〈民报〉与〈新民丛报〉辩驳之纲要》，就两派的论争提出了十二个问题，号召大家辩论。其中最重要的是关于三民主义的问题。在民族、民权方面，《民报》以共和为主义，因统治阶级能力低下，所以主张通过国民革命确立共和制；《新民丛报》则以专制为主义，因国民政治素质不够，故而希望政府开明专制。而在民生主义方面，《民报》提倡社会主义，《新民丛报》则认为社会主义是煽动乞丐流氓的工具。从此以后，论战日益激烈。

《民报》第四号刊登了汪精卫的《驳新民丛报最近之非革命论》，提出没有革命就没有立宪，国民素质会通过革命而得到提高。梁启超回之以《答某报第四号对于新民丛报之驳论》，并在文末附上了汪文全篇，表现出极度的自信。

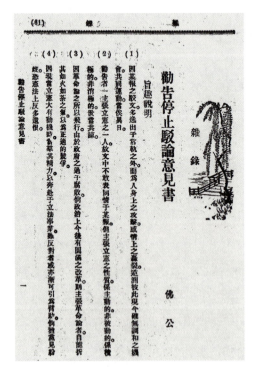

◆ 徐佛苏《劝告停止驳论意见书》

正当双方的论争如火如荼地进行时，清政府于 1906 年宣布"预备立宪"。消息传来，改良派一度喜出望外，但很快清政府假立宪的真实面目便暴露出来。这一骗局不仅使康、梁二人大失所望，而且也让不少原来拥护君主立宪的人都转而倾向于革命。

此后《民报》上接连刊登了几篇驳论，革命派一时占了上风。梁启超敏锐地感觉到了危机，他写信给康有为说："革党现在东京占极大之势力，万余学生从之者过半……今者我党与政府死战，犹是第二义；与革党死战，乃是第一义。"所以他又发表了《杂答某报》（《新民丛报》第八十四—八十六号），倾其所学地讨论了种族革命和社会革命的问题。他认为满人也是中国人，所以反对种族革命；革命派所谓土地国有的社会革命，他也并不认同。针对这篇文章，汪精卫、胡汉民都作了反驳，双方又陷入白热化的论战之中。

此时梁启超愈来愈感到论争于立宪派不利，加上五大臣出国考察即将归来，他又要忙于代笔《考察各国宪政报告》，分身乏术。于是，他不得不托徐佛苏致意革命派，要求休战。徐佛苏在《新民丛报》第八十三号（1906 年7 月）公开发表了长达十九页的《劝告停止驳论意见书》。梁本人在 8 月发表的《杂答某报》一文中，也力图调和立宪与革命之间的关系。他认为这二者之间是相辅相成、相互推动、并行不悖的，所以不要相互攻击，徒使势力相消。1907 年 1 月 10 日，徐佛苏又约见了宋教仁，当面提出停战要求，不料遭到革命派的坚决拒绝。与此同时，梁启超还亲自出马，"私见汪精卫，欲以乡谊动之"，并在《新民丛报》第八十九号发表《现政府与革命党》一文，肯定革命党产生的正义性，指出清政府的腐败是革命党产生的总根源，说："革命党者，以扑灭现政府为目的者也。而现政府者，制造革命党之一大工场也。"

孙中山的不肯和解，当然是渊源有自。汪精卫之所以拒绝休战，还有一段故事。1903 年，汪精卫赴日留学，当时《新民丛报》风头正盛，梁启超的声望如日中天。汪精卫慕名前去拜会，可是连续五次登门，都没有见到梁启超。他非常生气，以为是梁故意怠慢，于是愤而投奔孙中山。他曾参与起草同盟会章程，并被推为同盟会评议部部长，以"精卫"的笔名先后在《民报》上发表多篇宣传三民主义、痛斥康梁保皇谬论的文章。其实梁启超根本不知汪登门之事，他在《新民丛报》的生活方式，常常是通宵写作，天快亮了入睡，下午才起床。赶上有时候打麻将，常常一打就是两天两夜，然后再睡上一天一夜。守门的人害怕客人打扰，所以有人来访常常不敢通报。这场误会，一定程度上推动了两派的论战。

梁启超见革命派不同意休战讲和，极为气馁。此时，由于拥护立宪派的人纷纷转向，致使《新民丛报》的发行一落千丈，经济出现困难。另外，越来越多的人认为《新民丛报》是清政府的"御用新闻"，原来的撰述者纷纷转向别的杂志投稿，稿源也奇缺。梁启超本人更被视作清政府的"弄臣"，甚至被斥为"文妖"。这一切都让梁启超更加灰心丧气。1906年九月初四，美洲保皇会宣布，自次年正月初一起，改名国民宪政会。屋漏偏逢连夜雨，1907年春，《新民丛报》上海支店发生火灾，随后，代理报纸的上海广智书店也因经营不善而发生危机。在朋友的劝说下，梁启超不得不将《新民丛报》停刊。一向元气淋漓的梁启超，此时也禁受不住打击，"临水登山供怅望，搔头负手费沉吟"，情绪十分低落。至此，中国近代史上发生在思想界的这场大论战终于落下帷幕，革命派大获全胜。

改良派与革命派的这次论战，意义十分重大。论战吸收了当时日本学界关于政治、经济等方面学说的最新成果，在提高留学生的知识水平方面发挥了极大的作用。通过论战，划清了革命与改良的界限，传播了立宪和共和的思想。另外，两份报纸上的精彩文章，使得言论界更加活跃，激发了更多杂志的创刊，推动了改革形势的发展。

结社办报为立宪

1906年，清廷下令预备立宪，这是中国实行开明政治的起点。预备立宪的背景，是1900年爆发的义和团运动和八国联军进京事件。慈禧太后的銮舆从西安回来之后，面对帝国统治摇摇欲坠的现实，她痛定思痛，决心改变以往顽固的态度，听从大臣们的建议，实行政治体制改革。在此之前，驻法公使孙宝琦、两江总督周馥、两湖总督张之洞、两广总督岑春煊等，都曾上书请求立宪。随后，直隶总督袁世凯建议，派人分赴各国考察政治。1905年，日本在日俄战争中获胜。国内很多人认为，日本胜利的原因是实行了立宪政治，而我国败于列强是因为没有宪法。于是胡惟德、汪大燮等外交使节，和张百熙等官员先后上奏，阐发立宪的必要性。慈禧太后带着半信半疑的态度，决定先派人出洋考察何谓宪政。

君主立宪的宗旨在于授权于民，让全国人民都有参与政治的机会。早在同光年间，冯桂芬、王韬等人就指出民权政治的重要。到了光绪时期，马建

◆ 1906年端方、戴鸿慈在美国芝加哥考察宪政

忠、郑观应、陈虬、汤震、陈炽、胡礼垣先后发表关于议会、议院制度的主张，对戊戌变法产生了直接影响。中国立宪运动的真正开始，是在戊戌变法中，康有为主张设议院、开议会。到了梁启超的时代，立宪运动就蓬蓬勃勃地开展起来了。1906年1月25日（正月初一），《新民丛报》第七十三号（第四年第一号）出版。代替《新民说》出现在卷首的文章，是署名"饮冰"的《开明专制论》。此后直到停刊，梁启超的文章署名皆为"饮冰"。这标志着《新民丛报》的办报方针转向了立宪。

1905年7月16日，清廷下诏派五大臣出洋考察，同时设立政治考察馆。9月24日，当考察团在北京正阳门车站出发时，遭到革命党人吴樾的炸弹袭击。在更换了部分成员后，由载泽、尚其亨、李盛铎、戴鸿慈、端方等五大臣组成的考察团又重新出发。他们分头考察了日本、英国、法国、秘鲁、美国、德国、丹麦、瑞典、俄国、意大利、比利时等十几个国家，于次年夏天先后回到北京。

载泽、尚其亨、李盛铎三人首先访问了日本，了解了日本宪法的情况。他们听了穗积八束的"日本宪法"讲座，之后又与伊藤博文座谈。伊藤博文很有耐心地回答了使臣们的提问，认为中国要图强，就必须立宪，立宪最好的效法对象就是日本。然而对于使臣们来说，复杂的政治思想实在太陌生了，他们更在意的问题是，考察报告没有着落，回去如何交差？虽然考察团的随行人员中，也有几位对西方政治有所了解，比如梁启超的好友夏曾佑、熊希龄等，但是他们也远不能胜任撰写报告之职，留着辫子、挂着朝珠的五大臣就更不用说了。经过艰难的抉择，他们把目光投向了梁启超。

梁启超当时是清廷通缉的要犯，和他一起被重金悬赏头颅的，还有两个广东人——康有为和孙中山，他们是慈禧的心腹大患。孙中山曾说："皇太后悬赏十万两购缉康的头颅，他那头颅的价值三倍于我。"到1904年慈禧七十大寿时，清廷赦免戊戌变法以来所有通缉的要犯，唯独康、梁、孙三人除外。可现在清政府的考察报告却要请朝廷要犯来代笔，着实可笑。熊希龄本来作为戴鸿慈和端方的随员，前往美国和欧洲考察。由于在湖南时务学堂期间，他和梁启超的交谊很深，于是被定为游说人选。他中途悄悄回国，又跑到日本，秘密会见了梁启超。梁启超非常爽快地答应了，并慷慨自信地表示："保证按时完成，报告至少可以写到二十万字！"

果然，梁启超不负众望，每天写作五千字以上，以极快的速度完成了考察报告，并亲自送回上海，在约定的8月3日前将文稿交到了熊希龄手中。这件事情是秘密进行的，所以连康有为都不知道。由于高强度的写作，加上回国来去的舟车劳顿、担惊受怕，回到日本后，梁启超生了一场病，他在《新民丛报》的工作也受到了极大影响。

梁启超代写的这份报告中，最重要的一篇是《请定国是折》。历史总是充满戏剧性——八年前的戊戌变法，是从《明定国是诏》开始的。但当年的改革并未涉及具体的日本模式和立宪主张，相对而言，梁启超起草的折子更加充实而具体可行。在文中，他首先摆出结论：考察团考察了各国政治之后，认为能振兴中国的方式是实行立宪政体。接着，他阐述了立宪政体的长处：国家有根本的法律——宪法；君主只是国家的象征，并不承担责任；人民选举议会，议会选举责任内阁，责任内阁行使国家权力。之后，他结合当下世界形势阐述了实行立宪政体的必要性，并提出具体的实施办法——学习日本，先预备立宪，再成立国会，正式实行立宪。如果这样做，中国将在一二十年后崛起为世界第一等国。

8月28日，清政府召开御前会议，通过了实际上由梁启超起草的《考察各国宪政报告》。但因这份报告对君权及顽固派官僚的特权作出了很多限制，清廷对涉及这一方面的内容做了修改。因此报告虽然通过了，却成为被清廷利用的立宪工具。9月1日，清廷宣布预备立宪，声称"大权统于朝廷，庶政公诸舆论"，从改革官制入手，教育官绅百姓，使之具备立宪基础，等一切条件具备了，再正式实行立宪。虽然打出了立宪的噱头，却又声称要在数年之后察看民智，这使得立宪之日遥遥无期。11月初，根据梁启超代笔的《请改定官制以为立宪预备折》，清廷公布了改革官制方案。方案中有两条最为关键：军机处不变，礼部仍然保留，令人感到清廷并无改革的诚意，只是在维护君主专制政权的前提下，对腐朽的旧制度做一些细枝末节的修改。本来按梁启超的构想，是在内阁之下将军机处改革合并，目的在于把新内阁发展成近代责任内阁。但军机处不变，意味着不改变权力机构的根本。他本来建议设立典礼院，将礼部和太常寺等机构并入其中。因为礼部最重要的工作就是选拔官僚和举行科举考试，现在科举废除了，废除礼部很有必要，可清廷并不愿意这样做。总之，所谓的改革官制，因为统治阶级舍不得放权，最后只是做做样子。

对于梁启超起草报告之艰难，徐佛苏是最清楚的。因此，对于清廷的所谓立宪，他感到灰心失望，于是写信给梁说："政界事反动复反动，竭数月之改革，迄今仍是本来面目。"他很为梁感到不值："公一腔热血，空洒云天，诚伤心事也。"梁启超病愈后，就从横滨搬到了神户，此后一直到回国，都没有离开那里。神户是仅次于横滨的华侨聚居地，他和家人一起住在华侨麦少彭的怡和别庄里。别庄位于神户武库郡的偏僻村落须磨的海滨，这里风景优美，常常可以听到门前的海涛声和屋后的松涛声，所以梁启超把这里改名为"双涛园"，和家人一起，过了一段相对轻松快乐的日子。在这里，他曾写下一组《双涛园读书》诗，其中"生才为世用，岂得常自闲。何时睹澄清，一洒民生艰"几句，生动地反映出他复杂的心境。

随着预备立宪的逐步实施，清廷开始大赦政治犯，康梁却不在被赦之列。但由于党禁逐步开放，梁启超发表了《日本预备立宪时代之人民》，呼吁中国学习日本的自由民权运动，为政党活动做准备。梁启超明白，立宪政治必须以政党为基础，只有建立强有力的政党，才能在议会中获得多数席位，从而争取到更多的民主权利。为了团结立宪派人士以争取民主权利，1907年10月17日，他与蒋智由、徐佛苏、麦孟华等人在东京创办了政闻社。

在东京神田区锦辉馆召开的政闻社成立大会上，蒋智由先报告了本社成立的目的和经过，然后徐佛苏对组织机构作了说明，随即由发起人推荐马良（字相伯）为总务员，徐佛苏和麦孟华被选为常务员，三人总揽社中事务。大隈重信、犬养毅等人出席会议并致辞，由此可见梁启超与日本官方的关系之密切。由于身份敏感的原因，梁启超并未在发起人名单中出现，也没有成为政闻社的主要领导。但他特地从横滨赶来，在下午的会议上发表了题为《政

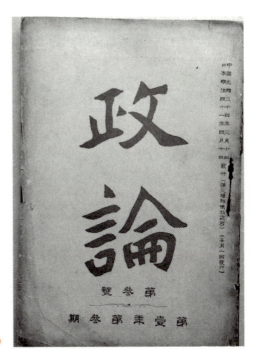

治上之监督机关》的演讲，主张成立一个由人民选举产生的监督机关，通过改良政治来挽救国家危亡。令大家没有想到的是，中国同盟会会员张继、陶成章等率十数人到会场哄闹，双方挥拳以对，场面极度混乱。12月15日，政闻社又在东京举行大会，欢迎来自上海的马相伯。马相伯是一位精通西方学问和多国文字的著名教育家，此时已年届七旬。推荐他出任政闻社总务员，可以很好地利用其身份和影响，在国内推进立宪运动。

　　梁启超虽然没有出现在前台，但却是社中最重要的灵魂人物。他的阵地依然在报刊上。政闻社的机关报是月刊《政论》，主编为蒋智由。这是梁启超在日本发行的最后一份杂志。10月7日发行的《政论》创刊号上，刊登了梁启超的七篇文章，笔名都是"宪民"，足见他此期的宣传重点，以及政闻社的宗旨；另外还有他起草的《政闻社社约》和《〈政论〉章程》。在《政闻社宣言》中，他认为改造政府主要靠国民，好的政府要实行立宪政体，把一部分军权分给国民，即国民政治。这样就需要提高国民素质，使其关心政治，对政治的对错有判断的常识，且有一定的政治能力。清廷宣布预备立宪，其借口是国民素质尚未达到要求，政闻社成立的目的就在于，培养合格的国民，以尽早实行立宪。另外，他还提出"实行国会制度，建立责任政府"等四条关乎中国生死存亡的政纲。在《〈政论〉章程》中，确定该报的宗旨是："造成正当之舆论，改良中国之政治"，所谓改良政治，就是要推进实行立宪政体。

梁启超发表在《政论》上的文章，比较重要的有这样几篇：《世界大势及中国前途》，分析中国所处的世界形势，只有通过立宪政治才能在激烈的竞争中胜出；《政治与人民》，认为国家利益和人民利益是一致的，国民要监督政府，政府才能对国民负责，而监督的途径就是开国会；《中国国会制度私议》，希望通过介绍一些立宪常识，培养合格的立宪国国民。

政闻社的政纲中，最重要的一条是"实行国会制度"，因此会员纷纷被派遣回国，广泛联络各地立宪派人士，为迅速立宪大造舆论声势；同时准备把总部和《政论》杂志转到上海。另外，此时资政院总裁溥伦访问日本，梁启超又写了《上资政院总裁论资政院权限说帖》，联合六百余人签名后，由马良、徐佛苏等人代表政闻社呈给溥伦。由于资政院是清廷为预备立宪成立的机构，梁启超试图通过厘定资政院组织权限，达到推动开国会、行立宪的实际效果。但帖子递上去后，有如石沉大海。

1908 年春，政闻社总部迁往上海，邀请团体代表和名士参加纪念大会，马良在会上阐述了政党对预备立宪的重要性。随后，政闻社联合江浙预备立宪公会、湖南宪政公会、湖北宪政筹备会等团体，组成国会期成会，派遣会员到各地发动请愿签名运动，要求清政府速颁宪法，早开国会，组织责任内阁。政闻社又以全体会员的名义致电宪政编查馆，表示预备立宪时间过长，会"灰爱国者之心，长揭竿者之气"，要求三年内速开国会。请愿运动蓬蓬勃勃地开展起来，参加的人数很快达到了两万，形成全国性的国会请愿浪潮，这让清政府感到恐慌。

另一方面，梁启超试图通过代笔考察报告而建立起来的关系，在朝廷内部建立推动立宪的渠道。当时清朝官员普遍不知宪政为何物，很多关于立宪的文牍都是偷偷请梁启超起草的。不仅宪政编查馆的很多公文是他捉刀，连法部与大理院权限划分不明，法部尚书戴鸿慈也亲自请他去厘清。对此，梁启超颇为自信，他对梁启勋说："只要我不回国参政，中国的政治就没有前途。"

同时，梁启超认为，袁世凯当初反对戊戌变法，如今也会继续反对立宪，所以政闻社迁回国内后，立马开始倒袁活动。他们通过肃亲王善耆，联合王公贵族抵制袁世凯；又利用清朝贵族的戒心，加深慈禧对袁的猜忌。

除此之外，康有为在当年夏天，以"海外亚美欧非澳五洲二百埠中华宪政会侨民公上请愿书"的名义，提出立开国会、尽裁阉宦、尽除满汉之名籍而定名为中华、在江南营建新都等大胆而广泛的要求，引起了清廷的极度不满。

虽然梁启超在《政闻社宣言书》中明确表态："政闻社所执之方法，常以秩序的行动，为正当之要求。其对于皇室，绝无干犯尊严之心，其对于国家，绝无扰紊治安之举。"但清政府本来就没有立宪诚意，现在看到梁启超等人发动规模巨大的请愿浪潮，康有为在海外又提出种种悖逆的要求，直接威胁到他们的统治，于是他们决定拿政闻社开刀，打击国内立宪派势力。考察宪政大臣、吏部侍郎于式枚上书痛诋各国立宪制度，极力反对立宪，遭到了立宪派的痛斥。政闻社社员、法部主事陈景仁电奏清廷，要求三年内开国会，将于式枚革职以谢天下。此事成为清廷查禁政闻社的导火索。另一方面，一直忌惮康梁的袁世凯面奏慈禧，声称政闻社是康梁发起的，同时发动张之洞上奏揭发康梁乱政。这样一来，慈禧震怒，决定借警告各省请愿代表之机取缔政闻社。

7月25日，清廷下令将陈景仁革职，交地方官严加管束。8月13日，又下旨查禁政闻社，罪名是社内多悖逆要犯，广敛资财，图谋煽乱，扰乱治安等。政闻社的被查禁，说明他们的活动戳中了清廷的痛点，揭穿了他们立宪无诚意的真实面目，同时也显示出康梁和保守派在戊戌变法中结下的仇怨一直没有化解，如今再次爆发。8月27日，清政府宣布，将于1916年颁布宪法，召开国会。

政闻社被封禁以后，梁启超不仅失去了战斗的阵地，还失去了生活的凭借。他陷入贫困的境地，以至于连梁思顺的学费都交不起了，孩子只能退学。即便如此，他依然关注立宪政治。可是随后，国内政局就发生了极大的变化，1908 年 11 月，光绪皇帝驾崩，慈禧选立三岁的溥仪作为新帝，她被尊为太皇太后。次日，慈禧在北京仪鸾殿去世，标志着她近半个世纪的统治结束了。次年初，袁世凯被开缺回籍。

此前 1907 年秋，清廷发布上谕，设置咨议局，通过选举选出议员。政闻社遭封禁后，梁启超派出的同志分赴各省，动员各省咨议局联合起来，请政府尽快召开国会。1909 年 12 月，各省咨议局代表在上海成立国会请愿同志会，梁启超马上派徐佛苏参加。

为继续制造舆论，1910 年春，梁启超等人又在上海创办了《国风报》。该报以"忠告政府，指导国民，灌输世界之常识，造成健全之舆论"为宗旨，竭力推进立宪运动。在发表于创刊号上的《〈国风报〉叙例》中，梁启超认为，立宪政治的本质是舆论政治，健全的舆论对于立宪政体非常重要，所以要发挥报馆的五本八德，使得上至政府官员，下到参政国民，都能参与到健全舆论、帮助立宪的运动中来。因办报的目的，是希望通过文章，引起天子使者的采录，"自抒劳者之歌，冀备輶轩之采"，因此仿效《诗经》采风之说，将该报定名为《国风报》。在同期的《说国风》中，他也讲到了取名的缘由。主编梁启超虽然身在须磨，却作为报纸的主要执笔者，继续发挥以言论影响政治的特长。《国风报》是旬刊，分为十四个栏目，每期八万字，半数以上的文章出自梁启超之手。所有稿件都由梁启超在汤觉顿、麦孟华等人的协助下，于日本大体编定后，才寄至上海印刷出版。该报创刊后很受欢迎，行销国内十七省及南洋、澳洲、美国、加拿大等国。

梁启超在论说、时评、著译、调查等栏目中，先后发表了一百一十多篇署名"沧江"的文章，保持了《新民丛报》时期写作的好状态。写于政闻社时期的《中国国会制度私议》，当初部分刊登在《政论》第五号上，后来因停刊而中断。如今经过修改，又在《国风报》上连载，前后达十几期。他认为专制政体与立宪政体的主要区别，在于是否有国会，所以当今国民的唯一义务在于研究国会，因此文中重点阐述了国会的性质、组织和职权，向国民全面讲解立宪政治制度的相关知识，体现出他的一贯主张，即培养具有宪政常识的合格国民。在《国风报》上，梁启超一连发表了多篇谈宪政的文章，参照欧美各国的宪政制度，对比中国国情，对资产阶级宪政理论在中国的应用进行了广泛的探讨。他不仅写了大量讨论国会问题的文章，还发表了一系列关于财政和外交问题的文章，从多方面为中国立宪政体的确立规划了一幅理想的蓝图。

1910 年夏天，国会请愿同志会发起的第二次请愿又失败了，这对于立宪派来说是沉重的打击。梁启超在《国风报》上发表了《论政府阻挠国会之非》，对清廷拒绝早开国会表示愤慨，并且断言：中国要开国会，必须在宣统四五年之前，否则的话，国会永远也开不起来。此时国会请愿同志会增加了不少各省商会、教育会及华侨等代表，在各省财政的支持下，他们又在北京创办了《国民公报》。徐佛苏于 8 月北上京城，主持该报。梁启超每三四天寄一篇文章给他，使《国民公报》成了"立宪运动之大本营"（徐佛苏语）。不

◆《国风报》第一期

久后，资政院开会，朝廷敕选议员一百人，民选议员由各省咨议局选拔一百人，说明首都出现了民意机构，立宪运动有了重要突破。很快，以早开国会为目标的第三次请愿，得到了各省的支持。经资政院上奏，1910年11月4日，朝廷终于下诏，将国会召开的时间提前到1913年（宣统五年）。但梁启超对此并不满意，甚至感到愤怒。他认为这种仅将开国会的时间提前三年的搪塞敷衍之举有如"买菜之论价"，没有任何意义，反而会令人齿冷心寒："以全国人万斛之血泪，可以动天地泣鬼神，而不能使绝无心肝之人，稍有所动于其中。"

1911年5月8日，清廷终于废除了军机处，代之以庆亲王奕劻为总理大臣的内阁。实际上，这是一个"皇族内阁"，不过是军机处的一种变体而已。清廷借预备立宪之名，行皇族集权之实，使立宪派分权的理想化为泡影。6月，咨议局联合会改组为宪友会，以发展民权、完成宪政为目的，徐佛苏被选为常务干事。宪友会从酝酿、成立到之后开展活动，梁启超都通过徐佛苏参与、指导。他不仅起草了该会的宣言，还写了不少文章表示支持。

宪友会刚成立的时候，社会期待值很高。可实际上，由于成员复杂，团体内存在派系之争，该会的活动雷声大雨点小。同时，由于立宪派与清政府之间的裂痕已无法弥补，立宪运动很难再推进了。因此，《国风报》在第二卷第十七号之后便不再出版，梁启超的立宪运动至此告一段落。

归国以后，在1912年10月的北京报界欢迎会上，梁启超发表了题为《鄙人对于言论界之过去及将来》的演说，声称："鄙人二十年来，固以报馆为生涯，且自今已往，尤愿终身不离报馆之生涯者也。"12月，他又在天津创办了《庸言》报。一个多月前的演说词成了《庸言》报的发刊词，也是他归国后在政治、思想立场上的宣言书。在回顾了自己从强学会期间的《中外纪闻》到立宪运动中的《国风报》的办报经历之后，他总结自己办报的一贯宗旨在于：启发民智，熏陶民德，发扬民力，养成合格的近代国民。现在政治形势发生了极大变化，他主张国体要维持现状，政体要实行改革，言外之意就是在有皇帝的君主国体下，他致力于君主立宪；在国民主权的共和国体下，他就信

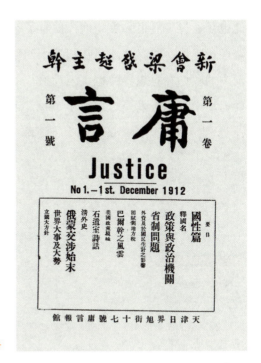

奉民主立宪。总之是在现有的实际情况下谋求温和的改革和进步，坚决反对倒退。就这样，梁启超确立了他在民国时期的基本立场。

《庸言》是半月刊，分为五十八个门类。由于梁启超日隆的声望，该报出版后极受欢迎。第一号印刷了一万份，转瞬售罄，预订者又有几千。梁启超陆续发表了《国性篇》《省制问题》《政策与政治机关》《论国务会议》《宪法之三大精神》等文章，可见他对新的共和国充满信心，希望能够在新的政治舞台上大展身手。

作为著名的报人，梁启超非常重视办报在舆论宣传中的作用。他每有主张，每次行动，都以报刊为舆论阵地。要么利用已有报刊，要么着手创办新报，"以言论动天下"。统而言之，《时务报》是维新变法的喉舌，《新民丛报》是启蒙运动的机关，《国风报》在立宪运动中大展身手，《庸言》报又在民国的建设中发挥作用。后来，在护国运动中，袁世凯几乎控制了国内所有的报纸，梁启超则利用《京报》《国民公报》等，揭露袁氏的真面目。"五四"时期，他也是通过《晨报》等阵地，披露了有关卖国条约的消息。正因为一直占领着舆论阵地，梁启超才能在长达十四年的流亡生涯中，仍然强有力地影响着国内的政坛和思想界；也正因为擅长以笔作武器，他才能在归国后的屡次重要运动中都积极发声，取得了"一言为天下法"的地位，成为国人的"指南针"。他一生在舆论界的影响力，堪称中外新闻史上的奇迹。

第七回

怀揣　梦想入阁

众望所归回故土

1911 年春天，梁启超还在日本。流亡海外已经十四个年头了，他所追求的立宪政治还没有头绪。他心中充满惆怅，"春寒索居，俯仰多感，三边烽燧，一日数惊，唯日与吾友明水先生围炉相对，慷慨论天下事，刿心怵目，长喟累欷，辄达旦不能休"。为了排遣郁闷，他带着长女思顺，和朋友汤觉顿一起赴台湾考察。没想到，在这个"本是同根，今成异国"的宝岛，目之所见，耳之所闻，莫不令人失望。他感慨万千，写了很多诗词以为寄托。

此时国内的政治形势一日数变。人们对"皇族内阁"的责骂声还未消失，保路运动又风起云涌了。为取得外国的支持，清廷将广东、四川、湖北、湖南等地的商办铁路收归国有，之后又卖给外国，激起了四省人民的"保路运动"。不久后，四川总督赵尔丰逮捕保路同志会代表，枪杀数百请愿群众，激起更大的民怨，结果促成了 10 月 10 日的武昌起义。不到两个月，华中、华南各省纷纷宣布独立。清政府垂死挣扎之际，驻滦州的新军第二十镇统制张绍曾、第二混成协协统蓝天蔚等人发表通电，提出十二项主张，要求改组皇族内阁、年内召开国会、制定宪法、开放党禁等。这就是著名的"滦州兵谏"。清廷不得已下"罪己诏"，赦免所有戊戌以来的政治犯，颁布宪法"十九信条"，接着任命实权人物袁世凯为内阁总理大臣，重组内阁。

武昌起义的成功，原因之一是有各省咨议局议员的参与，这是梁启超多年宣传早开国会、培养新国民的功劳。严复曾说，梁启超实际上是亡清二百六十年社稷之人，大约就是从这个意义上讲的。胡适也说："梁任公为吾国革命第一大功臣，其功在革新吾国之思想界。……去年武汉革命，所以能一举而全国响应者，民族思想政治思想入人已深，故势如破竹耳。使无梁氏之笔,虽有百十孙中山、黄克强,岂能成功如此之速耶!"另外,武昌起义也标志着革命派"种族革命"的成功,以及梁启超主张的"政治革命"路线宣告破产。可是梁启超并不灰心,他认为此次起义纯属偶然,不是孙中山主动发起的,所以"不纯然为种族革命"。目前,当务之急是要赶紧实行立宪,召开国会,自己必须亲自回国。他信心满满地提出"和袁慰革,逼满服汉"八字方针,同时派人联络旧交——驻保定的新军第六镇统制吴禄贞,请他组织"燕晋联军"进军北京,自己也将回国与同志们"同建大业"。11月6日,他离开神户,前往大连。从大连到奉天的途中,他看到阔别已久的故乡已成鱼烂之地,"昔为锦绣区,今为腥血场",心情无比沉痛。他打定主意,即便前面是龙潭虎穴,也要冒险去走一遭,"我身已许国,安所逃险遭"。如能成功,就功成身退,"待我拂衣还,理我旧桃源";事若不济,就以身殉国,坦然面对。

可现实总是残酷的。梁启超此次回国本是秘密进行,可是人还没上岸,大连、奉天的报纸就登载了他回国的消息。船一靠岸,只见码头上挤满了迎接他的人。到了大连,他才听说自己寄予厚望的吴禄贞已死,这真是始料未及。听说张绍曾和蓝天蔚在奉天对他归来额手称庆,他只能先到奉天,晤见熊希龄等人后,再图进京。可是他在奉天并没有见到熊希龄,而且形势远比想象中的复杂,他预感到之前的计划基本都无法实行。三年前,袁世凯被摄政王载沣开缺回籍,在河南老家披蓑戴笠,垂钓洹上,静待时机,现在终于有机会东山再起了。可是武昌起义爆发后,朝廷屡次征召,他都用各种借口推托,并不断提出要求。由于袁世凯迟迟不入京,京城内乱成一团,旧内阁已辞职,新内阁尚未成立,资政院因议员逃遁而无法开会,亲贵之间互相攻伐……更为可怕的是,梁启超听说蓝天蔚等人的军队谋议拥戴自己宣告独立!熊希龄从大连打来好几封电报,催他赶紧回日本去,一刻也不要逗留!在这种情势下,他只好放下一切计划,匆匆东归日本。

11月13日,袁世凯进京,三天后,袁内阁成立。听说自己被任命为法律副大臣,梁启超马上给袁世凯打去电报,坚辞此职,并建议先开国会,"合全国人民代表,以解决联邦国体、单一国体、立君政体、共和政体之各大问题"，以稳定时局。随后，他针对这一提议，迅速制作了宣传册《新中国建设问题》，《大阪每日新闻》从 12 月中旬开始翻译发表。这一次，他不再旗帜鲜明地主张什么，而是提出两个问题：单一国体与联邦国体之问题；虚君共和政体与民主共和政体之问题。他条分缕析地讨论了两种国体和两种政体的优劣，以及在中国实现的可能性。但是仅止于提出问题和分析问题，至于中国未来到底采用什么国体和政体，需要全体国民来讨论决定，绝不是一个人能说了算的。虽然他没有给出解决的答案，我们依然可以看到，梁启超倾向于单一国体和英国式的虚君共和政体。

袁世凯连发几封电报和书信，说梁启超"抱天下才，负天下望""抱爱国之伟想，具觉世之苦心"，希望他能看在神州陆沉、生灵涂炭的分儿上，尽早归国，共商大计，同扶宗邦。清廷也一再致电，要求他归国就职。可是梁启超考虑到司法并非自己所长，国内政局尚不稳定，此时公然与袁世凯联手并不是时候，于是先派盛先觉等人回国，与各方面联系，希望能够推行虚君共和。然而，狡猾的袁世凯只是虚与委蛇。另一方面，革命形势的发展也远远超过了梁启超的预期，虚君共和的方案被历史远远地抛在了身后。

关于政体问题，当时南北分成两大派。北派希望南北和议，实行君主共和；南派则主张通过战争，锄去满清，实行民主共和。而袁世凯气定神闲，似乎成竹在胸。在英国的调停下，南北双方于 12 月初开始议和。伍廷芳代表南方革命军，提出清朝皇帝退位、选举总统、建立共和政府等条件；唐绍仪则代表北方袁世凯，向革命军提出要求。南北会谈，几经周折，初步达成"开国民会议，解决国体问题，从多数取决"的协议。

和谈迟迟没有结果，此时孙中山突然回国，旋即被各省代表会议选举为临时大总统。1912 年元旦，中华民国临时政府在南京宣布成立，孙中山宣誓就职，改用公历，以是年为民国元年。梁启超真是一个天才的预言家。他曾在《国风报》上说，如果清廷迟迟不愿立宪，将来世界字典上不会有"宣统五年"这个名词了，没想到一语成谶，宣统这个年号只存在了三年。更为神奇的是，他 1902 年曾在《新小说报》上发表过一篇政治小说，叫作《新中国未来记》，设想 1912 年将会出现一个"大中华民主国"来代替清朝，而这个新政权的第二任总统叫黄克强。事实上，与孙中山并称"孙黄"的中华民国的创建者之一黄兴，他的字就是克强！

　　孙中山的突然回国和就职让袁世凯大为恼火，他不断向临时政府施加压力；立宪派和帝国主义也从旁施压。于是，革命派作出让步，孙中山发表声明：只要清帝退位，袁世凯赞成共和，即推举袁为大总统。2月12日，清帝退位，梁启超"虚君共和"的主张彻底泡汤。3月11日，《中华民国临时约法》颁布。4月1日，孙中山解职，袁世凯成为临时大总统，实现了南北统一。"无量金钱无量血，可怜购得假共和"，辛亥革命的胜利，和袁世凯毫无关系，可是革命胜利的果实，几乎完全落入他的手中。

　　尽管辛亥年间梁启超两次归国的努力均以落空告终，但各方的呼吁之声仍不绝于耳。清帝退位当天，张君劢给梁启超写了一封信，建议立宪派今后的方针，应该是借"联袁"组成一个强有力的政党，以谋求将来的发展。他还打算发起成立共和建设讨论会，希望梁启超尽快回来。共和建设讨论会成立后，在神户的梁启超很快写成《中国立国大方针商榷书》《财政问题商榷

◆ 1912 年 3 月法国报纸
上登载的袁世凯剪辫子图

书》，由讨论会印刷行世。前面这篇文章后来发表在《庸言》报上，讨论的是中华民国的统治方式问题。他认为需要通过组织政党内阁，建立一个强有力的政府，在关税、货币、移民、高等教育等方面实行保育政策，最终建立一个屹立于和平世界的完整国家。这篇文章是梁启超人生中的一个转折点，表明了他肯定辛亥革命、公开拥护共和的态度，也为他十四年的流亡生涯画上了一个句号。

早在年初，梁启超就有归国之意。他派汤觉顿先回国查看情况，没想到形势非常复杂。有人担心他将以何种名义归国。面对流言蜚语，是否能够自证清白。有人害怕他回来后会成为袁世凯弄权的工具，因此还不如暂时留在日本继续办报。还有人断言：回国越晚，声望愈隆，与其自己主动回国，不如等人请着回来。另一方面，革命党人的反对之声也很响亮。戴季陶怒斥梁为"保皇党之魁首"；《民权报》列举了他在清末的种种罪状，视其为"国民之公敌"。凡此种种，说明回国的时机尚未成熟，他只好打消这个念头。

梁启超明白，要想顺利归国，并在政治上大展拳脚，必须依靠实权人物袁世凯。所以他在武昌起义后就定下了"和袁"的基本方针，且从年初开始，一直和袁保持书信、电报往来，就财政、政党等问题做细致的讨论。而袁世凯正缺少懂财政、有政见的助手，尤其是梁启超主张开明专制，更是正中袁氏下怀，于是两人一拍即合。这段时间堪称二人的"蜜月期"，梁称袁为"我公"，袁赞梁为"大贤"，颇有明君贤臣相得的意思。5月底开始，与袁氏的心意相应，要求梁启超归国的通电雪片般飞来。先是云南都督蔡锷通电各省都督；接着同盟会张继、刘揆一电称"国体更始，党派胥融，乞君回国，共济时艰"；副总统黎元洪也致电袁世凯，说梁启超是有用之材，民国用人应不拘党派；连蒙古王公也呈请召梁归来襄理国事。各省都督和文化名人纷纷响应赞同……夏秋之交，孙中山、黄兴先后进京晤袁，致力于调和党见、消除南北冲突。随后杨度、王揖唐向袁极力推荐梁出山，黄兴也表示："宜速请梁返国，昔日虽政见不同，今则共和新建，宜消融党见，以国家为前提。"至此，梁启超归国的条件完全成熟。

"望归国，望了十几年，商量归国，又商量了几个月"，1912年9月底，梁启超和汤觉顿、梁启勋一起，从神户出发，乘坐"大信丸"号轮船，终于踏上了回国之路。大约一周后，船抵大沽口，梁启超发现，派来迎接他的船，正是当初送他前往日本的那艘"快马"号。回想当初逃亡时的胆战心惊，恍如隔世。没想到十几年后，"快马"还在，人世间已发生了天翻地覆的变化，直令人有辽东化鹤之感……民国第一记者黄远庸[1]不禁感概道："'快马'送先生且十年，今始得迎先生归也！"在大沽又耽搁了三天，梁启超才在万众瞩目中回到天津[2]，彻底结束了"腹中贮书一万卷，海上看羊十九年[3]"的流亡生涯。

归国后的梁启超，可谓风光无限，用他自己的话说便是"可谓极人生之至快，亦可谓极人生之至苦"。各党各派、政府民间、各行各界，都派出代表来天津迎接，仿佛迎接英雄凯旋一般。按照预定行程，"大信丸"号将于十月初五日抵达大沽口，但由于梁思顺发电报时错将初五日写作初三，故先期由北京赶赴天津的欢迎队伍在初二那天已经聚集了数百人，以至于大街小巷的客栈都住满了，"自初二日各人麇集，客邸俱满"。这其中既有袁大总统派来的代表，也有参议院、内阁的人，还有报界、学界、政府各部门以及军队的代表，民主党本部及各支部都派了代表和党员前来，共和党也派了张謇为代表，国民党方面则有以稳健著称的黄兴。这个庞大的欢迎队伍，有天津本地人，更多的人来自北京。初六日下午二时，大家聚集码头，迎候梁启超登岸。但由于海上风大，船无法靠岸。都督府派出小火轮，驶出大沽口去接引，也没成功。大家只得扫兴而归，当天便有数十人因盘费用尽而回京。张謇、黄

[1] 黄远庸（1885—1915）：江西九江人，1904年中进士，曾留学日本。民国建立后投身媒体，成为知名记者，并和蓝公武、张君劢等人创办《少年中国周刊》，三人并称"新中国三少年"。后因拒绝做袁世凯的鼓吹手而出逃海外，1915年在旧金山被暗杀。

[2] 据《梁启超年谱长编》，梁启超于1912年农历九月底（二十八、二十九，即阳历11月6、7日）从神户出发，十月初五（11月13日）抵达大沽，初八（11月16日）到天津。见丁文江、赵丰田编：《梁启超年谱长编》。

[3] 这是梁启超归国后，朋友魏铁三赠给他的一副楹联。上句出自唐代李颀的《送陈章甫》，下句来自宋代黄庭坚的《次韵宋懋宗三月十四日到西池都人盛观翰林公出遨》。

兴因为要赶在十日那天回湖北参加开国纪念活动，只好于七日先行离津。梁启超在舟中困守了三天，直到八日才弃舟登岸。

在天津，梁启超受到了热情的欢迎。三天之内，登门拜访者超过二百人，欢迎电报络绎不绝。立宪党人、政府官员、各界朋友，都加入了欢迎的队伍。国民党也来凑热闹，又是请他入党，又是请他做理事。北京大学的学生甚至向政府要求，任命他为新校长。还有一场接一场的欢迎宴和演说会，令他应接不暇。在给思顺的信中，他谈到刚刚抵达天津时的情形："三日来无一日断宾客（唐绍仪及前直督张锡銮皆已来谒，赵秉钧、段祺瑞皆派代表来），门簿所登已逾二百人矣。各省欢迎电报亦络绎不绝，此次声光之壮，真始愿不及也。"繁忙之下，梁启超却是精神大振，充满壮志豪情，他说："吾虽终日劳劳，精神愈健，亦因诸事顺遂，故神气旺耶？"但是几天之后，他就因不断应酬无法睡觉而上火牙疼，转而怀念起闲居须磨时菊花正肥、枫叶将赤的美食美景来。

在这种种热闹的背后，梁启超开始积极策划共和党与民主党的合并。他的目的，就是要造成一个可以在议会和国民党抗衡的大党，进而约束袁氏的权力。回到天津的头两天，他连续参加了民主党和共和党的欢迎活动，并在民主党直隶支部的欢迎会上发表"中国政党有第三党之必要"的演说。他高兴地写信跟思顺说，共和、民主两党合并已成定局，推举黎元洪为总理，自己为协理；国民党多次邀请他出任理事，被他拒绝了……

在天津住了十几天后，梁启超打算于二十日入京。进京前，总统府为迎接他的到来做了充分准备。出于安全考虑，最初打算以军警公所为行馆来招待他。可是因为听他偶然说起，曾国藩、李鸿章进京都住贤良寺，袁世凯马上派人将贤良寺收拾妥当，等他入住。对袁来说，这不过是一种礼贤下士的姿态罢了，梁启超却颇为感动。不过，民主党和共和党的一些同志认为，梁启超住在贤良寺并不妥，因为他以个人资格受社会欢迎，受政府的特别招待不合适，于是帮他借了一处宅子暂住。

到京以后，各界欢腾，万流辐集，应酬就更多了。入京当天，梁启超就参加了国民党的欢迎会。孙毓筠在会上致欢迎词，高度评价了他的历史功绩：

"我国十余年改革之动机，发自梁任公先生，无论何人，无不承认，即世界万国，无一不承认者也。"梁启超谦虚地表示，自己只是说了些空言，真正付出代价的是国民和国民党。次日，登门拜访者络绎不绝。之后几乎每天都有上百人来访，还要不断地出门赶赴盛会，"在京十二日，而赴会至十九次之多"，民主党、共和党、统一党、国民党、同学会、同乡会、八旗会、佛教会、报界、商会、山西票庄等团体机构纷纷前来，邀请他出席欢迎会或发表演说。

对于这种"举国若狂"的欢迎阵仗，梁启超觉得非常辛苦，因为平均每天要赴三场聚会，有时甚至一天有四场演说。"每夜非两点钟客不散，每晨七点钟客已麇集，在被窝中强拉起来，循例应酬，转瞬又不能记其名姓，不知得罪几许人矣。"其实，梁启超本来并不善于交际，但形势比人强，他再也不可能像在日本期间那样清闲了，而是每天从早到晚不停地应酬，日均说话一万句以上。刚开始还有点新鲜感，几天过后，他就有了逃离的想法，恨不得赶紧跑回天津，闭户十日，清静地写点东西。

另外，梁启超也很享受这种被人簇拥的感觉。在给梁思顺的信中，他不无得意地说："一言蔽之，即日本报所谓人气集于一身者，诚不诬也。……此十二日间，吾一身实为北京之中心，各人皆环绕吾旁，如众星之拱北辰。"他的演讲，不仅军、政、报、商各界有人来听，各个党派都有人来，连蒙古王公、和尚都来听。他觉得这是自有北京城以来，从未出现过的奇观。

梁启超之所以广受欢迎，有一个重要原因：中华民国建立时，很多知识分子都是梁的"学生"。《新民丛报》的读者，清末留学日本的学生，国会请愿活动中的参与者，包括与他论战的革命派知识分子，都在一定程度上接受了他来自日本的关于西方近代文明的知识和主张。接受和传播来自日本的西方近代文明，是梁启超流亡期间最大的功绩。日本在明治维新时期，通过大量的翻译，引进西方近代文明，而使用的译词，基本都是近代汉语。梁启超等人在清末又将这些词语引进回来，所以堪称"近代东亚文明圈形成之功臣"。

对于梁启超归国后广受欢迎的盛况，胡适在 1912 年的日记中写下了这样一段话："阅时报，知梁任公归国，京津人士都欢迎之，读之深叹公道之尚在人心也。梁任公为吾国革命之第一大的功臣，其功在革新吾国之思想界。十五年来，吾国人士所以稍知民族思想主义及世界大势者，皆梁氏之赐，此百喙不能诬也。……近人诗'文字收功日，全球革命时'，此二语惟梁氏可以当之无愧。"这个评价非常之高。胡适认为梁启超的功绩主要在于思想启蒙。正是有了梁启超对民权、自由的极力鼓吹宣传，才有了武昌起义的迅速成功。梁启超重归故国的时候，正是中国两千多年的专制制度寿终正寝之际，他多年撰文传播西方先进的思想观念，现在，他的努力开花结果了。他的大受欢迎，正是国人对他启蒙之功的感念与回报。

名流内阁任总长

梁启超与袁世凯的恩怨，始于戊戌政变。政变中的袁世凯两面三刀，出卖维新派，致使六君子沉冤西市，康、梁流亡海外。到了日本的梁启超，在《戊戌政变记》中对袁世凯大加挞伐："盖袁之为人机诈反复，深知皇上无权，且大变将兴，皇上将不能自保，故虽受皇上不次拔擢之大恩，终不肯为皇上之用，且与贼臣之逆谋，卖主以自保，而大变遂成于其手矣。"

后来清廷下诏立宪，梁启超组织政闻社，发起请愿运动。袁世凯向慈禧面奏，说康、梁余党想要推翻太后的统治，很快，政闻社遭到查禁。再后来梁启超谋求开放党禁，因袁世凯的阻挠而失败。光绪帝之死，传言是袁所为。梁启超等人写文章大肆宣扬，使袁世凯一时之间臭不可闻，最终遭到罢免。得知消息的梁启超马上给肃亲王善耆写了一封长信——善耆一向是支持立宪运动的，他欢快地说："昨日东报见京电，知元恶已去，人心大快。监国英断，使人感泣，从此天地昭苏，国家前途希望似海矣！"他还罗列了袁世凯的种种罪状，比如甲午之年酿成战祸、戊戌时期离间宫廷、庚子之时镇压义和团不力造成赔款等，要求清政府向中外明确宣布。

辛亥以后，受帝国主义扶植，袁世凯东山再起，与资产阶级革命派达成协议，逼迫清帝退位，登上中华民国临时大总统宝座。梁、袁二人之间的关系出现了转机。此时，漂泊日本十多年的梁启超以其独具特色的文章风行全国，成为举世瞩目的治国之才。出于稳定政权的目的，袁世凯力邀梁启超回国。在立宪事业上郁郁不得志的梁启超，也有了与袁世凯联手的想法。他一向反对暴力革命，因为会造成暴民政治，让国家元气大伤。作为温和的改革政治家，他希望借助袁的地位和力量，平息国内的动荡局势，进而实践自己的宪政主张。因此，二人相逢一笑泯恩仇，决定联手合作。

梁启超回国之前，就与袁世凯一直有书信、电报往来。进京后，他们先是见面密谈了一次。10月28日，总统府召开欢迎会，国务员全体作陪，给足了梁启超面子。不过，梁启超很明白，他和袁之间仍然是"虚与委蛇而已"。尽管如此，他对袁世凯馈赠的每月三千大洋，却也慨然接受。他还透露：袁世凯许愿，如果他能成功组建一个政党，还将赞助二十万元，而他希望能够要到五十万元。这一点暴露了梁启超的软肋：如果经济上要仰仗别人，又怎能指望政治上独立呢？

就当时的形势而言，梁启超清醒地认识到，现今中国已确定了最高尚的共和国体，而"共和国政治之运用，全赖政党"。一个好的政党，必须有公共之目的，奋斗之决心，整肃之号令，公正之手段，牺牲之精神，以及优容之气量。国内虽有几个政党，却都需要改善，不然将会有极大的危害。当时，国会中活跃着四个党，即国民党、统一党、共和党和民主党。其中尤以国民党的势力为最大，他们几乎掌控着所有重要省份的行政资源，因此在选举中一直处于非常有利的地位。

1913年1月8日，国会选举结果正式公布，参、众两议院一共八百七十个席位中，国民党共获得三百九十二个席位，成了国会中名副其实的第一大党。当天，宋教仁在国民党湖南支部的欢迎会上发表演说，主张由国会中占

◆ 民国初年国会选举

有多数席位的政党来组织内阁，要以内阁来限制总统的权力。此后，他到湖北、安徽、上海各地发表演说，持续宣传这种主张。在宋教仁看来，这是先进立宪国家的政治家应有的态度。然而以袁世凯为首的北洋军阀官僚，是决不会在宪政轨道之内行动的。

虽然袁世凯对政党政治并无兴趣，但要想削弱议会和内阁的权力，提高和强化总统的权力，又不能不依靠议会中可以为他所控制的政党。于是，他寄希望于梁启超，只有梁有能力帮他抵制国民党势力的扩张。因此，他许以二十万大洋，动员梁启超组党——为了攫取并巩固权力，袁世凯向来是很舍得花钱的。

梁启超此次回国，本想在政治上有所作为，没想到目之所见耳之所闻，都是腐败纷乱的现状，各政党之间为了私利也是争来斗去，这让理想主义的他非常失望。早在国会选举结果出来时，他就想从此远离政治，专门从事社会教育，甚至很后悔归国。可此时的他已经由不得自己做主了，刚刚表露出要退隐的想法，就有几十个人上门来劝。他只能退步，于2月下旬加入袁世凯的执政党共和党。5月，共和党与统一党、民主党联合组成进步党。该党以"采取国家主义、建设强善政府"为宗旨，拥护袁世凯，反对国民党。理事长虽为黎元洪，实际领袖却是理事梁启超。至此，国会中国民党、进步党两党对峙的局面正式形成。

在此期间，发生了一件令梁启超极度失望的事情。3月20日晚，作为在大选中获胜的国民党的代表，宋教仁应袁世凯之邀，从上海赴北京商议国家大事。结果在上海火车站，宋教仁遭到枪杀，于22日凌晨去世。宋教仁的死，震惊全国，国民党怀疑是政敌所为，袁世凯和梁启超成为最大的嫌疑人。梁启超并不生气，而是感到悲哀，他认为此事的性质极为恶劣。联系近几个月发生的种种，他觉得"在中国政界活动，实难得兴致继续，盖客观的事实与主观的理想，全不相应，凡所运动皆如击空也"。虽然梁启超与宋教仁政见不同，他却很佩服宋的能力，而且对于暗杀这种行为极为不齿。出于义愤，他写了《暗杀之罪恶》一文，阐述自己反对文明时代搞暗杀的态度，同时对宋教仁作出了高度评价："吾与宋君，所持政见时有异同，然固确信宋君为我国现代第一流政治家，歼此良人，实贻国家以不可复之损失，匪直为宋君哀，实为国家前途哀也。”

宋案的发生，引起了国民党的极大愤怒。虽然凶手武士英和谋杀犯应夔丞很快归案，但在应夔丞家里搜到的证据表明，幕后黑手是内务部秘书洪述祖、内阁总理赵秉均，并且与袁大总统有极大关系[1]。随着案件的真相日益明朗，袁世凯知道战事已不可避免。为取得帝国主义在财政上的支持，铲除异己军事力量，巩固自己的统治，他以办理辛亥革命"善后"为名，在没有履行正规手续的情况下，私自与英、法、德、俄、日五国银行团签订了高达两千五百万英镑的善后大借款条约。宋案证据宣布的那一天——4月26日，也是大借款合同签字之时。大借款遭到了很多人的反对，袁世凯借机将国民党人江西都督李烈钧、广东都督胡汉民、安徽都督柏文蔚免职。

宋案和大借款直接引发了"二次革命"。7月，李烈钧在江西湖口成立讨袁军总司令部，宣布江西独立，并通电讨袁。随后江苏、安徽等南方各省纷纷宣布独立。"二次革命"旨在推翻袁世凯、重塑共和，可以看作是辛亥革命的继续。可是袁世凯对革命党的讨伐丝毫不惧，北洋精锐尽出，革命军迅速被击溃，"二次革命"宣告失败。袁世凯先后逮捕了国民党几十名议员，一时之间人心惶惶，其他议员四散奔逃。至此，原本在国会内占据绝对优势地位的国民党势力土崩瓦解，以梁启超为首的进步党一跃成为国会的第一大党。

宋案发生以后，国务总理赵秉钧广受舆论挞伐，只好称病不出，由段祺瑞代理，因此重组内阁势在必行。梁启超认为进步党的机会来了，于是积极奔走，谋求东山再起。1913年7月31日，进步党人熊希龄被任命为内阁总理。熊希龄此前任职热河都统，并不想进京组阁。听说将被推举为总理的消息后，他表示万难从命："即使孔子复生，我也坚决不能就任。"袁世凯继续发电报催他入京商议大局。张謇等人都劝他，说总理一职非他莫属。梁启超也极力鼓动，认为这是扩张党势的大好时机，并表示如果他出面组阁，自己愿意出

---

[1] 武士英：即吴铭福。应夔丞：应桂馨，上海青帮头子。按，应桂馨于1914年在北京到天津的火车上被刺死。不久后，赵秉均七窍流血而亡。因此袁世凯被认为是宋案最大的幕后黑手。

任财政总长。在这种情势下，熊希龄只能答应。

本来袁世凯想把内阁总理一职交给北洋军阀大佬徐世昌，可是徐并不愿意，而且进步党与国民党反对声一片。无奈之下，他只好退而求其次，选择了进步党人熊希龄。尽管如此，袁世凯并不想被内阁掣肘以致大权旁落，所以他在熊组阁之前，就已经把几个重要部门的总长给内定了。熊希龄一到北京，袁世凯就交给他一张总长名单：海军刘冠雄，陆军段祺瑞，外交孙宝琦，财政周自齐，交通杨士琦，内务朱启钤。熊希龄一看就明白了，重要的部门都由北洋派占据，只剩下农商、司法和教育三个没有实权的部门让自己物色人选。为了兑现之前的约定，熊希龄要求以梁启超为财政总长，可是袁世凯认为自己已经做了很大让步，因此始终不肯答应，最后只能让梁启超出任教育总长。

1913 年 8 月 26 日，熊希龄就职，两天后赴参众两院发表施政演说，可是内阁人选始终没有完全确定。熊希龄的本意，是要成立一个"第一流人才与第一流经验的内阁"，然而由于各种各样的原因，他所属意的"第一流之人才"多不愿意出山。首先是梁启超。他本来想做财政总长，以实践整理财政的计划。可现在让他做教育总长，他坚辞不就。如果梁启超不出来，另两位第一流人才张謇和汪大燮也不会就任，这样的话，内阁就会变成北洋军阀的天下。熊希龄找梁启超谈了两次，第二次谈的时候，他用严厉的口气激将梁："你屡次催促我进京任职，用大义来责备我，让我勇于牺牲。现在我做出牺牲了，你倒好，却要拿架子保持你高洁的品格。可见我'熊希龄'三个字，远没有你'梁启超'三个字尊贵啊！"梁启超沉默不语，熊希龄又接着责问："如果你不就职，那么张謇、汪大燮都会受到牵连而不任职。如果你们这几个人都不支持我的话，那我这个内阁就会流产。你想过没有，进步党会怎么看待此事？又或者，没有你们，熊希龄内阁能成立，但都是官僚组成的，社会舆论必定会不满意，那时候进步党又会怎么看这件事？所以，你当初以进步党的利益来劝我，现在我也劝你为进步党的前途考虑。你不出山是不行的！"总统府的人也纷纷来劝，要梁启超为大局着想，连袁世凯都说："任公不任，似为不可。"话都说到这个分儿上了，梁启超只好答应。其次是实业家张謇。

他本来在南京临时政府担任过实业总长，可是看到乱纷纷的政治形势，他一点儿热情也没有了。他给熊希龄写信说，自己不是畏难，而是畏乱，实在不想蹚这趟浑水。熊希龄也用同样的招数迫他出山："若公见绝，则龄亦辞职，患难与共，公当有以援手也。"汪大燮是一个富有爱国热情的人，行事又谨慎缜密，可是他已经做过十几年的官，对出任总长毫无兴趣。熊希龄只好又去做工作，以梁启超和张謇也出任为条件，请他务必答应。汪大燮一想，以后可以和梁、张二人比邻而居，也算人间乐事。既然要牺牲，就大家一起牺牲，于是也同意了。

事情一直拖到9月初，袁世凯才同意采取折中的办法，由熊希龄自兼财政总长，而将周自齐调交通总长，梁启超改任司法总长，汪大燮为教育总长，张謇为农商总长兼水利总长。9月11日，各国务员经国会通过，并由袁世凯任命。至此，民国以来的第三届内阁才正式组成。阁员九人中，进步党四人，其余五位都是北洋派——熊内阁是北洋派和进步党的联合内阁。由于梁启超、汪大燮和熊希龄都是社会名流，张謇是闻名全国的实业家兼教育家，于是这个内阁就被称为"第一流人才内阁"。

梁启超入阁以后，亲手起草了《政府大政方针宣言书》——熊内阁的纲领性文件。宣言书以"制定宪法，为民国建设第一大业"，为国家外交、军事、财政、实业、交通、司法、教育各部门都制定了基本的发展方略。作为司法总长，梁启超倡行司法独立，并设计了一整套供实施的具体方案，为改善中国的司法现状做出积极努力。据《申报》登载的梁启超呈请司法改革诸条来看，他的改革主张主要体现为厉行考试、严定考绩、回避本籍、编纂法典等方面，一系列的改革措施都旨在维护司法公正，进而将中国引到发展建设的道路上来，以实现立宪派梦寐以求的民主宪政。此时的梁启超"日接客数十，夜则以法案"，踌躇满志地准备大干一场。但很快他就发现，自己的主张推行起来处处受掣肘，可谓寸步难行。

在野心勃勃的袁世凯眼里，"第一流人才内阁"不过是一个被他用来掩人耳目的工具而已。因为他要做正式总统，所以暂时保留国会；因为需要国会，所以不得不暂时借重进步党；因为要靠进步党，所以不得不暂时组织"第一流人才内阁"。只可惜进步党的梁启超等人并没看出他的野心来，温和派的国民党员也被蒙蔽其中。在内阁不足以威胁到他的权力时，他可以放任不管。但现在进步党一心要制定宪法，来限制自己的权力，他便马上行动起来。9月8日，袁世凯扶植梁士诒组织公民党，与进步党分庭抗礼。公民党一方面暗中力促袁在选举中获胜，另一方面监督制宪，在宪法起草委员会拟定宪法草案时，凡是于总统不利的，都表示反对。本来在内阁中就不掌握实权的进步党人，被逼得处处退让。

尽管如此，袁世凯还是生怕夜长梦多，为了尽早成为正式大总统，为最终称帝做准备，他指使国会部分议员先后向国会提出总统选举的提案，同时授意黎元洪联合十四省都督致电国会，要求加快公选总统的进程。本来按照《临时约法》这份宪法性质的文件规定，正式大总统的选举，必须在宪法制定完成后才能进行。在当年6月进步党的会议上，梁启超还在强调：总统主张推袁，但必须先定宪法，后举总统。但在袁世凯的强势逼迫下，梁启超等人妥协了，只好先选总统，后定宪法，他们对袁的违法行为完全无能为力。10月4日，国会公布了梁启超等人制定的《总统选举法》七条，其中最重要的一条是：大总统一届任期为五年；如再被选，最多可以连任一次。两天后，两院议员组织总统选举会。由于袁世凯派便衣军警组成所谓公民团，将会场团团围住，声称：如果今天不把公民属望的大总统选出来，就不许选举人踏出会场一步！议员们被迫饿着肚子，在十几个小时内投了三次票，才勉强选出"众望所归"的大总统袁世凯。次日，黎元洪被选为副总统。10月10日，中华民国国庆节这一天，袁世凯宣誓就职。按照《总统选举法》的规定，他当众宣读誓词："余誓以至诚，谨守宪法，执行中华民国大总统之职务。"但是信誓旦旦，不思其反，他很快就背叛了这个誓言。

10月底，国会颁布了《天坛宪法草案》，采用内阁制制约总统的权力。这让袁世凯非常愤怒，他提前于25日通电各省都督、民政长，攻击宪法起草委员会由国民党议员操纵把持，这些人马上表示反对，并要求撤销草案、解散国民党。在这种情况下，宪法起草委员会被迫解散，宪法草案也随之流产。同时，袁世凯还下令解散国民党，并以参与"二次革命"的罪名，取消四百多名国民党党籍国会议员的资格，引起全国舆论哗然。这件事情是消灭国会的先声，舆论界多将此事归罪于梁启超，因为人人都以为他作为进步党党魁、司法总长，是熊内阁的实际指挥者。1914年初，国会因议员不足法定人数而无法开会，政府宣布停止两院议员职务。废弃宪法、击败国会，完成这两件大事后，袁世凯已取得了事实上的独裁地位。

梁启超出任司法总长，本来有许多积极的谋划，想要真正做一点事来推进宪政。这种抱负主要体现在由他起草的《政府大政方针宣言书》中，对于内政、外交、军政、实业等各方面，他都有全盘的规划。在司法方面，他认为要先制定适合中国的法律，严定法官选拔制度，在此基础上保证司法独立，然后养成国民的守法观念，最后建设一个法治国家。可理想在现实面前不堪一击，因为袁世凯的目标是实现封建独裁统治，而梁启超的设想是建立一个文明的资产阶级共和国，二者的差距实在太远了。袁世凯在表面上嘉许梁的宣言书，对责任内阁也表示决不掣肘，可是计划一旦付诸实施，各种阻力就接踵而来。面对强大的旧势力，梁启超只能一再妥协，最后退无可退，只好辞职。

作为"第一流人才内阁"的灵魂人物，梁启超不仅无力推行自己的主张，而且对于袁世凯的种种作为一再让步，还梦想实行开明专制以救中国。袁世凯非法向外国银行借款，他并未表示反对，只是说监督好借款用途即可；袁世凯要求先选总统，再定宪法，他妥协了；袁世凯废弃宪法、击败国会，他也只能默认和顺从。这些，都体现了他作为资产阶级的局限性。梁启超感到心有余而力不足，于是在1914年2月12日熊希龄辞去国务总理后，他也提出请辞司法总长一职。他多次请辞，都被袁世凯挽留。直到18日再上辞呈，方于20日获准。在给袁世凯的信中，他透露了坚辞的隐衷《大政方针宣言书》是他起草的，现在方针不能实行，因而要以负责的态度引退。否则只讲空话而做不了实事，尸位素餐还不肯引咎辞职，只会助长浮竞之风，不是国家之福。他希望袁世凯能答应自己，去从事擅长的著述和教育事业；实在不行的话，让自己负责币制改革，"铅刀贵一割"，他也愿意试一试。可见此时，他对袁还抱有幻想。

袁世凯于批准梁启超辞去司法总长前一天，任命他为币制局总裁，于3月10日开局就职。梁启超一向把币制金融改革看得很重要，他认为币制关乎财政命脉，所以愿意出任币制局总裁，希望在可能的范围内有所作为。他一上任，就向袁世凯提出整顿币制的方案。他写了《币制条例之理由》《余之币制金融政策》《银行制度之建设》等文章，希望能够通过整顿币制和银行制度，来解除国家财政危机。他还有许多具体的设想，拟定了《币制条例》《拟处分旧币实施新币办法》等一大批关于货币制度、银行制度的具体可行的改革方案。这些改革的主张，大多是很有见地、极具价值的，但都由于积重难返，加上经费困难，袁世凯缺乏诚意等原因，而无法付诸实践。他非常痛心地说："吾之政策适成为纸上政策而已"，谋划虽多，最后却一事无成。

由于各种计划均已成空，从7月开始，梁启超就不断请辞，并请将币制局并入财政部臬币司，以节省开支。在给朋友的信中，他反复陈说自己尸位素餐、请辞不得的痛苦。12月27日，袁世凯终于批准了他的辞呈："币制局总裁梁启超迭请辞职，情词恳切，出于至诚，梁启超准免本职。此令。"

回国后的梁启超，从纯粹的政论家变成了实践的政治家。他的设想，是通过个人及几位同道与袁氏合作，引导其走上宪政之路；通过建立一个大的政党，以袁世凯为魁首，以监督其权力；又通过组织国会，监督政府的权力。因此，他组织了进步党，又在各种力量的合力之下，入职"第一流人才内阁"，第一次真正登上政治舞台。没想到袁世凯既不接受引导，也不接受监督，反而要引导别人，并摆脱监督，因而梁启超的努力只能以失败告终。对于梁这几年的从政经历，很多人不理解，甚至指责他。1924年孙中山去世后，梁启超在《晨报》上发表评论，惋惜孙"为目的不择手段"，马上就有人攻击他"政治上为目的不择手段，发挥最尽致的是梁任公一派"，指的主要就是他和袁世凯合作之事。对此，他自己在当时很是自责，在之后颇感后悔。1921年，他在北京高等师范学校平民教育社演讲时说："我从前总抛不掉贤人政治的旧观念，始终想凭借一种固有的势力来改良这个国家，所以和那些不该共事或不愿共事的人共过几回事。虽然我自信没有做坏事，多少总不免被人利用做坏事，我良心上无限痛苦，觉得简直是我间接地作恶。"

客观来讲，梁启超推行民主政治的失败，有时代的原因，也有个人的局限性。梁漱溟认为，当时的政局混乱，组阁不成，政治脱轨，是由各方势力、各种原因共同造成的，不是梁一个人的原因。同时，他也从个性的角度做了中肯的分析，"任公先生是有血性的热肠人，其引用庄子内热饮冰的话，以饮冰自号很恰当。他只能写文章鼓舞人，不能负担政治任务"，因为很容易被他人利用。确实，真正的政治领袖，要有阔大的气魄、坚毅的意志、敏捷的手腕，还要有铁石一般的心肠和毒蛇一样的手段，梁启超在这几方面都是缺乏的，尤其是后者。他本质上还是一个书生，在心肠歹毒狠辣、手段层出不穷的军阀面前，他完全不是对手，只能沦为被利用的枪手。梁漱溟可谓梁启超的知音，他了解梁的个性，深知他的不易，但也毫不客气地说，梁启超奔走国事数十年，解决中国问题的心情很急切，却认不清民族的出路，所以在政治上会有此等失败。

接连遭受打击后，梁启超在万般无奈之下结束了与袁世凯合作的历程，并准备脱离政治，专心教育与学术。这一年梁启超四十二岁。可是树欲静而风不止，他与袁世凯的恩怨并未就此画上句号，他的著述事业很快被一场大动乱所打断，并在 1915 年开启了他人生中极为光彩的一段反袁复辟的政治生涯。

第八回

倒袁　再造共和

复辟逆流成狂澜

1912 年夏，汤觉顿奉梁启超之命，前往上海去见周善培[1]，说："袁世凯请任公到北京任职，他已经决定要去了。"周善培觉得此事关系到梁启超今后的名声，必须当面说清楚，于是约着赵尧生[2]一起，前往横滨面谈。三人谈了好几个小时，也没有结果。周善培坚持认为，梁启超"对德宗是不该去，对袁世凯是不能去"。可是梁启超一直在犹豫，康有为则坚决主张梁启超回国任职。此时赵尧生说了一句很有预见性的话："任公是可爱的朋友，现在已到了身败名裂的时候。"

为了劝说梁启超回心转意，周善培还写了一本《论语时义》送给他，委婉地揭露袁世凯想要黄袍加身的野心。可是直到袁世凯的野心暴露出来，梁启超才佩服周善培的远见。

其实，当年在戊戌变法中，维新派就因袁世凯的出卖而遭遇失败，康梁二人因此被迫流亡日本。事后，梁启超感慨地说："我当时想着袁世凯是可以合作的人，现在想来真是有眼无珠。但是从识人之明这个角度讲，我看出来袁是一代枭雄，却没有错。"没想到十几年后，他再次见识了袁世凯枭雄的真面目。

民国初年，国内政坛上有三股力量，国民党、进步党和北洋军阀官僚。刚开始，国民党的势力盛极一时，以梁启超为首的进步党扶助袁世凯以抑制

[1] 周善培：字致祥，号孝怀，浙江诸暨人，1899 年曾东渡日本考察，1901 年带学生赴日留学，回来后在成都开设私立东文学堂。曾大力资助民族工商业的发展，并参与讨袁护国运动。

[2] 赵尧生（1867—1948）：名赵熙，字尧生。四川荣县人，清末民国著名的诗人、词人、书法家。

174

国民党。到1913年冬，国民党被袁世凯解散后，进步党也渐渐失去了立足之地。于是北洋军阀官僚独霸舞台，袁世凯的野心就逐渐显露出来了。

自从辞去币制局总裁以来，梁启超对政治是彻底灰心了。为了表示与政治的决裂，1915年初，他在《大中华》杂志发表了《吾今后所以报国者》，宣告"吾之政治生涯，真中止矣"，因为自己实在不适合从政。一年多来，他夙兴夜寐，鞠躬尽瘁，可是几乎没有任何成效。他决绝地说道："故吾自今以往，除学问上或与二三朋辈结合讨论外，一切政治团体之关系，皆当中止。乃至生平最敬仰之师长，最亲习之友生，亦惟以道义相切劘，学艺相商榷。至其政治上之言论行动，吾决不愿有所与闻，更不能负丝毫之连带责任。"他打算回到自己的老本行，用言论来报效国家，影响国民。在此之前，他已付诸行动——避居北京西郊的清华园，埋头写作《欧洲战役史论》。之后他又回到天津，继续从事著述事业。

◆ 1913年，袁世凯陆征祥等人在北京总统府合影

　　1915年农历三月中，是莲涧先生的六十七岁生日。梁启超自从回国以来，一直目不交睫地忙于工作，现在终于相对清闲了，于是决定回粤探亲，同时为父亲祝寿。为了让父亲大大地热闹一回，他精心准备了一份荣耀的礼物，那就是至今仍挂在新会梁启超故居的荣衔匾。浅蓝色的匾上，中间纵向写着四行字："中华民国四年　一等嘉禾章中卿衔少卿　司法总长参政院参政　梁启超立"，四边雕刻云纹，十分精美。这个匾得来不易，其中有一段复杂的故事。1912年7月，袁世凯颁布了《陆海军勋章令》，设文虎勋章、嘉禾勋章各一至九等。其中嘉禾勋章一、二等授予有功于国的高等文官，或在学问、事业上有杰出贡献者。梁启超曾担任熊希龄内阁的司法总长，又是著名的学问家，理所当然获得一等嘉禾勋章。1914年6月，他被任命为参政院参政。次月，袁世凯模仿古代内爵制，恢复周朝官制，将文官分为九等：上卿、中卿、少卿、上大夫、中大夫、少大夫、上士、中士、少士。1915年元旦，徐世昌授上卿，张謇、熊希龄等四人为中卿，梁启超与汤化龙、杨度等七人同授少卿。

◆ 梁启超故居荣衔匾

为给父亲做寿，使老父宗亲感到荣耀，梁启超给同乡兼同学梁士诒[1]连写两封《为父寿求请勋位函》。因梁士诒的帮助，袁世凯遂为梁启超加中卿衔。此时正是梁、袁决裂的前夕。

　　荣衔匾之事处理妥当之后，梁启超从上海坐船抵达香港，广州官员以兵舰迎接。回到家后，祝寿活动持续了七八天。先是在新会茶坑村家里庆祝，5月1日（三月十八）转到省城广州庆寿，两天后又回到茶坑继续请客看戏。这些天全省河上的小兵轮共十几艘，都开往茶坑，官府派来保卫的士兵有好几百人，让梁家人大大地风光了一回。在广州庆寿时，礼堂设置在八旗会馆，场内悬挂张贴着亲友们送的屏联，全城官绅都来捧场，可谓盛况空前，令人艳羡。堂会戏一直唱到第二天清晨，莲涧先生因为高兴，看了一夜的戏，却依然精神矍铄。看到父亲这么高兴，梁启超的心情也特别好，当天就给思顺写了一封长信，分享这份喜悦。5月3日返回茶坑时，梁启超陪父亲乘一艘

[1] 梁士诒（1869—1933）：字翼夫，号燕孙，广东三水人。民国初期著名的经济家、银行家、政治家。与梁启超同榜中举，曾任袁世凯总统府秘书长。

名叫"楚璧"的浅水兵轮，租赁了四只紫洞艇^[1]供亲友乘坐，另有几艘兵舰、二百余士兵护送。老父亲一路欣赏着山光水色，花鸟欢愉，不禁心旷神怡。回到茶坑，新会这边也有军队迎接，乡中又演了三四天的戏，附近的村民都赶来看热闹。梁家宾客盈门，贺仪堆积如山是不消说了。除了荣衔匾以外，最尊贵的礼物还有段祺瑞亲题的"圭峰比秀"四字匾额，以及逊帝溥仪亲书的"福"字。此次回乡，虽然花费很大，也欠下不少人情债，"在粤所费，当在四千内外，而乡祠、乡人所费，恐更六七千，实未免太过"，但把父亲的寿诞过得热热闹闹，为莲涧先生挣足了面子。

由于社会各界的盛情，梁启超此次在广东逗留了四十余日，直到6月上旬才回到上海。他本打算去苏州、杭州看看风景，经南通、金陵北上泰山，一路游玩回京，可是由于听说袁世凯的帝制运动形势紧迫，于是只在苏杭一带匆匆游历一番，就乘车北上了。

[1] 紫洞艇：清代活跃于珠江上的一种高级水上酒舫。船身较大，带平顶棚屋，可在上面宴请宾客。相传为南海紫洞乡人麦氏定制。

奋笔万言讨曌橄

　　1915年初，梁启超正在清华园埋头写作，突然接到袁克定的宴会请柬。他感到很意外，但还是放下手中的笔，只身前往京城北郊的汤山温泉赴宴。到达饭店后，他发现除了主人袁克定之外，还有一个人，就是他的老熟人杨度。他有一种不祥的预感，因为杨度和他同时被选为参政院参政，现在和袁氏走得很近。这时，袁克定笑着说："今天请二位吃个便饭，并没有外人。我们就随便谈谈，大家不要拘束。"可是在席间，聊着聊着就说到了国体问题，袁克定突然发问："近来外间纷纷议论，说是共和制度不符合我国国情。对此，请问卓如先生有何高见？"梁启超一听就明白了，原来这是精心安排的一次"攻心宴"，目的在于说服自己支持帝制。袁世凯明白，想要变更国体，登上皇帝的宝座，必须舆论先行。当下国内舆论的领导者，舍我其谁？袁克定是希望自己附和所谓的"外间议论"，他们就好顺势而为。此前两年间，梁对袁的种种作为一直持妥协态度。可令袁克定没想到的是，这一次梁启超没有再退让，而是把话挑明了说——力陈推翻共和、实行帝制的种种危害。话都说到这个分儿上了，宴会当然就只能不欢而散。梁启超纵横政坛这么多年，早就养成了政治敏感性。他预感到担心的事情很快就会发生，既然已经决计远离政治，还是走为上计，于是马上把家搬到天津去了。其实此时，日本已向袁世凯提出了"二十一条"，情况确实是越来越糟糕。

　　1914年夏，第一次世界大战爆发。随着战争形势的发展，日本认为帝国主义列强在欧洲厮杀，无力东顾，于是开始布局侵占中国。10月，在参政院第十五次会议上，梁启超对日本派兵在山东登陆，袭击战区之外的潍县车站，打算把整个山东作为其军队根据地等种种不法行为，一一提出来，并对政府发出质问："日本在山东不断西进，政府是否与其订有条约？"同时质问袁世凯："大总统对此事持何态度？"这让日本政府十分恼火，于是在日本报纸上对梁启超大肆攻击。他们捏造事实，说梁被德国人用金钱收买了，所以在山东问题上将不利于日本；又骂他受日本庇护十余年，现在却"受人唆使""忘恩负义"。

　　1915年1月18日，日本驻华公使日置益与袁世凯秘密会谈，提出严重损害中国利益的"二十一条"，要求继承德国在山东的特权，以及获得在东三省南部、内蒙古东部的居住、工商、开矿、筑路之权等，并以遇事相助、赞成更改国体引诱袁世凯。不久之后，《申报》《大公报》陆续披露了"二十一条"的内容和谈判的情况，引起强烈反响。国内反日舆论高涨，北京、上海等地的民众纷纷抵制日货，举行抗议集会。可是在日本的压迫下，中日双方依然于2月初开始在北京秘密举行谈判。2月中旬，《泰晤士报》公布了"二十一条"，世界舆论哗然。这时梁启超已宣布脱离政治，隐居天津。但他还是挺身而出，一连写了八篇文章，通过《京报》《国民亚细亚》等报刊发表，并汇集为《中日交涉汇评》出版。在这些文章中，他揭露日本政府所谓巩固中日友好、"保持东亚和平"的谎言，其实是早有预谋、蓄意挑战，本质就是要侵略中国；中国人向来有反侵略的传统，日本想要像占领朝鲜一样侵占中国，那就打错算盘了，"凡以无礼加我者，无论何国，吾皆敌之"，想要吞并中国，"此殆海枯石烂不能致之事"！希望日本撤回那些伤害我国主权的条款。

　　梁启超的文章，让日本政府很是恐慌。他们派人到天津，企图用各种方式收买、打动梁启超，但是都被他拒绝了。于是改变策略，故意摘取他著作中的只言片语，歪曲他的本意，译成英、法、俄诸国文字，分送东京各使馆，作为其偏袒德国的证据，污蔑他是亲德派、德国党。一时之间，国内外议论纷纷，舆论对梁启超非常不利。但他一点都不害怕，反而挺身而出，写了《中日时局与鄙人之言论》一文，说，你们日本当局对我愤愤不平，不就是因为我曾在参政院会议上针对"二十一条"提出过质问嘛！当时日本报纸纷纷说我受人唆使，忘恩负义，但是请你们凭良心想一想："我作为中国最高立法机关的成员，当我的祖国遇到领土和外交的大事变时，发言质问当局，难道不是权利及责任之所在吗？"他继续站在公理而非私意的立场上问道："我确实曾受日本保护十余年，难道因此就应该放弃对国家的责任吗？试问当初日本愿意保护我，不正因为我是一个爱国者，所以按照国际法保护政治犯的惯例才那样做的吗？假如我不是一个爱国者，那么日本当初对我的保护是不对的；假如我是一个爱国者，那么日本今天对我的责备是错误的。"

梁启超不仅反对日本侵略，也抨击袁世凯卖国。针对袁政府与日本谈判一事，他对外交当局发出警告："吾以为我政府若承诺日本此次之要求，则当承诺之日，即为我国国际上地位动摇之时。"而且更严重的是，一旦答应了日本的要求，其他列强也会纷纷前来牟取利益，到那时我们拿什么拒绝呢？"试问我中国有几个南满？有几个山东？有几个福建？有几个警察权？有几个顾问席？……愿我外交当局慎思之，勿为祖国罪人，且为全世界罪人也。"

梁启超的态度越来越鲜明，杨度看到依靠他为帝制造势已无可能，于是就自己动手，写成《君宪救国论》，托内史夏寿田转呈袁世凯。夏寿田和杨度同为湘绮先生王闿运的弟子，两人不仅是同乡、同学，还是亲戚。所以对于袁世凯的野心，杨度洞若观火，因而投其所好地写了这篇文章，极力鼓吹帝制。他的基本观点是："中国如不废共和，立君主，则强国无望，富国无望，立宪无望，终归于亡国而已。故以专制之权，行立宪之业，乃圣君英辟建立大功大业之极好机会。"其实他的理论完全站不住脚，后来梁启超一句话就把他问住了："你凭什么敢保证，国体变更之后，宪政就可以畅行无碍？"可是，杨度的话句句都说在袁世凯的心坎儿上，袁读后深表赞许，说他"灼见时弊"，命人马上将此文寄给湖北段芝贵精印数千册，分发给各省文武长官参考。为表彰杨度，袁世凯亲笔题写了"旷代逸才"匾额，派人送到其府上。

在杨度帮助袁克定积极筹划帝制之际，梁启超正千方百计劝阻袁大总统改变国体。在4月下旬回新会省亲之前，梁启超给袁世凯写了很长的一封信，苦口婆心地劝他悬崖勒马、急流勇退。这封信写得言辞恳切，而且很有技巧。他把袁世凯产生恢复帝制的想法说成是受身边人蒙蔽，一时糊涂所致。他认为袁四年来为国家鞠躬尽瘁，是个不错的领袖，千万不要自毁声名。"启超诚愿我大总统以一身开中国将来新英雄之纪元，不愿我大总统以一身作中国过去奸雄之结局"，所以椎心泣血，进此忠言。他列举了古今中外的历史教训，说如果恢复帝制，就是逆世界潮流而动，结果只能是被历史淘汰；而且会失去民心，动摇根本。袁登上临时大总统之位时，曾公开宣布拥护共和，可是"明誓数四，口血未干，一旦而所行尽反于其所言，后此将何以号令天下？"他的努力终归白费，袁世凯是一心要往邪路上走。5月25日，中日代表在北京外交部签署丧权辱国的《中日民四条约》，接受了日本"二十一条"的要求。国民以之为奇耻大辱，官方报纸却将此宣传为"元首外交成功"，真是无耻之尤！

结束省亲之旅后，梁启超漫游东南期间，北京要复辟帝制的传言正在满天飞，他决定和冯国璋一起进京。冯国璋是"北洋三杰"之一，又和段祺瑞、徐世昌一起成为袁世凯的得力干将，人称"段虎、徐龙、冯狗"，曾经率领北洋军镇压武昌起义和"二次革命"。当时他坐镇东南，正在江苏总督任上，听说袁世凯要称帝，他并不赞成，曾派人去约梁启超一起进京力争。所以梁启超从上海来到南京，约他一起去看看袁世凯到底是怎么想的。冯国璋说："卓如啊，论口才，我不如你；论实力，你不如我。我们一起去，你尽力给他讲明利害关系，我以实力做你的后盾，说不定可以劝得他回头。"达成共识后，梁启超立马动手，草拟了几十条陈述提纲，把能想到的反对理由都写上去了。之后两人结伴来到北京。袁世凯一听他们来了，喜形于色，马上设宴款待。在酒桌上，梁启超正要起身发言，袁世凯先发制人，坚定地表示不愿做皇帝。那信誓旦旦的样子，好像是真的打死也不肯做皇帝呢！殊不知这正是袁氏惯用的手段，就像梁后来总结的："袁项城拒谏饰非，作伪术之巧妙，登峰造极，古今无可伦比。"可怜冯国璋和梁启超两个"老江湖"，都被袁世凯的谎话哄骗住了。冯国璋甚至还在报纸上为袁辟谣，说绝无称帝之事，此论可以休矣。可恨袁世凯，真是骗死人不偿命啊！

此后，袁世凯接二连三地往冯国璋的住所送筵席。他不送一整份，而是只送半份，意思是筵席可以平分，天下自然也可以平分，以此笼络冯。而对梁启超，他有另一套办法。7月初，大总统申令：根据约法，推举梁启超、杨度、严复、马良等十人为宪法起草委员，组织宪法起草委员会，会中事务，着派林长民办理。梁启超面见袁世凯后，就回到天津了——早在回国之初，他就觉得北京太嘈杂，房子住着也不舒服，打算定居天津。直到 1915 年，他才在天津意租界西马路建起一栋洋楼，此后大部分时间都住在这里。宪法起草委员会成立之后，梁启超回京参加过两三次会议，此后就称病很少去了。但是他依然不能完全忘怀国事，总还是忍不住时时关注。

对于梁启超参加宪法起草委员会一事，舆论颇多不满，几个朋友也曾力劝他退出。为了声明自己的理由和立场，他写了《宪法起草问题答客难》。在文中，他认为制定宪法完全没有必要。因为之前的约法中，许多条款都形同虚设，"不过为政府公报上多添数行墨点"而已；即使制定了宪法，也是差不多的命运。至于明知如此为什么还要参与宪法起草工作，他引用了"告朔饩羊"[1]的典故，表明自己应付了事的态度。此时，梁启超对袁已完全失望，多少有点破罐子破摔的意思，但还是不愿正面决裂。可是随后发生的两件事，将袁世凯的帝制运动完全向社会公开了，梁启超不得不与其彻底翻脸。

8 月 3 日，北京《亚细亚日报》发表了古德诺的《共和与君主论》，称中国有帝制的传统，当今中国采用君主制比共和制更合适。古德诺是袁世凯重金聘请的法律顾问，1913 年从美国来到北京后，一直跟袁克定关系比较好，来往的也多是官僚政客。在这些人的影响下，他一向主张中国要建立强人政治，袁世凯就是最好的人选。

此文发表于帝制舆论的风口浪尖上，很快被袁世凯加以利用。8 月 14 日，和康有为一样抱有"帝师"美梦的杨度，联合孙毓筠、严复、刘师培、李燮和、胡瑛等人，组织筹安会并发表成立宣言。宣言将民国成立以来政治动荡、人民所遭痛苦，悉归罪于共和政体，并援引古德诺的文章作为其立论的一大依据，宣称只有实行君主制才是唯一出路。此言一出，舆论哗然，国内外多家媒体纷纷予以报道、评论。

---

[1] 告朔饩羊（gù shuò xì yáng）古代的一种祭祀仪式。天子在年终时，将来年历书颁给诸侯；诸侯将其藏在祖庙中，每月朔日以活羊告祭于庙，然后听政。可是鲁国自文公起，不再亲自到祖庙告祭，只杀一只羊应付一下。后比喻照例应付，敷衍了事。

第二天，梁启超的得意门生，时任经界局督办的蔡锷前来拜访，他们在中国银行总裁汤觉顿的家里见面。梁启超听说筹安会的事情后，再也不能平静地坐在家里写书了。他马上拿起笔，以一周时间写成了那篇著名的《异哉所谓国体问题者》，吹响了全国人民反袁的号角。8月22日，他写信给思顺，描述了自己写作此文时的愤怒心情："吾不能忍（昨夜不寐今八时也），已作一文交荷丈带入京登报，其文论国体问题也。若同人不沮，则即告希哲，并译成英文登之。吾实不忍坐视此辈鬼蜮出没，除非天夺吾笔，使不复能属文耳。"后来，他谈起当时的心情，说本来并不指望这篇文章能发生多大作用，只是因为举国上下正气消亡，对于这样倒行逆施的事情，居然没有一个人敢于发声。在人心将要死尽之际，自己一定要写这样一篇文章，把全国人民心里都在想而嘴上不敢说的话说出来，借此激发民心斗志。事实证明，此文不仅起到了振起民心的作用，而且效果远远超乎想象。

袁世凯听说梁启超写了一篇讨伐自己的文章，大惊失色。对梁启超的笔力和影响力，他太了解了；此文一旦发表，将会产生怎样的效应，他也太清楚了。于是，他马上使出惯用的手段，派人带了二十万大洋和一堆礼物去见梁启超。来人堂而皇之地说，十万作为给梁父祝寿的贺礼，十万是供他出国考察的费用，文章就请不要发表了。梁启超毫不犹豫地拒绝了，而且表示希望袁大总统及时回头。袁世凯此时离权力顶峰只有一步之遥，当然是不可能放弃的。他见软的不行，就来硬的，派人去恐吓梁启超。言外之意就是，如果你不听话，我就让你再次流亡！可是梁启超怎么可能屈服于威胁？他马上微笑着对来人说："我流亡多年，已经很有经验了。我情愿再次流亡，也绝不愿意苟活在这污浊的空气之中！"来人语塞而退。

梁启超将文章交给汤觉顿和范源濂的弟弟范旭东，让他们分别联系北京和上海的报纸，等自己确定之后就马上刊发。但他深知此文一旦发表，就没有回转的余地了，他还是想尽量规劝袁世凯主动放弃帝制。9月1日，他将文章抄录了一份，然后写了一封《上大总统书》，说："窃不敢有所瞻忌，辄为一文，拟登各报相与商榷匡救，谨先录写，敬呈钧览。"可是袁世凯依然不为所动。9月3日，《申报》《时报》都登载了梁启超写成《异哉》一文的消

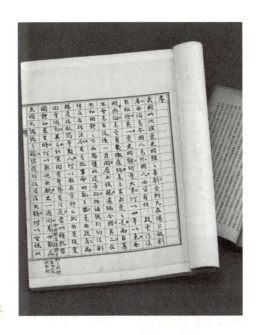

◆ 袁世凯之解剖·序

息，《时事新报》也登载了北京专电："今日在英文《京报》《国民公报》发表《异哉所谓国体问题者》累万言。"可见此文首次登报是在9月3日的英文《京报》[1]，只可惜报纸现在看不到了。不久后，上海《神州日报》记者详细描述了此文发表后的盛况。说9月3日《京报》汉文部刊发了此文，报纸当天售罄。有些茶馆、旅馆的客人想看而买不到，只能辗转抄读。由于报纸太抢手，以至于价钱涨到了三毛，还是很难买到。随后《国民公报》用两期转发此文，每个公共场合的人一见面就互相问："你有3号的《京报》吗？或者有4号、5号的《国民日报》也行。"为满足读者要求，《国民日报》只得将此文单独印售。因读者太多，该报几天之间的销售量达到北京报纸历来之最。由这段描述，可以看出梁启超在舆论界的影响力之大，也说明这篇文章写出了很多人的心声。

[1] 关于此文首次发表的时间，有8月20日或8月31日上海《大中华》月刊首先刊发的说法，但据各种史料推算，《大中华》月刊常常推迟发行，登载《异哉》此文的第8期到9月8日才面世。参见李德芳：《梁启超〈异哉〉一文的公开发表问题》，《近代史研究》，1998年5月，第314页。

◆《异哉所谓国体问题者》

　　这篇讨袁雄文阐述了梁启超一贯的主张，即在现有国体之下，谋求最理想的政体。因为变更国体必须通过革命，从民国成立的事实来看，革命的破坏力极大，因此不能让国民在短短四五年间再经历一次国体变更之痛。文章的另一个内容，是对袁氏意欲复辟帝制的行径进行猛烈抨击。他用反讽的语言，揭露了袁世凯表面推行共和，实则暗行帝制的真实嘴脸，并用杨度《君宪救国论》里的话来驳斥复辟帝制的丑恶行为。杨度说，所谓立宪，就是国家有宪法，是任何人都不能逾越的。梁启超认为，这句话道出了立宪的精义，但是你杨度组织筹安会算不算逾越宪法呢？民国的《约法》是不是有人遵守呢？你们不是照样白昼横行，肆无忌惮。曾经倡言君主立宪的人，做起事来尚且视法律如无物，那么他们所谓的"君宪"，以及所实施的君宪的前途，就可想而知了。整篇文章洋洋洒洒近万字，嬉笑怒骂，力透纸背，辩才无碍，荡气回肠，确实有震动人心的力量。陈寅恪先生曾动情地说："忆洪宪称帝之日，余适旅居旧都。其时颂美袁氏功德者，极丑怪之奇观。深感廉耻道尽，至为痛心！……殆先生《异哉所谓国体问题者》一文出，摧陷廓清，如拨云雾而睹青天。"

这篇文章仿佛在全国舆论界投下了一颗重磅炸弹，炸得袁世凯乱了阵脚。他随后下令：禁止任何报纸刊载议论国体的文电。可此举反而激起报界反对帝制的爱国风潮。《时报》发表评论《梁任公》，为他的《异哉》一文大声叫好；以赞助帝制运动为宗旨的《亚细亚日报》上海版创刊第二天，就遭到炸弹袭击；《爱国报》发表社论，指责袁政府为"叛国之万恶政府"……

9月4日，梁启超在病中接受《京报》记者采访，又重申了自己的观点和立场："吾以为国体与政体本绝不相蒙，能行宪政，则无论为君主为共和，皆可也。不能行宪政，则无论为君主为共和，皆不可也。两者即无所择，则毋宁因仍现在之基础，而徐图建设理想的政体于其上，此余十余年来持论之一贯精神也。"这篇采访稿，可看作是《异哉》一文的注脚。

话说杨度自年初宴请碰了钉子后，并未死心。他想拉一些名流加入筹安会，于是请汤觉顿、蹇念益去天津动员梁启超。梁启超一见二人，就拿出《异哉》一文给他们看。二人很是吃惊，但看梁启超的态度坚决，只能劝他不要把话说得太绝，总还是要给进步党留点余地。据吴柳隅日记记载，这篇文章的原稿写得非常激烈，其中一段痛斥帝制，表示即使全国人民都支持帝制，梁某人也断断不能赞成。后来在朋友的劝说下，文章做了修改，语气平和了许多。梁启超了解了二人的来意之后，给杨度写了一封信，声明："我们二人政见不同，今后不妨各行其道。既然不敢以私废公，也不必因公害私。"表示从此与杨度在政治上划清界限，但私交不变。

一心襄助袁世凯的杨度，还曾经请蔡锷出面去游说梁启超。蔡锷是杨度的老乡，也是他留日期间的同学，同时还是梁启超的得意弟子。他是湖南邵阳人，自幼家贫好学。十五岁考入长沙时务学堂，成为梁启超第一批学生中年纪最小、成绩最好的一位。梁启超很器重他这个学生，他也对老师的学说深信不疑。1899年夏，蔡锷打算到东京追随梁启超。从长沙出来时，他身上只有两毛钱，据说是袁世凯很慷慨地借给他一千元，才得以成行。到东京后，他在梁启超的帮助下，先后入东京大同高等学校和陆军士官学校学习。1904

年学成归国，成为各地竞相征聘的青年才俊。他先后在江西、湖南、广西、云南等地训练新军，颇负时誉，1911 年又擢为云南新军第十九镇第三十七协统领。武昌起义爆发后，他与云南讲武堂总办李根源等马上起义响应，随后任云南军政府都督。他主政云南，励精图治，使地处西南边陲的落后之地有了蒸蒸日上之势。民国成立后，他不断致电黎元洪、袁世凯及各省都督等，请他们出面邀请梁启超回国，可见师生感情之深厚。

1913 年，梁启超组织进步党，蔡锷任名誉理事。他和老师一样，对袁世凯抱有幻想，认为袁是一个能把中国治理好的人才。此时刚好袁世凯打算招揽人才帮助自己训练新军，杨度和梁启超都向他推荐了蔡锷。当时蔡锷因太过劳累，也很想离开云南。当年秋冬之际，袁世凯召蔡锷入京，命唐继尧接任云南都督。梁启超认为蔡锷可以出任陆军总长，可是袁世凯把权力看得很重，猜忌之心极强，对于人才，他舍得花大钱、说大话去笼络，却往往不肯真的重用。蔡锷进京后，他热情欢迎，一出手就以祝寿的名义给了一万元——这是他惯用的伎俩，反正花的又不是自己的钱。袁世凯表现出很是看重的样子，任命蔡锷为陆军编译处副总裁，加昭威将军头衔，随后又任全国经界局督办、陆海军大元帅统率办事处办事员、参政院参政等职。这些职务有一个共同特点：看起来很体面，却没有实权。就拿经界局督办来说，就是一个主管全国土地经界测量、确定田地等级的官员，可蔡锷是一个享有盛名的军事人才。这种做法，实际上相当于把他软禁了。

当杨度请蔡锷出面游说梁启超停止反对帝制时，他深知老师的心意难回，但杨度也是知交好友，不便直接拒绝，于是只好答应。他从北京坐火车到天津，在汤觉顿的寓所见到了老师。他们一共四个人，在这里连夜商讨反袁大计。他们觉得，如果不把讨袁的责任背起来，恐怕中华民国从此就完了。因为那时的形势是，旧国民党人均已逃到海外，国内的军人、文人，基本都被袁世凯收买尽净了，怎么办呢？蔡锷说："眼看着不久便是盈千累万的人歌功颂德，上表劝进，袁世凯马上就会荣登大宝，这叫世界上的人怎么看中国呢？心怀义愤的人或许很多，但要么没有凭借，要么地位不合适，也很难动手。我们明知力量有限，未必打得过，但为着四万万人争人格起见，非拼着命去干这一回不可。"

因此，大家商议的结果是，为了给四万万国民争人格，必须拼命跟袁世凯干一场不可。首先，由梁启超抓舆论导向，发挥他以笔为武器的特长，尽快写一篇文章，打出反袁旗帜，力争通过规劝，使袁世凯自行停止帝制。其次，由蔡锷先打电报把云、贵旧部中的重要人物戴戡、王伯群等叫到京城来，同时联络各方面的反袁势力，一面派汤觉顿等人分别先期赴云南、广东做准备，如果规劝无效，就由蔡锷亲自到云南发动反袁战争。另外，为了不引起袁世凯的猜疑，师生二人还要装成一言不合就分道扬镳的样子。商议已定，梁启超还不太放心，又嘱咐蔡锷："我的责任在言论方面，所以我要赶快动笔写一篇文章出来，旗帜鲜明地表示反对帝制；而你是军界有大力量的人，应该韬光养晦，不要引起别人注意，然后才能秘密图谋反袁之事。"

这次师生的会面，表面上是蔡锷替杨度去游说梁启超，其实是师生得到机会共商反袁大计。随后，他们就在袁世凯的眼皮子底下演出了一场好戏，并最终将他从皇帝的宝座上拉了下来。

说冯联陆结强援

反袁计划商定以后，蔡锷迅速行动起来。他一方面暗地里电召刘显治、戴戡等人进京面商，同时陆续把韩凤楼、王广龄等人派往西南；另一方面，在明面上装出一副拥护袁世凯，和老师反目的样子。梁启超也没闲着，他用不到一周时间写出了那篇讨袁鸿文——《异哉所谓国体问题者》。文章发表后，蔡锷在北京城里逢人便说："我们先生是书呆子，不识时务。"那些袁党的人便问他："你为什么不劝你先生？"他苦笑着摇摇头，说："书呆子哪里劝得

◆ 天津饮冰室大过厅内，左侧墙上挂着蔡锷像

转来？但书呆子也做不成什么事，何必管他呢？"8月25日，云南会馆举行联欢会，会上有人发起赞成帝制请愿书的签名活动，他毫不犹豫地提笔签上"昭威将军蔡锷"的字样。当筹安会通电各省军政长官及商会派代表到京请愿改变国体，云南将军唐继尧、贵阳护军刘显世问蔡锷的意见时，他多次复电，授意"赞成帝制"。因为他知道，自己的一言一行都在袁世凯的监视之下。

即使如此，袁世凯对蔡锷还是不放心。筹安会成立后不多久，黄兴就从美国来信，劝蔡锷尽早离京，回云南起事，并说张孝准可以掩护他从日本撤离。张孝准是蔡锷的学弟，也是"士官三杰"之一。随后，张孝准派云南人李华英面见蔡锷，打算迎接他到东京。李华英带来了密信，后又送来密码本以方便联络。有一天，四五个拿着手枪的人跑到蔡锷家里来，翻箱倒柜地找东西，声称是军政执法处的人，奉总统之命前来查抄何姓商人的赃物。然而他们什么也没找到，只好空手离开了。后来才知道，原来这些人是袁世凯派来搜查密码本的。好在蔡锷有预见性，早就把密码本送到天津，藏在梁启超的卧室里了。蔡锷对此事提出质问，袁世凯一气之下杀人灭口，把那几个派去搜查的人都枪毙了。

为了更进一步地麻痹袁世凯，以便寻找机会离京，蔡锷还想了一招：主动和袁身边的红人杨度一起出入八大胡同。蔡锷本来是一个洁身自好的人，并无旧式军人身上那些坏习气。现在是事出有因，他只得装出一副无意进取的样子，醉生梦死逢场作戏。没想到，他在八大胡同饮酒看花时，遇到了名妓小凤仙，才子佳人一双两好，倒成就了一段千古佳话。

有一天，他请杨度、朱启钤等几位朋友来家做客。朋友们还没进门，就听到家里闹腾得厉害。进门一看，原来是蔡夫人正在为小凤仙的事大吵大闹，母亲也站在一边数落。朋友们只好过来劝架，蔡锷一气之下发狠说："这日子没法儿过了，只有把他们送回老家去，我才能清静！"几天后，他就打发母亲和夫人，带着孩子回湖南老家去了。

袁世凯一直派人明里暗里盯着他们，梁、蔡二人天天在他眼皮子底下演戏，硬生生把两个老实的读书人逼成了演员。师生俩一周只见得一面，蔡锷每次乘车跑到天津，见面后就和老师一起喝酒打牌，装作很腐败的样子。就这样过了几个月，袁世凯渐渐放松了警惕，大约是觉得这两个人确实翻不起什么风浪了，派去监视的人就减少了。

秋冬之交，蔡锷计划召进京城见面的戴戡、王伯群等陆续都来了。他们在众议院副议长陈国祥家里多次密商，最后决定先从云南发动。袁氏一下令称帝，云南就宣布独立，一个月后贵州响应，两个月后广西响应，然后以云贵之力下四川，以广西之力下广东，三四个月后，就可以会师湖北，底定中原了。10月底，蔡锷给袁世凯打报告说："为近患喉痛，日久未愈，恳请给假五日俾资调养。"要求到天津某医院去治病。为了确保蔡锷顺利离京，梁启超派家人曹福先到北京买好火车票，然后接着他一起回天津。蔡锷住在日租界的同仁医院，袁世凯还是疑心他要跑，几次三番派人来问病，并在梁启超家周围派便衣监视。

蔡锷在离京之前，就委托自己的亲信、经界局秘书长周钟岳帮他拟好后面几封请假的信。所以第一次病假一到期，周钟岳马上替他递上第二份请假报告，声称要再请一周。袁世凯再次批准。此时，梁启超一边派戴戡南下香港，先行踏查从越南到云南的路线；一面和黄兴派来的张孝准联系，商量怎样让蔡锷从天津到日本，再从日本转赴云南。之所以要绕这么大的圈子，是因为当时中国腹地基本都在袁世凯的控制之下，到处都是他的心腹，只能绕道他管辖不到或势力薄弱的沿海或边陲地区，甚至国外，才能相对安全。而之所以要先从云、贵起义，也是这个原因——当时只有滇、黔、粤、桂几省不是北洋军的驻防地，但广东的龙济光已被袁世凯的爵位和金钱所收买，广西的陆荣廷和龙是亲家，因受其牵制而摇摆不定，而蔡锷是滇黔势力的首脑，同盟会、国民党等反袁势力在那一带也很活跃。

当七日假期再满之时，周钟岳又递上第三封请假报告。这一回要求请假三个月，并辞去经界局督办和参政院参政之职。袁世凯只得又批两个月病假。此时，蔡锷已由天津前往日本去了。临走前，他授意周钟岳，于12月2日以后再呈递第四封报告，说京津太冷了，病体难禁，要求赴日疗养，等治愈归来，再图报答云云。袁世凯得知蔡锷先斩后奏，已经赴日，十分生气，他心知蔡这一去就是放虎归山，后果可能很严重，但为了维持体面，还是假装大度地批准了。蔡锷在日本期间故伎重施，又写了好几封信，向袁大总统报告自己旅行就医的情况，然后请张孝准旅行日本各地，每到一地就寄一封出去，以造成自己一直在日本的假象。他自己则一溜烟儿跑回香港，经河内回云南去了。

蔡锷一生笃信梁启超的思想学说，此次讨袁的战略以及他脱身的计谋，都是梁师一手策划的。蔡锷离津前，师徒二人相约"事之不济，吾侪死亡，绝不亡命。若其济也，吾侪引退，绝不在朝"，颇有点易水送别的壮烈色彩。

梁启超和蔡锷等人密谋反袁之时，国民党的孙中山、黄兴等人也在国外积极活动，争取国内外的舆论、军事支持，而袁世凯一派正紧锣密鼓地加快复辟进程。筹安会成立以后，就发动组织各种名目的公民请愿团，甚至还出现了乞丐请愿团、妓女请愿团、烟民请愿团。所有的请愿书都是筹安会代为起草，以便向参政院呈进。9月1日参政院开院之后，请愿书雪片一般飞来。随后梁士诒又组织所谓"全国请愿联合会"，促成召开国民代表大会。在他们的要求下，不到一个月的工夫，就产生了各省国民代表一千九百九十三名，并在12月11日以全票通过的方式确立了君主立宪制。这个办事效率和通过比率，着实惊人！"袁氏的'神威'，真是要超过法国两个拿破仑了"（李剑农语），因为那两位的帝制投票都还有人投反对票。各省代表在投票时，同时递上措辞一致的推戴书："谨以国民公意恭戴今大总统袁世凯为中华帝国皇帝，并以国家最上完全主权奉之于皇帝，承天建极，传之万世"，请参政院代为进呈。袁世凯推让一次后，于1915年12月12日"勉强"接受帝位，改中华民国为"中华帝国"，改年号为"洪宪"，以1916年为洪宪元年。对于袁世凯伪造民意的种种，梁启超有一个巧妙的概括："自国体问题发生以来，所谓讨论者，皆袁氏自讨自论；所谓赞成者，皆袁氏自赞自成；所谓请愿者，皆袁氏自请自愿；所谓表决者，皆袁氏自表自决；所谓推戴者，皆袁氏自推自戴。……此次皇帝之出产，不外左手挟利刃，右手持金钱，啸聚国中最下贱无耻之少数人，如演傀儡戏者然。"

蔡锷离津之前，梁启超写信给籍忠寅、陈廷策、刘希陶等人，动员这些在云南、贵州任要职的同道积极行动起来，投入反袁斗争中。12月16日，他以"赴美就医"的名义，南下上海。"我临走的前一点钟，去和我的夫人作别，把事情大概告诉他。我夫人说：'我早已看出来了，因为你不讲，我当然也不问你。'他拿许多壮烈的话鼓励我勇气。但我向来出门，我夫人没有送过我，这回是晚上三点钟，他送我到大门口，很像有后会无期的感想。可怜袁世凯派下来几十个饭桶侦探，头一回把蔡锷放跑，第二回把梁启超放跑，他们还睡觉呢！"临行前，他又写了一封长信，奉劝袁世凯放弃复辟的念头，不要"舍磐石之安，就虎尾之危"。同时，他把预备好的讨袁檄文和电报等，都交给了一位可靠的朋友。等到云南一宣布起义，北京、上海、天津的报纸就会把这些都登出来，以造成舆论之势。

到达上海之后，梁启超知道袁世凯的耳目一直盯着自己，于是请了几个印度人守门，他自己则足不出户。他躲在家里七十多天，过着十分清苦的生活，家里一个仆人也没有，只留王桂荃在身边，吃饭多半靠邻居送，没水没电，连喝茶都是奢侈的事情。可是他一刻也没闲着，马上开始部署行动，把这里变成了护国运动的实际指挥部。他要在军事、人才、筹款、外交等各方面做统筹安排，其中最重要也最棘手的一件事情，是争取冯国璋的支持，动员他从南京发难。

冯国璋本是袁世凯的得力干将，与王士珍、段祺瑞并称为"北洋三杰"。作为北洋中坚，他曾率领北洋军镇压武昌起义和"二次革命"，并坚决支持袁世凯做大总统。1913年，他出任江苏都督，手握北洋四师重兵，坐镇东南，是举足轻重的人物。护国战争能否取得胜利，他的态度至关重要，因此，说服冯国璋支持起义，是梁启超在上海最重要的任务。

此前，袁世凯对冯国璋极力笼络，并瞒着他着手恢复帝制。冯听说袁要称帝的消息后，感到十分惊讶。他曾邀请梁启超一起赴京问个清楚，结果被袁一番巧言打消了疑虑。冯国璋回到南京后，得知筹安会公开倡导帝制，非常生气，从此与袁有了裂痕。此后帝制投票，他虽勉强到场，却拒绝投票；袁让他到北京就任参谋总长，其实就是想削夺其权力，他托词生病，只在南京"遥领"。袁世凯也对他严加防范，不仅派人严密监视，还派兵驻守防备。因此，梁启超抓住二人之间的矛盾，觉得大有可为之余地。

冯国璋对袁世凯的态度是比较复杂的。他不支持袁称帝，但也不主张倒袁，不想公开与之决裂，暂时持观望态度，所以要想说服他不是容易的事。好在冯的幕府中，有些人是坚决反袁的，比如胡晴初（字嗣谖）、潘之博（字若海），只不过他们反袁的目的是复辟。潘之博是康有为的学生，胡晴初是主持《时事新报》的进步党人黄群[1]的前同事。梁启超通过这二人的引荐，托黄群三次到南京面见冯国璋，力劝其支持云南起义。

梁启超在上海期间，因为一直在袁世凯的监视之下，并不能直接通过邮电局发电报或寄信，只能托人带去，或者请日本人代发，或者请胡、潘二人在南京代发，甚至托人带到香港以后再发。12月下旬，黄群首次奉梁启超之命赴南京，在胡晴初的引荐下拜访了冯国璋，并通过胡代发电报给蔡锷，促成云南起义。24日，身在云南的蔡锷收到从冯国璋处发来的函电，以为梁已成功说服冯赞助起义，于是下令通电各省宣布独立，公开打出反袁旗帜。事实上，冯国璋对发电报的事毫不知情，而得知真相后，他立即将胡辞退了。1916年1月初，黄群再次代表梁启超赴南京，向冯国璋面陈云南义军的近况，并转交梁手写的书信。此时冯国璋的态度略有缓和，但对云南护国军有些情况表示疑虑。梁启超在给蔡锷的电报中谈到二人会面的具体情况，说冯国璋所担心的，是护国军内部不团结，实力不雄厚，听说云集到云南的四方之士有数百人，是不是能保证不发生冲突？此时袁政府的报纸天天造谣说云南人内讧，舆论确实对护国军很不利。当月梁启超在信中对蔡锷说，"冯华甫可谓竖子不足与谋"，大约因黄群的频繁活动，冯国璋已被袁世凯派人严密监视起来，而他手下那些支持倒袁的人尽被驱逐，因此他害怕了。梁启超对冯国璋态度不明确、意志不坚定很有意见，但依然认为他是可以团结的对象，于是有了第三次会面。这一次梁启超让黄群换了一个角度来说服对方。他深知冯国璋也有一个总统梦，于是设想了两种情况：如果袁不称帝，则冯仍有机会

[1] 黄群（1883—1945）：原名冲，字溯初。1904年入日本早稻田大学攻读政法，回国后投身政治，曾参与制定《中华民国临时约法》，又加入进步党。袁世凯阴谋称帝，梁启超与蔡锷秘密筹划讨袁计划，并将进步党在上海主办的《时事新报》委托他主持。为说服冯国璋支持讨袁，黄群三次赴南京与冯洽谈；后与梁启超经香港往海防转入广西。

继任总统；若袁称帝，则冯只能做俯首帖耳的臣子，将来继承人只会是袁的子孙。这个说法打动了冯国璋。黄群后来回忆说："冯在内心深处是反对帝制，赞同起义的，但由于种种原因，导致他始终持观望态度。"由于梁启超的诚意，加上西南护国军的顺利进军，冯国璋的顾虑逐渐消除，最终答应不与护国军开战。至此，梁启超"运动冯华甫赞助起义"的目标终于实现，虽然只是争取了他的中立态度，但已是很好的结果，一定程度上增加了护国战争获胜的可能性。

当梁启超在上海努力说服冯国璋的时候，云南的反袁运动正在蓬勃开展。从9月起，云南军官在唐继尧的带领下就连续召开了三次反袁秘密会议。蔡锷回到云南后，迅速将反袁势力团结起来，护国战争就轰轰烈烈地发动了。当梁启超离开天津时，蔡锷、戴戡正经过香港转赴越南，于12月19日抵达昆明。当天北京统率办事处致电唐继尧，要求他拿办二人。然而当晚，唐继尧即在五华山都督府宴请蔡锷等二十余人，一起商讨讨袁事宜。戴戡在会上宣读并通过了梁启超起草的讨袁通电。随后，梁启超通过冯国璋从南京发来电报，讲到袁世凯派周自齐赴日，准备以卖国条件争取日本支持帝制。蔡锷立即召开会议，决定即日兴师讨袁，参会的唐继尧、李烈钧等将领歃血为盟，誓死拥护共和。第二天，在梁启超起草的《云南致北京警告信》《云南致北京最后通牒》基础之上合成的《唐继尧、任可澄致袁世凯请其撤销帝制电》发出，向袁世凯下了最后通牒，要求他废除帝制，恢复共和，将复辟祸首杨度、孙毓筠、严复、段祺瑞、梁士诒等人立即明正典刑，以谢天下。电文写得正义凛然，慷慨激昂，要求袁世凯于25日上午十点钟以前答复，否则云南便于是日宣告独立。对于护国军的最后通牒，袁世凯开始是十分惊恐，继而自我宽慰：西南一隅未足为患，而且以自己北洋军的势力，掐死蔡锷是分分钟的事，所以对此不予理睬。

12月25日，蔡锷、唐继尧等人通电全国，宣布云南独立，誓死驱逐叛国贼袁世凯，并请各省响应。接着成立军政府，推唐继尧为都督，组织军队，出兵讨袁。因当天在护国寺开会，此次兴师又以维护国体为目的，所以出征军称"护国军"，此次战争称"护国战争"。护国军分三军，蔡锷、李烈钧分任第一、第二军总司令，带兵进军四川、广西，唐继尧率第三军留守昆明。袁世凯得知云南独立后，立即部署三路大军围攻云南。他命马继曾、张敬尧分别进攻贵州和四川，又派龙觐光从广西攻打云南，打算速战速决。

1916年1月1日，袁世凯改总统府为"新华宫"，改纪元为洪宪。同一天，云南军政府发布梁启超草拟的《云贵檄告全国文》，历数袁世凯蹂躏国会、抛弃约法、出卖主权、叛国称帝等十九大罪状，提出护国军的四条纲领，号召全国军民共同讨伐袁世凯，保卫共和民国。

蔡锷率领的护国军兵分三路，迅速向四川前线挺进。1月21日，第一军以锐不可当之势一举攻克川南重镇叙府，军心大振。27日，贵州护军使刘显世宣布独立，并派出两路黔军协同云南护国军作战。西南形势的发展让袁世凯始料未及，他立即调兵遣将，以占绝对优势的兵力开往前线。双方在川南叙府、泸州、纳溪一带展开激烈的战斗。战事进行得相当艰苦，护国军的处境十分艰难。梁启超后来回忆说："可怜我们最敬爱的蔡公，带着不满五千人的饥疲之众，和数倍于自己的北洋军相持几个月。蔡锷在这几个月里头，每天睡不到三个小时，吃的饭都是掺着一半沙的，但是所有的将官士卒都愿意和他同生共死，因为他们是为国家而战，为人格而战！"蔡锷本就瘦弱，这一次身体又受到了极大伤害，护国运动结束不久，他就因病不治而亡。所以梁启超说："我们的胜利、和平是很多人用生命、用鲜血换来的。"

面对护国军前线的危急形势，梁启超认为必须迅速策动广西独立，改变力量对比的形势，使滇、黔、桂连成一片。可是蔡锷早就派人联络过，广西都督陆荣廷却迟迟按兵不动。梁启超和陆荣廷素未谋面，但是他了解陆的过去，也深知他和袁世凯之间的矛盾是有机可乘的。陆荣廷也曾参与镇压"二次革命"，但是袁世凯不信任他。而且在推行帝制时，袁封龙济光为振武上将军、一等公爵郡王，却只任陆荣廷为宁武将军，封侯爵。二人都是都督，袁却厚此薄彼，令陆荣廷很是不满。袁世凯又派特务去监视他，更激起陆荣廷的反抗之心，然而他一直隐忍不发。袁世凯复辟帝制，他称病回原籍休养，并以侍疾为名，召回被袁世凯拘为人质的儿子陆裕勋，没想到陆裕勋刚到汉口，就莫名其妙死了。所以袁于他有杀子之仇。梁启超通过陆的把兄弟陈炳焜与之取得联系，陆荣廷也久仰梁的大名，因此二人逐渐亲近起来。

2月，梁启超给陆荣廷写了一封信。他先是高度肯定了对方不支持袁称帝的做法，并说明了广西独立的重要意义。接着，他巧妙地用激将法激起陆荣廷的斗志，说为什么云南已经独立一个多月了，将军还迟迟不发动呢？人们不免私下议论，怀疑你是怕了，或者贪恋爵位，所以抛弃了初心。当前人人都在倒袁，袁世凯绝不会长久，你若还是观望，恐怕很危险啊！不要错失良机，到时悔之晚矣。保持中立，或者与龙济光同舟共济的想法，都是不切实际的。要认清形势，只有立即宣布起义这一条路可走。这封信激起了陆荣廷埋藏已久的反袁之志，加上老上司岑春煊、革命党人钮永建等人也极力劝说，他终于下定决心。为表诚意，陆荣廷立即派心腹陈祖虞和唐伯珊到上海迎接梁启超。来人详细转达了陆荣廷响应起义的计划，并说因为自己能力有限，一定要梁启超亲自去广西相助，只要梁愿意去，他早晨踏进广西的地盘，自己下午就宣布广西独立！

为了促成广西独立，确保护国战争胜利，梁启超决定冒险走一遭。3月4日，在日本驻沪武官青木中将的帮助下，梁启超与汤觉顿、黄溯初、蓝公武等一行七人，乘日本邮轮"横滨丸"号离沪南下。此次入桂的路线极为复杂，先是坐船到香港，再经越南入广西。一路上不仅担惊受怕，物质条件也极差，加上天气恶劣，要忍受常人难忍之苦，可是梁启超非常乐观地说："因悟天下之至乐，但当于至苦中求之耳。"

梁启超离沪次日，袁世凯即通电两广各要隘，说梁任公等数人将潜行内地，欲谋不轨，一旦发现，马上拘留，同时致电越南和香港政府。由于害怕被发现，梁启超只能蛰伏在船舱的最下层，在锅炉旁边开辟一间窄小的房子。白天湿热难耐，他却不敢出去，只能等到夜深人静了，才敢蹑手蹑脚地跑到甲板上凭栏远眺，看看夜色中的大海。即便如此，他也没有闲着。他在船上就袁氏劝退、广西独立、军务院设置等问题，一连起草了十余个文件，并且和同行人员反复讨论才定稿。除此之外，他还读了好几本书。

3月7日，船抵香港。当地巡捕马上上船搜查，行李都打开验看，连包裹里的字纸都要认真读几遍。结果，他们搜出陆荣廷给的一张护照，以为他们是广西官员，所以就放行了。万幸的是，汤觉顿有个小皮包，里面装着梁启超起草的讨袁檄文，还有康有为写给陆荣廷的信，都没有被发现，真是有惊无险。

但接下来的路更难走。

按照之前的安排，下一步是到越南海防。本来外国人到海防是不需要护照的，然而，就在前几天，驻港法国领事突然发布规定，无论哪国人进入海防，都需要护照，申领护照都要有两位商家担保，并交两张相片，且须亲自盖手模。梁启超不能露面，办护照当然就无从谈起。此时，广州日本领事馆传出消息，说袁军已攻克叙府、纳溪，袁氏在广东的部下龙觐光也攻下了滇桂交界处的剥隘，这更让梁启超忧心如焚。为抓紧时间发动广西独立，众人只好兵分两路：汤觉顿等五人从香港经梧州赴南宁，带去梁启超草拟的广西独立通电；梁启超和黄溯初则偷渡海防，再入广西。

计议已定，3月12日，梁、黄二人装扮成日本人的样子，秘密换乘三井洋行运煤的船"妙义山丸"号离开香港。当时梁启超的父亲在香港病危，他却没办法上岸探视，以至于成为终生遗憾。虽然这是运煤的船，但因船长精心安排了房间，加上活动自由，梁启超觉得和"横滨丸"相比，这里简直就是天堂。在船上，梁启超又起草了《护国军政府宣言》《军务院布告》等文件。三天后，他们到达海防附近的洪崎，早就等候在那里的日本驻海防名誉理事横山立即用游船将他们接走。他们以游览白大龙海湾为名，于16日晚在海防悄然登陆。白大龙的海景绝佳，地质条件与桂林阳朔差不多，座座青山浮在海面上，极为瑰丽。梁启超见到这样的美景，心情大好，称这里"水碧沙白，小岛星罗，朝晖夕阴，美丽无匹"，使人完全忘却了一路的辛苦。

在横山的房间里，梁启超会见了云南驻海防的秘密代表张南生。张把唐继尧请梁入云南的三封信转交给他，并说陆荣廷已派驻镇南关交涉员来海防迎接他入桂。由于在越南的法国人受袁氏之托，正在缉拿梁启超，他们于次日清晨转移到横山的帽溪牧场。为了不耽误事，梁启超又让黄溯初先赴云南，和唐继尧商讨军政府具体事宜。梁启超一个人留在这个牧场，度过了他一生中最辛苦、最危险的十天。此处地势卑湿，卧具污秽不堪，床上有无数跳蚤蚊虫，咬得他浑身发痒，一抓挠就破皮，但不敢出门。这么难熬的日子，还没有烟抽，没有书读，没有灯具，饭也难吃，总之是度日如年。刚到牧场时，当地人告诉梁启超，这里太阳很毒，要用黑布包头，免得晒伤，可是他不以为然。结果因为晒得太厉害，他患上了极危险的热病，大约相当于现在的热射病，十分难受。由于无人照顾，灯火尽熄，茶水俱绝，他差点儿死掉。好在天无绝人之路，当地人见他可怜，就用一种草药给他医治，终于从死神手里把他拉了回来。可即使如此，梁启超一想起那些效命疆场的人，就觉得自己过得太安适了。由此可见，梁启超就像杜甫一样，自己遭遇沉重的苦难，还"默思失业徒，因念远戍卒"，总能推己及人，着实是有大爱的人。他又是有大勇的人，不仅冒着生命危险入桂，而且病好之后，马上提笔写成《国民浅训》一书，全书两万字，费时三昼夜；又写了《从军日记》，作为此次从军的纪念。黄溯初称赞他"只身孤行，奔走万里，任公之大勇，于此可见矣"，是对他此次广西之行最好的评价。

早在梁启超到海防之前，汤觉顿等人就已抵达南宁，见到了陆荣廷。陆得知梁启超已在路上，表现得非常爽快，于次日发布了由梁代拟的广西独立通电。接着，他又发出陆、梁联合署名的《广西致北京最后通牒电》《广西致各省通电》，要求袁世凯即日辞职，以谢天下，限于二十四小时内答复；号召各省迅速举起义旗，共同推翻帝制。同时，陆荣廷将在柳州的行营改称广西都督府兼两广护国军总司令部，任命梁启超为总参谋。

广西独立后，迅速肃清了桂越边境的袁氏党徒，于是梁启超得以在 3 月 26 日离开帽溪，越过边境，在饥饿中经过两天一夜的奔波，终于到达广西境内。此时广西已经独立十几天了，袁世凯被迫取消帝制也过去了好几天，到处都是一片喜气洋洋的景象。镇南关大悬国旗，列队肃肃，梁启超在雄壮的军乐声中，被众人簇拥着进入关内。休整一天之后，他又踏上了前往南宁的征程。一路上，梁启超受到沿途百姓的热烈欢迎，父老们挂起旗子，点燃爆竹，扶老携幼地迎来送往，仿佛自己这个文弱书生变成了英雄，令他十分感动。到达龙州时，全城鞭炮齐鸣，观者如堵。他在这里会见了一些绅商，回复了几十通电报，又在广东会馆等地发表演说，忙了一天后，又继续赶路。4

月4日，梁启超终于到达此行的终点站——南宁。都督府提前派巡轮到镇龙村迎接，陆荣廷率领水师全队从梧州赶回来，亲自到码头欢迎，二人携手入城，为此次合作画上了圆满的句号。

广西独立，是全国反袁斗争的必然趋势，也是梁启超、岑春煊、李根源等人代表的多方面力量合力推动的结果。尤其是梁启超，他身履险地，出生入死，在路上整整奔波了一个月，却始终不怕、无悔，在身心俱疲的情况下还起草了无数文件，以无比坚强的意志力完成了任务，确保了护国运动的顺利进行。广西的独立极大地鼓舞了在四川前线作战的护国军，使他们坚定了必胜的信心，同时瓦解了北洋军的士气，打击了帝制派的嚣张气焰。此后，滇、黔、桂、川连成一气，从云南发起的护国战争渐成燎原之势，北洋军阀内部日益分裂，袁世凯的末日很快就来临了。

再造共和居功伟

此次护国运动，梁启超是最初的发动者，也是运动的总指挥。他蛰居上海静安寺寓所的八十余天之中，所做的种种筹谋策划，是倒袁成功的最大关键，可谓"运筹帷幄之中，决胜千里之外"。他在袁世凯特务的监视之下，不断地给云南、广西、贵州等省的军政要人写信、发电报，策动他们积极响应云南起义；同时在军事上给予护国军以及时的指导和决策。另外，还要想办法解决筹饷问题，保证前线供给。他动员大女婿周希哲，利用自己华侨的身份，在南洋一带筹款；又联系岑春煊，请他到海外筹款。外交上，他派周善培到日本去斡旋和筹款，又写信给英、法、美、日公使，积极争取国际支持。

1916年3月中旬，蔡锷在四川重创张敬尧军。广西独立后，桂军兵分三路开赴湖南、广东等地。中华革命党在广东、湖南及东南各地也发起进攻。这一切，都让袁世凯感到大势已去，但他仍想垂死挣扎，命令广东、江西、江苏各地将领抵制护国军。然而并没有人听他的，以冯国璋为首的北洋军阀反而给了他致命一击。冯国璋认为倒袁的时机已到，于是联络江西将军李纯、湖南将军汤芗铭、山东将军靳云鹏、浙江将军朱瑞联名发出"五将军密电"，要求袁"撤销帝制，以平滇黔之气"。袁世凯见到电报后，气得差点儿晕厥，他的幕僚们也个个目瞪口呆。他这才知道，不知何时自己已众叛亲离，变成了真正的"独夫"。无奈之下，他只好于3月22日宣布取消帝制。维持了八十三天的"洪宪帝制"丑剧至此宣告落幕。

可袁世凯毕竟是袁世凯，即使在最后关头，他还想耍花招。他把推行帝制的责任推得一干二净，说这都是时代的要求，国民的拥护，自己完全是被迫的；他虽然同意撤去皇帝称号，却仍保留总统之职；他认为自己不需要接受任何惩罚，把惩办祸首的问题轻轻抹去。梁启超从越南海防进入镇南关之后，才知道取消帝制的消息。他马上给陆荣廷、汤觉顿和各省都督发去电报，请他们不要妥协，一定坚持让袁世凯退位，不能让他有死灰复燃的机会。

梁启超到广西后，不断接到来自广东的电报。原来广东都督龙济光本是封建土司出身，以镇压"二次革命"有功，被袁世凯重用。他到广东后，收买了一批旧军人，成立了一支战斗力很强的军队。自袁世凯称帝后，他就开始屠杀革命党人，引起广东民军的强烈反抗。云南独立之初，龙济光持观望态度。由于前一年在广州为父亲庆寿时，梁启超就认识了龙济光，1916年初，他以私交的身份在上海给龙写了一封信。在信中，梁启超从国家前途、广东民众和龙氏个人前途几方面，晓之以理，动之以情，希望能够动员他反袁。大约梁启超的信起了作用，加上西南前线战局的发展，以及广东民众的反抗直接威胁到自己的地位，所以他于4月6日宣布广东独立。可是这份独立宣言并未表示反袁，因为他得到了袁世凯"独立，拥护中央"的指示。徐勤、朱执信等领导的民军很是不满，纷纷进攻广州，说龙济光是假独立，扬言要消灭他。

在这种混乱的情况下，广东各界纷纷致电陆荣廷和梁启超，请他们赴粤调停。在此之前，梁启超认为龙济光是帝制顽固派，没有什么调和的余地。除了辞职，或把都督之位让给别人后自己带兵北伐，没有第三条路可走。但是陆荣廷毕竟和龙济光是儿女亲家，他不希望龙离开广东；而且龙军与民军继续交战的话，老百姓损失也很大。最后，梁启超妥协了。为了和平解决广东问题，他派汤觉顿为代表，前往广州调停。

汤觉顿来到广州后，先与代表龙济光的海军总司令、将军府顾问谭学夔[1]，以及民军总司令徐勤见面，疏通意见。徐勤大致同意停战议和。4月12日，龙济光在广州海珠岛水上警署召开联席会议，参加的人除了汤觉顿、徐勤、谭学夔三人外，还有警察厅长王广龄，龙军统领颜启汉、贺文彪等，但是龙本人并没有出现。会议开始后，汤觉顿先讲明来意，并说梁启超和陆荣廷两日内将抵达广州；接着徐勤提出，广东所有军队都应该改为护国军，另

[1] 谭学夔：广东新会棠下（今属江门市蓬江区）人，其父谭国恩为光绪进士，兄谭学衡曾任民国海军总长。

外选举总司令。此时会议才进行了十几分钟。贺文彪首先表示赞成，并打算签字，但话音未落，颜启汉突然开枪击中贺文彪。颜启汉还有几艘船停在附近，也向会场射击。顿时枪声大作，会场乱作一团，当即有汤觉顿、谭学夔、王广龄等六人被击毙，造成震惊全国的"海珠惨案"。

海珠会议，是一次有计划的恶意谋杀事件，影响十分恶劣。首恶颜启汉固然罪大恶极，龙济光也脱不了干系。被杀害的人当中，汤、谭、王都是反袁的中坚分子，梁启超的亲密战友。尤其是汤觉顿，跟随他出生入死几十年，二人情同手足，早就成了亲人。可是突然之间，兄弟被人无端杀害了！梁启超心里的痛苦可想而知。可是他强忍悲痛，继续倒袁事业。5月1日，他和陆荣廷、李根源、蒋方震、周善培等数十人齐集广东肇庆，在这里成立了护国军两广都司令部，岑春煊任都司令，梁启超为都参谋。都司令部发表宣言：一致讨袁，合力北伐。

龙济光的假独立和制造海珠惨案，激起了民军更大的愤怒，他们纷纷要求杀掉龙济光，至少要把他赶出广东。龙济光惊恐万状，派张鸣岐到梧州去和谈。张鸣岐解释说，海珠事变的凶手是颜启汉，主谋是蔡乃煌，与龙都督无关。陆、梁提出条件：让龙济光让出都督之位，自己带兵北伐，每月给他军饷若干；交出蔡、颜二人。龙济光本来就心虚，现在迫于强大的压力，只得接受条件，并处决了蔡乃煌。

可是陆荣廷为了牵制广东民军，并不想赶走龙济光。为大局着想，梁启超忍着失去亲友的巨大悲痛，用理性控制自己，再次选择了妥协。因为云南贵州一带的战争还没完全结束，北伐的任务尚未完成，如果此时攻打广州，又会兵连祸结，哀鸿遍野……他最后决定，把广东的政权还是交给龙济光，而把财权、军权收归两广都司令部，以平息纷争，调和民军和济军之间的关系。

为了说服龙济光，梁启超再一次以身犯险——决定亲自出马，靠血诚去打动他。他带着李根源、张鸣岐等人奔赴广州，在观音山苦口婆心地劝说了十几个小时。龙济光表面接受条件，并表示第二天设宴招待他。结果在第二天的酒宴上，龙济光的大将军胡令萱突然翻脸，大骂护国军和蔡锷、张鸣岐，并横眉怒目地看着梁启超，好像要动手的样子。梁启超毫不畏惧，慷慨陈词：

"我是在海珠事变之后来到这里的，我并不是不知道你们这里会杀人。我梁某人单枪匹马手无寸铁地跑到你们这千军万马里头，就没打算活着回去！我之所以要来，一是为中华民国的前途，二来我也是广东人，不忍心看广东就这么烂下去！我拼着一条命，来换这城里几十万人的安全，来争全国四万万人的人格，现在要杀要剐随你们的便！"这番掷地有声的话，一下子把全场的人都镇住了。张鸣岐等人一看势头不对，赶紧拉着他离开了。梁启超此次涉险，促使龙济光通电表示"团结一致，专心北伐"，用妥协换来了大局的稳定。

袁世凯费尽心机想要保住大总统之位，可是连日来不断接到要求他退位的通电。他一方面通过徐世昌、龙济光等人的力量，企图瓦解护国军；一方面通过梁士诒等人致电梁启超，希望对方让步。可是梁启超坚持底线，回电说，袁氏玩弄权术侮辱万众已多年，现在妄图以一纸空文逃脱罪责，进而继续统治中国，绝对不行！你袁项城若是稍有自知自省之心，则以九州之大，瀛海之远，哪里找不到地方安享晚年？随后，他通电全国，再次要求大家坚守底线，决不能妥协退让。

按照梁启超在途经香港去越南时的设想，袁世凯一旦下台，总统、副总统之职虚悬，国务院一时不能成立，因此起义各省要有一个对内对外联络的机构，以便求统一之方，作通筹之计，他主张将之称为军务院。当时他就起草了军务院的布告若干，现在，条件终于成熟了。5月8日，军务院在广东肇庆成立，唐继尧任抚军长，岑春煊为副抚军长，梁启超任政务委员长。随后军务院连续发布了五个宣言，声明定要将袁世凯这个谋叛民国的罪人给抓捕归案，依法审判，由黎元洪继任中华民国大总统；待国务院成立之后，立即撤销军务院。

不久，陕西、四川、湖南等省相继宣布独立。6月6日，袁世凯忧愤而死，黎元洪任大总统，宣布恢复《临时约法》和国会。7月15日，按照之前的约定，军务院宣布撤销，护国运动胜利结束。

梁启超在表明坚决倒袁的态度之后，就于5月中旬回到了上海。直到月底，他才得知莲涧先生在香港病逝的消息。父亲于两月前去世，当时他正在从香港到越南的船上。船泊香港之日，正是父亲垂危之时，他却没能登岸探

◆ 军务院在肇庆之主干

望，从此失去了和父亲见面的最后机会，他十分后悔。作为大儿子，居然没能在床前尽孝，他又万分自责："吾此行无丝毫补益于国，而徒以此不能尽人子之责，吾之罪永劫莫赎也。"因为过分悲痛，他马上致电军务院和各省都督，请求辞去一切职务。

其实，莲涧先生临死之前，特意嘱咐左右，不要把消息告诉大儿子，因为他正有重要的事情要做。所以亲友们才一直瞒着，直到局势稳定，梁启超回到上海以后，梁启勋和梁思顺来接他，才把实情讲出来。梁启超在入桂途中，连续给父亲写了四封信，几乎每到一地就向父亲报告，直到此时他才知道，父亲永远读不到这些信了。1932年，梁启超病逝三年后，梁启勋整理箱子，翻出了这四封信，因此写下一段题记："右八纸并两信封，乃在护国军中发。时未闻丧，故所上先君子之四纸亦入余手，时余则奔丧在港也。蒋百里题《攒泪帖》[1]所谓，

[1]《攒泪帖》：梁启超的一幅长达十七米的书法作品。其中收录了《哀启》《亡妻李夫人葬毕告墓文》《公祭蔡松坡文》《祭麦孺博诗》等诗文作品。卷前由林长民题签，梁启勋题引首并题记，后有林长民、汪大燮、蒋方震、林志钧等十九人题跋。

每见伯兄落笔写'父亲大人膝下'数字，辄不忍睹而亟避去者，即此四纸矣。"这些永远无法送达的家书，承载着一个儿子对父亲诚挚的爱，也足以彰显任公先生在护国战争中国而忘家、公而忘私的拳拳爱国之心。

护国运动结束后，蔡锷将梁启超战时所写电报文牍辑为《盾鼻集》印行。蔡锷在序言中说："帝制议兴，九宇晦盲。吾师新会先生，居虎口中，直道危言，大声疾呼，于是已死之人心，乃震荡昭苏。"梁启超去世后，章太炎挽联中有"共和再造赖斯人"之句，也高度评价他在护国运动中的功绩。只是这再造共和的功绩背后，却有着梁启超深沉的悲痛：他有功于国之日，正是有亏于父之时，真是造化弄人。1916年10月9日，为纪念国庆，民国政府颁布嘉奖令，"特授梁启超以勋一位"，以表彰他护国有功。面对这一实至名归的荣誉，梁启超却发表了《辞勋位电》，请求政府收回成命。想起前一年专门向袁世凯讨勋娱亲的往事，恍如隔世，如今父亲已经不在了，荣衔也就成了毫无意义的虚名。

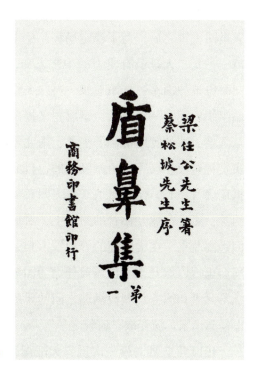

◆《盾鼻集》

三造共和反复辟

辛亥革命虽然推翻了封建王朝，但是封建旧势力尚未肃清；护国战争只是打倒了大独裁者袁世凯，但是旧军阀仍在。护国战争结束后，军阀之间的矛盾随着对德外交问题而逐渐暴露出来。在段祺瑞与黎元洪的府院之争中，张勋等封建旧势力乘乱而起，演出了一场复辟的闹剧。梁启超愤起反对复辟，在倒袁再造共和之后，再次维护了共和政体。

军务院设立之初，梁启超起草的护国军军政府第二号宣言中说：因袁世凯犯谋叛大罪，其大总统资格即时中止，以黎元洪为合法继位者。其根据是1913年公布的《大总统选举法》规定，大总统缺位时，由副总统继任。所以袁世凯去世之后，为了稳定局势，免生枝节，梁启超立即致电段祺瑞和冯国璋——此二人是最有实力的中坚人物，要求他们奉黎大总统即日依法就职，同时电请护国军各抚军对段、冯二人作同样的要求，另外电请黎元洪由段祺瑞组织内阁。一周之后，梁启超又提出六条原则，包括恢复旧约法、召集民二国会、惩处赞助帝制的祸首、南北停战和谈等。这些通电和善后原则，其实是针对段、冯等实力派发出的，目的在于阻止他们拥兵自重。事实上，段祺瑞确有私心。他虽然迫于压力同意黎元洪继任大总统，但并不愿意恢复旧约法；而且在惩办祸首的问题上，对杨度、梁士诒等人通而不缉，有意放他们逃离北京。在梁启超的筹划下，黎元洪顺利登上大总统之位，民国第二届国会也得以召开，段祺瑞被任命为国务总理，冯国璋当选副总统。但是，总统黎元洪和国务总理段祺瑞之间的矛盾却没能解决，并很快在对德外交问题上暴露出来，演变成"府院之争"。

1914年7月，第一次世界大战爆发。当时袁世凯政府考虑到国力较弱，于是宣布中立。当年秋冬，梁启超一直关注战争进程，并在清华园写了五万多字的《欧洲战役史论》。次年春，他又在《大中华》杂志发表了《欧战蠡测》。1917 年 2 月，德国发动无限制潜艇战，随后美国参战，一批中立国也相继对德宣战。美国和日本都要求中国宣战，当时国内的意见分成两派，黎元洪、孙中山等反对参战，段祺瑞、梁启超等则力主参战。梁启超认为德国的失败是必然的，对德宣战是我国跻身国际社会、提高国际地位的大好时机。为了达成目标，他以个人身份与驻京各国公使团交换意见，争取他们的支持和配合，同时发表文章，反复阐述参战的必要性。另外，他还与汤化龙、蔡元培等人发起成立民国外交后援会，推动政府作速表态；又替段祺瑞筹谋策划。在梁启超的积极推动下，段祺瑞政府先是对德提出抗议，接着宣布对德绝交，进而准备对德奥宣战。在此过程中，梁启超专门写信给江苏、安徽督军张勋，申述对德绝交宣战的理由，并派张君劢面见张勋，希望得到他的支持。

梁启超的主张与反战派形成严重对立。他的力主对德宣战，不仅遭到多数国会议员的反对，连时任外交总长的伍廷芳也劝他放弃参战主张。章太炎等人甚至致电政府，痛斥梁启超用心险恶，想要牺牲全国军民的生命财产为自己谋取利益。但梁启超坚持己见，甚至当面顶撞黎元洪。黎元洪说，舆论界不赞成，所以我服从多数人意见。梁启超立即反驳："要说舆论界，我就是舆论界赞成之一人。"让黎大总统当场下不来台。当年夏天，他发表了《政局要言》，呼吁参战和反战两方停止意气之争，从国家民族利益出发，调和矛盾一致对外，并重申参战主张。在他的极力争取之下，北洋政府最终于 1917 年8 月 14 日宣布对德作战。中国参战的消息一出，世界为之震动。

后来的事实证明，对德宣战是于国有利的正确选择。没有 1917 年 8 月的宣战，也许就不会有巴黎和会上的抗议和五四运动的爆发。没有和会上的拒绝签字，也就不会有华盛顿会议上山东问题的解决。可是，梁启超虽然成功促成对德宣战，却并没有化解黎元洪与段祺瑞之间的府院之争，反倒因为在参战问题上的大分歧，导致两人之间的矛盾冲突愈演愈烈，以至于到了无法收拾的境地。

1917 年 4 月，为胁迫黎元洪同意对德宣战，段祺瑞召集一班亲信督军赶到北京，对黎施压。不甘示弱的黎元洪于5月下令，解除段祺瑞总理及陆军总长的职务。段祺瑞盛怒之下离开北京，不久就成功煽动安徽、奉天等八省宣布独立，并打算在天津建立临时政府，和黎元洪对抗。与此同时，国会大批议员纷纷辞职离京，政府机关陷入瘫痪状态，政局一片混乱。孤立无援的黎元洪想到了辫帅张勋，请他进京调停，却不料引狼入室，复辟的闹剧再次上演。

在这场复辟清室的闹剧中，有两个关键性的人物，一个是辫帅张勋，一个是梁启超的恩师康有为。

张勋是兵痞出身，曾参与袁世凯的小站练兵。辛亥革命前，他官至江南提督，率巡防营驻守南京。武昌起义爆发后，他在南京和起义新军展开激战。民国建立，他继续做官，同时以前清忠臣自居，命令全军保留辫子，其所部被称为"辫子军"，本人称"辫帅"。他利用官衔之便，在徐州、兖州一带招兵买马，很快将军队扩充到两万人。护国战争结束后，他组织各地军阀成立十三省区联合会，即督军团，干涉时政，为复辟做准备。到八省宣布独立时，黎元洪先后电请徐世昌和梁启超出面调停，都遭到拒绝。6月初，李盛铎到京，向黎表示，张勋愿意入京调停，并提出以解散国会为条件。黎元洪被迫解散国会，次日，张勋入京。

张勋进京以后，马上穿着前清朝服去养心殿谒见了溥仪。清朝的遗老遗少们以及保皇派蜂拥而来，这其中当然有矢志保皇的康有为。早在赴京之前，张勋就给康有为发了一封电报，邀请他入京共图大事。康有为觉得机会来了，

◆ 张勋的辫子军

马上化装成一个老农民，踏上进京的火车。他们聚在一起，秘密谋划复辟大业。作为军师，康有为发挥自己的特长，向张勋面陈六策，包括改中华民国为中华帝国，实行责任内阁制等，并为即将登台的溥仪起草了一道道上谕。张勋则一边添招新军，一边派梁鼎芬等人去向黎元洪要求奉还大政。黎元洪此时才醒悟过来，原来自己是引狼入室了，但为时已晚，势不可回。

7月1日，张勋以冯国璋、陆荣廷等人的名义，奏请准许黎元洪辞职，康有为等人从故宫中将废帝溥仪簇拥出来，叩头称臣，山呼万岁。同日，溥仪大肆封赏，张勋以拥戴有功被封为内阁议政大臣；康有为封弼德院副院长，赏给头品顶戴，在紫禁城内赏坐二品肩舆，可谓"皇恩浩荡"。黎元洪乘间逃入日本公使馆，同时派人秘密南下，将大小印信送交副总统冯国璋，请他代行总统职权。

复辟的消息传来，身在天津的梁启超震惊不已。他震惊于闹剧又一次上演，更震惊于自己的老师居然是这次复辟的关键人物。树欲静而风不止，虽然此前他已决心退出政坛，可此时不得不再度站出来，为维护共和而努力。他马上赶往第八师驻地马厂，与段祺瑞一起召集军事会议，组成"讨逆军总司令部"，准备武力讨张，史称"马厂誓师"。段祺瑞对梁启超的到来很是高兴，他自任讨逆军总司令，请梁启超出任参赞。在这里，梁启超起草了《代段祺瑞讨张勋复辟通电》，于次日宣布。电文对张勋、康有为的丑恶行径严加痛斥，表明自己反对复辟的鲜明态度，"天祸中国，变乱相寻。张勋怀抱野心，假调停时局为名，阻兵京师""以今日民智日开，民气日昌之世，而欲以一姓威严，驯伏亿兆，尤为事理所万不能致"。

为了旗帜鲜明地表明态度，他又以自己的名义发表了《反对复辟电》，陈说变更国体的利害，十分恳切动人。在这封电报里，他毫不客气地指出："此次首造逆谋之人，非贪黩无厌之武夫，即大言不惭之书生，于政局甘苦毫无所知。""贪黩无厌之武夫"显然指的是张勋，而"大言不惭之书生"则很容易让人想到他的老师康有为。宁愿背负背叛师门的舆论重责，也要力反复辟，拥护共和，可见梁启超反复辟的决心之大。对于梁这种不留情面的行为，有人质问他："足下起草的这篇檄文，确实是写得漂亮。可南海先生毕竟是你的老师啊，你不给令师留一点情面，把师生之谊置于何地？"梁启超慨然作答："师生是师生，政治主张不妨各异。我不能和老师一起成为国家的罪人啊！"康有为看到通电后极为愤怒，当着刘海粟的面骂"梁贼启超"，并写诗反击："鸱枭食母獍食父，刑天舞戚虎守关。逢蒙弯弓专射羿，坐看日落泪潸潸。"大骂梁启超是食父食母的枭獍，禽兽不如；又说他是杀掉老师的逢蒙，忘恩负义，言辞激烈地把复辟失败的怨气全部发泄到学生身上。

各省督军及要人得知复辟的消息后，一致通电讨张。段祺瑞身为讨逆军总司令，立即开始行动。辫子军节节败退，复辟分子纷纷外逃。张勋见复辟无望，慌忙逃往荷兰公使馆；康有为见大势已去，仓皇逃入美国公使馆。

至此，溥仪不得不宣布再次退位，仅仅上演了十二天的复辟丑剧彻底落幕。

在这次反复辟三造共和的斗争中，梁启超一如既往地站在民国的立场上，坚持在现有国体下谋求理想政体、绝不倒退的原则，亲自到段祺瑞军中，为讨逆出谋划策，在关键时刻起了重要作用，功不可没。后来在清华国学院，陈寅恪送给梁启超一副对联："旧时龙髯六品臣，新跻马厂元勋列"，说的就是他从戊戌变法到马厂誓师，从保皇到反复辟，看似矛盾、反复，其实正体现出他思想上不断与时俱进的可贵之处。

反复辟虽然成功了，昔日亲密的师生却因此反目，令梁启超非常痛苦。康梁这一对师生在中国历史上是一个独特的存在，他们之间关系的演变有很多发人深省之处。

纵观梁启超的一生，可谓"成也康有为，败也康有为"。他十八岁入万木草堂受教，康有为给他打开了一扇新世界的大门，引导他了解西方学说和维新理论，并带领他走上政治舞台。如果没有康有为，梁启超可能会沿着旧式文人的道路一直走下去，而不会成为一个改革家。此后梁启超唯康师马首是瞻，在维新变法事业上一路追随。在时务学堂期间，湖南守旧派将师生二人并称"康梁"，可见此时梁启超不仅是康门的代言人，而且其贡献、影响不在乃师之下。戊戌政变前，梁启超的思想并未超出康有为的藩篱，正如他自己所说"实无一字不出于南海"。

亡命日本后，二人在气质性情上的差异逐渐显露出来，思想上也渐行渐远。康有为极为狂傲自负，曾自诩"吾学三十岁已成，此后不复有进，亦不必求进"。梁启超说他"万事纯任主观，自信力极强，而持之极毅。其对于客观的事实，或竟蔑视，或必欲强之以从我"。梁启超则与之相反，"常自觉其学未成，且忧其不成，数十年日在彷徨求索中"。梁启超读了不少日本人翻译的西书，加上与革命党人的接触，逐渐对中国现状与出路有了更加清醒与深刻的认识。他先后创办《清议报》与《新民丛报》，鼓吹立宪，宣扬民权，渐渐从康有为学说中突破出来，成为言论界之骄子。据冯自由《革命逸史》记载，康门弟子多以"庵"为号相称，也写作"广"或"厂"。梁启超别号"任厂"，在发表《饮冰室自由书》时改为"任公"，即是脱离康氏羁绊之意。

尽管师生二人的主张有了明显分歧，梁启超还是非常尊敬康有为，并且能够客观评价其地位与影响。1901 年，他用四十八小时写成两万字长文《南海康先生传》，饱含热情地评价康有为是走在时代前列的"先时之人物"，并说"世人无论如何诋先生，罪先生，敌先生，而先生固众目之的也，现今之原动力也，将来之导师也"，断言无论将来情况如何，康先生在中国政治史、世界哲学史上一定会占有重要一席。后来他去考察美国政治，认定美国政体弊大于利，转而提倡开明专制，二人又走向一致。反观康有为，他为报光绪帝的知遇之恩，怀揣着帝师之梦，思想主张一直局限在保皇的范围内无法突破，坚决不接受新思想，坚决不与革命党人合作，既保守又僵化，渐渐落伍于时代而不自知。

辛亥革命后，帝制被推翻，社会进入民国时代。回国后的梁启超认为帝制时代已然远去，共和成为世界大势，于是放弃君主立宪的想法，开始积极拥护民主共和，师生二人因此彻底分手。他与袁世凯合作，希望借袁之手推行宪政。他先是组建进步党，进而在名流内阁任职，之后又打算出任司法总长。康有为对此颇不以为然，来信说："我们与袁世凯在戊戌变法中的仇怨可以不必再提，但这个人是不足依靠的，跟着他一定不会有好结果。"当时梁启超正踌躇满志，回复康师说："先生说这个话，不仅不了解袁项城，连弟子也不了解了。"康有为收到回信有些不高兴，写了一副对联："既不知袁世凯，复不知梁启超，无知人之明，先生休矣；一败绩于戊戌，再败绩于辛亥，举大事不成，中国殆矣。"他的话很快应验：袁世凯复辟帝制的阴谋暴露了。此时梁启超又坚定地反袁，接着反张勋复辟，两次再造共和。可以说，梁启超的思想主张一直随时势而变，但他的善变中有不变：推行宪政的主张不变，绝不倒退的原则不变，爱国救国之心不变。正如他自己总结的："我的中心思想是什么呢？就是爱国。我的一贯主张是什么呢？就是救国。我一生的政治活动，其出发点与归宿点，都是要贯彻我爱国救国的思想与主张。"

清帝退位前后，康有为便梦想着恢复前清帝制，鼓吹"虚君共和"。他试图联合梁启超一起复辟，遭到拒绝；袁世凯屡次试图征召他，也遭到拒绝。他的主张引起梁启超的强烈反对，因为梁一向主张在维持现状的前提下作温和的改革，但总体上绝不倒退。现在帝制已经被推翻了，就只能在民主共和的前提之下谋求进步，而恢复帝制就意味着开历史倒车。梁启超还建议康有为退出政坛，从此不再过问政治。对于康这个自负而霸道的人来说，这样的要求他是一个字都听不进去的。

在护国运动中，康有为也力主讨袁，但他的理由是袁世凯悖逆了大清正统，他希望袁下台后，自己马上拥护溥仪重新做皇帝。梁启超深知康有为的主张与自己截然相反，因此当他打算从上海前往广西时，内心颇为踌躇。最后，他派汤觉顿代表自己去面见康有为，报告自己南行的计划。康有为对梁启超反袁很是赞许，可是却明确提出倒袁之后要复辟，并严厉地说，如果不听话就要反目成仇，吓得汤觉顿不知如何是好。梁启超预感到将来可能真的会起冲突，曾打算写一封长信相劝，并劝徐勤去做工作，劝老师放弃复辟的想法。

很显然，康有为对这位高足的一切努力毫不领情。广西独立后，他发出《请袁世凯退位电》，又发表了《为国家筹安定策者》，公开鼓吹清室复辟。在大是大非的问题上，梁启超没有沉默或退让，他马上发表《辟复辟论》，表明立场：当前不是争论谁做皇帝的问题，而是任何人都不能称帝的问题，因为帝制已被推翻，不能搞倒退。在文中，他对复辟派进行了无情的抨击，说他们在筹安会成立时，不敢出来为故君请命，等到护国军把袁打倒了，却想来坐收渔翁之利，简直是与众为仇，助贼张目，脸厚心黑，居心叵测。虽然没有指名道姓，但矛头明显直指他的老师康有为。为了进一步打击复辟派的嚣张气焰，梁启超替滇黔粤桂四省都督起草了一份反复辟通电，再次重申国体

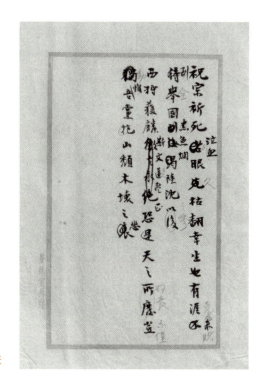

◆ 梁启超书康有为挽联

不能变更的基本原则，并警告说，如有人再提倡复辟，将视之为人民公敌，要像讨伐袁氏一样讨伐他！

可是这些话在康有为心里激不起一丝波澜。袁世凯死后，他认为复辟的机会来了，就纠集前清遗老、反动政客文人，大肆鼓吹尊孔读经。他们在上海成立"各省公民尊孔联合会"，以陈焕章为会长，康有为和张勋任副会长。不久之后，他作为张勋的军师参与了丁巳复辟，与刘廷琛、张镇芳一伙人拥立年仅十二岁的溥仪登基。之后才有了"大言不惭之书生"的正面冲突。此后，凡是梁启超主张的，康有为都表示反对。梁主张对德宣战，康以为不可；梁倡导联省自治，康指为"亡国之言"，等等。

如果说，梁启超此前对康有为的态度一直是恭谨、服从、妥协、忍让的话，那么在张勋复辟闹剧中，康梁师生可谓公开反目。复辟失败后，康有为把政局混乱、国家危亡的责任都推到学生头上，说梁启超等人不听自己的话，"日倡革命分立之事，遂以大乱中国，涂炭生民"，并将反满排共和的言论搜集整理为一本书，名为《不幸而言中不听则国亡》。虽说在政治主张上，梁启超坚持己见；但在个人关系上，他一直不忘师恩，恪守尊师传统。张勋复辟结束后，梁启超请罗瘿公[1]前去向康师解释，说自己在电文中所说的"大言不惭之书生"其实是指刘廷琛等人，学生并没有背弃老师，希望得到谅解。康有为回答说："你是新贵，我是通缉犯，没有被逮捕，已是拜你所赐，其他的就不必多说了。"1923年，他得知康有为漫游至天津，马上去信邀请老师到北京翠微山小住。康有为不愿前往，他就诚恳地改约地点，数次前往拜谒，终于得到老师的谅解。1927年春，康有为过七十大寿，梁启超邀约万木草堂的同学亲往祝寿。他用乌丝格红绫写成十六屏的祝寿文《南海先生七十寿言》，深情地回忆了早年在万木草堂学习的经历，以及师生之间真挚的情感，真诚感谢先生的教诲之恩，并高度评价了康有为的成就及影响。这份墨迹登载于《晨报画刊》上，成为近代史上的重要文献。他又手撰一联，热情歌颂康有为的业绩："述先圣之玄意，整百家之不齐，入此岁来年七十矣；奉觞豆于国叟，致欢忻于春酒，亲授业者盖三千焉！"此后不久，康有为在青岛谢世，因身后萧条，连棺材都买不起。梁启超马上电汇数百元去，并替大女婿周希哲也汇去一百元——因其曾做过康有为的助手，以感谢南海先生的提携之恩。他还和同门弟子一起，在北京宣武城南法源寺设灵位公祭，自己披麻戴孝，在孝子位上站了三天，极哀尽礼。他为恩师写了一副挽联，并撰写了《公祭康南海先生文》，回顾了康有为一生所参与的重大历史事件，尤其对戊戌变法盛赞有加，他说："后有作新中国史者终不得不以戊戌为第一章。斯万世之公论，匪吾党之阿扬。"对康有为参与复辟一事，他在痛心之余也表示理解，因为"丈夫立身，各有所本""贞松不以岁寒改性。宁冒天下之大不韪，而毅然行吾心之所以自靖。斯正吾师所以大过人"。为处理康有为善后事宜，他和徐勤等人发起募捐。梁启超对老师的挚诚，令同门感佩，徐勤说他"古道照人，正气犹存"。从师徒之情来讲，梁启超可谓善全终始了。

[1] 罗瘿公（1872—1924）：名敦曧，字掞东，号瘿公，广东顺德人。近代诗人、京剧剧作家。青年时期就读于广雅学院，为康有为弟子。民国成立后，先后任总统府秘书、国务院参议、礼制馆编纂等职。

第九回

点燃 五四之火

巴黎和会争主权

第一次世界大战进行到第四个年头，由于梁启超的力主参战，中华民国政府发布了财政总长梁启超代拟的《大总统布告》。布告称，由于德国施行潜水艇计划，违背国际公法，危害中立国人民的生命财产安全，中国在宣布对德抗议和绝交无效的情况下，决定自1917年8月14日上午10点起，对德、奥宣战；以前中国与德、奥两国订立的条约、协约、条款等一律废止。次年冬，第一次世界大战以协约国的胜利告终，中国成为战胜国之一。

消息传来，举国欢庆。学校放假，工厂停工，人们纷纷走上街头庆祝，因为这是自鸦片战争以来，中国第一次成为战胜国。不久，国人视为耻辱象征的克林德碑也被移到中央公园，改称"公理战胜"碑，仿佛所有的国耻都从此一扫而空了。那些曾经反对参战的人，这时候纷纷称赞"公理战胜强权"，浑然忘却他们当初是怎样不遗余力攻击梁启超的。一年多以前，梁启超力促对德宣战，使自己成了众矢之的。反对他最强烈的几位，有民党的孙文、唐绍仪，段祺瑞门下的徐树铮，以及遗老代表康有为等。他们说，德国的潜艇战略已经奏效，一个月就能攻破巴黎，两个月后英国将全民饿死，不出三个月，德军将直捣北京，梁启超力促对德宣战，简直是误国。康有为干脆直接批评弟子："你该不是生病发狂吧？你等着看，很快德军就会打进北京城，抓住你作为元凶来惩办！"黎元洪甚至召集了一个会议来反对参战。结果梁启超在会上力陈参战理由，气得黎大总统吹胡子瞪眼睛，恨不得把他逐出京城。所以梁启超说自己是"因主张对德宣战被国民唾骂欲死之一老书生"，一点也不夸张。

当一部分国民成群结队庆祝胜利之时，更多人关注的是美国总统伍德罗·威尔逊提出的"十四条"，希望借此废除以"二十一条"为代表的耻辱条约。"十四条"是处理战后问题的一个纲领性文件，规定战后和谈要在无吞并、无赔偿、民族自主的原则下进行，争取实现所有国家共享的、公正的战后和平。在此基础上，和谈会议定于1919年1月在法国巴黎召开。北洋政府派出五人全权代表团前往巴黎，背负着全国人民的期望去参加和谈。代表团以外交总长陆徵祥为首，其他四位是驻美公使顾维钧、广东军政府驻美代表王正廷、驻英公使施肇基和驻比利时公使魏宸组。

梁启超此时已决意退出政坛。早在1918年初，他就自称"潜夫"，表明不再参与政治活动。德国投降后，他马上表明态度"平和会吾决不加入，已别作一文，明日当见《国民公报》"。他所说的"别作一文"，指的是1918年11月14日发表的《为请求列席平和会议敬告我友邦》。因当时有些国家认为，中国虽然是战胜国一员，但因内乱纷扰，并没有为战争付出实际行动，因此反对中国参加巴黎和会。针对这种论调，梁启超认为，每个国家在革命前后都会有一段时间扰攘不宁，而且中国最近的政治波澜正因对德问题而起，何况在美、法等国的华侨、华工也为战争做出了直接贡献，所以反对论调站不住脚。为了说明中国参加会议的必要性，他还援引了威尔逊的民族自主自决主义，推测和会上一定会讨论中国的若干问题，那么中国人有权利参加。他看到了巴黎和会的重要意义，"为国际开一新局面，我当乘机力图自由发展，前此所谓势力范围、特殊地位，皆当打破"，因此，他希望能够作为民间人士出访巴黎，抓住机会为国家争取利益，但并不愿意以全权代表的身份前往。鉴于梁启超在推动对德宣战方面功不可没，北洋政府决定给他一个"欧洲考察团"的名义，使他可以以巴黎和会中国代表团会外顾问及记者的身份，进行会外活动。与此同时，他从总统徐世昌那里领到了六万元公款，又筹措了四万元，解决了欧游的经费问题。之后，他挑选了一批学有专长的精英，包括张君劢、蒋方震、丁文江等，组成了一个民间代表团，赶赴巴黎和会。讲到此次欧洲之行的原因，梁启超说："我们出游目的，第一件是想自己求一点学问，而且看看这空前绝后的历史剧怎样收场，拓一拓眼界。第二件也因为正在做正义人道的外交梦，以为这次和会真是要把全世界不合理的国际关系根本改造，立个永久和平的基础，想拿私人资格将我们的怨苦向世界舆论申诉，也算尽一二分国民责任。如今外交是完全失望了。"12月28日，考察团从上海出发，踏上了欧游的旅程。

出发之前，梁启超曾向总统徐世昌建议，成立以汪大燮和林长民为首的国民外交协会，负责巴黎和会相关的外交事务。他与协会成员详细讨论了维护中国正当权益的提案，以便与和会代表统一主张。另外，他还会见了英、法、美等国驻京公使，要求他们传达中国的要求，即帮助收回战败国在中国的权益，公使们纷纷表示愿意帮忙。1919年2月16日，国民外交协会在熊希龄家里召开了成立大会，推举熊希龄、汪大燮、梁启超、林长民、范源濂、张謇等十人为理事。不久，该会通电发表七点外交主张，包括撤废势力范围、废弃一切不平等条约及以威迫利诱或秘密方式缔结之条约、定期撤去领事裁判权、取消庚子赔款余额等。

欧洲考察团乘坐轮船，途经新加坡、槟榔屿、锡兰岛、红海等地，在伦

◆ 欧洲考察团在巴黎合影（前排左二为蒋百里、左三为梁启超、左四为张君劢）

敦居留一周后，于 2 月 18 日抵达巴黎。此时距离和会开幕已经整整一个月了。所谓"弱国无外交"，和会的准备会议把与会的二十七国分成三等，英、法、美、日、意五大国是有"普遍利益的交战国"，可参加一切会议；比利时、中国、塞尔维亚等国是有"个别利益的交战国"，只能出席与本国有关的会议；玻利维亚等与德国断交的国家，只在五大国认为有必要时，才能陈述意见。议事规则还限定各国出席会议的全权代表的名额，五大国各五名，比利时、塞尔维亚、巴西各三名，中国、波兰等国各两名，共计七十名代表。积贫积弱的中国只有两个席位，五位代表只能轮流出席。

梁启超认为，山东的主权问题是此次和会要重点解决的问题，因为涉及世界和平和公理，应该得到公正的解决。山东问题的起因，是 1897 年两名德国传教士在山东巨野被中国散兵杀害。翌年，德国以此为借口，从中国政府手中强租胶州湾，期限是九十九年。"一战"爆发后，日本便要求德国把胶州湾移交给自己，并于 1915 年派兵抢占，同时强迫中国政府签订了严重损害中国利益的《中日民四条约》。梁启超一到巴黎，就开始活动。他首先会见了美国总统威尔逊，以及英、法等国代表，请他们支持中国收回德国在山东的权益。接着，又密切地保持与国内的联系，先后给国民外交协会发去九通电报，说明在法情况，商量对日政策。同时，以中国在野人士的身份，多方奔走，数次在报馆、社会各界欢迎会等公开场合发表意见，并写成《中国问题与世界和平》小册子，一再申明中国在山东问题上的立场和原则，即坚决不承认日本承继德国在山东的权利。

早在梁启超出发之前，日本驻华代理公使芳泽就曾宴请过他，意在探查中国在巴黎和会上的主张。双方谈到胶州问题时，梁启超郑重指出："我们自对德宣战后，中德条约废止，日本在山东继承权利之说法，当然就没有了根据。"日方颇不以为然。梁启超抵达巴黎之后，气焰嚣张的日本人在报纸上扬言，中日两国政府已就山东事务洽谈妥当。梁启超气愤之余，多次在公开场合向与会各国郑重声明绝无此事。在 3 月 9 日发表于《巴黎时报》的讲话中，他表示，中国要求撤销自由发展的阻力，包括收回胶州湾、撤销外国在中国的势力范围、修改关税等方面，并且明确提出："胶州湾德国夺自中国，当然须直接交还中国，日本不能借口牺牲，有所要求。"

但无情的事实却把梁启超的希望击得粉碎。巴黎和会一开幕，顾维钧和王正廷等立刻主张把德国在山东的权益还给中国，而日本代表则搬出"二十一条"，要求继承德国在山东的权利。顾维钧等主张"二十一条"随着中国的参战而失效，没想到日本代表拿出一份文件，是1918年9月段祺瑞政府与日方秘密签订的换文，以牺牲山东权益为代价，换取对日借款两千万元！密约中写明，中国政府同意日本继承德国在山东的权益。当时距离"一战"结束仅有四十余日，无能的政府居然因为区区两千万日元，就把国家权益拱手让人，而且是作为新政府的办公经费！更为可耻的是，当日本因山东问题向北洋政府施加压力时，北洋政府竟然发表声明说："中日两国正谋亲善之实现，更不应有任何误解，盼望我两国代表在巴黎会议场中，勿再生何等之误会。"对日本卑躬屈膝，软弱至极。

得知真相的梁启超十分生气，但又无可奈何，他只能把真实的情况向国民报告，汇报山东问题的进展，揭露北洋政府的罪行，并要求政府对日采取强硬态度。3月中旬，他致电北京国民外交协会汪大燮、林长民说："交还青岛，中、日对德同此要求，而孰为主体，实目下竞争之点。查自日本占据胶济铁路，数年以来，中国纯取抗议方针，以不承认日本承继德国权利为根本。

去年9月，德军垂败，政府究何用意，乃于此时对日换文订约以自缚。此种密约，有背威尔逊十四条宗旨，可望取消，尚乞政府勿再授人口实。不然千载一时良会，不啻为一二订约之人所败坏，实堪惋惜。"一腔爱国热情溢于言表。汪大燮、林长民收到电报后，也感到十分气愤，他们马上联合各团体，联名致电中国代表，表示："我等已再电和会，要求青岛等一切权利直接交还，及取消一九一五年中日条约，一九一八年关于山东铁道各密约，请公等尽力主持。倘公等不能尽此职，请勿返国。"另一方面，他们也致书梁启超，请他担任国民外交协会代表，在和会期间为中国争主权："此次巴黎和会，为正义人道昌明之会，尤吾国生存发展之机，我公鼓吹舆论，扶助实多，凡我国人，同深倾慕。本会同人本国民自卫之微忱，为外交当轴之后盾，曾拟请愿七款，电达各专使及巴黎和会，请先提出，并推我公为本会代笔，谅邀鉴及。现已缮具正式请愿文，呈递本国国会政府巴黎各专使，并分致美、英、法、意各国政府及巴黎和会，尽国民一分之职责，谋国家涓埃之补救。兹特奉上中、英文请愿文各一份，务恳鼎力主持，俾达目的，则我四万万同胞受赐于先生者，实无涯既矣。"

3月19日，梁启超受邀参加巴黎万国报界联合会的会议，并发表演说。这个联合会一共只开过三次大会，前两次开会的目的，分别为成立联合会俱乐部和欢迎美国国务卿兰辛，第三次就是欢迎中国公民梁任公先生的会议，由此可见梁启超在国际上的地位之高、影响之大。在会上，梁启超再次强调山东问题的国际影响："弱国地位得公平之保障，实维持世界和平之最要条件也。"他义正词严地说，山东就好比是我国的耶路撒冷，德国侵略山东本来就是不正当的，如果还有一个国家要继承德国在山东的权利，那么这件事情将会成为第二次世界大战的媒介，这样做便是与世界和平为敌！这番演讲赢得了全场的热烈掌声，在场的五名日本记者则极为尴尬。在这里，梁启超说出了中国外交代表在和会上不能说、不敢说的话，起到了外交代表所不能起的作用。出席会议的有法国朝野著名人士及英、美、日等国政界、报界人士数百人，梁启超的这番演说再次表达了中国收回山东的决心，并给日本人以有力的回击。梁启超在巴黎和会外的活动，有力地配合了中国代表为收回山东主权所做的努力。他再度成为一位引人注目的焦点人物。

中国代表团参会的主要任务，就是提出并解决山东问题。由于中日双方各不相让，山东问题被迫暂时搁置。令人没想到的是，主导会议的英国和法国在大战期间与日本另外签订了秘密协定，准备答应日本的无理要求，美国也倾向于支持日本。当山东问题再次被提出来时，中国代表为了遏制日本的殖民步伐，提出由英、法、美、日、意五大国共同管理的代替方案。然而这些努力完全不起作用，英、美等国还是接受了日本的无理要求。消息传出来后，梁启超感到心余力绌，认为当下唯一的办法就是要求代表决不在和约上签字。4月24日，他将山东问题交涉失败的信息电告汪大燮、林长民，再次强调立场要坚定："对德国事，闻将以青岛直接交还，因日使力争结果，英、法为所动，吾若认此，不啻加绳自缚。请警告政府及国民，严责各全权，万勿署名，以示决心。"这就是著名的"外交警报"。林长民在接到电报后，立即按照梁启超的要求，通过外交协会致电巴黎中国全权代表，要求他们决不可签字；并经总统徐世昌同意，急电陆徵祥，若和会将山东权益转交日本，务必全力抗拒。

果然，4月30日，巴黎和会明确同意将德国在山东的权益转让给日本！电报传到北京时，期待"公理战胜强权"的国民失望了。5月1日，各大学的代表在北大等学校集合，商量如何面对亡国危机。满腔热血的林长民在激愤中挥笔写下《外交警报敬告国民书》，5月2日，《晨报》在头条位置以"代论"形式，用醒目的大号字体登载了这篇署名文章。在电文中，林长民呼吁中国民众对巴黎和会的不公决议誓死抵抗，将一腔爱国热情抒发得淋漓尽致。"我政府我专使非代表我举国人民之意见，以定议于内折冲于外者耶。今果至此，则胶州亡矣！山东亡矣！国不国矣！此噩耗前两日仆即闻之，今得梁任公电，乃证实矣！……国亡无日，愿合四万万民众誓死图之。"

梁启超的"外交警报"与林长民的这封《外交警报敬告国民书》点燃了中国人民心中爱国主义的熊熊烈火，轰轰烈烈的五四运动就此爆发。5月3日晚，陈独秀支持的《国民》杂志社，和胡适支持的《新潮》杂志社作为发起人，召集了一千多名学生在北大法科大礼堂召开大会。与会者约定：坚决拒绝签署和平条约，并决定于翌日齐集天安门，举行学界示威游行，抗议政府在和会上的软弱态度。有人当场咬破手指，在衣服上写下"还我青岛"的血书。

5月4日下午一点，天安门广场上聚集了三千多学生。他们高举"取消二十一条""还我青岛""保我主权"的标语，一边散发传单，一边向各国公使馆所在地东交民巷进发。到达东交民巷之后，英、法、意三国大使馆以周日休息为由，拒绝让公使与学生见面。只有美国大使馆的书记官会见了学生代表，他们递上请愿书，要求美国公使支持中国的主张。这时，等在公使馆区外的一部分学生开始高喊："我们去外交部！去曹汝霖家！"于是大批学生又跑到赵家楼，在警察的重重保护下，隔着墙往豪华的曹家投掷国旗和标语。突然之间，一部分学生毁坏窗户爬了进去，并从院子里面把门打开了。学生大举入内，抓住了躲在曹家的驻日公使章宗祥——就是他在 1918 年 9 月的换文上签下"欣然同意"字样的，并且放火烧了曹汝霖的家。在这种极端混乱的情况下，警察动用军队，逮捕了三十二名学生。

当天，大量学生在北京大学集会，要求释放被捕学生，并决定罢课。经过校长蔡元培的多方奔走，政府释放了被捕学生，条件是北大学生不能参加 5 月 7 日国耻纪念日的国民大会，同时恢复上课。可是，在段祺瑞的高压之下，蔡元培被迫辞职了。这又引起了北大学生更大的愤怒，他们到处集会、演讲、抵制日货，甚至召开烧毁日货大会，并再次罢课。6 月初，大批学生被捕。消息传出去后，运动扩大到全国各地，天津、上海、广州、南京、杭州、武汉、济南各地的学生、工人纷纷自发地团结起来开展行动。连马来西亚、泰国等地也有学生游行示威。在这种形势下，北京政府终于宣布：罢免曹汝霖等人的职务。

虽然梁启超不是五四运动的主角，但他始终与广大青年学生站在同一条战线上，与这场反帝爱国的政治运动息息相关。他"冲破了政治的黑暗，使静止的社会变为动力的社会。使'久病麻木之国民'得到'针药注射之疗治'"。当得知五四运动的情况后，他很高兴，并在电报中表示，北京学界的"爱国热忱令策国者知我人心未死"。

但是，由于梁启超在巴黎的活动影响到全权代表团的行动以及国内的政局，他到巴黎之后不多久，国内就不断有人造谣中伤他。首先是王正廷打电报给上海各报界，说巴黎有华人逆谋助日，矛头直指梁启超。他这样做的目的，是想成为代表团的领导，因此排挤陆徵祥和顾维钧，进而中伤梁启超，因为梁的影响太大、声望太高，会直接影响他夺权。五四运动发生后，又有人对梁启超恨之入骨，说他煽动学生，图谋不轨，甚至在国会内提出所谓"弹劾案"，指责他"自命名流，实同妖孽，趁欧洲和会之际，为自身活动之谋，领政府巨金，冒称以个人之资格为议和委员之后盾。梁启超自到巴黎之后，谬托政府委任，遇事干涉，并受外人贿使，不惜卖国求荣。"接着又有人传言，说梁启超和法国人合作办了一个大公司来开矿，没想到巴黎、伦敦的很多中国人都相信了。他听了之后哭笑不得，因为法国有限制资本出境的禁令，连这个常识都不知道，还要造谣、信谣，着实可悲。

尽管背负种种误会和指责，梁启超并不在意，而是继续为国家利益奔走。6月中旬，他撰写了《世界和平与中国》一文，表明中国的正义要求与态度，并请人翻译成英、法等文字广为传播。同时，他以中国名士的身份与美国总统威尔逊、英法国家代表及社会名流会晤，为争取巴黎和会的外交胜利积极运动。在梁启超、林长民等人的号召下，北京、上海、山东等地展开了各种形式的拒签和约斗争，在巴黎的中国代表团先后收到几千封国内警告电。而北京政府却一意孤行，仍然命令代表在和约上签字。

梁启超又将和会近况和北京政府的主张告知在巴黎的留学生，希望他们也进行抗议。合约签字那天，巴黎留学生与华侨商人等将中国代表团寓所团团围住，对中国代表发出"如敢出门，当扑杀之"的警告，要求他们拒绝签字。陆徵祥等人寸步难行，被迫向报界发表声明拒签和约。至此，日本利用巴黎和会窃取山东利益的阴谋最终破产。1919年6月28日，凡尔赛宫的签约仪式上，中国代表团无一人赴会。顾维钧在回忆录中这样描述当天的情形："汽车缓缓行驶在黎明的晨曦中，我觉得一切都是那样黯淡。那天色，那树影，那沉寂的街道。我想，这一天必将被视为一个悲惨的日子，留存于中国历史上。"对山东虎视眈眈的日本野心不死，于1920年初卷土重来，又恬不知耻地向中国外交部提出山东善后问题，并妄图绕过协约国集团，与中国直接交涉，狼子野心昭然若揭，但即刻遭到中国人民的强烈反对。

同年3月初，梁启超刚从欧洲回来，立即发表谈话，坚决反对日本的无理要求。他认为日本虽然攫取了在山东的权利，中国却获得了国际同情与支持。他呼吁北京政府务必坚定立场，为国家人格计，一定要拒绝与日本直接交涉。他又在《申报》上发表关于山东问题的谈话，重申一贯的主张："中国代表没有在巴黎和约上签字，就是中国的胜利，日本的失败。今日中国若放弃前功，有辱国家人格，必须抱定'拒绝直接交涉的决心'。"

梁启超所发表的这一系列对日本外交的谈话，坚定了中国政府绝不同日本直接交涉山东问题的严正立场。山东问题的最终解决，是在1922年2月召开的华盛顿会议上。这次会议签订了《中日解决山东悬案条约及附约》，条约内容规定，除淄川、坊子、金岭镇各矿山由中日合办外，中国完全收回青岛及山东的全部权利。

虽然五四运动发生时，梁启超并不在场，但他是运动的主要推动者，因此对"五四"饱含情感。次年，他写了《"五四纪念日"感言》，高度评价"五四"是"国史上最有价值之一纪念日"，因为五四运动是"国人自觉自动之一表征"，盖"一年来文化运动盘礴于国中，什九皆'五四'之赐也"。此外，他还致书总统徐世昌，要求释放被捕学生，因为学生发起五四运动是"出于爱国之愚诚，实天下所共见。至其举措，容或过当，此自血气方刚之少年所万不能免"，何况这些学生已经被羁押了一年多，受的惩罚也够了，现在应该放他们回家，何必要扬汤止沸，平地掀波呢？

欧游心影思救国

1918 年 12 月 27 日，梁启超在上海与张东荪、黄群谈了一个晚上，"着实将从前迷梦的政治活动忏悔一番，相约以后决然舍弃，要从思想界尽些微力"。所谓"从前迷梦的政治活动"，说的是他归国以来七年从政的生涯。这七年是他生活最不安定的时代，也是他著述力消退、文字出产量最少的时代。对于从政，他颇有悔意；说起救国，他感到迷茫。为此，他打算约几位朋友去游历欧洲，目的在于到欧洲资本主义老家那里去，找一些在国内找不到的答案，开一剂救国的药方，同时借机为自己"求一点学问""拓一拓眼界"，决定今后要走的路。

次日，他便和约好的几位朋友，分别经太平洋、大西洋和印度洋、地中海，兵分两路前往欧洲。因为是有目的的游历，同行的几位都是经过精心挑选的各领域的重要专家，堪称精英荟萃。蒋方震（字百里）曾是蔡锷在日本陆军士官学校的同学，又参加过护国运动，是著名的军事家，此次主要负责军事领域的考察。张君劢（字士林）曾在柏林大学攻读政治学博士，负责考察欧洲政治，也可充当德文翻译。徐新六（字振飞）毕业于巴黎国立政治学院，法语很好，此行负责经济技术领域的考察，兼任法语翻译。刘崇杰（字子楷）曾任驻日使馆一等参赞、代理驻日公使等，是著名的外交人才，负责外交领域事务。丁文江（字在君）是中国地质科学的创始人之一，此次作为自然科学家同行。杨维新（字鼎甫）也是新会人，从早稻田大学毕业后，长期追随梁启超，曾在民国政府教育部供职，此行专门考察战后欧洲的教育情况。

梁启超偕同蒋、刘、张、杨四人乘坐的"横滨丸"，就是护国战争中从上海送他到香港的船。想起当时同行的汤觉顿、黄孟曦皆已作古，他不觉黯然神伤。看到自己当年起草讨袁檄文的暗室，又有恍如隔世之感。但远离政界，精神放松，舟行海上，水阔天空，他的心情很快就变得舒畅起来。"舟行之乐，为生平所未见，波平如镜，绝似泛瓜皮于西湖也。""此行在印度洋波平如掌，红海毫不苦炎……为乐无极。"本来他1918年春夏间生了一场不小的病，可现在一点儿也不晕船，胃口好得很。加之生活很有规律，无人打扰，"体气日加强健，神志日加发皇"，面色也红润起来，比之去年判若两人。他们每天很早起床，看日出，学外文，打球下棋，聊天作诗，一路欣赏天光海色，过得很是充实。

时间如水般流过。转眼间，轮船经过新加坡、槟榔屿，来到位于印度半岛南端的锡兰。相传佛陀曾在此处说《楞伽经》，因此锡兰又称楞伽岛。岛上海拔三千尺处，有一处叫作坎第的名胜，他们租了汽车前去游览。一路上深山大谷，植被茂密，到处都是椰子树和槟榔树，可谓"处处榕阴堪憩马，家家椰树不论钱"。偶尔碰着几头大象，从密林中缓缓走出，别有风味。在路旁的小瀑布边，他们遇到几位手捧椰子的黑美人。美人见他们口渴，就把椰子当场剖开，殷勤地请他们品尝椰汁。刘新六觉得十分有趣，就把这难得的场面拍了下来。走了许久，眼前突然出现一个牛形的大湖，湖水澄澈，水天一色，令人全然忘却跋涉之苦，精神为之一爽。湖边有从前锡兰土酋的故宫，还有黄遵宪笔下的卧佛寺。"那天正是旧历腊月十四，差一两分未圆的月浸在湖心，天上水底两面镜子对照，越显出中边莹澈。"他们花了两个多小时，绕湖一周，得窥坎第湖全貌。当晚就在湖边露宿，枕着绝美的风景入眠。蒋百里感慨地说："今晚的境界，是永远不能忘记的！"天亮了，睁开眼一看，只见白云盖满一湖，仿佛伸手就能采撷盈把。"夜回兰棹餐湖渌，晓靸芒鞋踏岭烟"，不一会儿，太阳出来了，白云变幻间，露出隐隐的山色，恍若置身仙境。坎第的影子，就这样深深地印在梁启超的脑子里了。

船在印度洋上走了二十多天，海日生残夜的美景已看得厌倦了，不觉冬去春来，到了红海。有一天，他们看到奇特的日落，那种美真是无法用语言来形容。满天红云像是从沙漠里倒蒸上来，变幻无穷，"倒影照到海里来，就像几千万尾赧色鲤鱼，在那里鳞鳞游泳"。直到这时，他们才恍然大悟，原来这就是"红海"的由来啊。

　　他们的船经红海和苏伊士运河，出塞得港，由地中海往西，经直布罗陀海峡，沿大西洋海岸继续航行，于1919年2月中旬抵达伦敦，与先行到达的丁文江、徐新六二人会合。战后的伦敦，市容萧条，但见黄雾四塞，日色如血，令人不禁想起黄遵宪《伦敦苦雾行》中"苍天已死黄天立"的诗句。伦敦不愧为雾都，有时候连太阳、月亮和灯都无法分清，让人感到十分压抑。他们住的虽是一家上等旅馆，条件却好不到哪里去。暖气早就停了，每个房间只分得一点碎煤取暖。连火柴都是稀罕物，迫使他们把多年的烟瘾都给戒了。趁着徐、丁二人前往巴黎布置住处的空当，他们参观了著名的威士敏士达寺。这个寺历经一百多年建成，融合了英国各个时代的建筑样式却毫不违和，英国的国民性真是既保守又兼容，令人感慨。古寺高耸的双塔毗连哥特式的巴力门，庄严古朴，令人起敬。巴力门是"世界民主政治的老祖宗"，在这里，他们参观了总统选举之后的新国会，并在下议院旁听，亲身感受了英国政党政治的好处，明白了英国宪政日进无疆的原因。这两个建筑可谓是英国国民性最好的表征了。

　　在伦敦住了一个星期，他们就去了巴黎。此时和会已经开幕一个月了，

◆ 1919年梁启超47岁
生日时摄于巴黎

英、法、美三国首脑暂时离开，各国的政要们吵吵嚷嚷也都累了，和会无事可做。梁启超决定乘着这个空当，去法国战地游览一番。

在法国政府的精心安排下，他们以巴黎为中心，前往南部、北部战地，进行了为期三个多月的考察。在兰斯市，他们参观了罗马记功坊，以及哥特式的兰斯大教堂；在洛林州，看到了梅孜市公园里代表平民英雄的铜像，以及斯特拉斯堡大教堂，又跟参加过普法战争的老兵攀谈；在莱茵河右岸的联军驻防地，享用了法军副总司令设在"中欧销金窟"——威士巴顿的晚餐；在巴黎，走进了丹费尔·罗什洛广场下面陈列着七百万具骷髅的隧道，参观了卢梭故居，欣赏了近八十岁老女优的歌声，又乘飞机直上高空，登上法国最大的天文台，窥月里山河、土星光环……除了这些奇特的风景和经历外，此次漫游法国全境，沿途所见皆是残破，昔日的繁华都市早已化作断壁颓垣、荒烟蔓草。梁启超深为感慨，刚刚结束的这场死伤三千多万人的战争，实在是文明之殇，"比起破坏的程度来，反觉得自然界的暴力，远不及人类，野蛮人的暴力，又远不及文明人哩。"

之后的四五个月，他们以巴黎为根据地，先后考察了英国、比利时、荷兰、瑞士、意大利和德国。在英国，他们体验了三千多吨的世界最大潜水艇，"飞于法而潜于英，此次大战之利器，总算遍历矣"；参观了剑桥大学和牛津大学，与剑桥校长在学校食堂共进晚餐；探访了经济学家亚当·斯密和苏格兰大文学家司各特的故居，前者已经变成马厩，后者让他们饿了十几个小时的肚子，也算难忘的经历了。在瑞士的阿尔卑斯山北麓，他们看到了不同于坎第的奇特日出。当时朱家骅正在瑞士的洛桑游学，因此他们得以品尝地道的中国美食，朱夫人做的红烧肉得到客人的一致称赞。在意大利，夜游水上城市威尼斯，在罗马"日日与古为徒，几忘却尚有现代意大利人矣"，又到那不勒斯参观维苏威火山。最后一站的德国最为凄凉，柏林全市饭馆停业，"晚九时抵柏林，此十五小时中仅以饼干一片充饥，盖既无饭车，沿途饮食店亦闭歇也。战败国况味，略尝一脔矣。霜雪载途，益增凄黯。"全欧破产，于此可见。考察结束后，他请军事专家蒋方震撰写了《德国战败之诸因》，算是为从前他们所钦佩的德国起草了一篇悼词。

梁启超将数月以来的主要功课总结为四点：见人、听讲、游览名胜和学习英文。游览名胜只是欧游中很小的一部分内容，因为此次游历的主要目的是考察与学习，以便开阔视野，了解世界的真正形势，为日后从学术、思想上改造中国打下基础。与当地名士、学者的交往，是他们了解和观察欧洲的重要途径。法国的名士见了一大半，尤其是政治家和哲学家、文学家。他观察到巴黎人最富于社交性，每赴一次茶会，就能认识无数朋友，他甚至觉得：如果再住半年，可能巴黎所有的书呆子都会成为自己的知己。美国的全权代表见了四个，其余小国名士所见不计其数。所谓听讲，是"发愤当学生"，用心了解战时各国财政与金融、西欧战场史、近世文学潮流及法国政党现状等相关情况。学英文则是从来时的船上就开始的，一直坚持到回国途中。

位于巴黎附近的白鲁威寓庐，是梁启超一行在欧洲游历期间的主要住所。尤其是1919年冬天，他们几乎一直住在这"深山道院"中没有出门。这里既安静又便宜，请两个下人，每天做两顿饭，生活成本也不高。只是冬天缺煤，数人共围一炉，烧湿柴来取暖。即使条件如此艰苦，梁启超仍然坚持每天学英文。在给大女儿的信中，他这样描述他们的学习生活："英文已大略能读书读报了。吾用功真极刻苦，因此同行诸君益感学问兴味，百里、君劢皆学法文，振飞学德文，迭为师弟，极可笑也。最可笑者，吾将来之英文，不能讲，不能听，不能写，惟能读耳。向来无此学法，然我用我法，已自成功矣。"白天学英文，晚上写游记，他用心地对"一战"后欧洲的政治、经济、文化作全面细致的观照，同时思考中国未来的道路该怎样走，《欧游心影录》初稿就这样诞生了。

1919年6月，梁启超在英国给梁启勋写了一封很长的信，谈到自己的思想正在酝酿一场新的"革命"。"至内部心灵界之变化，则殊不能自测其所届。数月以来，晤种种性质差别之人，闻种种派别错综之论，睹种种利害冲突之事，炫以范象通神之图画雕刻，摩以回肠荡气之诗歌音乐，环以恢诡葱郁之社会状态，饫以雄伟矫变之天然风景，以吾之天性富于情感，而志不懈于向上，弟试思之，其感受刺激，宜何如者！吾自觉吾之意境，日在酝酿发酵中，吾之灵府必将起一绝大之革命。惟革命产儿为何物，今尚在不可知之数耳。"这种"革命"和变化，到他回国前后才逐渐明晰起来，并鲜明地体现在《欧游心影录》中。

1920 年 2 月 23 日，梁启超一行从法国马赛出发返国，于 3 月 2 日抵达香港，结束了一年多的欧洲之行。3 月 15 日，他回到天津，京城里的亲友都前来为他接风洗尘。第二天是梁启超四十八岁生日，亲友们在家里布置筵席给他祝寿，宾客满堂，其乐融融。

在梁启超抵达香港的次日，《欧游心影录》的首篇《欧游中之一般观察及一般感想》，便开始在上海《时事新报》连载，立即引起轰动。这部十三万字的著作分为八篇，其实并未写完。梁启超写《欧游心影录》的目的，是希望青年们"人人存一个尊重爱护本国文化的诚意"，然后"用那西洋人研究学问的方法去研究他"，再"把自己的文化综合起来，还拿别人的补助他，叫他起一种化合作用，成了一个新文化系统"，并"把这新系统往外扩充，叫人类全体都得着他好处"。从这些立意出发，他在书中对于西方世界因"一战"彻底暴露出来的危机，进行了报道和反思；对中国未来的道路与抉择，提出了具体的方案；对中、西方文化的价值，有了理解的新维度；对中国文化的新生，给出了新的希望。

很多人认为，《欧游心影录》标志着梁启超抛弃西方近代文明，完全回归中国传统文化。因为书中的主要观点是对"科学万能"的诅咒，对"东方文明"的讴歌；加上美国新闻记者赛蒙氏曾跟梁启超说："西洋文明已经破产了……我回去就关起大门老等，等你们把中国文明输进来救拔我们。"其实问题并不是这么简单。梁启超虽然觉得"科学万能"论破灭了，但同时他也看到了科学、自由竞争、个性发展等所创造的价值，认为西方文明总体上还是在进步发展；其次，他提出的解决中国问题的十几条措施，基本还是用西方近代文明的经验和成果去补救。

对于第一次世界大战中暴露出来的西方近代文明的危机，梁启超有清晰的认识和直接的批评。在他看来，从自由竞争，到社会达尔文主义，到尼采崇拜强者的"超人"理论，演变出种种恶果，如贫富悬殊、崇拜强权与金钱、军国主义勃兴等；过于相信科学万能，致使道德和宗教信仰衰落，人们欲望日日加高，竞争越来越激烈，永无休止；人生被高度物质化，失去了意志自由，道德也走向沦丧；由于思想解放，个人主义、社会主义、国家主义、世界主义等各种思想之间发生矛盾，容易使人无所适从，从而产生怀疑、失望、麻木甚至幻灭之感。这些，似乎都标志着"西洋文明已经破产""西洋文明定要根本改造"。梁启超也感叹："一百年物质的进步，比从前三千年所得还加几倍，我们人类不惟没有得着幸福，倒反带来许多灾难。"

可是另一方面，我们还应该看到，他在报道自由竞争的社会思潮导致贫富不均的恶果时，也指出："百年来政制的革新和产业的发达，哪一件不叨这些学说的恩惠？"在报道"欧洲人做了一场科学万能的大梦，到如今却叫起科学破产来"时，他专门下一条注说："读者切勿误会，因此菲薄科学。我绝不承认科学破产，不过也不承认科学万能罢了。"梁启超并未失去对欧洲的发展、对现代西方文明的价值及其新发展的信心。《欧游心影录》第一章上篇中专门写了"新文明再造之前途"与"物质的再造及欧局现势"两节，就表明了他这种乐观的态度。他说：读者听了自己与美国记者塞蒙氏的对话，可能会以为欧洲整个儿就要完了，西方近现代文明要灭绝和中断了。针对这种疑虑，梁启超大摇其头，因为"欧洲百年来物质上、精神上的变化，都是由

'个性发展'而来，现在还日日往这条路上去做。"他们把中世纪的贵族文明，发展成如今的群众文明，而群众是大多数，所以总体看来，社会还是在走上坡路，"现代的欧洲人……还是日日求自我的发展；对于外界的压迫，百折不回地在那里反抗，日日努力精进。"梁启超在参观了英国议会的议事辩论之后，佩服得五体投地。因为他看到英国人对于自己的主张丝毫不肯让步，对于敌党的意见也诚心实意地尊重。他回溯到 19 世纪初英国激进党一名议员提出"普通选举法案"，年年被否决，年年再提出，一连提了七年，终于通过，而且后来普通选举成为全世界天经地义的惯例。他还放弃了从前所推崇的德国国家主义政治，说要将专制主义的大本营（德、俄、土、奥）连根拔起，使得民主主义成为政治上的优势。并举德国为例，认为其战败的根源，就在于国家主义发达得过于偏畸，人民个性差不多被国家吞灭了，所以遇到英、法、美等个性最发达的国民，就只有吃败仗的份儿——这是对个性主义和民主政治毫不退让的肯定。

梁启超在批判西方文明的同时，也认识到一些新的学说正在产生，西方文明总体上还是在进步发展。他相信科学会继续进步，物质文明会继续发展；也相信哲学再兴、宗教复活，都是意料之中的事。他说欧洲人正在试图寻找"一个真正的安身立命所在。如今却渐渐被他找着了"。找着的是什么呢？他举出俄国克鲁泡特金的互助说、美国詹姆斯的人格唯心论、法国柏格森的直觉创化论等。例如詹姆斯一派，一改从前唯心派将心理认作绝对实体，和外在世界相对立的观点，而是用进化论的科学方法，以适应性来解释意识的进化，把适者生存的原则运用到心理学的范畴，认为个人的人格向上和社会的人格向上相辅相成，这样就解决了个人主义、社会主义、国家主义、世界主义之间的种种矛盾。再如柏格森认为，世界真正的本源既非精神又非物质，而是一种"生命之流"、生命的创造进化，整个宇宙都是由"生命之流"支配和派生的。世界万物无时不在流动、绵延，无时不在创造、进化，而主动权操纵在人的手中，那么人只管努力前进就是了。他总结说："这些见地，能够把种种怀疑失望，一扫而空，给人类一服'丈夫再造散'。"他说现在虽不敢断言，这些新学理能像康德、达尔文的学说那样"转移一代人心"，但"欧人经过这回创巨痛深之后，多数人的人生观因刺激而生变化，将来一定从这条路上打开一个新局面来，这是我敢断言的哩"。

在第一章的上篇报道了欧洲的情形之后，梁启超接着写了下篇"中国人之自觉"。此所谓"自觉"，一是对落后的认识，一是对如何改变落后面貌的认识。他认为中国人的落后表现为缺乏个性独立，缺乏法治精神、守则精神、批判精神、自治精神等方面。针对这些落后之处，他提出了全民政治、尽性主义、思想解放、法制精神、宪政、自治、社会主义、国民运动等补救办法。这些补救之道，除了"尽兴主义"和用内省、求真我之外，其余都是用西方近现代文明元素，来实行中国的变革。也就是说，近代中国的建设事业，无论政治、经济还是思想、精神，都要以借鉴西方近代发展经验、学习西方近代发展成果为主，这是解决中国问题、实施救国方针的不二之路！

在反省了中国人的缺点，找出补救办法之后，梁启超又主张回归中国传统文化，发出为全人类贡献中国创造的新文化、并以之来救拔西方世界的号召。其途径是用西方人研究学问的方法来研究中国传统文化，在中西文化的"化合"中来实现："拿西洋文明，来扩充我的文明；又拿我的文明，去补足西洋的文明，叫他化合起来成一种新文明。"这是梁启超思想一个巨大的开拓，即从国家主义提升到世界主义，从救国强国提升到"向人类全体有所贡献"，体现了梁启超高度的文化责任感和积极的创造意识。

第十回

创建
现代学术

厚德载物入清华

1920 年春天，欧游归来后，梁启超决意退出政界，专心致力于文化教育事业。他先是接手承办中国公学，让张东荪出任教务长、代理校长。虽然经费常常捉襟见肘，但在七八年的时间里，中国公学还是培养了数千毕业生，或留学欧美，或服务社会，办学成绩堪称优秀。同时，他发起成立共学社和讲学社，整顿《改造》杂志。共学社旨在"培养新人才，宣传新文化，开拓新政治"，主要工作是编译新书，前后组织出版了百余种书。讲学社的主要目的是邀请外国著名学者来华讲学，加强中西文化交流。先后邀请了美国哲学家杜威、英国哲学家罗素、德国哲学家杜里舒和印度文学家泰戈尔前来，他们巡回国内各地发表演讲，在思想界引起极大反响，开启了外人来华讲学的新风气。除此之外，他一直孜孜不倦地著述，鞠躬尽瘁地讲学，在学术上成就斐然，在教育上桃李满园，终于成为一代文化宗师。

◆《欧洲战役史论》手稿

在梁启超晚年繁忙的学术生涯中，最为重要的一笔，是他与清华学校的不解之缘。这种缘分功在当世，也泽被后人。清华学校创建于1911年，是用美国退还的庚子赔款创办的留美预备学校，本来称清华学堂，次年更名为清华学校。1914年欧战爆发后，梁启超离开纷扰的京城，于11月底来到清华著书，借住在西工字厅，取名"还读轩"。在宁静的清华园，他用十天时间完成《欧洲战役史论》的书稿，对"一战"中的世界格局和战争因素做了宏观分析，并预言德国必败。书成后，他将所著内容向清华学生作过两次讲演，一共讲了五个小时，"听者娓娓不倦"。又写了一首题为《甲寅冬假馆著书于西郊清华学堂成〈欧洲战役史论〉赋示校员及诸生》的古体诗，登在1914年第二十五期《清华周刊》上，以志纪念，并希望清华学子"相期共艰危，活国厝妥帖"，关注时局，积极参与政治，在国家危难之际以实际行动爱国救国。《欧洲战役史论》虽是速成，却显示出梁启超过人的洞察力和高远的世界眼光，张荫麟评价此书："元气磅礴，锐思驰骤，奔砖走石，飞眉舞色，使人一展卷不复能自休者，置之世界历史著作之林，以质而不以量言，若吉朋、麦可莱、格林、威尔斯辈，皆瞠乎后矣。"

在当年的一次主题为"君子"的讲演中，梁启超引用了《周易》当中乾坤二卦的象辞来说明"君子"的条件："天行健，君子以自强不息；地势坤，君子以厚德载物。"他勉励清华学子像天一样运行不息，坚忍强毅；像地一样度量宽厚，无所不载，对他们寄予厚望："清华学子，荟中西之鸿儒，集四方之俊秀，为师为友，相磋相磨，他年遨游海外，吸收新文明，改良我社会，促进我政治，所谓君子人者，非清华学子，行将焉属？"希望他们崇德修学，勉为君子，挽狂澜于既倒，作中流之砥柱。这次演讲对清华的学风和校风产生了深远的影响。后来，学校就把"自强不息，厚德载物"定为校训。

1917年初，梁启超再次应邀到清华讲演。他在开场白里说："鄙人于两年前，尝居此月余，与诸君日夕相见。虽年来奔走四方，席不暇暖，所经危难，不知凡几，然与诸君之感情，既深且厚，未尝一日忘，故在此百忙中，亦不能不一来与诸君相见。"表示出对清华的特殊感情。这次讲演的题目是《学生自修之三大要义》，在他看来，青年学生要修养自我，需从为人、做事和学问

三方面提高自我，"反省克己"是为人之要义，"精力集中"是做事之要义，"开发本能"则是学问之要义。他对清华学子抱以"至亲爱之精神，至热诚之希望"，勉励他们积极进步，报效国家，拳拳之心，溢于言表。

1920 年欧游归来后，梁启超曾一度打算去南开大学或东南大学执教，其间还有好几个学校请他去做校长。但斟酌再三，他还是选择了清华。当年 12 月，他开始到清华授课，讲题为"国学小史"，包括哲学、伦理学、政治学、经济学等内容。该题结构宏大，他越讲越有兴趣，原定十次的课最后讲了几十次。他自己写了讲义，课上还让学生记录。因讲义和记录积稿盈尺，于是应学生们的要求，将有关《墨子》部分的讲学内容略加删定，题为《墨子学案》印行成书。

两年后，梁启超被正式聘请为清华学校的国学讲师。他本人在清华开设的课程有"五千年史势鸟瞰"和"中国学术史"，这两门课的讲义后来辑成《中国历史研究法》第二部和《中国近三百年学术史》。还有《中国韵文里头所表现的情感》，共十四篇，对古典诗歌作了独到而富有激情的解读。除此之外，他还不时就清华学校的校务提出自己的意见。

本来清华学校设置有中等科和高等科，各以四年为限。五四运动后，师生发出"改良清华""教育独立""学术自由"的呼声，学校决定：逐年停办中等科，保留高等科的留美预备生学制，同时改办大学。《清华周刊》将师生们对"改大"的意见辑为《彻底翻腾的清华革命》，请梁启超作序。他非常爽快地答应了，并在序言中提出，希望学校改组董事会，建立校友会；并逐年缩减留美经费，尽量让学生以大学毕业生的身份前往美国游学；同时预筹办学基金，为十八年后庚款终了时维持学校生命做准备。这些主张指出了清华办学的重要问题，说出了广大师生的心声，因此为学校所采纳。1924 年初，校长曹云祥函请胡适、范源濂、丁文江等人担任清华大学筹备顾问，正式将"改大"提上日程。

在此之前，北京大学于 1921 年创建了研究所国学门。校长蔡元培亲自担任所长，国学大师沈兼士任国学门主任，除本校名师出任导师外，还聘请了王国维、罗振玉为通讯导师，一时引起社会各界的关注。其后，不断有人呼吁清华学校加强国学教育和研究。梁启超、胡适等人也主张清华学生除研究

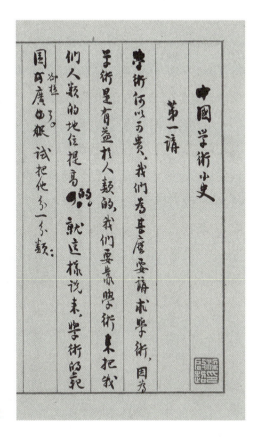

◆《中国学术小史》稿本

西学外，还应研究国学。早在 1914 年假馆清华著书之时，梁启超就在座谈会上说过："清华学生除研究西学外，当研究国学；盖国学为立国之本，建功立业，尤非国学不为功。"清华校务会议经过多次研讨，决定在设立大学部的同时，设立清华研究院。因资金等问题，研究院先设立国学门一科。

要办好国学研究院，首要任务是聘请博古通今、学贯中西的大师来执教。为此，校长曹云祥专门向筹备顾问胡适请教，想请他出任导师并主持研究院。胡适说："非一流学者，不配做研究院导师，我实在不敢当。你最好去请梁任公、王静安和章太炎三位大师，才能把研究院办好。"1925 年 2 月，研究院筹备主任吴宓拿着曹云祥签发的聘书，到北京城织染局十号去聘请王国维出任导师。王国维被吴宓恭敬的态度打动了，他曾任溥仪的南书房行走，所以在赴天津请示逊帝溥仪后，才"面奉谕旨命就清华学校研究院之聘"。随后，吴宓赴天津拜谒梁启超。梁启超与清华渊源很深，而且他有三个儿子——思成、思永和思忠先后到清华求学，于是欣然接受聘任。后来陈寅恪送给学生蒋天枢等人一副对联，说他们是"南海圣人再传弟子，大清皇帝同学少年"，就是指王、梁二人分别是帝师和康徒。当时学术界公认"章太炎是南方学术界的泰山，梁任公是北方学术界的北斗"，可是"泰山"自视甚高，加上与王、梁二人不投合，因而拒聘不就。

在聘请王、梁二位导师的同时，吴宓建议聘请陈寅恪回国执教。梁启超到任后，也向曹校长建议延聘陈寅恪。曹云祥问："他是哪国博士？"梁启超答："他不是博士，也不是学士！"曹又问："他有什么著作？""也没有著作。"曹校长说："既不是博士，又没有著作，这就难办了。"梁启超生气地说："我梁某人也没有博士学位，著作算是等身了，但我的著作加起来，还不如陈先生寥寥数百字有价值！"曹校长这才同意给这位"三无"学者发聘书。确实，不仅梁启超没有博士学位，王国维也没有，但丝毫不妨碍他们是学贯中西的大学问家。陈寅恪是湖南巡抚陈宝箴的孙子、著名诗人陈三立的儿子，自幼受家教熏陶，熟读经史子集。二十岁后赴欧美游学，先后在柏林大学、苏黎世大学、巴黎大学、哈佛大学等世界名校学习。他认为求学不是为文凭，所以游学多年，没有拿到一张文凭、一个学位。接到聘书时，他正在柏林大学研究梵文、巴利文等，答应次年春天归国就任。后来的事实证明，梁启超真是很有眼光，陈寅恪就任导师以后，以其学贯中西的广博学识被学生誉为"教授中的教授"。当时研究院还聘请了哈佛大学博士、语言学家赵元任出任导师，请考古学家李济出任人类学讲师。

四大导师人选已定，吴宓就着手与王、梁二位商讨办学事宜。3月上旬，校务会议讨论通过了他们草拟的《研究院章程》。《章程》规定，国学研究院的目的在于培养以著述为毕生事业的学者和各种学校的国学教师，学制以一年为期。4月23日，梁启超住进了清华北院二号。这里是为外籍教师建造的别墅式洋房，人称"小租界"，可见校方的重视。就任后，吴宓就和梁、王二位导师商量招考题目和办学方案。8月1日，清华学校研究院正式成立，9月9日举行开学典礼。

根据章程规定，国学研究院的教学方式有普通演讲和专题研究两种，前者是导师当堂讲授，后者是学生在导师的指导下作专门研究。其中，梁启超的普通演讲是每周三晚上讲《中国通史》；他指导的专门研究学科有中国佛学史、宋元明学术史、清代学术史和中国文学。第二年，他的普通演讲课变成了儒家哲学和历史研究法；指导的专题研究包括中国文学史、中国哲学史

◆ 1925 年清华国学研究院教师合影（前排左起：李济、王国维、梁启超、赵元任；后排左起：章昭煌、陆维钊、梁廷灿）

等九种。到 1928 年，由于健康等原因，梁启超开的课程只剩历史研究法和儒家哲学两门。在此期间，研究院创办了《国学论丛》季刊，梁启超任主编。1927 年改组的清华董事会，梁启超名列三人之一。

1926 年 3 月，梁启超因病住进协和医院，做了割肾手术后，体质大大下降，经常请假休养。9 月中旬，他支撑着参加了开学典礼并发表演讲后，只能被迫减少工作量。他在家书中说："此后严定节制，每星期上堂讲授仅二小时，接见学生仅八小时，平均每日费在学校的时刻，不过一小时多点。又拟不编讲义，且暂时不执笔属文，决意过半年后再作道理。"此时，医生对他的作息已提出严重警告。1927 年秋，有一个叫王省的学生，上交了一封意见书给学校评议会，说梁启超教授因长期生病不能到校，请学校添聘国学教授，否则就应取消研究院。这个学生提出此种要求，并非没有道理。因为王国维于 1927 年 6 月自沉昆明湖，而赵元任和李济分赴外地作方言调查和考古发掘，只有陈寅恪一人常驻院中。另外就是梁廷灿、浦江清、朱希祖、梁思永等几名讲师和助教在，确实难以指导学生。评议会讨论的结果，是请任公回校上课。会后，曹云祥把王省的意见书油印后寄往天津，希望梁启超能主动辞职。此时梁启超的病情日益加重，因而辞去校董之职，并于 1928 年 2 月向清华提出辞去教职。5 月，学校评议会决定，请梁启超担任通讯导师，等病好后仍回校任教。这一届毕业生的论文还是请他在家中评阅，下一年的招生命题，他也还是主要出题人。

1928 年 6 月，北伐军进京，北洋政府覆灭。梅贻琦暂代校务，此时清华师生发起校务改进运动。大家提出的建议中，有一条是停办国学研究院，筹办大学毕业院。8 月 17 日，南京国民政府议决：清华学校改为国立清华大学，任命罗家伦为校长。罗家伦到任后，立即决定停办国学研究院。但本年度招收的最后一届学生依然照常学习，并增聘了陈垣和罗振玉为导师。

国学研究院前两年均招收二十九名研究生，后两年因缩减经费等原因，招收新生渐次减少。其中刘盼遂、姚名达、吴其昌三人因成绩优秀而读了三年，周传儒读了两年，他们在学校待的时间长，读书又肯用心，是以跟梁启超的关系非常好。梁师的言传身教，对他们的影响很深。

梁启超曾在《清华周刊》谈过对清华学校的展望和建议，提出人格教育可以以教授者的人格为标准，以身作则是人格教育的唯一途径。他就做到了以人格感召和影响学生。他尊重学术，工作非常认真。刚搬进清华北院二号时，他一个人住，生活很不方便。得了伤风，有点发烧，想洗热水澡也没有条件；想找点如意油、甘露茶，一概找不到，真是狼狈得很。在这么艰苦的条件下，他晚上经常睡不着，可在工作上却不打一点折扣，仍然夜以继日地备课、讲课，以至于用脑过度。1925 年 10 月，学校举行"双十节"纪念会，安排梁启超到会讲话。由于记错日期，到开会之时，他却在城里，学校只好取消讲话的议程。后来他不甘于失掉这个机会，于是把拟好的讲稿发表在《清华周刊》上，居然长达万言。由于身体状况一直不好，他的很多课都由学生做笔记、整理讲义。他每周三讲儒家哲学，当时有人制了一条灯谜"梁任公先生每星期三讲哲学，打一人名"，谜底是：周传儒。因这门课的记录者是周传儒。他的笔录后来编为《儒家哲学》一书。讲《读书示例》，由吴其昌记录笔记，发表在《清华周刊》上。在燕京大学讲《古书真伪及其年代》，也由吴其昌、姚名达等学生整理讲义。他几乎每讲一门课，就有一本学术专著问世。直到 1928 年夏天，肾病越来越严重的情况下，他还坚持把学生论文审阅完了才回天津养病。回去之后也不肯完全休息，又着手编写《辛稼轩年谱》。

即使躺在病床上，他还是侧身拿着笔继续写作，直到体力完全不支才作罢。

梁启超的学识渊博，是举世公认的。他从小旧学根柢深厚，成年之后也常常手不释卷，即使在病中，也坚持阅读和写作，很好地诠释了"自强不息"的清华精神。五十岁那年，顺德罗瘿公说他"每为天下非常事，已少人间未见书"，熊希龄也说他是"学而不厌，而不稍停。诲人不倦，而不自矜"。1926 年正月，刘盼遂和吴其昌到清华北院为老师贺岁。一进门就看到梁启超"据案高吟，墙内洒如"，勤奋的样子对学生的触动很大。他们想到自己年纪轻轻却日日颓放，颇为惭愧。1927 年夏，谢国桢从国学研究院结业之后，曾在天津饮冰室住过一段时间，教梁思达、梁思懿读书。有时候，梁启超在写作的间隙，就把谢国桢和孩子们一起叫进书房，给他们讲一讲古今名著，一边抽烟，一边慢慢踱步。有一次，讲到董仲舒的《天人三策》，他背一句讲一句，一字不差。谢国桢很是佩服先生的记忆力，梁启超笑着说："我要是不能熟练背诵《天人三策》，又怎么能给皇帝上万言书呢？"他的精力非常充沛，与学生们在一起时，有时朗诵苏轼、陆游的诗词，有时伏案练习魏晋六朝的书法，极少浪费时间。

梁启超的著作繁多，涉及面很广，有人戏称为"广零散"。但他做学问总能独辟蹊径，因此这些著作多有创见。他非常重视这种独创性，认为这是学问的价值所在。比如研究清代学术，他从《清代学术概论》开始，到《中国近三百年学术史》结束，以前的学者没有这样渊博，以后的学者也没有如此精邃。这两本著作成为后人研究清代学术不可跨越的高峰。他认为老师的责任，就是要培养学生独立钻研的能力，因此经常抽时间教学生怎样做学问，怎样读书。对于勤奋、有独创性的学生，他总是不遗余力地给予鼓励。学生刘节刚入学不久，就在《东方杂志》上发表了《弘范疏证》。梁启超知道后，把他叫过去，大大地表扬了一番。余永梁写了几篇关于契文的考释，他就送了《殷墟书契前编、后编、菁华》全套给他。姚名达写了《章实斋年谱》《邵念鲁年谱》，他就介绍到商务印书馆去出版。

梁启超为人谦和，心胸博大，没有架子，治学和做人并重，对学生有潜移默化的影响。四大导师中，梁启超最年长，是陈寅恪的父辈，但他在学术上多推王国维为先，也公开表示佩服陈寅恪的学问。他在一次公开谈话中说："教授方面，以王静安先生为最难得。其专精之学，在今日几为绝学，而其所谦称未尝研究者，亦且高我十倍。"并表示以能与静安先生共处为荣幸。学生有疑难问题，他总是说："可问王先生。"就纯粹的学术而论，梁启超成就最高的领域是史学，但与王国维相比，他确乎要让出一头。王以专精取胜，梁以博大取胜，骛博则浅。他对此有清醒的自觉，曾对学生说："专门学问的深刻研究，在我们同事诸教授中，谁都比我强。"他曾力荐陈寅恪入清华，但这位教授非常有个性。有一次，因为讨论陶渊明弃官归隐的问题，二人争论起来。梁启超认为，陶渊明归隐最主要的动机，是当时士大夫廉耻扫地，他不肯同流合污，把自己的人格丧掉。陈寅恪却说梁"无论从政还是从教，都不

清華學校研究院畢業證書

研究生李鴻樾係湖南省瀏陽縣人
在本校研究院國學門研究一年期
滿經導師審查成績認為合格特給
予畢業證書此證

導師 王國維
教務長 梅貽琦
校　長 曹雲祥
梁啟超
陳寅恪
趙元任
李濟

中華民國十五年六月廿五日

在乎在清朝还是在民国"，是以自己的经历去解释古人的行为，态度相当不客气。当时有人嘲笑梁启超"引狼入室"，梁只淡淡地说了一句："无论是批评陈寅恪的人，还是讥讽我的人，都把我们看得太小了。"

梁启超是个极重感情的人，对同事、朋友、学生都有深情，可谓菩萨心肠。王国维投湖时，他本在天津养病，听说消息后不顾亲友劝阻，亲自到清华为其办理后事。当年秋季开学后，他带着研究院的学生，手持鲜花来到王国维墓前，叩首祭拜，痛哭一场。祭奠仪式完成之后，他在墓前对着学生发表演讲，高度评价了王国维的学术成就，勉励学生们发扬先生的学风，争取学有所成，方不辜负他的教导和期望。蔡锷去世后，他非常痛心，在北京发起筹办松坡图书馆。北洋政府将北海的快雪堂和西单牌楼石虎胡同七号拨给他们。梁启超出任馆长，尽心尽力搜罗书籍，以充实图书馆。在清华期间，他每周进城一次，住在西城区南长街的梁启勋家。每天晚饭后休息十分钟，抽完一支烟就开始写字，一个大字卖八块钱——靠此来维持图书馆的开支。

他不仅对同事谦和，对学生也像朋友一样，很愿意和他们打成一片。学生杨鸿烈毕业论文写了一箱，梁启超开玩笑说他是东方朔——据说东方朔给汉武帝上奏用了三千片竹简，重达一百多斤。谢国桢爱好书法，毕业时，王国维亲自书写《落花诗》二首于扇面相赠。王国维去世后，梁启超听说了赠扇之事，也买了一把檀香木折扇，写上这两首诗送给周传儒，并说："以此兼纪念王师也。"有一次，姜亮夫等学生到他家里求教。梁启超见学生们来了，非常高兴地对姜说："今天我要写几副对子，你帮我拉对子纸。"准备就绪后，他提笔写了一副对联送给姜亮夫："海燕飞来窥画栋，落荷相依满横塘"，意谓学生们来看他，一群人围在一起，亲如一家，其乐融融。为了让学生更好地接受导师们的人格熏陶，研究院每月举行一次茶话会，还常在周六晚上举行师生同乐会。梁启超平时上课比较严肃，但是在茶话会和同乐会上却比较放得开。有一次同乐会上，大家要求梁先生也表演一个节目。他就背了一段《桃花扇》，流畅程度令人吃惊。除此之外，天气好的时候，几位导师会带着学生进行户外学术交流活动。蓝文徵回忆说："每当春秋佳日，随侍诸师，徜徉湖山，俯仰吟啸，无限春风舞雩之乐。院中都以学问道义相期，故师弟之间，恩若骨肉，同门之谊，亲如手足，常引起许多人的羡慕。"每年暑假将近之时，梁启超都会抽出时间，带着学生作北海之游，"俯仰咏啸于映雪浴兰之堂，亦往往邀名师讲学其间"。师生同游，尽情畅谈，怡养性情，交流学术，形成了和谐的师生关系和兼容并包的学风。

梁启超把学生当成自己的孩子，很关心他们的生活。国学研究院的学生读书是自费，他了解到有些学生家里很贫困，就给他们安排一些文字工作，给点报酬贴补生活。当时梁启超在国学研究院做教授，薪水是每月四百元，而周传儒给松坡图书馆编目，每月可得五六十元，其他同学也能收入二三十元。他到燕京大学讲《古书真伪及其年代》，让周传儒当助教，做一些抄写工作，又帮他解决了半年的生计问题。后来周传儒在商务印书馆当编辑，工资微薄，他就介绍他去见暨南大学校长郑洪年，后来周传儒在暨大做了副教授，每月工资二百元。他热心地帮很多学生找工作，介绍程璟、徐中舒去教书，请谢国桢当自己子女的家庭教师，又介绍刘节、王庸到北京图书馆工作，介绍方壮猷做丁文江的秘书。

由于梁启超用满腔的热情浇灌学生，注重在生活点滴中关爱他们，所以学生很愿意亲近他，并且在亲炙教诲之中受到他伟大人格的影响。他在清华教过的学生，后来大多成为著名学者或专业人才。比如蒋百里，是著名的军事家，后来出任保定陆军学校校长；丁文江是地质学家，中国地质学的开山大师；王力，著名语言学家，长期执教于北京大学，另有徐中舒、陆侃如、姜亮夫、罗根泽、高亨等，都在学术界享有盛名。1928 年，已经毕业的周传儒给尚在研究院读书的谢国桢写了一封信，谈到各位同学的成就，他说："吾校研究院，可谓绝对的成功。烦转告师座，种瓜得瓜，种豆得豆，一锄不曾空费；数年之后，将见满门桃李，尽笑春风矣！"

梁启超对清华的感情极深。从 1914 年开始，他就积极参与清华学校的建设，后来更是全程参与了清华的"改大"。刚担任国学研究院导师时，生活条件很差，可是他给梁思顺写信说："吾爱悦兹校之诚，乃至不能自名状。吾在城市与混浊之社会相接，往往悲忧愤悒，心灰意尽。吾一诣兹校，则常览一线光明横吾前，吾希望无涯涘也。"他真心希望清华学校能办成全国"学校之模范"，并拼尽全力为清华培养人才。1928 年，由于身体状况越来越差，他被迫很不情愿地辞去国学导师一职。在给思顺的信中，他还在犹豫，说自己"极舍不得清华研究院"。

梁启超去世后，1929 年夏，国立清华大学举行第一次毕业典礼，同时国学研究院第四届学生毕业。《清华周刊》报道说："清华大学部，成立四年来，今年系第一班毕业。旧制之最后一班与国学研究院之最终一班亦均于今年毕业，故本届毕业之情景，有空前绝后之意味存乎其中。"至此，研究院完成使命，正式结束。此后，清华大学逐步设立各研究院所，招收研究生。国学研究院虽然停办了，但清华大学的国学研究并没有停止。尊重知识，尊重人才，学术和做人并重，梁启超等导师们树立的这些好传统得到了全面继承和发扬，"先生之教，所以继往圣，开来学，而有大功于斯世也。"梁启超泉下有知，也会感到欣慰的。

兴会淋漓作讲演

梁启超曾说："战士死于沙场，学者死于讲座。"他是一个优秀的演说家，一生中所作的演讲，至少有二百余次。其中 1912 年归国后的两个月内，他在天津和北京发表了十几场演说。每次演说都长达万言，切中时事，开启蒙昧，"意气声容，恻怛悲壮，闻者舞蹈感泣"。当年底，张君劢和蓝公武就将这些演说辞辑录为《梁任公先生演说集》第一辑，交北京正蒙印书局出版。在护国运动、张勋复辟和五四运动前后，他又发表了关于时局的演说三四十次，从中可见他这几年关注的重点和爱国的基本立场。1920 年欧游归来后，他又

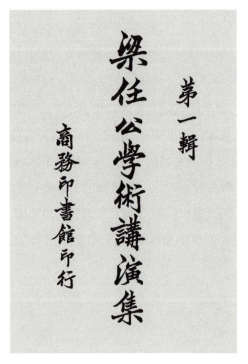

◆《梁任公学术讲演集》第一辑

一次开启了轰轰烈烈的演讲之旅。两年内，他先后在北京、天津、济南、上海、武汉、长沙、南京、南通、苏州等地，作各类演讲五六十次，次数之多、题材之丰、听众之广、地域之大是罕见的。其中，1921年秋冬应京、津各学校之请所作的七次公开演讲，讲稿由杨维新汇集为单行本出版，题为《梁任公先生最近讲演录》。1922年至1923年初，在北京、济南、南京、上海、长沙、武汉、开封等地发表的演讲，辑为《梁任公学术讲演集》第一辑、第二辑和第三辑出版。三辑中共收录讲演词二十六篇，第三辑的自序中说"此半年间，日必有讲，但多未自属稿"，可见实际数量远不止此。

欧游期间，梁启超认为西方文明有许多问题，转而对中国的前途充满希望："中国前途绝对无悲观，中国固有之基础亦最合世界新潮。"1920年春，在中国公学的演讲中，他认为德国和日本的集权制不适合中国，因中国人民喜欢民本政治，不喜欢被政府干涉。他又说，西方人提倡竞争主义，而中国人擅长的是互助、礼教、克己和抛弃个人享乐，因此能维持社会的生存与增长。但事实是否如此，恐怕还值得商榷。竞争主义和互助主义是不是非此即彼？中国的现代发展是不是真的不需要竞争主义？好像不是这么简单。他还预言：西方经济积重难返，势必破裂；中国的小农制度适合现代经济的发展。一百年来的历史事实证明，他的这两个判断都错了。此前他提倡国家主义和个性主义，强调鼓励资本、发展生产，如今却提倡礼教和克己，主张小农制度，反对资本主义，体现了他思想趋于保守倒退的一面。

1915年，由于京城过于喧嚣，梁启超选择避居天津。此后，他多次在南开学校演讲。1917年初，他应邀参观南开，在全校师生大会上发表演讲。他高度评价负有盛名的南开学校是"中国前途之大幸"，勉励南开学子："磨炼其脑力，坚定其意志，倡为风气，普及全国，则诚国家无疆之福也。"这次演讲，持续了一个多小时，受到南开学子的热烈欢迎。当时周恩来正在南开读书，并任《校风》周刊文苑部部长，他怀着敬仰之情前去听讲，认真做了记录。在《梁任公先生演说记》的前言中，他说："任公先生吾国舆论界泰斗，亦近代文豪也。上月三十一日，应校长张先生之请，来莅吾校，阖校师生特开欢迎会于礼堂，丐其教言。先生慨然登台演讲，历时约一钟有半，气度雍

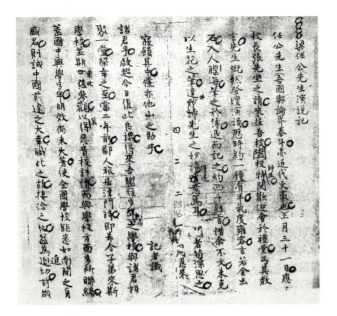

容，言若金石，入人脑海。"这篇四千余言的演讲记录，被周恩来作为作文交给老师审阅，老师在文末的评语是："叙述周详，而文笔之汪洋浩瀚，亦足以达任公之妙谛，此才岂可以斗石量之！"1921年之后，梁启超又先后在南开大学演讲《大学的责任》《青年元气之培养》《教育家的自家田地》等，或提倡整理国故，融合中西；或主张关心时局，爱国救国；或勉励健全人格，锻炼成才，寄托了他对南开学子的殷切期盼。

1922年春，梁启超在北京大学礼堂作了关于《老子》成书年代问题的讲演。礼堂内座无虚席，连窗台上都坐满了人。他在演讲中认为，《老子》可能是战国时期的作品，并说："我今将《老子》提起诉讼，请各位审判。"几天以后，他真的收到一份判决书，作者是当天在现场听讲的张煦。他认为梁任公所提出的证据，丝毫不能证明《老子》是战国产品，因此要将原诉驳回。他旁征博引，条分缕析，写了洋洋万言来批判任公。梁启超收到这篇文章后，对于作者的尖刻之语并不在意。虽然并不赞同对方的观点，但他极为赞许作者的才华，说："鄙人对于此案虽未撤回原诉，然深喜老子得此辩才无碍之律师也。"这段学术佳话，体现了敢于向权威挑战的少年的豪气和宽于奖掖后进的前辈的风范。

1919 年，胡适的《中国哲学史大纲》出版，轰动一时，大有洛阳纸贵之势。但是书中的许多观点引起了广泛议论，直到三年后，此书依然是学术界的热门话题。1922 年 3 月初，北京大学哲学社决定请梁启超作一次公开演讲，专门评论胡适这本著作。报纸上登载了讲座启事，要求听讲的人带一本胡著前去，结果北京商务印书馆的书被抢购一空。讲座在第三院大礼堂持续了两天之久，会场一直座无虚席。梁启超非常认真地备课，在讲座中，他先肯定了胡适这本书表现出"敏锐的观察力，致密的组织力，大胆的创造力，都是'不废江河万古流'的"，随后指出全书的缺点，同时也特别赞赏其中的精彩之处，比如说"第七篇讲的墨子，第八篇讲的别墨，都是好极了。我除了赞叹之外，几乎没有别的说"。梁启超对先秦诸子有精深的研究，因此他对胡适的批评往往切中肯綮。胡适年轻气盛，当场针对他的批评逐条回应，显示出非凡的才华。两人的交锋使这场讲座变得十分精彩，令听者大开眼界。对于当时的情景，陈西滢有生动的记录："任公的演讲，经过了长时间的准备，批评都能把握重点，措辞犀利，极不客气，却见风趣，引导听众使他们觉得任公所说的很有道理。第二天留下一半的时间让胡适先生当场答辩。胡先生对第一天的讲词似乎先已看到记录，在短短四十分钟内，他便轻松地将任公主要的论点一一加以批驳，使听众又转向于胡先生。如果用'如醉如狂'来形容当时听众的情绪，似乎不算过分。"在当天的日记里，年轻的胡适很是生气，说梁"不通人情世故"。但是很快他就释然了，后来还在日记里说，梁启超公开批评他，是"表示他的天真烂漫，全无掩饰，不是他的短处，正是可爱之处"。

随后，梁实秋等几个学生通过梁思成邀请梁启超到清华演讲，他很痛快地答应了，而且非常重视。演讲的题目是《中国韵文里头表现的情感》，他提前做了充足的准备，先把讲稿整整齐齐地写在宣纸制的稿纸上，然后才走进高等科楼上的大教室里。在梁实秋眼中，这位叱咤风云的著名学者是"一位短小精悍秃头顶宽下巴的人物，穿着肥大的长袍，步履稳健，风神潇洒，左顾右盼，光芒四射"。他走上讲台，向下面扫视一圈，然后说了两句开场白。

第一句是："启超没有什么学问。"然后眼睛向上一翻，再轻轻点一下头，说出第二句："可是也有一点咯！"这样谦逊，又如此自负，一下就引起了听众的兴趣。这次的演讲，他讲得很辛苦，额头上都是汗，他掏出毛巾，一边擦汗一边继续讲。由于板书很多，他不时叫坐在前排的儿子："思成，黑板擦擦！"于是梁思成就跳上讲台去擦黑板。他的记忆力很好，演讲中间经常要征引古代诗歌作品，他大部分都能流畅地背诵出来。偶尔有几句记不起来的，他就用手敲一敲自己的头，过一会儿便又想起来，继续大段背诵下去。由于太过投入，他的演讲简直成了表演，"他真是手之舞之足之蹈之，有时掩面，有时顿足，有时狂笑，有时太息。听他讲到他最喜爱的《桃花扇》，讲到'高皇帝，在九天，不管……'那一段，他悲从中来，竟痛哭流涕而不能自已。他掏出手巾拭泪，听讲的人不知有几多也泪下沾巾了！"不一会儿，讲到杜甫的《闻官军收河南河北》，他那挂着泪的脸上又露出和杜甫一样喜悦的笑容了。学生听了演讲才知道，任公先生除了"笔锋常带情感"，演讲时的情感也极其饱满动人呢！这篇演讲很长，分三次才讲完。他每次都讲得十分投入，带着学生一起进入唯美的艺术天地，直到铃声响起，还要拖几分钟的堂，然后才在掌声中大摇大摆地走出教室。学生们则坐在观众席上，继续沉浸在美妙的艺术境界中，久久回味。除了当时深受感动之外，他们中的很多人还从此爱上了古典文学。

当年冬天，梁启超应东南大学之邀，赴南京讲学。成立于1921年的国立东南大学，号称"东南最高学府"。该校仿照哥伦比亚大学的做法，开办暑期学校，邀请杜威、孟禄、胡适、梁启超等海内外知名人士前来讲学，并在讲学的大会堂中挂上柳诒徵教授题写的"美尽东南"金字匾额。在郭秉文校长的积极擘画之下，东南大学一时名师荟萃，俊彦云集，竟有"孔雀东南飞"之誉。在暑期学校的欢迎会上，梁启超给很多同学留下了极好的印象，因为他谦虚而诚恳，一点架子也没有。1922年9月，郭秉文在新学年开学典礼上宣布：学校除了原有的教授以外，还添了许多专家。其中最重要的专家之一便是梁任公先生，将长期演讲中国古代政治思想。

次月，在大礼堂举行的欢迎仪式上，梁启超发表了演讲。他有感于暑假在曲阜孔林所见千年柏树依然枝繁叶茂，子贡亲手种植的楷柏由死干旁发生嫩枝的现象，勉励学生："诸君肄业高师与东大，犹孔林大树然，由一干而透出两干，受雨露滋养与肥料之培植，发育愈为迅速。……中国当此困厄之秋，而能发展新文化，是为人能宏道。诸君志气高超，若能抱定宏道精神做去，充分发展自己之学问，以培养自己之人格，此则深有厚望于诸君者也。"当天和他同台演讲的，还有杜里舒博士。中西两位大哲学家同台讲演，听讲的观众将近千人，盛况空前。

自此以后，梁启超寓居南京成贤街成贤学舍，马上投入讲学、演讲之中，忙碌异常。他每天下午在东南大学讲《中国政治思想史》的先秦部分，每周一、三、五上午到支那内学院听欧阳竟无讲佛学，每周二、周四、周六为第一中学、法政专门学校和第一女子师范学校讲演两小时，周五晚还要为校内各种学术团体讲演两小时以上，此外各学校或团体之欢迎会还有若干演讲。他写信给蹇季常说，自己实在太忙了，"可谓拼命"，恨不得把一天扩充为四十八小时才够用。拼命之处不仅在于演讲，还有编写《中国政治思想史》讲义。他的写作状态、精神饱满程度简直令人吃惊："右手在写文章，左手却扇不停挥。有时一面在写，一面又在答复同学的问题。当他写完一张，敲一下床面，让他的助手取到另室；一篇华文打字机印稿还未打完，第二篇稿又摆在桌面了。"就这样，到南京才一个月，他就写了十万字的讲稿，以至于张君劢急得劝阻他"铁石人也不能如此做"。

11月下旬，散原老人陈三立在寓所宴请老朋友梁启超。两人二十余年未见，高兴之下开了一坛五十年的老酒痛饮畅谈。席间说起蔡锷之死，梁启超凄怆伤怀，竟至大醉而归。结果第二天就感到身体不适。张君劢很担心他的健康，请医生诊治，还停了他一切的讲课、演讲活动。本来周四晚上在法政专门学校有讲座的，张君劢听说他抱病演讲，马上跑到学校，把他从讲坛上拉下来，痛哭流涕地说要为国家保护他。周五上午，梁启超照例到东南大学上课，结果走到教室门口，发现贴着通告说自己生病告假了。他生气地跟梁思顺吐槽，说张君劢是个呆头呆脑、蛮不讲理的书呆子。没想到张君劢是个倔脾气，扬言要开一个梁先生保命会，让各校学生签名，集体把先生"请"

出南京。最后，他只好投降，暂停了一段时间的工作。

等到身体稍稍恢复了，他马上满怀热情地投入工作。他给思顺写信说："欠着许多讲演债，打算这两个礼拜内陆续还清他。"1922年12月25日，东南大学举行云南起义纪念会，他应邀作了题为《护国之役回顾谈》的讲演。作为护国战争的重要参与者，他说自己是"带着箭伤的一匹小鹿"，一摇动那支箭就痛彻肝肠，因为那段历史是好几位最亲爱的朋友，用他们最宝贵的生命换来的。他深情地回忆了蔡锷的一生，在长沙，在日本，在云南，在北京的种种，以及后来"为国家而战，为人格而战"，领导云南起义，与张敬尧部队英勇作战，直至最后病死日本，一边讲一边流泪。最后，他满怀期待地说："我们青年倘能因每年今天的纪念，受蔡公人格的一点感化，将来当真造出一个真善美的中华民国出来，蔡公在天之灵，或者可以瞑目了。蔡公死了吗？蔡公不死！不死的蔡公啊！请你把你的精神变作百千万亿化身，永远住在我们青年心坎里头。"这样深厚诚挚的话语，不知打动了多少青年学子！

可是，梁启超在东南大学的讲学并没能维持下去，讲演的债也无法还完了。元旦前后，他到上海请法国医生检查身体，证实患了心脏病。医生让他少说话，少演讲，少走路，多睡觉，同时戒烟戒酒。他害怕了，只能拒绝东南大学学生的好意，在作了两次告别演讲之后，于1923年1月中旬回到天津。归家后，他立即在《晨报》刊出《启事》，说要"遵医命，闭门养疴，三个月内不能见客"。

对于演讲，梁启超非常自信。他曾说："我因蕙仙得谙习官话，遂以驰骋于全国。"但其实他保留了比较明显的新会口音，学生听他演讲时，往往没精力做笔记，只能睁大眼睛试图听懂。等到讲完，再争着向广东同学借笔记来抄。梁容若曾回忆说，他第一次听梁启超的讲演，是在1923年，北京高师国文学会邀请梁讲"清初五大师"。"他懒于写板书，他的广东官话对于我们很生疏，所讲的问题，事前又没有预备知识，所以两小时讲演的内容，听懂的实际不到六成。当晚在日记里写'见面不如闻名，听讲不如读书'，因而联想任公先生南北奔驰，到处登坛讲学，究竟是否收到比著书更大的效果，怕要大成问题。"而且他有点口吃，讲话总喜欢以"这个这个"开头，学生们私下里送他一个绰号"这个老博士"。他知道后，说自己还很年轻，强烈要求把"老"字去掉，改称"准先秦博士"。尽管如此，他充满激情、学识渊博、风趣幽默的演讲还是广受欢迎。他在北京各处作学术演讲，常常有一两千名听众。在师大演讲时，学校干脆安排在风雨操场上，尽管如此，还是到处都挤满了人。

梁启超烟瘾很大，还特别喜欢打麻将。当时文化圈里流行"方城之戏"，梅贻琦、胡适、徐志摩、潘光旦等人都是麻将爱好者。从日本回国后，常常有人请梁启超作演讲。有时候他会拒绝，理由是："你们定的时间，我恰好有四人功课。"他所谓的四人功课，就是打麻将。他当年用过的红木棋牌桌，至今保存在天津饮冰室一楼。梁启超有一句名言："只有读书可以忘记打牌，只有打牌可以忘记读书。"有时答应了别人的演讲邀约，他也不专门找时间备课。眼看着马上就要去讲了，他还在打麻将。同座的人为之着急，他却笑着说："我正在利用打麻将的时间打腹稿呢！"但是因为心有旁骛，他每赌必输。有人劝他别打了，他却说："麻将是我创作的源泉，我的手一摸麻将，就文思泉涌，不然就文思枯竭，屡试不爽，已成习惯啦！"

◆ 广智书局版《饮冰室文集》

著论岂惟百世师

梁启超具有异乎寻常的治学禀赋，胡适称他是"当代力量最伟大的学者"，徐佛苏说他"平昔眼中无书，手中无笔之日亦绝少，故生平之著述总额人皆谓有'二千余万字'之多，占古今中外著作家之第一位。"恃才自负的外交家黄遵宪也惊叹于梁启超的才华，称赞他的才识和文章"并世无敌"，说他是七十二变的孙行者，而自己只是猪八戒。学术上的梁启超，实在堪称一代巨擘。年轻时，他就曾自励"献身甘作万矢的，著论求为百世师"，在短短的三十多年里，他以超乎常人的学力、魄力、精力和效力，完成了《饮冰室全集》一千四百多万字的写作，给我们留下了丰富的文化遗产，成为文化史上令人仰止的一座高山。

梁启超一生笔耕不辍，他的文集也不断出版。1903 年，何擎一编辑的《饮冰室文集》由广智书局出版，收录了他 1896 年至 1902 年之间在《时务报》《清议报》和《新民丛报》上的论著，约二百万字，他自己写了序言和《三十自述》。1916 年，商务印书馆印行《饮冰室丛著》，收录了梁启超自 1902 年到 1915 年之间的学术专著，包括《新民说》《饮冰室自由书》《新大陆游记》等十几种，又有近二百万字。同年，中华书局出版了《饮冰室全集》四十八册，将他 1902 年至 1915 年的政论和学术文章分类编辑，也有二百余万字。1926 年，中华书局出版了梁启超的侄子梁廷灿重编的《饮冰室文集》，共八十册，收录 1898 年至 1925 年之间的著作，但不够全面。直到 1936 年，中华书局又出版了林志钧编辑的《饮冰室合集》，分文集和专集两部分，共四十册，近一千万字，收录宏富，流传广泛，畅销达半个世纪以上。2018 年，中国人民大学出版社出版了汤志钧、汤仁泽主编的《梁启超全集》，二十大册，一千四百余万字，是迄今为止收录最全的梁启超文集，但仍有缺漏。梁启超的论著，涉及哲学、文学、史学、经学、法学、伦理学、宗教学、美学等多个领域，堪称"百科全书式"的学者，足见其学力之宏富。

很多人都说梁启超的学问趣味太杂，他自己也说："吾学病爱博，是用浅且芜，尤病在无恒，有获则失诸。"但同时，他很享受这种丰富的学问趣味。在给女儿的信中，他说："我每历若干时候，趣味转过新方面，便觉得像换个新生命，如朝旭升天，如新荷出水，我自觉这种生活是极可爱的，极有价值的。"他每对一种学问产生兴趣，就把全副精力投入其中，因此在很多领域都写出了水平很高的专著。

梁启超一生造诣最深的领域是史学。他不仅写出了大量的历史研究著作，而且吸收西方近代史学理论和方法，开创了中国近代新史学。20世纪初，他倡导"史界革命"，发表了《新史学》《中国史叙论》等作品，自称"新史氏"。20年代，他在南开大学讲课，为帮助学生成为一国民进而成为一世界人，他写了《中国历史研究法》，随后又完成《中国历史研究法补编》。这两部书对新史学的理论和方法做了全面的探讨和总结。

在清学研究方面，梁启超也取得了极高的成就。早在1904年，他就在《论中国学术思想变迁之大势》中写了第八章《近世之学术》，用不到万言的篇幅，简要介绍了明亡以来的学术思想。1920年欧游归来后，蒋方震看到欧洲"万卉齐开，佳谷生矣"的盛景，认为中国也应走上文艺复兴之路，于是写了五万余言的《欧洲文艺复兴史》，请梁作序。此前，梁启超曾在伦敦演讲《中国的文艺复兴》，认为清代学术也是"由复古得解放"，因而是中国的"文艺复兴"；胡适也曾劝他记述自己"躬与其役"的晚清今文学运动。因此他借机以清代学术与欧洲文艺复兴相印证，进而探讨中国之所以落后于西方的原因，以此为蒋著作序言。不承想，梁启超"下笔不能自休"，仅用半月时间就写出了五六万字，差不多与蒋方震原著一样长。他认为天下古今没有这样的序言，于是就跟蒋商量，希望这篇文章宣告"独立"。为了不辜负朋友，他给蒋方震的书另外写了一篇短序，同时"倒打一耙"，反过来请蒋为自己这本书写一篇序言。随后，他将长文交给他与蒋共同主编的《改造》杂志连载，同时寄给张元济主持的上海商务印书馆，以《清代学术概论》为名出版单行本。出人意料的是，这本小书出版之后大受欢迎，居然成了畅销书！当时南京的商务印书馆分馆，常有人在门外等着买这本书。几乎家家书桌上都有这本书，否则不足以开口谈论学术。这算得是学术史上的一段佳话。1923 年秋至 1924 年春夏间，梁启超在清华等学校讲授"中国近三百年学术史"课程，他广泛阅读清代名著，用心写成的讲义《中国近三百年学术史》，1926 年由上海民志书店刊行。此书洋洋二十余万言，成为梁启超单独印行的著作中部头最大的一种。除此之外，他还写了《戴东原哲学》《颜李学派与现代教育思潮》等单篇文章，丰富了自己的清学研究。

先秦思想史研究，是梁启超学术史研究的重要方面。20 世纪 20 年代，他先后撰写了《孔老墨以后学派改观》《老子哲学》《孔子》《墨经校释》《庄子天下篇释义》《荀子评诸子汇解》《儒家哲学》等论文和专著。其中，1922 年出版的《先秦政治思想史》，是其先秦思想史研究的代表作。他探讨了先秦诸子学说形成的历史渊源，概括和评价了各家学说的基本特征和长短得失，注意到各家学派之间的相互影响，并注重中外学术的比较研究，从而为民族复兴寻找契机。

早在万木草堂期间，梁启超就接触过佛学。康有为在《大同书》中盛赞佛学博大精深，在课上也讲，当时他还听不懂。主笔《时务报》期间，梁启超结识了谭嗣同。谭嗣同曾跟从杨文会学习佛学，在其影响下著《仁学》。他常常往返于南京和上海两地，与梁启超探讨《仁学》中的理论问题，其中就涉及佛学的内容。1921 年，梁启超到南京讲学时，每周抽时间去跟着欧阳渐学习唯识学，即使生病了也坚持学习。欧阳渐创办支那内学院，出版的不少论著，都参考了梁启超的考证成果。梁启超曾说"我喜欢研究佛教""凤好治佛学史"，常常将自己的研究心得写成文章。他一生发表了三十多篇关于佛学的文章，1923 年出版的《梁任公近著》第一辑收录了十二篇；1936 年出版的《饮冰室合集·专集》中收录了十八篇，后中华书局将其编为单行本印行，即《佛学研究十八篇》。

在文学方面，除了倡导"诗界革命""小说界革命"和"文界革命"，创作出不少诗词、小说和散文作品外，梁启超还对古代作家作品做了许多有意义的考证和评论，写出了不少经典美文。《中国之美文及其历史》对周秦汉魏诗歌进行了精细的考证和批评；《要籍解题及读法》对诗、骚、子、史多有精到的评说；《陶渊明》站在新时代的高度，引进现代文学观念，开启了陶学研究的新途径；《中国韵文里头所表现的情感》《情圣杜甫》《屈原研究》等都是优美的文章，再现了梁启超"笔锋常带情感"的写作特色。此外还有《饮冰室诗话》《辛稼轩先生年谱》等，以及一些论文和演讲，也发表了他文学研究的心得和意见。

在著述方面，梁启超具有惊人的魄力。他说自己在思想界的破坏力不小，自诩为"新思想界之陈涉"，并说以自己的魄力和资格，应该"为我新思想界力图缔造一开国规模"。郑振铎说他不仅有筚路蓝缕之功，还有阔大的气势和宏博的规模，有点像李世民和忽必烈——虽未及建国立业，但气势与规模足以骇人。"他在政治上是一位温情脉脉的改良论者，在学术上却是虎视眈眈的野心家。"他曾经打算写一部庞大的《中国学术史》，分为先秦学术、两汉六朝经学及魏晋玄学、隋唐佛学、宋明理学和清学五部，并准备用一年时间写完。虽然这部宏大的巨著没有写成，但他的魄力以及在佛学研究上的成就足以令人惊叹。1926年，他在割掉一个肾的情况下，仍然拟定多卷本《中国文化史》的写作提纲，打算在肾病再次发作之前完成这部书的著述工作。这是一个极为宏大的构想，包括朝代、种族、地理、政治、法律、财政等一百多个方面的内容。郑振铎说："中国文化史是不是这样的编著方法，我们且不去管它，即我们仅见此目，已知他著书的胆力足以'吞全牛'了。"1927年初，他频遭失去亲友的打击，身体已经很虚弱了，仍然打算着"编两部书，一是《中国图书大辞典》，预备一年成功；二是《中国图书索引》，预备五年成功。"他好像从来都不知道什么是悲观，什么是害怕，直到去世之前都雄心勃勃地计划着各种大部头著述。

1917年初，梁启超在清华演讲时，曾说过这样一段话："人之精力，使能集中，则常超过其平时所不能至之限量。即以其所目击之事言之，蔡松坡先生，体质极弱，然去年在四川行营中，四十昼夜未尝解衣就寝，此可以为证者一；再如蔡先生部下之兵，仅三千零二十八人耳，而能与袁军数十万人战，更能出其精力以鼓舞将士，自起义之日起，至息战之日止，未尝一败，此又非精力集中，岂能及此乎？古人有言，至诚所至，金石为开，信哉斯言也。"其实不用举别人的例子，梁启超自己就是一个精力超乎常人，且能"集中精力办大事"的人。他从年轻时起，就怀有旺盛的求知欲，刻苦勤勉，从无懈怠；直到去世前，仍保持着充沛的精力，以及饱满的学术热情。他年轻时饮食起居极有规律，无论冬夏，都是早起晚睡，日均工作十小时以上。三十多岁办《新民丛报》期间，有时连续写作三四个昼夜，仍然精神焕发。他很能写长文，动辄数万言甚至十几万言，写完了才去睡觉。写作之余，他还喜欢召集门人弟子围坐杂谈，学术源流，古今人物，世界趋势，无所不至，一谈就是一个通宵。20年代，刘太希曾见过他亲手抄录的《欧游心影录》序文，花一夜时间用道林纸写成，一个字都没有修改。刘感慨说："近代除林则徐、曾国藩和胡林翼外，此等精力不多见。"戴东原百年纪念时，他为《晨报》作论文，完成后驱车至帝王庙开会，对人说："我已三日夜未睡矣！"这种生龙活虎的精神面貌，足以令人震惊。金陵讲学期间，黄伯易惊叹于他的精力充沛："右手在写文章，左手却扇不停挥。有时一面在写，一面又在答复同学的问题。《先秦政治思想史》当他写完一张，敲一下床面，让他的助手取到另室；一篇华文打字机印稿还未打完，第二篇稿又摆在桌面了。"他也说自己元气淋漓，不让诸生，而且自比于黄宗羲。梨洲先生八十多岁时依然神明未衰，白头著述，矻矻不休，是他学习的榜样。

梁启超常以"自强不息"勉励学生，称自己要像孔子一样"学而不厌，诲人不倦"，这方面他堪称典范。他一生热爱读书，常常手不释卷。据李任夫回忆，他在北师大讲课时，每次坐马车到学校，在车上都拿着书读。直到进校门，才把书装进提包里。一到教授休息室，又把书打开。他常常跟学生说："研究学问，既要能钻进去，又要能走出来。"由于长期坚持阅读，他的学识极其渊博，会通古今，融贯百家，汪洋恣肆，漫无涯际。有一次，徐志摩请一群朋友小聚。胡适说："中国的古诗很多，诗人都吃肉，就是没有人写过猪。"梁启超马上说："不见得，乾隆就写过'夕阳芳草见游猪'的句子。"朋友们都惊叹于他的博学。趁着兴头，姚茫父和刘梦白分别画了夕阳芳草和十余头游猪，成一幅诗意图，请梁启超将这句诗题在画上，后来登载于《晨报》画刊。

梁启超不仅读书用功，而且勤于著述。《时务报》共出六十九期，他写了六十多篇文章在上面发表；《清议报》出了一百期，刊登了他一百多篇文章；《新民丛报》时期，他更是常常彻夜不眠地写稿子。在日本的十四年，是他影响最大、著述最勤的一段时间。他被日本人称为"太平洋文豪"，可谓当之无愧。从戊戌到逝世的三十年中，他的社会活动非常多，可是仍然坚持写作，平均每年写作近四十万字。仅 1920 年初到 1922 年秋，就写了一百万字的著作。这样高产，当然需要天赋和才华，但也和勤奋分不开。据学生回忆，他一年到头总不肯歇息，"每天固定要读的日文和中文书籍纵在百忙中也全不偷懒……他经常以'万恶懒为首，百行勤为先'来勉励同学。在勤恳治学方面，梁先生确是做到了以身作则的。"写作期间，他摒弃一切外来干扰，不接待宾客，偶尔有人来访，谈话也限定时间。1925 年 9 月，他曾在《晨报》登出启事，说："见访者如非有特别事故，请以坐谈十五分钟为度。"在清华教书时，他的门口挂着"除研究生外，无要事莫入"的牌子，因为要抓紧时间写作。1921 年夏，他在给思顺的信中说，自己"除就餐外，未尝离书案一步，偶欲治他事，辄为著书之念所夺。"1924 年，他在心脏有问题、胳膊疼痛的情况下仍然坚持工作："我每日埋头埋脑著书（差不多夜夜都做到天亮，但昨夜从三点钟睡起足足睡到今午两点钟，一个礼拜的透支都补足了），平均每日五六千字，甚得意。"当年秋天，他遭遇丧妻之痛，又忍受疾病折磨，依然孜孜不倦，埋头研学，直到去世前几个月，他还一头钻进词曲中，并打算写一部《辛稼轩年谱》。他托人去找相关的材料，突然有一天，得到《信州府志》等书，狂喜之下马上抱着书出院，回家看书写作。当时他还得了痔疮，不能正坐，于是坚持侧坐着写，手不停批。这种艰苦卓绝、自强不息的精神，实在是空前未有。《辛稼轩年谱》是他未完工的最后一部著作。他平生所写的最后一句话，是辛弃疾祭朱熹的"孰谓公死，凛凛犹生"，这八个字正是他毕生保持充沛的工作精力和饱满的学术热情的最好写照。

梁启超的写作效力极高，常常"草一稿片刻即脱"，是倚马可待的快手。他很多经典的论著都是在极短的时间内草就的。1901年，他用四十八小时写成《南海康先生传》，发表在《清议报》第一百册上。1914年，他借清华学校的西工字厅著《欧洲战役史论》。当时"一战"初起，在材料极度短缺的情况下，一本近百页的书，他用十天时间就写完了。1916年护国运动中，他取道越南前往广西，被袁世凯的间谍逼迫得躲入荒山，孤身一人困在帽溪牧场，差点生病死了。病好后，他"念此闲暇之岁月，在今百忙中殊不易得，不可负，乃奋兴草此书，阅三日夜，得十三章"，用三昼夜的时间，写成两万字的《国民浅训》。完稿后，他很得意地说："这本书对我来说，真是绝好的纪念啊！"1918年的《清代学术概论》，五万多字，用十几天的时间写成，一脱稿就寄往上海商务印书馆排版。从脱稿到出版，除报纸外，没有这样神速的。1923年春，他的身体很不好，医生说要摒弃一切耗费心力的工作，专心养病。他却读陶诗以自娱，并用两周时间写成一本《陶渊明》交给高梦旦，当年即由商务印书馆出版。随后，他又应《清华周刊》之请，拟《国学入门要目及其读法》。因当时特别忙，他利用去翠微山小憩的机会，在没有任何材料的情况下，凭着超强的记忆力，用三天工夫写成一百五十余种，并说明阅读方法。清华大学社会学系教授陈达曾回忆过一段往事：1924年，他在《清华学报》做总编辑。有一次他对梁思永说："你跟老太爷讲，让他来篇稿子吧。"结果只过了几天，稿子就送来了，题为《近代学风之地理分布》，写的是中国学术的地理分布，比如广东是什么学术派别、浙江是什么学术派别等，真是洋洋大观。陈达感慨地说："这篇东西，如果让我来写，起码得半年。"他写《戴东原传》以一昼夜赶成，《戴东原的哲学》是连续三十四小时作战写出的。他在东南大学讲《先秦政治思想史》，"讲义都是临时自编，自到南京以来（一个月）所撰约十万字"。课业结束不到二十天，讲义书稿就完成了排版、校对、印刷、装订等程序。

他常常夜间写作，通宵达旦，不知疲倦。据《双涛阁日记》记载，1910年正月初五那天，他"夜作《国会期限问题》一篇二千言，十二时成：校荆公诗，自第八卷至第十三卷；一时就榻，枕上读《有学集》，凡尽两卷，三时

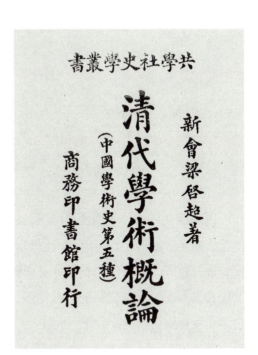

◆《清代学术概论》

成寐"。次日，"作《美国东方政略记》千言，未成。……校荆公诗卷十四至十六，二时就榻，枕上读《有学集》"。初九日，"作《美国东方政略记》二千言，未成；《论锦爱铁路问题》五千余言，《横滨商会会报发刊辞》千言，自向晚至次日朝暾初上时，凡成八千余言，固有春蚕食叶之乐，然不规则亦甚矣。"初十日，"作《去年世界大事记·跋》二千言，作《美国东方政略记·后论》七百言，三时就榻"……几乎整个正月、二月都在熬夜，读书、著述的兴致极高。他长期如此作息，到1925年秋冬讲授《中国文化史·社会组织篇》时，还是昼夜不停地写作和讲课，直到第二年春天因积劳而病倒，才不熬夜了。

古往今来，养尊处优碌碌无为的读书人不计其数，而像梁启超这样自强不息、勤奋著述的知识分子却少之又少。他的一生，以学者始，以学者终，用生命诠释了一个知识分子对中国文化的热爱，对社会责任的担当。他真正做到了"著论为百世师"，但足以为百世师的不仅仅是他的论著，还有他自强不息的精神。

光沉响绝真少年

　　1926年初，梁启超因便血加剧，在友人的劝说下，入德国医院检查。由于无法断定病原所在，因而改入协和医院。医院派最好的医生，用最先进的设备进行检查，发现他的右肾分泌功能有障碍，鲜血从右肾分泌而出，而且上面有黑点。医生由此断定，右肾是小便出血的缘故，建议手术摘除。当时很多朋友劝他到欧美去治疗，也有人说先看中医。可是梁启超一向笃信科学，微笑着说："协和医院是东方设备最齐全的医院了，我相信他们能把我的病治好，不用再说了。"3月16日的手术由著名的外科专家刘瑞恒主刀，副手也是美国有名的外科医生。由于麻醉药的作用，梁启超直到19日下午才苏醒过来。一周后，便血症状大大减轻，于是转到内科。内科医生诊断后说："这是一种无理由的出血，对于身体没有什么妨害。只是血管有点硬，开些软化血管的药吃了就好了。"所以他就办了出院手续——此次在协和一共住了三十五天。

　　出院之后，梁启超坚持吃协和开的药，隔几天仍有尿血的症状。可是协和医院的医生一直不说病源到底在何处，令人生疑。经过多次打听，梁启勋才得知，当初做手术时，医生们看到割下来的右肾，都很惊讶。有人怀疑是不是割错了，主刀的刘瑞恒说："取出的分明是右肾，怎么会错呢？"作为副手的美国医生说了一句："这是我平时没有见过的。"医生们将割下的肾剖开，发现里面确实有樱桃那么大一个小黑点，就是片子上所见疑为肿瘤的东西。但这到底是不是肿瘤，为何手术后还在便血，医生们给不出合理的解释，还闪烁其词，因此亲友们开始怀疑协和的手术是不是医疗事故。围绕着"协和医院的责任""科学的信赖度"等问题，徐志摩、鲁迅、陈西滢等人展开了热烈讨论，甚至在报纸上撰文讨伐协和医院。徐志摩写了《我们病了怎么办》，登在《晨报副刊》上，要求协和医院给出合理解释："假如有理可说的话，我们为协和计，为替梁先生割腰子的大夫计，为社会上一般人对协和乃至西医的态度计，正巧梁先生的医案已经几于尽人皆知，我们即不敢要求，也想望协和当事人能给我们一个相当的解说。让我们外行借此长长见识也是好的！"对此，梁启超很害怕因自己的事情，使得国人对西医科学失去信心，于是专门写了《我的病与协和医院》，发表在1926年6月2日的《晨报副镌》上。在文中，他详细地叙述了手术前后的经过，并肯定地说："据那时候的看法，罪在右肾，断无可疑。后来回想，或者他'罪不至死'或者'罚不当其罪'也未可知，当时是否可以'刀下留人'，除了专门家，很难知道。但是右肾有毛病，大概无可疑。"最后，他提出希望："我盼望社会上，别要借我这回病为口实，发出一种反动的怪论，为中国医学前途进步之障碍。"

在发表了那样一份高姿态的文章后，梁启超自然不可能再与协和计较。但手术的苦果要由他自己承担，却是实实在在的痛苦。后来，在伍连德[1]的帮助下，他才得以全面了解情况。伍连德是北京协和医院的主要筹办者，也是著名的西医，曾多次为梁启超看病。在1926年9月14日给孩子们的信中，梁启超说："他（指伍连德）已证明手术是协和孟浪错误了，割掉的右肾，他已看过，并没有丝毫病态，他很责备协和粗忽，以人命为儿戏，协和已自承认了。……我屡次探协和确实消息，他们为护短起见，总说右肾是有病（部分腐坏），现在连德才证明他们的谎话了。"伍连德判断他的病是一种轻微肾炎，属于内科，协和医院一直从外科入手治疗，是误入了歧途。1971年，梁思成终于得知事情的真相。据当时参加手术的两位实习医生透露，梁启超被推进手术室之后，值班护士用碘酒在他的肚皮上标记开刀的位置，结果标错了，刘瑞恒博士没有仔细核对X光片，就实施了手术。这个严重的失误，在手术之后立即就被他们发现了，可是已无法挽救。为维护协和的名誉起见，

[1] 伍连德（1879—1960）：字星联。祖籍广东新宁（今江门台山），出生于马来西亚槟城。1903年获剑桥大学医学博士学位，1908年回国，先后主持兴办检疫所、医院、研究所二十处。是我国检疫、防疫事业的先驱，著名的公共卫生学家。梁启超曾感慨："科学输入垂五十年，国中能以学者资格与世界相见者，伍星联博士一人而已！"

这起医疗事故被当作医院的最高机密保护起来，直到四十年后才由费慰梅披露出来。

其实，由于长期拼命工作，梁启超的身体早就出了问题。早在1918年，他就因著述过勤而导致肋膜积水，西医诊治为肋膜炎，微带肺炎。他没有当回事，每天不是演讲就是写作，有一天突然咯血，才害怕了。他一向相信新会老家的名医唐天如[1]，专门请其到天津为自己治疗。1922年冬天，他在南京讲学期间，又因醉酒伤风而生病，还停了一段时间的课。次年春，他赴上海请法国医生检查身体，查出有轻微心脏病，需要静养几个月。于是他下定决心返回天津，戒烟戒酒，多睡少动，专心养病。可事实上，他一回到天津，就着手创办文化学院，又撰写《陶渊明》《国学入门书目》等，并创办松坡图书馆，先后赴南开大学暑期学校、清华学校讲课，发起戴东原生日纪念会……其间，他的痔疮复发，但仍然忙于演讲、写作、组织活动。

1924年春，梁启超觉得自己的身体有很多问题，尤其手臂疼痛，很是难受。当生理的疼痛稍稍缓解之时，情感的冲击却接踵而来。4月，相交多年的挚友夏曾佑去世了，令他非常悲痛。中秋节当天，被乳腺癌折磨了十年的李蕙仙也走了，对他的打击可想而知。一向乐观的梁启超变得很是消沉，在为《晨报》纪念增刊写的《苦痛中的小玩意儿》一文中，他说自己度过了极为痛苦的半年，"丧事初了，爱子远行，中间还夹杂着群盗相噬，变乱如麻，风雪蔽天，生人道尽。块然独坐，几不知人间何世。"1923年李蕙仙病重之际，他就因为受了刺激出现便血症状；丧妻之痛的打击，更加重了病情。可是为了不让家人着急，他没有把此事说出来，而且觉得不疼不痒，精神也没受影响，因此没当回事，依然倾力著述，用心讲课。1925年，他用了大半年的时间精心安排李蕙仙的下葬事宜，反复跟梁启勋和儿女们商讨具体细节，耗费了不少心力。一周年祭日之际，他写了《祭梁夫人文》，并给思顺写信说："我总觉得你妈妈这个怪病，是我们打那一回架打出来的。我实在哀痛之极，悔恨

---

[1] 唐天如（1877—1961）：字恩溥，广东新会人。少年举孝廉，后为翰林苑国史馆总裁，历任广东高等学府教职，吴佩孚秘书长。他精通医学，晚年移居香港行医，曾任香港红十字会会长。

之极。"可见他这一年之中内心所受的折磨之深。心情的抑郁极大地影响了病情，年底，他到清华校医院验小便，发现其中有百分之七十的血质，这时才开始慌了。马上请德国、日本的医生诊治，吃了一个多月的药，同时打针，但一点也不见效。他强打精神，乐观地跟思顺说："其实我这病一点苦痛都没有，精神体气一切如常，只要小便时闭着眼睛不看，便什么事都没有。"还趁着王桂荃离开的空隙，偷偷地做了《先秦学术年表》，结果症状又加重了。家人一再劝他入院治疗，可他总觉得费事，一拖再拖。

当时，梁启勋曾请来中医吴桃三为他开中药治疗。吴氏说这并非急症，任其流血二三十年也不会危及生命，慢慢调理即可。可是梁启超笃信科学，对西医用仪器诊断的方法更加信服，而且他突然产生了一种想法——害怕自己像夫人一样也患上癌症，于是接受亲友的建议，先后到德国医院和协和医院做检查，并实施了手术。

手术半年后，伍连德曾说，割掉一个肾，对身体的影响极大，必须等左肾慢慢生长，长到能完全兼代右肾的功能，才算完全复原。在此之前，右肾极吃力，极辛苦、娇嫩，极易出毛病，一定要多休息，少劳心劳力，饮食清淡，至少一年以后才可能恢复。梁启超去世后两日，《大公报》登载了根据梁启勋日记摘录的《病床日记》，说是"右肾割去后，小便出血之症并未减轻，稍用心即复发，不用心时便血亦稍减"。确实，从手术后出院到去世，他稍微用心或走动劳累，便血就加剧，如果卧床休息，又会稍稍减轻，如此反复，总不断根。

1926年夏，梁启超到北戴河养病，其间请了唐天如开丸药调养。唐天如诊断其病源在胆，因惊惶而起，胆生变动，而郁结于膀胱，遂用阿胶、黄连、玉桂等中药制成丸药服用。连续吃了几天，立竿见影，效果出奇的好。8月上旬，他给梁启勋写信说："服天如药，其应如响。仅服一剂，数点钟后，赤帝子已成黄帝苗裔矣。天如谓，三剂当全愈，想信然耶。"可是随后又有反复，直至月中回到天津，才趋稳定。他重新燃起信心，接连给二弟去了几封信，说"病谅来可算彻底澄清了，真足庆幸""近两日便色愈佳，简直是无病人矣，天如真神医也""大愈特愈，毫无疑义"。又欣喜地写信给子女说："一大群大大小小孩子们！好叫你们欢喜，我的病真真正正完完全全好得清清楚楚了！"

然而老天爷像是故意考验他似的，身体刚好一点，情感上的打击又接踵而来。先是1926年8月底，梁启超的四妹突然病逝，当天他的便血症状就加重了，一连服了两剂丸药都不见效。不久，好友曾习经患肺癌离世，死前痛苦异常，梁启超亲眼见到，不免大受刺激，又便血不止。次年3月，康有为七十大寿，他激情满怀地为老师祝寿，心情特别好。可是没过一个月，康有为就在青岛去世了。想起与老师三十余年的种种过往，目睹其身后萧条，他忍不住伤心惨目。6月，发生了王国维自沉昆明湖的事件，再度引起他情绪的大波动。他给女儿写信说："我一个月来旧病复发得颇厉害，约莫四十余天没有停止，原因在学校批阅学生成绩太劳，王静安事变又未免太受刺激。"到12月，他最喜欢的学生之一——范源濂病逝，无异于对他的最后一击。

就这样，梁启超的便血症时好时坏，身体一天天地衰弱下去。然而他总是乐观，有时精神稍好一点，就忘我地投入工作。1926年，他出任北京图书馆馆长，并主持司法储才馆，还到处演讲、上课，并写了几十篇文章。第二年，他抱病主持《中国图书大辞典》的编写工作，发表了至少三十万字的论著，还时不时到清华讲学，每天写字为松坡图书馆筹款，总不闲着。手术满一年之际，他去协和医院复查。医生说肾的功能已经完全恢复，其他部分也都很好，虽然尿血没有完全消灭，却并无大碍，只需节劳即可。7月的一个晚上，他与留学归来的思永在院子里聊天，谈到很晚，结果受了风寒，导致小便堵塞五十多个小时。虽然后来请东亚医院的医生疏通了，但身体又遭一次伤害。稍微好了一点，他又开始操心梁思成和林徽因的婚事，前前后后忙了大半年。1928年1月，因血压不稳，便血间有，心脏萎缩等症，他再次入住协和医院，通过输血维持健康。他自己非常乐观，总在家书中说自己快要好了。可是在朋友们眼中，他的病很重，令人忧心。由于情绪波动，他这一年小便堵塞了三次。张君劢专门写信劝他"安心静养，不要再让俗事萦心"，他答应得好好的，却又难舍著述的癖好。9月，他开始着手编写《辛稼轩年谱》，编至辛弃疾五十二岁时，突然痔疮发作，只得再入协和就医。在医院里，他仍然托人搜集辛弃疾的材料。有一天，他忽然得到了《信州府志》，喜不自胜，马上带着书出院回家，一边服用治疗痔疮的泻药，一边继续写作。10月12日，写到辛弃疾六十一岁时，吊唁朱熹的文章中"所不朽者，垂万世名，孰谓公死，凛凛犹生"四句，他才停止著述。这几句话是梁启超学术生涯的绝笔，也是他的写照——1929年1月19日午后2时15分，积劳成疾的梁启超永远地睡着了，可是他的精神却永远年轻鲜活，直到近一百年后的今天，他还是那个生机勃勃的少年，就像从未离开，也从来没有老去。

梁启超的逝世，惊动了海内外社会各界。《民国日报》首先登载了其总编辑陈德徵的悼词，同时上海《民众日报》也有翻译家金满成的志语，《时报》1929年1月26—28日连续登载了彬彬（徐致靖侄子徐彬）的《梁启超》一文。天津《益世报》、上海《申报》等纷纷特设纪念号或专栏，专门刊发纪念、述评文章。美国《史学界消息》也有长篇报道。

2月17日，北平、上海等地举行了隆重的公祭活动。北平的公祭设在广惠寺，清华大学研究院、松坡图书馆等团体代表，熊希龄、胡适、丁文江等社会名流，吴其昌、谢国桢等学生，总共有五百余人到场。整个会场笼罩在一片庄严肃穆的气氛之中，大门外扎着蓝花白底素牌楼，横挂蓝花扎成的"追悼梁任公先生大会"。门内是奏哀乐处，悬着阎锡山写的挽联："著作等身，试问当代英年，有几多私淑弟子；澄清揽辔，深慨同时群彦，更谁是继起人才。"祭台前也用素花扎成牌楼，上缀"天丧斯人"四字，下面悬着熊希龄、冯玉祥、何其巩、孙宝琦等人的挽联、挽诗。整个广惠寺内挂满了祭联哀章，总计有三千余件。梁家子孙麻衣草履，俯伏痛哭，全场笼罩着浓重的悲伤之气。同一天，上海各界在静安寺举行公祭，由陈三立和张元济主持，到会者百余人。礼堂庄严肃穆，悬挂着梁启超在巴黎和会期间穿西装的照片。四壁挂满挽联、祭诗，白马素车，一时称盛。其中蔡元培、陈少白两联，最为人称道。蔡联是："保障共和，应与松坡同不朽；宣传欧化，不因南海让当仁。"陈联为："五就岂徒然，公论定当怜此志；万言可立待，天才端不为常师。"另有杨杏佛的挽联："文开白话先河，自有勋劳垂学史；政似青苗一派，终怜凭借误英雄。"籍忠寅挽诗云："万派横流置此身，平生怀抱在新民。十年去国常怀楚，一语兴邦不帝秦。"这些都很好地概括了梁启超一生的主要功

绩，也说明了他在历史上举足轻重的地位和影响。

梁启超在协和医院病逝后，梁启勋等家属立即用汽车将他的遗体运至宣武门外，停放于城墙根下的广惠寺东寓房内。之后花一千二百元买得一副上好的棺材，居然和三年前李蕙仙所用的完全一样。原来那个棺材铺曾经购得上等木料，精工制成两副棺材，其一在 1925 年被梁启超买去装殓李夫人，剩下的一副却一直没卖出去，如今又为梁启超本人所用，也算是奇事一桩。当年梁启超与二弟及几个孩子商量李蕙仙下葬事宜时，就已打算好将来两人要合葬，并要求只在墓碑上刻籍贯、生卒年月及儿孙的姓名，"其余赞善浮辞悉不用，碑顶能刻一佛像尤妙"。关于合葬墓，梁启勋想出了一个很好的办法，就是两家同一圹，中间隔一道墙。这样等梁启超下葬时，既不用开李蕙仙之墓，也可以达到合葬的效果。公祭结束后，亲人们把梁启超葬在北京香山脚下，让他与夫人在地下团聚。梁启超墓园位于今北京植物园西北角，卧佛寺东侧，如今已成梁氏家族墓地。墓园背靠西山，四周环围矮石墙。北边正中平台上是梁启超和李蕙仙的合葬墓。梁思成按照父亲生前的要求设计的墓碑，正面镌刻"先考任公府君暨先妣李太夫人墓"，背面是儿女、儿媳、孙女的姓

名，墓身两侧各有一段石砌衬墙，各雕刻一尊半身佛像。在主墓的东北侧，有一棵被称为"母亲树"的白皮松，是梁家子女为纪念王桂荃所种。平台之下是一片小松林，西侧埋葬着梁思忠、梁思庄和梁思礼。他们的墓碑面朝着主墓的碑，象征子女睡在父母的怀抱之中。东侧是梁启超同父异母弟梁启雄夫妇及儿子梁思乾的卧碑。

梁启超的英年早逝，是他自己所未料到的，也使朋友们感到十分惋惜。他对自己的身体极为自信，常常说可以活到八十岁。在去世前一周，他还在打算着要请朋友们写一百篇文章，为自己的六十大寿做准备。胡适在其《四十自述》序言中说："他自信他的体力精力都很强，所以他不肯开始写他的自传。谁也不料那样一位生龙活虎一般的中年作家只活了五十五岁！虽然他的信札和诗文留下了绝多的传记材料，但谁能有他那样'笔锋常带情感'的健笔，来写他那五十五年最关重要又最有趣味的生活呢？中国近世历史与中国现代文，就都因此受了一桩无法补救的绝大损失了。"陈伯庄则说他是

"近代之一代情圣","其出现如长彗烛天,如琼花照世,不旋踵而光沉响绝",虽然短暂,却为岭南之魂,民族之花。梁启超的一生确实是太短暂了,如果天假其年,让他活到八十岁,可以想象他在学术上对国家、人民的贡献,在思想上对后人、青年的影响。

梁启超曾在清华研究院茶话会上勉励学生:"做人必须做一个世界上必不可少的人,著书必须著一部世界上必不可少的书。"他自己率先做到了这一点。曹聚仁在《中国学术思想史随笔》中称:"过去半个世纪的知识分子,都受了他的影响。"确实,从戊戌、辛亥时期,到五四运动前后,至少两代青年都深受梁启超的影响。直到今天,他的影响也从来都没停止过,并将持续下去。一百年来,他的思想和学说、事业和精神,成为一代又一代人汲取营养的宝库。他做过的许多事,至今为人津津乐道;他说过的很多话,至今看来都不过时。这就是梁启超,一个不朽的时代巨子。

第十一回

精心 雕塑群童

清白寒素传家风

　　1909 年，清廷学部颁布资助留学生的新章程。梁启超得知消息后，代替在美国西北大学读书的梁启勋起草了一份申请官费助学的报告，说他"家本寒素"，请求学部给予津贴。茶坑梁家十世务农，确实是寒素之家。梁启超在给子女的信中多次强调，不可忘记"寒士家风"与"家门本色"。他不仅以此来要求子女，还说"几个孙子叫他们尝尝寒素风味，实在有益"。他说"吾家十数代清白寒素，此乃最足以自豪者"，可见是将"寒士家风"看作梁家世代传承的传家宝。

　　寒士，主要指的是出身低微的读书人。所谓"寂寂寥寥扬子居，年年岁岁一床书""吟诗作赋北窗里，万言不值一杯水"，是历来寒士的写照。茶坑梁氏是典型的寒士出身，梁启超在《哀启》里说，他们家自从迁到新会以来，十世为农，直到祖父镜泉先生，才开始致力于读书。自此以后，梁家祖孙几代仿效乡贤白沙先生，过着"半为农者半为儒"的生活，以耕养读。梁启超和梁启勋兄弟，在立身行事上主要受父亲影响。梁宝瑛对自己要求很严格，待他人则很宽厚。他终生过着极其朴素简约的生活，有时候儿子们劝他不要太苦，他却说："我们的寒士家风不可坏，不然后辈流于奢侈淫逸就不好了。"以耕养读虽然辛苦，但能激励子弟勤勉而有追求，淡泊于物质生活而求取精神智慧的提升，重视人格的磨炼，积极乐观健康自信，有健全的人生观与坚定的价值观。

　　梁启超很好地继承了梁家的"寒士家风"，也希望子女们把这种好家风传承下去。1916 年蛰居上海统筹反袁之役期间，他写信给思顺说："孟子言：'生于忧患，死于安乐。' 汝辈小小年纪，恰值此数年来无端度虚荣之岁月，真是此生一险运。吾今舍安乐而就忧患，非徒对于国家自践责任，抑亦导汝曹脱险也。吾家十数代清白寒素，此乃最足以自豪者，安可逐腥膻而丧吾所守耶？此次义举虽成，吾亦决不再仕宦，使汝等长育于寒士之家庭，即授汝等以自立之道也。吾近来心境之佳，乃无伦比，每日约以三四时见客治事，以三四时著述，余暇则以学书（近专临帖，不复摩矣），终日孳孳，而无劳倦，斯亦忧患之所赐也。"1927 年，因国家财政为军阀大量侵占，外交经费断绝，周希哲在加拿大使馆工作经费与薪资无着落。梁启超给思顺回信说："你们缩小生活程度，暂在坎[1]挨一两年，是最好的。你和希哲都是寒士家风出身，总不要坏自己家门本色，才能给孩子们以磨炼人格的机会。生当乱世，要吃得苦，才能站得住（其实何止乱世为然），一个人在物质上的享用，只要能维持着生命便够了。至于快乐与否，全不是物质上可以支配。能在困苦中求出快活，才真是会打算盘哩……拿现在当作一种学校，慢慢磨炼自己，真是最好不过的事，你们该感谢上帝。"

从这两段最具代表性的文字出发，可以看出，梁启超所谓的寒士家风有几个基本内涵。一是人生要有坚强的"自立之道"，才能在任何情况下都站得住。"自立"是人生最最基本的责任，是实现自我价值的基础，是爱人、护家、成就事业、报效祖国的出发点。在 20 世纪 20 年代风云变幻的中国，梁启超始终注意引导孩子把握自己的前途。他以自己超人的智慧、广博的知识和卓越的远见，对孩子们进行言教和身教，创造条件，提出建议，教给他们自立之道，让每个孩子都能"滴自己的汗，吃自己的饭"，在社会上体面地工作，有尊严地生活。梁思永从清华学校毕业后，到哈佛大学研究院攻读考古学和人类学。留学期间，他想回国实习，收集一些资料。梁启超非常赞同，并积极地联系李济，希望思成能参与他的考古发掘工作。后来因时局混乱，野外发掘很难进行，他又写信跟思永商量："你回来后，看时局如何，若可以出去，他便约你结伴。若不能出去，你便在清华帮他整理研究。两者任居其一，也断不至白费这一年光阴云云。你的意思如何？据我看是很好的，

[1] 坎：指加拿大。

回来后若不能出去，除在清华做这种工作外，我还可以介绍你去请教几位金石家，把中国考古的常识弄丰富一点，再往美两年，往欧一年，一定益处更多。"思永回国后，果然因时局的原因不能外出发掘。在父亲的安排下，他进入清华国学研究院担任助教，其间整理了李济在山西夏县发掘的数以万计的陶片，统计了各类陶片的出土数量和百分比，用英文写成《山西西阴村史前遗址的新石器时代的陶器》一文，在类型学的基础上对遗存的复杂性进行了分析，对于深化仰韶文化的认识起了关键性作用。完成这项工作后，梁思永又回到哈佛大学完成学业，直到1930年毕业。回国后，他进入中央研究院史语所考古组，先后参加和主持了多处遗址的发掘工作，成了著名的考古学家。

为了培养孩子们的自立意识，梁启超特别注意引导他们重视自己的名誉，爱惜自己的羽毛。1912年冬，他打算请魏铁丈[1]写一本《圣教序》送给梁思顺，说"吾爱女之名举国皆知，故交相见者，无不问汝"。又说："铁丈见思成之字大激赏，谓再一二年可以跨灶，思成勉之。"梁思永打算回国参加李济的考古发掘工作，为自己的研究积累材料。他很赞同，一连写了几封长信，详细介绍李济在山西考古的具体情况，而且用李济在清华研究院茶话会上说的"真正专门研究考古学的人还在美国——梁先生之公子"来鼓励他。他说："我听了替你高兴又替你惶恐，你将来如何才能当得起'中国第一位考古专门学者'这个名誉，总要非常努力才好。"在父亲的激励下，梁思永不负众望，作为第一个走出国门，接受西方考古学正规训练的学者，他确实引进和传播了西方现代考古学的新方法，提高了我国田野考古的科学水平，成为中国现代考古学的开拓者，被李济誉为"中国的一位最杰出的考古家"。梁思成与林徽因准备在加拿大渥太华的大姐家里举行婚礼，他给思成写信说："有一件事要告诉你们，你们若在教堂行礼，思成的名字便用我的全名，用外国习惯叫作'思成梁启超'，表示你以长子资格继承我全部的人格和名誉。"他

---

[1] 魏铁丈：即魏戫（1860—1927），字铁三（铁珊），号匏公，浙江绍兴人。著名书法家，精通戏曲、武术。他与梁启超交好，曾为梁题写斋号"饮冰室"，今新会梁启超故居内有梁为他题写的"靡滚斋"牌匾。

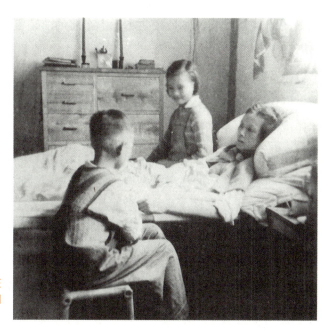

◆ 1941 年，林徽因在李庄重病卧床，梁思成照顾她和一双儿女，同时坚持工作

之所以要郑重地作此安排，目的是给思成以希望和压力——让他继承自己的人格和荣誉，并且爱惜之；同时意识到自己作为长子，要为弟妹们作表率，承担起弘扬梁氏家风的责任。

其次是"吃得苦"。梁启超一贯鼓励子女吃苦，他认为人生处安乐易，处忧患难，能吃得苦，才能不为困难所困，不为苦难所难，不被恶劣的环境和遭遇击倒。相反，过于安逸的生活，则容易消磨人的斗志。在日本期间，梁启超靠办报纸维持生计，由于人多，有时候全家人就着咸萝卜吃米饭，或者用清水煮白菜蘸酱油吃，可是没有人叫苦，孩子们从小就养成了能吃苦的品质。1928 年，梁思成从宾夕法尼亚大学建筑系毕业前夕，梁启超积极为他谋划回国后的工作问题。当时清华大学和东北大学都想请梁思成去做教授，梁启超一连给他写了几封信，详细分析到两校任教的利弊。他认为清华园的生活太舒服，容易消磨志气，"清华园是'温柔乡'，我颇不愿汝销磨于彼中"，如果为了生活舒服而到清华，"只怕的是'晏安鸩毒'，把你们远大的前途耽误了"。反观东北大学，虽然条件艰苦，但东北的建筑事业极发达，很缺工程师，两相比较之下，去东北的前途更加广阔。他替思成收下了东北大学的聘书，又跟思顺说："那边建筑事业将来有大发展的机会，比温柔乡的清华园强多了。……我想有志气的孩子，总应该往吃苦路上走。"梁思成和林徽因听从了父亲的意见，到东北大学就职，在艰苦的条件下创建了国内高校第一个建筑系，还和朋友们成立了一个营造事务所，积累了丰富的实践经验，为后来在建筑界站稳脚跟打下了良好的基础。三子梁思永从哈佛大学毕业后，回国参加考古发掘。他常年在野外工作，经常卷起裤腿和工人们一起干活，有时候在水里一泡就是几个小时，为了节省时间，经常是啃点白馒头就算吃饭了。但是他从来不叫苦、不嫌累，有时还挑灯夜战。1932年，在一次野外发掘时，他患了感冒，却坚持工作，因错过最佳治疗时机，感冒变成了急性肋膜炎。后来他的病还没完全治好，却又主持了安阳侯家庄商王陵区的发掘工作。这次发掘规模宏大，收获颇丰，可是因为工作条件太艰苦，他又病倒了。抗战期间，思成和思永兄弟俩带着家属迁居大后方，先后辗转到云南昆明和四川李庄。在昆明，用水要在外面挑，做饭用的是三条腿的火盆，照明只有煤油灯，房子得自己建。在李庄，交通不便，房屋低矮而潮湿，没有自来水和电灯。林徽因得了肺结核，病倒在床，梁思成由于1923年在车祸中受过伤，得了颈椎软骨硬化和颈椎灰质化症，只能靠铁背心支撑上身。他一边工作，一边学着做各种家务，砌炉灶、烤面包、蒸馒头、做泡菜。可是他从不叫苦叫累，为了完成《中国建筑史》的绘图，他经常点着菜油灯彻夜工作。为了减轻画图时的背疼症状，梁思成找来一个花瓶撑着下巴；林徽因躺在病榻上，依然参与营造学社的工作；梁思永因严重的肺病而缠绵病榻，还强撑着整理发掘报告。费正清回忆说，当时梁思成瘦到只有九十三斤重，在写完十一万字的《中国建筑史》后显得很疲倦，但他和林徽因还是常常工作到半夜。1942年4月，时任史语所所长的傅斯年，为了帮助梁氏兄弟渡过经济难关，专门给教育部长朱家骅写了一封信，请求拨款救助他们。傅斯年在信中说："梁任公家道清寒，兄必知之，他们二人万里跋涉，到湘、到桂、到滇、到川，已弄得吃光当尽，又逢此等病，其势不可终日。"又说梁启超功在民国，"其长子、次子，皆爱国向学之士，与其他之家风不同"，思成与思永在建筑学、考古学领域于国家有大功，是国际知名的学人，论家世、论个人，政府都应给予补助，否则的话，他们可能会因贫困而丧命。后来，朱家骅果然拨了一笔款子，傅斯年收到后转寄梁家，并给梁思成写了一封信说明缘由。林徽因收到信后大吃一惊，在回信中说"深觉抗战中未有贡献，自身先成朋友及社会上的累赘的可耻"，又说朱家骅对梁氏兄弟的工作成绩"侈誉过实"，令她深感惭愧。梁家不怕吃苦的寒士家风，在思成、思永身上体现得淋漓尽致，林徽因也深受影响，梁启超对他们的教育可谓相当成功。

再次是善于在困苦中"磨炼自己"。梁启超常常鼓励孩子把困苦处境"当作一种学校"，从中学习最可珍贵的人生之道，通过困苦危险的经历把人格力磨炼出来。梁思忠从清华学校毕业后，赴美国留学，在威斯康辛大学学政治。1927 年，他想回国参加北伐，锻炼自己。梁启超热情支持，帮助他联系在国内投军的队伍，并赞扬思忠敢于吃苦的精神："你想自己改造环境，吃苦冒险，这种精神是很值得夸奖的，我看见你这信非常喜欢。你们谅来都知道，爹爹虽然是挚爱你们，却从不肯姑息溺爱，常常盼望你们在困苦危险中把人格能磨炼出来。"后来国内形势发生了变化，各种势力混战，缺乏真正让人锻炼成长的环境，所以他又不主张思忠回国，作毫无意义的冒险。他肯定了思忠的报国热情，但对于儿子所说"照这样舒服几年下去，便会把人格送掉"的话，却不能接受，明确讲"这是没出息的话！"他谆谆告诫道："一个人若是在舒服的环境中会消磨志气，那么在困苦懊丧的环境中也一定会消磨志气。你看你爹爹困苦日子也过过多少，舒服日子也经过多少，老是那样子，到底志气消磨了没有？……我自己常常感觉我要拿自己做青年的人格模范，最少也要不愧做你们姊妹弟兄的模范。我又很相信我的孩子们，个个都会受我这种遗传和教训，不会因为环境的困苦或舒服而堕落的。"思忠听了父亲的话，在威斯康辛读完政治学后，转到弗吉尼亚军事学院学军事。梁启超又鼓励儿子："忠忠到维校之后来两封信，都收到了。借此来磨炼自己的德行是再好不过的了，你有这种坚强志意，真令我欢喜。"三十年代初，梁思忠从西点军校毕业回国，加入国民革命军，很快升任十九路军炮兵上校，并在淞沪抗战中有非常出色的表现。

再次还要"能在困苦中求出快活"。这其实就是"安贫乐道",像颜回那样"一箪食,一瓢饮,在陋巷,人不堪其忧,回也不改其乐"。1916 年初,梁启超在家书中说"处忧患是人生幸事,能使人精神振奋,志气强立""今复还我忧患生涯,而心境之愉快,视前此乃不啻天壤,此亦天之所以玉成汝辈也"。随后,他为护国运动前往广西,途中滞留越南海防,在深山中的帽溪牧场住了一段时间。农场环境十分恶劣,潮湿炎热,没有茶喝,饭菜难以下咽,蚊虫叮咬无度,他却觉得自己"抱责任心以赴之,究竟乐甚于苦也"。又想到自己"频年佚乐太过,致此形骸习于便安,不堪外境之剧变,此吾学养不足之明证也。人生惟常常受苦乃不觉苦,不致为苦所窘耳"。为了振奋精神,他打算好好睡一觉,睡好之后就抓紧时间写一本书。没想到,他在这里染上了热病,差点死掉。身体稍稍恢复之后,他马上拿起笔,奋力写成二万余字的《国民浅训》。书成之日,他很得意地跟思顺说:"病起后,胸无一事,于是作《国民浅训》一书,三日夜成之,亦大快也。"在这里,他还写了数千字的《从军日记》,寄给孩子们看。在家信中,他说:"寄去《从军日记》一篇,共九叶……此记无副本,宜宝存之,将来以示诸弟,此汝曹最有力之精神教育也。"梁启超很注重"身教",他用自己的经历现身说法,潜移默化地教育孩子,对儿女的影响非泛泛说教所能比拟。1927 年初,思顺因周希哲工作调动的事不如意,很是着急发愁。梁启超得知情况后,马上去信说,在面临困境时,着急愁闷是无用的,也是不对的,不如保持乐观积极的心态,借机磨炼自己:"现在这种困难境遇,正是磨炼身心最好机会,在你全生涯中不容易碰着的,你要多谢上帝玉成的厚意,在这个档口做到'不改其乐'的工夫,才不愧为爹爹最心爱的孩子哩。"其实以梁家的地位和条件,孩子们完全可以过安逸的生活,可是梁启超教导孩子们在困境中保持乐观,磨炼身心,正与他自己在护国之役中的乐观精神相一致。他的家教认识程度之高,超过了大多数平常人,孩子们的成功绝非偶然。

但是寒士家风并非刻意求贫或视金钱如粪土,对待金钱的态度也是梁氏家风的重要方面。在子女的教育问题上,梁启超不计成本,极舍得投入。梁家九个子女中，有六个曾留学美国，其中思成、思永、思庄和思懿分别就读于宾夕法尼亚大学、哈佛大学、哥伦比亚大学和南加州大学，思忠先后在威斯康辛大学、弗吉尼亚军事学院和西点军校学习政治和军事，思礼则在普渡大学和辛辛那提大学一路读到博士毕业。梁启超本想把思达和思宁送到日本去留学，后因他早逝而未能实行，尽管如此，二人却都就读于国内名校南开大学。只有思顺毕业于日本女子师范学校，梁启超晚年常常为她读书少而感到遗憾，因此格外多加指点，也请了好几位老师教她。九个孩子读书的费用，是一笔极大的开支，可是他从不吝惜，而是竭尽所能地给他们创造好的学习条件。为了让孩子们不要有精神负担，他常常在家信中劝导他们不要计较上学经费问题。1925 年夏，他花一万元买下章宗祥在北戴河的小楼。几个月后，他在家书中说，很后悔买了这栋房子，打算把天津的房子卖掉，另外自己再找一份兼职，挣钱贴补家用，因为当时有三个孩子在留学。尽管如此，当他听说思成生活节俭时，马上决定每年寄五百美金给他作营养费。1926 年夏天，他又在信中跟思顺说："由天津电汇四千元，想已收。一半是你们存款，一半给思庄们学费。你斟酌着分给他们。思成在费城，今年须特别耗费，务令他够用，不至吃苦。思永也须贴补点，为暑假旅行及买书等费。"1927 年，他听说思庄在美国用钱很俭省，很是心疼，"我不愿意你们太过刻苦，你们既已都是很规矩的孩子，不会乱花钱，那么便不必太苦，反变成寒酸。你赶紧把你预算开来罢，一切不妨预备松动些，暑假中到美国旅行和哥哥们会面是必要的。你总把这笔费开在里头便是，年前汇了五百金去，尚缺多少，我接到信立刻便汇去。"思庄生怕自己读书花费太多，想尽快完成学业，他去信说："你的学费是家里头正当支出，并不算多……你只要安心做你的学问便是了。"1926 年冬，李济领导的清华考古团队和美国的弗利尔艺术馆联手，完成了对山西夏县西阴村遗址的发掘，双方打算继续合作。此时梁思永准备回国参加他们以后的考古发掘，由于此前两个团队商定，美方出钱中方出力，因此思永希望回来后美国团队能为自己支付薪水。可是梁启超经过仔细考虑，建议不要提此事，因为"将来我们利用他这个机关的日子正长，犯不着贬低身份，受他薪水，别人且然，何况你是我的孩子呢？只要你决定回来，这点

◆ 双涛园群童，1908 年摄于日本

来往盘费，家里还拿得出。"这番话说得大方、达观，有远见，且自信，在具体的事例中教育孩子怎样对待金钱，效果是很好的。梁思成与林徽因结婚前夕，他认为，婚礼只要庄严就好，不要太侈靡，宁可节省一些钱作为蜜月旅行费。他所谓的蜜月旅行，其实是让两个孩子趁新婚之机开展一次毕业见习，为回国后从事建筑事业积累资料和经验。按照他的安排，儿子媳妇将从加拿大出发，到英国后折往瑞典、挪威，参观北欧建筑，然后到德国，看古都、堡垒，回头到瑞士欣赏自然美景，再到意大利，细致研究文艺复兴时代的建筑，最好还能腾出点时间到土耳其，看看回教的建筑和美术，然后从法国马赛登船回国。为实现这次"壮游"，他精心筹措了两千元经费，又对思顺说："此外，若能在营业余利上再筹千元给他们最好，若不能只好让他们搏节着用了。自汇去这千元后，家中存款已罄……下半年思永由欧往美，尚拟给他旅费千元，本年费用已稍觉吃力了。"就这样，由于父亲的精心安排和倾力投入，孩子们基本都在名校接受了很好的教育，成长为真正意义上的"新民"

和国家的栋梁之材。

另一方面，他又有意识地让子女参与其留学费用的筹措过程，让他们知道金钱的来之不易。这样做的目的，是要让子女养成自主负责的意识，这是梁启超十分重要的家教之道。1925 年，他在给孩子们的信中说："庄庄学费每年一百美金便够了吗？今年那份，我回去便替他另折存储起来。今年家计总算很宽裕，除中原公司外，各种股份利息都还照常。执政府每月八百元夫马费，已送过半年，现在还不断。商务印书馆售书费，两节共收到将五千元。从本月起清华每月有四百元。预计除去各种临时支出——如办葬事、修屋顶，及寄美洲千元等——之外，或者尚有敷余，我便将庄庄这笔钱提出（今年不用，留到他留学最末的那年给他）。便是达达、司马懿[1]、六六的游学费，我也想采纳你的条陈，预早（从明年）替他们贮蓄些，但须看力量如何才来定多少。至于老白鼻那份，我打算不管了，到他出洋留学的时候，他有怎么多姊姊哥哥，还怕供给他不起吗？"思成学成后漫游欧洲，他筹措了一笔费用，几次在家信中说明款项的来由，并告诉思成："在这种年头，措此较大之款，颇觉拮据。但这是你学问所关，我总要玉成你，才尽我的责任。除此间划拨那二千美金外，剩下一千，姊姊处凑不出这数目，你们只好撙节着用。"之所以如此艰难还要筹款，是要思成尽量在漫游中多学些知识、做好记录，为以后立业打好基础，并肩负起养家的责任。

梁家清白寒素家风的这些方面，其中有一个关键点，就是高扬主体精神，正确对待物质享受。所谓"一个人在物质上的享用，只要能维持着生命便够了。至于快乐与否，全不是物质上可以支配"，这是就极端情况而言。随着物质生产水平的迅速提高，当代人对于人生的物质条件，不再限于"能维持着生命便够了"，适当丰足的物质生活，对我们的精神事业具有重要的作用。但是，人若为物质生活条件所左右和宰制，就会成为物质的奴隶，随外物而俯仰，被环境所播弄，失去人生自主精神，陷入因困苦而颓唐悲观、以发达而得意猖狂的病态人生。所以，梁启超对精神作用的强调，是具有永久意义的。

[1] 司马懿：指梁思懿。

　　有自信，有操守，刻苦，进取，不因富贵降其志，不以苦难易其心，永不悲观，自强不息，始终葆有"朝旭升天，新荷出水"般的春阳生长之气，这就是茶坑梁家的"寒士家风"！梁启超用满心的爱意对孩子们谆谆教诲，又以自己的经历为子女现身说法，使"寒士家风"得到了很好的传承，也为后来人的家教之道指示了学习的门径。

烂漫向荣养趣味

梁启超逝世后不久，《美国历史评论·史学界消息》介绍了他的生平，并评价说："这个年轻人，以非凡的精神活力和自成一格的文风，赢得全中国知识界的领袖头衔，并保留它一直到去世。""知识界的领袖"和"自成一格的文风"是梁启超留给人们的鲜明印象，然而他"非凡的精神活力"却常常为人所忽视。梁启超的一生，是充满活力的一生，他说："我觉得天下万事万物都有趣味，我只嫌二十四点钟不能扩充到四十八点，不够我享用。我一年到头都不肯歇息。问我忙什么，忙的是我的趣味，我以为这便是人生最合理的生活，我常常想动员别人也学我这样生活。"这种活力，来源于他积极乐观的生存哲学和人生美学。他是一个对社会、对人生、对学问、对万物都充满了浓厚趣味的人。在《学问之趣味》一文中，他说："我是个主张趣味主义的人，倘若用化学化分'梁启超'这件东西，把里头所含一种元素名叫'趣味'的抽出来，只怕所剩下仅有个零了。我以为：凡人必常常生活于趣味之中，生活才有价值。"反之，如果一个人没有趣味，他的人生在混混沌沌中度过，那么生活便只有可悲而没有可乐，他只能做"消耗面包的机器"，这样的人生是没有一点价值的。梁启超确实把这种趣味主义的美学精神贯穿到了日常生活之中，这是他常年保持非凡精神活力的重要原因；他也将趣味主义的美育贯穿于对孩子们的教育之中，使他们像自己一样，常年保持乐观自信、兴味淋漓的活泼朝气。

什么是趣味？趣味是一种持续而坦然的对于事物喜欢的情绪和快乐的情感，是一种积极乐观的人生态度。梁启超早年在政治上屡遭打击，以至于流亡海外，可是他不改初衷，依然乐观地鼓励自己与命运抗争："平生最恶牢骚语，作态呻吟苦恨谁？万事祸为福所倚，百年力与命相持。"他一生都保持着春天般的朝气，对什么事都充满兴趣，"我生平对于自己所做的事总是做得津津有味而且兴味淋漓。什么悲观咧厌世咧这种字面，我所用的字典里头，可以说完全没有。""我觉得世上有趣的事多极了；烦闷、痛苦、懊恼，我全没有；人生是可赞美的，可讴歌的，有趣的。"梁启超本人对生活乐观积极的态度，极大地影响了他的家人。梁思成在美国留学期间，由于学习太认真，以致身体虚弱，有时候比较消沉，很少写信回家，照片也无精打采。梁启超很担心他，"我这两年来对于我的思成，不知何故常常像有异兆的感觉，怕他渐渐会走入孤俏冷僻一路去。我希望你回来见我时，还我一个三四年前活泼有春气的孩子，我就心满意足了。这种境界，关系人格修养之全部，但学业上之熏染陶熔，影响亦非小。因为我们做学问的人，学业便占却全生活之主要部分。学业内容之充实扩大，与生命内容之充实扩大成正比例。"后来听说他恢复了活力，就很高兴地说："知道他渐渐恢复活泼样子，我便高兴了。前次和思永谈起，永说：'爹爹尽可放心，我们弟兄姊妹都受了爹爹的遗传和教训，不会走到悲观沉郁一路去。'果真如此，我便快乐了。"不久之后，他收到思成的信，高兴得像个孩子："我近来最高兴的是得着思成长信，知道你的确还是从前那活泼有春气的孩子。"其实梁思成深受父亲乐观性格的影响，后来在风雨如磐的年代里，也能积极顽强地同命运抗争。抗战爆发后，他和林徽因辗转到四川考察古建筑，曾经在南溪县的李庄住过一段时间。李庄的条件非常艰苦，交通不便，没水没电，房屋潮湿，蛇鼠出没，连煤油都要省着用。这时林徽因的肺结核复发了，连续高烧不退，也没有条件治疗。他给美国学者费正清写信说，李庄的生活是难以想象的，"在菜油灯下，做着孩子的布鞋，购买和烹调便宜的粗食"。在这样的情况下，梁思成学会了蒸馒头、煮饭、做泡菜、做果酱和静脉注射技术。他依然对生活充满信心："我的薪水只够我家吃的，但我们为能过这样的好日子而很满意，我的迷人的病妻因为我们仍能不动摇地干我们的工作而感到高兴。"他一如既往地乐观和幽默，画图时还在唱歌，当物价飞涨导致家中揭不开锅时，他就把衣服、手表等日用品拿去变卖，还开玩笑说："把这只手表红烧了吧！这件衣服可以清炖吗？"他

◆ 1949 年梁思礼学成归国

对中国的前途也非常乐观，常常说："三十而立，民国三十年，中国应该站起来了吧！"在这种精神的支撑下，他们夫妇在简陋的农舍里坚持画图、写作和读书，终于完成了中国第一部系统完整的建筑史书——不朽的名作《中国建筑史》，以及英文版的《图像中国建筑史》。

趣味从哪里来？梁启超认为，人类的普遍心理是不满于现状，即使有些人对现状并无不满，然而在同一环境下生活得久了，也会厌倦，这样就会产生痛苦。人如果长期被这种负面情绪所控制，就会越活越无趣，人生之路也会越走越窄。要想摆脱这种状态，最好的办法就是，忘记痛苦，追求理想。忘记了痛苦，我们的趣味就会增加；树立了理想，我们就不会老是抱怨现状、牢骚满腹，而是浑身有劲儿，充满希望，这样的生活才是有趣味的。梁启超很注重关注孩子们的精神状态，引导他们树立高远的理想，进而培养健康乐观的趣味主义人生观。梁思成在宾夕法尼亚大学读书期间，一度怀疑自己所学知识太呆板，可能将来用不上。梁启超举了唐代李白、杜甫和姚崇、宋璟的例子，来说明文化、艺术乃至学问、科技创造的价值，不在乎"有用"与

"无用"，并鼓励他说："思成所当自策厉者，惧不能为我国美术界作李、杜耳。如其能之，则开元、天宝间时局之小小安危，算什么呢？你还是保持这两三年来的态度，埋头埋脑做去便对了。"受了父亲的鼓励，思成扫除心中的阴霾，坚定了要为祖国的建筑事业奉献终身的理想，后来终于成为著名的建筑学家。梁家最小的儿子梁思礼生于1924年，他五岁时梁启超就去世了。由于生计艰难，王桂荃把在天津的两座小楼都卖了。他在天津读中学时，亲眼见到老百姓在日本侵略者的铁蹄之下艰难讨生活的惨状，在哥哥姐姐的影响下，他立下救国的壮志。1941年，十七岁的梁思礼到美国留学。他刚到美国不久，太平洋战争就爆发了，他和祖国失去了联系，只能靠奖学金和母亲勉强凑得的一点生活费维持学习生活。在美国的八年间，由于失去家庭经济来源，他一方面刻苦学习，一方面自己打工挣钱。他曾到餐馆里当洗碗工和服务员，暑假到纽约北面的银湖湾当救生员，寒假又到罐头厂做工人，非常辛苦。可是他不畏艰辛，坚持完成学业，因为他心里有一个坚定的理想：像父

◆ 梁思顺《艺蘅馆词选》

亲一样，科学救国，振兴中华。就这样，梁家最宝贝的老 baby 梁思礼靠着坚定的信念，先后取得了普渡大学的学士学位和辛辛那提大学的硕士、博士学位。1949 年，他毅然选择回国，以极大的热情全身心投入科学研究中，后来成为举世闻名的火箭导弹专家，终于实现了年少时的理想。

梁启超说："专从事诱发以刺戟各人器官不使钝的有三种利器：一是文学，二是音乐，三是美术。"其实无论学文学、学音乐还是学美术，归根结底都是为了培养人的审美趣味。我们每个人都有审美的本能，只是有的人在忙乱凡俗的生活中，渐渐忘了这种本能，慢慢变得麻木了。文学、音乐和美术的功用，正在于把人从忙乱凡俗中暂时解脱出来、从麻木迟钝的状态中唤醒过来，从而使无趣的人生变得有趣，变得健康。审美趣味的培养，需要广泛地接触文学、艺术的各种门类，丰富的业余爱好，能够更好地促进专业的发展。正因为梁启超持有这样的观点，他很善于培养子女对文学、音乐和美术的兴趣爱好。对于大女儿思顺，梁启超十分注重培养她在文学方面的兴趣，不仅给她购置了很多文学方面的书籍，还给她的书房取名为"艺蘅馆"，请麦孟华来教她读诗词，后来梁思顺成了著名的诗词研究专家。大儿子思成，在清华学校读书期间，就对音乐、美术和体育有着非常浓厚的兴趣。他曾经担任过清华管乐队的队长，为《清华校刊》画过整版的水墨画，在校运会上还得过跳高第一名。后来思成去美国学建筑，梁启超很担心儿子学业太专，会渐渐走上孤俏冷僻之路，因此多次写信给思成，劝他多培养几种兴趣爱好，以保持活泼的生命力。"我怕你因所学太专门之故，把生活也弄成近于单调，太单调的生活，容易厌倦，厌倦即为苦恼，乃至堕落之根源。再者，一个人想要交友取益，或读书取益，也要方面稍多，才有接谈交换，或开卷引进的机会。"为了鼓励思成，他以自己作为榜样："不独朋友而已，即如在家庭里头，你有我这样一位爹爹，也属人生难逢的幸福。若你的学问兴味太过单调，将来也会和我相对词竭，不能领着我的教训，你全生活中本来应享的乐趣，也削减不少了。我是学问趣味方面极多的人，我之所以不能专积有成者在此，然而我的生活内容异常丰富，能够永久保持不厌不倦的精神，亦未始不在此。我每历若干时候，趣味转过新方面，便觉得像换个新生命，如朝旭升天，如新荷出水，我自觉这种生活是极可爱的，极有价值的。我虽不愿你们学我那泛滥无归的短处，但最少也想你们参采我那烂漫向荣的长处。"小儿子梁思礼也像父亲一样崇尚趣味主义。他从小热爱体育，在普渡大学读书时，参加了古典摔跤队，得过冠军。他还痴迷篮球，对音乐、摄影和游泳都很有兴趣。到了晚年，他又迷上了与计算机下象棋，可谓得到了父亲那"烂漫向荣"的真传。

怎样培养趣味？梁启超主张："要趁儿童或青年趣味正浓而方向未定的时候，给他们一种可以终身受用的趣味。"怎样给孩子们培养终身受用的趣味呢？从积极的意义上讲，是要唤起学习的趣味；从消极的方面来说，至少不能摧残趣味。能培养趣味的教育，是为教育而教育，为学习而学习，因为有趣才去学，因为有趣才去做，教育和趣味本身就是目的。只有这样，趣味才会被培养起来并且可能终身不衰。为了唤起孩子们学习的趣味，梁启超一方面用自己的趣味学习做榜样，一方面给孩子们创造能引起趣味的艺术环境。他认为练习书法可以修身养性，因此在繁忙的工作之余，总能抽时间写字，

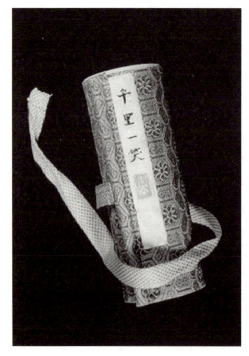

◆ 千里一笑

并且写得兴味淋漓。他多次在书信里给孩子们讲自己练字的收获、体会，并鼓励和指导孩子们练习书法。从日本回来后，梁启超长期坚持练习书法，常常在家书中说自己写字的兴趣十分浓厚。1913年春，他跟思顺说："吾日来字课极勤。岁暮结账，文美斋南纸店之债务乃至七十余金，可见我用纸之多矣。"有时候介绍自己写字的细节，并指示写字的门径："吾近日写字之兴复大发，得好宣纸，日以自娱，洋纸则厌极矣——土左纸仍爱。思成写《郑文公》，宜摹原碑，勿裨贩吾所写者，可告之。"

1925年夏，梁启超为书画家姚茫父五十寿辰写了一首长诗，诙谐风趣，颇为得意。当时十七岁的思庄刚刚随姐姐去加拿大，梁启超很想念她，就将诗歌抄录给思庄，并加上附注"饮冰室老人一首滑稽诗和给他爱女的一封信"，然后将长诗与这封信裱成精美手卷寄给思庄，名为"千里一笑"。1927年夏，由于身体虚弱，梁启超被迫停止讲学，从北京返回天津疗养。他任司法部长时的老部下、著名国画家余绍宋[1]此时也住在意租界，离饮冰室不远。故人相遇，不胜欢喜，梁启超经常邀请余绍宋来家里聊天、作画，顺便让孩子们接受艺术的熏陶。梁思达回忆说，余绍宋经常在午休后造访饮冰室，他一进楼下过厅，就高声询问梁任公在家没有。梁启超在二楼一听是他"大驾光临"，就赶紧走到楼梯口来迎接。两人闲谈一会儿，就开始作画。为了方便发挥，梁启超专门置办了高脚画案，放在自己卧室的窗边。每当余绍宋作画时，他就带着孩子们在一边围观，并请画家给他们讲一些国画的基本笔法、规则等等。等到画作完成，他就把一些小幅的奖励给孩子们做礼物。有时候，梁启超拿出自己收藏的好纸好墨，余绍宋作起画来就更有兴致了。当时思顺、思成、思永等五个大孩子在国外，梁启超就请余氏给他们每人画了一幅扇面，自己题上字，称之为"精品"，让他们在异国他乡也能受到艺术熏陶，感受浓浓的父爱。"有一捆字画及七把扇子寄给你们，收到没有？那画都是余越园在我们家里画的，用的是康熙纸、乾隆墨，共有多幅，却是被达达、司马懿们五抢六夺……我写的字是自作的诗，用的也是乾隆纸、乾隆墨，扇子又是隔

---

[1] 余绍宋（1882—1949）：字越园、樾园，浙江龙游人。近代著名书画家、史学家，曾任北京美术学校校长。

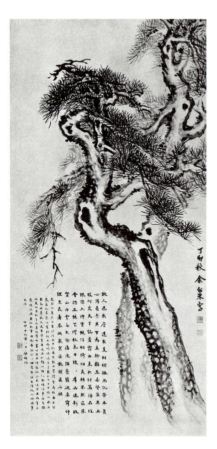

◆ 余绍宋的《双松图》

了一个多月写的。"有一次，梁启超拿出一张一米多宽、两米多长的巨型宣纸，请余氏画一幅《双松图》。这幅画前后画了一个星期，思达、思懿、思宁等几位留在家里的孩子有幸完整地观摩了作画的全过程，感到新奇又兴奋。梁启超亲自写了一首配画的诗，反复修改之后，题在画上的空白处："故人造我庐，遗我双松树。微尚托荣木，贞心写豪素。……"梁启超把这首诗的改定稿送给了思达，并将画作拿去装裱后挂在墙上，早晚欣赏。在《题越园画双松》诗的附记中，梁启超这样描述当时的情景："儿曹学画者，环立如鹄。一幅就，则欢噪争持去，独此双松，用贻老夫，莫敢夺也。"用活泼稚朴的语言描绘出家里浓厚的艺术氛围。当时几个大一点的孩子都在国外留学，为了营造艺术的生活氛围，梁启超寄了一些中国画，给思永、思庄、思忠挂在书房里，又送给思成一些故宫所藏名迹的照片，以备外国友人到访时观赏。做父亲的在百忙之中肯如此用心，无怪乎孩子个个兴趣广泛且乐观自信了。

梁启超还认为，职业对于一个人来说太重要了，要选择自己感兴趣的专业，才能真正全身心投入其中，做出成绩来。他对每个孩子都因材施教，注重引导他们对专业知识的兴趣，但是又十分尊重他们的个性和意愿；对他们的前途有周到的考虑和安排，但绝不强求孩子们按照自己的意愿去做，而是反复征求他们的意见，确定出最合适的专业。梁思成早年在清华学校时美术很好，他就建议他学建筑，后来思成一生对建筑学保持着浓厚的兴趣，最终成为著名的建筑学家；梁思永性格十分沉稳，他就建议他学习考古专业，后来思永终身奉献于考古事业，成为该领域的著名学者，这都得益于父亲的正确引导。思忠对军事很感兴趣，在美国威斯康辛大学读书期间想考弗吉尼亚军事学院，他细心地帮孩子分析了各方面的情况，建议他回国读陆军学校，

◆ 在麦吉尔大学读书时的梁思庄

"我的主张是叫他在威士康逊把政治学告一段落，再回到本国学陆军。因为美国绝非学陆军之地，而且在军界活动，非在本国有些'同学系'的关系不可以。所以'打人学校'决不要进。"弗吉尼亚军事学院管理严格，常常体罚学生，所以他戏称为"打人学校"，并说在国外读军事不利于将来回国从军，这是很有道理的。但后来思忠还是进了"打人学校"，他也尊重了孩子的意愿。

思庄在加拿大麦基尔大学读书，选专业时，梁启超建议女儿学生物学。因为他感觉到，将来生物学对社会发展是极端重要的，而当时中国的现代生物学几乎是空白；另外，他也希望儿女中有一个学自然科学的。后来梁思庄给大哥梁思成写信说自己不喜欢生物学，只对图书馆学感兴趣，但是不敢跟父亲说。梁启超知道后，立马写信给她说："凡学问最好是因自己性之所近，往往事半功倍。……我所推荐的学科未必合你的式，你应该自己体察作主，用姊姊哥哥当顾问，不必泥定爹爹的话。"鼓励她改学图书馆学。于是梁思庄考入美国哥伦比亚大学图书馆学院，后来成了我国著名的图书馆学家，以擅长西文图书分类编目而为燕京大学图书馆、北京大学图书馆做出了极大的贡献。梁思成从美国读完建筑学硕士回来后，因为工作问题有些犹豫，他就安慰儿子说不必着急："若专为生计独立之一目的，勉强去就那不合适或不乐意的职业，以致或贬损人格，或引起精神上苦痛，倒不值得。"如果一时找不到理想的工作，可以跟着自己再当一两年学生，也会有收获。总之，不可为工作的事失望沮丧，因为"失望沮丧，是我们生命上最可怖之敌，我们须终身不许他侵入"。

梁启超把趣味主义变成了一种人生哲学，以此涵养自己的人格："我关于德行涵养的工夫，自中年来很经些锻炼，现在越发成熟，近于纯任自然了。我有极通达、极健强、极伟大的人生观，无论处何种境遇，常常是快乐的。"他一生都积极乐观地活在趣味之中，把这种享受趣味的感觉比喻为"冬天晒太阳的滋味"；并从自己的亲身经历出发，总结出趣味的源泉和培养趣味的方法，而且又在家庭教育中贯彻了这些理论主张，把九个孩子都培养成生活积极乐观、兴趣爱好丰富、专业成就丰硕的人才，实在是一位伟大的教育家。

优游涵饫教治学

　　梁启超是一位成功的教育家，他有自己的一套教育理念，并且成功地应用于实践。在清华学校的演说词《学生自修之三大要义》中，他引苏格拉底"余非以学问教人，乃教人以为学"的话，来说明教育学中一个深刻的道理，即学习不仅要获得具体的知识，还要学会获取知识的方法。在《东南大学课毕告别辞》中，他又对学生说，求学、治学，不只是要得着学问的结果，更重要的是得着求取学问的方法。因为知识是无限的，学不完的，掌握了做学问的方法，就好比得到了吕纯阳点石成金的指头。他将这个"指头"无私地给了学生，也贴心地给了子女。20世纪20年代，梁启超的子女次第长大，分别在国内外上大学，他在家书中常常论及做学问的方法。吴荔明在《梁启超和他的儿女们》一书中，对此有精练的概括：做学问要注意将"猛火熬"和"慢火炖"相结合，广博与专精相结合，注重实践能力的培养，并且在具体学术问题上指示切实可行的学习门径。

　　1927年，梁思成因为学习太刻苦，导致常常头痛。梁启超很担心儿子，马上写信给他，劝其不要用力过猛，如果把身体累坏了，就会把一生的幸福都搭进去，太不值了。为了纠正思成的学习方法，他讲了一个原则："我国古来先哲教人做学问方法，最重优游涵饫，使自得之。这句话，以我几十年之经验结果，越看越觉得这话亲切有味。凡做学问，总要'猛火熬'和'慢火炖'两种工作循环交互着用去。在慢火炖的时候，才能令所熬的起消化作用，融洽而实有诸己。思成，你已经熬过三年了，这一年正该用炖的功夫。不独于你身子有益，即为你的学业计，亦非如此不能得益。"他又劝同样刻苦的思庄说："做学问原不必太求猛进，像装罐头样子，塞得太多太急，不见得便会受益。我方才教训你二哥,说那'优游涵饫,使自得之',那两句话,你还要记着受用才好。"虽然他自己做学问,常常是以猛力成就,但这"学问需优游涵饫,自得其乐;又需猛火熬,慢火炖"的提法,实在是做学问的金玉良言。

由于政治、家庭等原因,梁思顺在九个孩子中就学最迟,学历最低,因此梁启超在民国初年只身归国前,专门给她请了几位老师,教授经济学、法学等科学。她学习非常刻苦,常常超时,梁启超屡次去信嘱咐女儿"求学总不必太急""切勿着急"。又说,学业完成期限延迟一点也没关系,要求女儿一定要听自己的话,千万不能因为急着完成学习任务而累病了。梁思庄刚到加拿大时,先在渥太华中学读书。当时学校管理和等级比较严格,梁思庄虽然已经十七岁了,还是不能马上升入大学,因此很是着急上火。梁启超得知后,安慰她说,她相当于跳了一级,又是和外国孩子竞争,所以不用着急,"'求学问不是求文凭',总要把墙基越筑得厚越好。你若看见别的同学都入大学,便自己着急,那便是'孩子气'了。"他相信孩子们能勤学向上,因此不仅不责备他们,还担心他们因为赶课程太累而急出病来。思庄的英文有点跟不上,心情很沮丧。梁启超又好言相劝:"思庄英文不及格,绝不要紧,万不可以此自馁。学问求其在我而已。汝等都会自己用功,我所深信。将来计算总成绩,不在区区一时一事也。"由于思庄学习一直非常刻苦,他还要求她每天拿出几个小时、每礼拜抽出一天时间来玩,"因为做学问,有点休息,从容点,所得还会深点,所以你不要只埋头埋脑做去"。孩子考试受挫时,他是安慰而不是责备;孩子成绩进步时,则尽量加以鼓励;孩子过于刻苦时,又建议其劳逸结合。最可贵的是,他教会孩子树立正确的学习态度:"求学问不是求文凭""学问求其在我而已",学习的目的是学到真正的知识;不要急于求成,不让功利萦心,只需虔心向学,尽我所能,筑牢学问基础——这也是"慢火炖"的功夫。

梁思成从宾夕法尼亚大学毕业前夕,突然有一种担心:觉得自己学的都是呆板的知识,害怕由此变成画匠,而不能实现自己的理想。梁启超安慰他说:"你有这种感觉,便是你的学问在这时期内将发生进步的特征,我听见倒欢喜极了。"并告诉他，学校里学的东西都是规矩方面的，不用急着求巧；只有在学校里把应学的"规矩"尽量学足，将来出社会后才能更好地发挥"巧"；即使不能活学活用地发挥"巧"，依着"规矩"行事也不会有大的差错。还鼓励他说："我平生最服膺曾文正两句话：'莫问收获，但问耕耘。'将来成就如何，现在想他则甚？着急他则甚？一面不可骄盈自慢，一面又不可怯弱自馁，尽自己能力做去，做到哪里是哪里，如此，则可以无入而不自得，而于社会亦总有多少贡献。我一生学问得力，专在此一点，我盼望你们都能应用我这点精神。"果然，1927年春夏，梁思成先后获得宾夕法尼亚大学的学士学位和硕士学位，当年秋天又获准到哈佛大学科学和艺术研究院深造。而梁启超在这里讲的"规矩"与"巧"的关系、"莫问收获，但问耕耘"的道理，确实是成就大才的关键因素，可为当代父母镜鉴。

梁启超曾在给思成的信中说："凡一位大文学家、大美术家之成就，常常还要许多环境与及附带学问的帮助。中国先辈说要'读万卷书，行万里路'。你两三年来蛰居于一个学校的图案室之小天地中，许多潜伏的机能如何便会发育出来？……将来你学成之后，常常找机会转变自己的环境，扩大自己的眼界和胸次，到那时候或者天才会爆发出来，今尚非其时也。"这里讲到一个做学问的广博与专精的问题。所谓专精，就是长期把精力集中于自己的专业研究范围，"鄙人则以'精力集中'四字，为做事之秘诀，以为必如此，其力乃大。譬诸以镜取火，集径寸之日光于一点，着物即燃""为学亦然，慧而

◆ 梁思成被军阀汽车撞至左腿骨折

不专，愚将胜之"。所谓广博，就是要借助"附带学问"，即非专业的知识来开阔眼界和胸襟，进而使专业知识尽可能发挥最大的作用。有一次刘海粟问梁启超，他的知识为什么如此广博，他想了想，恳切地说："这不是什么长处，你不要羡慕。我有两句诗'吾辈病爱博，用是浅且芜'。一个渔人同时撒一百张网，不可能捉到大鱼。治学要深厚。你尽一切力量办好美专，造成一批人才；此外还要抽出时间集中精力作画。基础好、天分好，都不够，还要精于勤。以上两件事要毕生精力以赴，不能把治学的摊子摆得太大。盖生命有限，知识无穷。'才成于专而毁于杂'。一事办好，已属难得。力气分散，则势必一事无成。"他这番话讲做学问当求专深，勿为杂博。但从另一面来说，非专业的知识又能从旁促进专业知识的学习，一定程度的广博也很有必要。

1922 年，周希哲任中国驻菲律宾总领事期间，梁思顺把母亲李蕙仙接到马尼拉，做了癌症手术。当年夏天，梁启超派思成把李蕙仙接回天津。思成奉父亲之命，在马尼拉买了一辆汽车给家里用，他自己还收获了姐姐赠送的一辆哈雷戴维森牌摩托车。次年 5 月 7 日，北京城内举行五七国耻日 [1] 抗议示威。思成和思永骑着时髦的摩托车去追赶游行队伍，当他们从南长街向长安街转弯时，一辆轿车突然冲过来，把他们撞翻了。肇事车辆扬长而去，思成的左腿被撞断了，思永也被撞得满脸是血。思永的外伤很快治好，思成则动了三次手术，在医院里住了两个多月。梁启超很怕大儿子会消沉下去，就劝他利用住院之机，把先秦的典籍认真读一读，作为清华学校单调课程的补充，这样可以打好国学底子，为将来的专业学习助力。按照他的安排，思成要先温习谙诵《论语》《孟子》，争取消化，并仔细体味其中对自我修养有用的段落；然后读《左传》和《战国策》，以增长智慧和改进文风；如果还有时间，能读一读《荀子》，那就最好不过了。这些典籍与思成所学建筑

[1] 五七国耻日：1915 年 5 月 7 日，日本政府向袁世凯政府下达最后通牒，要求中国不加修改地接受"二十一条"。5 月 9 日，袁世凯政府接受日本最后通牒的所有要求，并于 5 月 25 日签订了中日《民四条约》。此后，每年的"五七"或"五九"被作为国耻纪念日载入史册。

学并无直接关系，但是对于陶冶性情、开阔胸襟和提高写作水平却有极大帮助，可谓无用之大用。后来，思成到美国学建筑，他又说："思成所学太专门了，我愿意你趁毕业一两年，分出点光阴多学些常识，尤其是文学或人文科学中之某部门，稍微多用点工夫。"他又对思庄说："专门科学之外，还要选一两样关于自己娱乐的学问，如音乐、文学、美术等。据你三哥说，你近来看文学书不少，甚好甚好。你本来有些音乐天才，能够用点功，叫他发荣滋长最好。"这些谆谆教诲，都是希望孩子们把广博与专精结合起来，使之互相激发。

广泛学习各种文化艺术知识，是梁启超在家庭教育中一贯的主张。早在日本期间，他就严格训练梁思顺，亲自教她写书法，阅读史书，写作诗词，让她打下了深厚的传统文化根基。思顺十七岁时，梁启超赋诗一首，描述了她在自己指导下广泛学习各种知识的情况："稍从铅椠余，示汝学津筏。颇复雕文心，渐亦解诗律。论史慕膺滂，读左友侨肸。札记日数条，课卷旬一帙。向拓颜欧书，昔昔劬不聿。有时曼声吟，啾唧若秋蟋。"为了培养思顺对诗词的兴趣，梁启超亲自给她的书房取名为"艺蘅馆"，并请自己的好友麦孟华教她学习诗词。思顺亲手抄写了两千多首历代诗词，朝夕讽诵，后来经麦孟华删减后保留了六百多首，辑成《艺蘅馆词选》，于1908年出版。这本书是梁思顺学习诗词的成果，也是梁启超词学思想的最好体现。1918年，他在天津家中为孩子们讲授学术流派，思顺负责整理讲稿，集为《清代学术讲稿》。欧游之后，梁启超将工作的重点转向传统文化的研究和教育。1920—1922年暑假，他在天津的家中办起了培训班，以此来拓宽孩子们的知识面。学生包括思成、思永以及他们的堂弟堂妹，还有梁启超的几个学生。每天上午九点到十二点讲课，下午三点到五点，则安排学生们把他的讲稿刻在蜡纸上，并复习当天的功课。1927年，大的孩子们都出去了，他又开始培训一批小的。他决定让思达、思懿和思宁休学一年，特聘清华国学研究院的学生谢国桢做教师，在家里举办了一个国学培训班。上课的地点在天津旧居旧楼一楼的"饮冰室"书斋里，补习的课程范围很广。国学方面有《论语》《左传》《古文观止》，名家名作及唐诗名篇等，重要的篇目需要背诵，定期写作文，用小楷毛

◆ 1931 年，梁思永和梁思成
在河南安阳发掘现场合影

笔誊抄整齐；史学方面，从上古到清末，择要讲解；除此之外，每天还要临摹隶书碑帖拓片，写两到三张大楷。他又请自己的内侄李良庆给孩子们补习英文和算学。"达达、司马懿半年来进步极速（六六亦有相当进步）。当初他们的先生将一年功课表定了来问我，我觉得太重些，他先生说可以。现在做下去，他们兴味越来越浓。"一年下来，孩子们在培训班学到的知识大约相当于在学校学习的好几倍。与此同时，梁启超在吃饭时也喜欢跟孩子们讲自己近来的研究课题——这是从日本时代起就养成的习惯，回国后也一直保持着。著述之余，他还会随兴给谢国桢和孩子们讲学，"先生著述之暇，尚有余兴，即引桢等而进之，授以古今名著，先生立而讲，有时吸烟徐徐而行，桢与思达等坐而听"。多种教学形式互为补充，使孩子们在浓厚的学术氛围中茁壮成长。

在教育子女做学问的问题上，梁启超还特别重视实践。在游历英国期间，他对英国著名作家维尔斯的《世界史纲》颇有兴趣。该书以国际眼光看待历史，批判了西方中心论，极力倡导世界历史的观念和人类大同的理想，与他的思想不谋而合。当时这本书风靡英美，被翻译成多种文字流传。他觉得迫切需要一个中译本，并打算自己承担此项工作。但是，"我的英文不怎么好，儿子们便自告奋勇。在年轻的历史学家徐宗漱的合作下，两兄弟在 1921 年夏天承担了这一工作，一直干到次年二月"。这个工作让思成兄弟接触了世界历史，开阔了眼界和心胸，同时也让他们的英文水平和中文写作能力得到了极好的锻炼，可谓一举数得。为了让孩子们的实践成果面世，梁启超竭力在百忙之中抽出时间为他们改稿子。他在信中跟思顺抱怨："因为我要教我的两个儿子学中文，这个夏天我得花掉几个半天的时间，现在是每天两个小时修改他们的翻译稿。所以那翻译名义上是'孩子们'的，实际上是我做的。有时我半天只能完成一千字，要是我自己干，我用这么多时间可以写四千字了。"在他的大力协助下，次年春，手稿终于完成。这本书直到 1927 年才由商务印书馆出版，是《世界史纲》最早、最完整的中译本。由于译者精通英语，且又擅长国学，该译本语言优美而准确，因此成了畅销书。1926 年，清华国学研究院的李济带队到山西夏县西阴村遗址进行考古发掘期间，在哈佛大学攻读考古学的梁思永想回国参加考古实践。当时中国的考古学还只是传统金石学的路数，局限在书斋之内，重视的是文字资料，对田野调查、实地发掘等现代手段所知甚少。梁思永所受的考古学训练，注重将地下的实物分析与人类社会实践研究相结合，他主攻的又是东亚考古，因此梁启超马上联系李济，希望思永能加入他们。"我想他们没有不愿意的，只要能派你实在职务，得有实习机会，盘费、食住费等等，都算不了什么大问题。"由于通信阻隔等问题，梁思永并未赶上此次可贵的实习机会。第二年，瑞典学者斯文赫定与中国政府合作，组成西北科学考察团，前往新疆、甘肃等地开展科学考察，中方派出的学者中有清华教授袁复礼。梁启超得知消息后，马上给思永写信说："我想为你的学问计，这是千载难逢的机会，若错过了，以后想自己跑新疆沙漠一趟，千难万难。因此要求把你加入去，自备资斧……他们的计划：时间一年半到两年，研究范围本来是考古学、地质学、气象学三门。后来因为反对他们拿古物出境，结果考古学变成附庸，由中国人办，他们立于补助地位——能否成功，就只要看袁君和你的努力了（其他的人都怕够不上）——我想你这回去能够有大发见固属莫大之幸，即不然，跟着欧洲著名学者作一度冒险吃苦的旅行，学得许多科学的研究方法，也是于终身学问有大益的。"为了让思永能顺利提早出发，他甚至预备请清华出面给哈佛校长发电报。后来这件事情并未促成，因为斯文赫定很快就要动身，思永怎么都赶不及在此之前回国。尽管如此，梁启超还是觉得有收获："这也算是我替你们学问前途打算的一段历史！我这几天的热心计划和奔走，我希望在你将来学问的生涯中也得有相当的好印象。"他安慰思永不要灰心失望，因为已经跟袁复礼打过招呼，等到下次中国人自己进行考古发掘的时候，他可以争取参加。筹划这件事情时，梁启超工作十分繁忙，又在重病之中，但他认为这是极难得的实践机会，因此想尽力促成。梁思成在美期间，产生了写一部中国建筑史的想法。梁启超知道后，专门写信说："思成的'中国宫室史'当然是一件大事业，而且极有成功的可能，但非到各处实地游历不可——大抵内地各名山、唐宋以来建筑物全都留存的尚不少，前乎此者也有若干痕迹。"梁思成看到山东嘉祥武梁祠的画像石图片上有些汉代建筑图样，想要以此为资料展开研究，梁启超又告诉他："你来信说武梁祠堂，那不过是美术史上重要资料罢了。建筑上像不会看出什么旧型……若亲到嘉祥县去实地用科学方法调查废址，也许有所得。"思成和思永在学术上的成就，与父亲的实践引导分不开。抓住好的实践机会就设法让孩子参加，情愿自费也不放过，并考虑到种种细节，克服重重困难，细心分析实践的原因和方法，这种教育方式和态度，极需远见和耐心，很值得当今父母效法。

除了做学问的总体规则，梁启超还在具体的学习问题上给孩子们传授学习门径。梁思成毕业前夕，他强烈建议思成和徽因先在欧洲住一段时间，以开眼界。后来，这对新人听从父亲的安排，开启了漫游欧洲的蜜月之旅。在旅行开始之前，他就建议思成沿途坚持写日记，"你脚踏到欧陆之后，我盼望你每日有详细日记，将所看的东西留个印象（凡注意的东西都留他一张照片），可以回来供系统研究的资料。若日记能稍带文学审美的性质，回来我替你校阅后可以出版，也是公私两益之道"。在怎么写日记的问题上，他也提出了具体可行的办法："日记固然以当日做成为最好，但每日参观时跑路极多，晚间疲倦，欲全记甚难，宜记大略，而特将注意之点记起（用一种特别记忆术），备他日重观时得以触发续成，所记范围切不可宽泛，专记你们最有兴味的那几件——美术、建筑、戏剧、音乐便够了，最好能多作'漫画'。你们两人同游有许多特别便利处，只要记个大概，将来两人并着覆勘原稿彼此一谭，当然有许多遗失的印象会复活，许多模糊的印象会明了起来。能做成一部'审美的'游记，也算得中国空前的著述。况且你们是蜜月快游，可以把许多温馨芳洁的爱感，迸溢在字里行间，用点心做去，可成为极有价值的作品。"思成夫妇听从父亲的建议，将沿途所见欧洲建筑的情况作了详细的记录，为回国后从事建筑事业积累了宝贵的资料。对于孩子们的前途，梁启超看得很长远。思成和徽因还没回来，他就开始替他们的职业作打算。他认为思成想写的《中国建筑史》一时不容易实现，因为国内时局混乱，无法出门考察，因此"我盼望你注意你的副产工作——即'中国美术史'。这项工作，我很可以指导你一部分，还可以设法令你看见许多历代名家作品。……所以我盼望你在旅行中便做这项工作的预备。所谓预备者，其一是多读欧人美术史的名著，以备采用他们的体例，于这类书认为必要时，不妨多买几部；二是在欧洲各博物馆、各画苑中见有所藏中国作品，特别注意记录"。就这样，孩子们跟着父亲，不仅学到了很多文学艺术的知识，还窥见了许多具体的治学门径。思成在中国建筑史、思永在中国考古学方面的成就，证实了梁启超家教的智慧和力量。

梁启超一辈子勤奋好学，督促儿女学习也从不怠惰。他在家书中经常询问孩子们学习的情况，即使在最忙最累最危险的岁月，也依然坚持关心儿女的学业。1916 年，他孤身前往广西，参与护国之役，其间多次督促孩子们："汝辈学业，且宜勿荒。""汝等能升级固善，不能亦不必愤懑，但问果能用功与否。若既竭吾才，则于心无愧；若缘怠荒所致，则是自暴自弃，非吾家佳子弟矣。""汝[1]宜严加督责，视其成绩表所最缺者何项，责令注意。"他还坚

[1] 汝：此指梁思顺。

持要求孩子们练习书法，思永的字写得不好，他就直言："思永的字真难认识，我每看你的信，都很费神，你将来回国跟着我，非逼着你写一年九宫格不可。"

为了引起孩子们学习的兴趣，梁启超常常送书或书画作品给孩子们，作为礼物或者奖励。1912 年冬，他送了一部《苏东坡集》给思顺，并打趣说"汝得此大赉，可以雄视诸弟妹矣"。又把仿宋本《四书》赏给思成做生日礼物，鼓励他认真学习，"思成所得《四书》乃最贵之品也，可令其熟诵，明年侍我时，必须能背诵，始不辜此大赉也"。随后又送一箱《韩愈集》给思顺，并打算把新得的一部明刻本《李杜全集》送给思成。1916 年护国战争前夕，梁启超从上海出发，准备冒着生命危险前往广西。此时思成正在清华学校读书，为了鼓励儿子积极进取，他寄去精心准备的礼物："吾有一手写极贵重之品，赉与思成，为生日纪念，可告之，令其力学，思永成绩若良，吾亦将有以赉之。"

1925 年秋，他在家书中对思顺说："思成、思永学校里都把分数单寄到，成绩好极了，今转寄给你看，我自然要给奖品，你这老姊姊也该给点才好。"随后便寄去了《后汉书》《战国策》《左传》及各种小说、识字方格等，共十余包。

1925 年，好友朱启钤送给梁启超一套《营造法式》。这是宋徽宗的工部侍郎李诚编写的一部关于建筑设计和施工的书，此前朱启钤在南京得到此书的石印本，经过他几年的校勘、整理，终于出版。梁启超得到这套书后，马上将其作为礼物，寄给在宾夕法尼亚大学学习建筑的梁思成和林徽因。在信中，梁启超称"一千年前有此杰作，可为吾族文化之光宠也已"，希望思成、徽因"永宝之"。梁思成翻阅了这部杰作后，先是惊喜，继而苦恼，因为这部漂亮精美的巨著，就如天书一样，他根本看不懂。可同时，他感觉到父亲给自己打开了一扇研究中国建筑史的大门。梁思成发现欧洲各国都有自己的建筑史，唯独中国没有，因此在得到这部"天书"之后，就产生了写一部《中国建筑史》的想法。而读懂《营造法式》的语言体系，是研究中国古建筑的前提，从此他执着地致力于读懂这本书。1928 年，梁思成和林徽因在加拿大举办婚礼，他们把时间定在李诚生日这天。之后，他们带着父亲的礼物一起回国，到东北大学创建了中国大学第一个建筑系。此时朱启钤创办了一个研究古建筑的学术机构"营造学社"，他专门跑到东北大学，邀请梁思成加入。九一八事变后，梁思成回到北京，加入了"营造学社"，正式开始研究《营造法式》。他从研究明清古建筑出发，用一年时间完成了《清式营造则例》。之后又先后考察了蓟县独乐寺观音阁、应县木塔、五台山佛光寺等珍贵古建筑，和林徽因一起用十五年时间走遍了全国近二百个县，寻找民族记忆的见证，考察了两千七百多处古建筑，完成了近两千张测绘图稿。经过不懈的努力，梁思成终于读懂了父亲送的这部"天书"，写成了《营造法式注释》一书。

梁启超一生致力于为国家培养人才，他不仅在长沙时务学堂、清华研究院和司法储才馆培养出了一批又一批优秀的人才，而且在家里也培养了九个出色的孩子。早在 20 世纪初，他就在《新大陆游记》中说："吾中国社会之组织，以家庭为单位，不以个人为单位，所谓齐家而后治国也。"在"齐家"

方面，他做得很成功。他是儿女们的良师益友，引导他们走上求学之道，教给他们做学问的方法，帮他们创造成才条件，为他们解答人生困惑，并用浓浓的父爱浇灌这些幼苗，最终把他们培养成能自立、有贡献的大写的人。梁家的家风家教是一笔宝贵的精神财富，值得我们用心去研究和传承。

　　2018 年 5 月，在江门市社科联的大力支持下，市里成立了梁启超研究会。此后，我开始关注梁启超这位侨乡文化名人。由于地理的便利，我多次前往新会梁启超故居查阅资料，并采访茶坑村梁氏后人。2019 年秋，我北上京津，考察了天津饮冰室、南开大学、北京大学、清华大学等地，亲身体验了梁启超在晚清变革中的活动轨迹。"高山仰止，景行行止"，在北京植物园内的梁启超墓前，我缅怀乡贤，想见其为人，久久不忍离去。

　　梁启超是近代史上非常重要的一个人物。吴宓说："梁先生为中国近代政治文化史上影响最大之人物。"曹聚仁说："过去半个世纪的知识分子，都受了他的影响。"事实上，一百年来，他的思想一直是研究热点，他的著述长期受读者喜爱，他的故事总是为世人津津乐道。梁启超的可贵，不仅在于他是一个优秀的启蒙思想家、著作等身的学者，还在于其精神和品格可为后世垂范。读梁启超，会有这样一种感受：你越了解他，就越佩服他、越喜欢他。他有极通达、极健强、极伟大的人生观，一生志向高远，见闻广博，百折不挠而又平易温和。他对生活永远充满热情，如新荷出水，如朝旭升天，他是永远的少年。梁启超丰富厚重、波澜壮阔的人生，可用他自己的诗句"浩荡天风远"来概括，总能引发读者对人生事业无尽的追想和希望。

在梁启超五十六年的人生中，有许多动人的故事，给我们以启发和力量。他在学海堂读书时的勤奋进取，在戊戌变法期间的锲而不舍，在《新民丛报》时期的文思泉涌，在护国运动中的视死如归，以及在协和医院手术失败后的宽容平和，都能给我们的心灵带来强烈而持久的震撼；他对子女倾注满腔的爱，润物细无声地将他们都培养成栋梁之材，作为最牛老爸，他是一代又一代人学习的榜样。梁启超是丰富的、具体的、鲜活的，他不需要刻意地包装、打造、附会，发生在他身上的真实故事就足以打动我们，让我们从细微处入手，去认识这个可敬可爱的世纪巨子。作为梁启超的家乡人，我们有义务讲好启超故事，让更多人了解他、研究他。

感谢江门市政协文史委和江门市社科联的大力支持，使得这本书在梁启超诞辰150周年之际能顺利出版。在我写作的过程中，市梁启超研究会会长李旭教授对书稿提出了许多宝贵的意见。市政协文史委陈健威主任热心督促我按时完成书稿，并在排版方面提出专业性的建议。中国文史出版社的张春霞编辑和江门日报的相关同志，为本书的编校、装帧设计工作付出了很大心力。谨在此对以上师长和朋友表示衷心的谢忱！

由于水平有限，书中难免有缺点和错误，敬请读者惠予指正。

李 丹

2022 年 12 月

于江门职业技术学院